JN191504

# CHAIN-GANG ALL-STARS

NANA KWAME ADJEI-BRENYAH

# チェーンギャング・オールスターズ

ナナ・クワメ・アジェイ=ブレニヤー

池田真紀子[訳]

集英社

父に。

「困っている人に手を差し伸べることほどよい行ないはない。それ以上に尊いことはない」と父は言った。

今日、運が味方してくれるといい。

――ケンドリック・ラマー

# チェーンギャング・オールスターズ　目次

## 第3部 サンセット・ハークレス 392

# 主な登場人物

リンクたち

**〈アンゴラ＝ハモンド・チェーン〉**

ロレッタ・サーウォー　武器は戦槌(ウォーハンマー)〝バス・オマハ〟。ランクはグランド・コロサル

ハマラ・〝ハリケーン・スタックス〟・スタッカー　サーウォーの恋人。大鎌〝ラヴガイル〟をふるう。ランクはハーシュ・リーパー

ランディ・マック　スタックスの恋人。武器は三叉の槍。ランクはリーパー

ガニー・パドルズ　元軍人。武器は投げナイフ

サイ・アイ・アイ　クィアな人物。ランクはカスプ

アイス・アイス・ジ・エレファント　鎖つきの鉄球を武器にする巨漢

ウォルター・バッド・ウォーター　ランクはサバイバー

リコ・ムエルテ　武器は6番アイアン。ランクはルーキー

サンセット・ハークレス　かつてチェーンのリーダーだった男性。故人

**〈シン＝アッティカ＝シン・チェーン〉**

ヘンドリックス・〝スコーピオン・シンガー〟・ヤング　長槍〝スピニファー・ブラック〟をふるう隻腕の男

サイモン・J・クラフト　隔離され〝インフルエンサー〟を打たれ続けていた。武器はナイフ

レーザー・エジャリン　武器は刀(カタナ)。ランクはリーパー

ベルズ　レーザーの恋人の女性。武器は鉈(マチエーテ)。ランクはリーパー

エイティ　武器は連接棍(フレイル)。チェーンの年長者

イレイサー・ボーイズ　白人で差別主義者の三つ子

**〈Uブロッカーズ・チェーン〉**

レイヴン・ウェイズ　武器は斧槍（ハルバード）。ランクはコロサル

ほか

メランコリア・ビショップ　サーウォーが初めて戦った相手。女王と呼ばれていた

リンク以外

ミッキー・ライト　バトルグラウンドの司会者

ジェリー　アンゴラ＝ハモンド・チェーンの護送バン運転手

ドクター・パトリシア・セントジョン　〝インフルエンサー〟の開発者

マリッサ・ロリーンダ（マリ）　サンセットの娘。CAPEプログラムに抗議するグループの一員

ナイル　同グループの一員

カイ　マリのおば。同グループの一員

ウィル　チェーンギャング・オールスターズのファン

エミリー　ウィルの妻

トレーシー・ラッサー　スポーツ番組の新人キャスター

リンクたちのランク

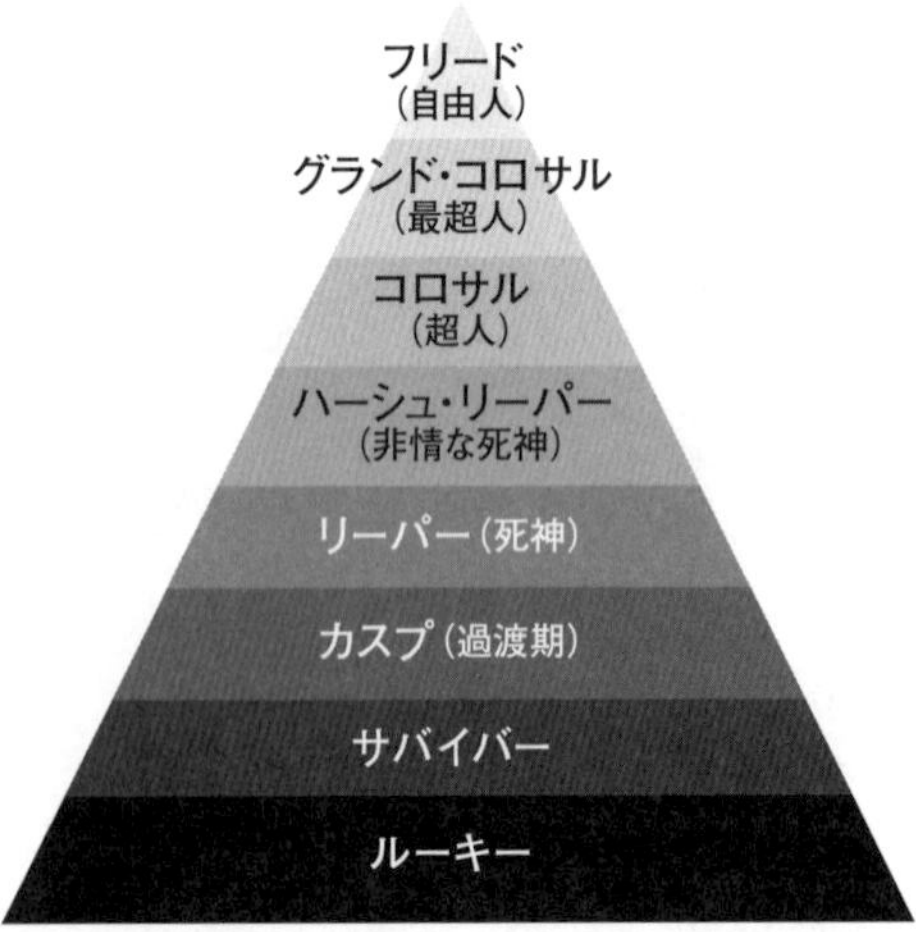

フリード
（自由人）
グランド・コロサル
（最超人）
コロサル
（超人）
ハーシュ・リーパー
（非情な死神）
リーパー（死神）
カスプ（過渡期）
サバイバー
ルーキー

# チェーンギャング・オールスターズ

# メランコリア・ビショップの解放

彼らの視線を感じた。処刑する者たちの視線を。

「ようこそ、お嬢さん」クリミナル・アクション・ペナル・エンターテインメント（CAPE）中継の専属アナウンサー、ミッキー・ライトが言った。「まずは名前を教えてもらおうか」彼がロングブーツを履いて立つ芝のバトルグラウンドは、フットボールのフィールドに似て、コカインのように真っ白なハッシュマークが一ヤードごとに引かれている。スーパーボウルが開催される週末で、ライトが交わしている契約書には、試合と試合のあいだにかならずその開催に触れるよう取り決めがある。

「名前くらい知ってるくせに」

自分が落ち着き払っていることに気づき、彼女はそんな自分にほのかな愛を感じた。不思議なものだ。ずっと自分はみじめな人間だと思ってきた。ところが、彼女のふてぶてしさが観衆のお気に召したらしい。歓声が沸き起こった。とはいえ、熱狂とは裏腹の残酷な期待も透けて見えるようだった。彼らは彼女を、受刑者然とした灰色のジャンプスーツを着ている黒人女を、蔑んでいる。彼女は背が高くて屈強だ。観衆は、彼女とその縮れた黒髪を見下している。意地の悪い喜びに満ちた視線を注いでいる。どうせまもなく死ぬのだ。観衆はそう信じている。太陽や月の存在を疑わないように。空気があるのが当然なように。

「おお、威勢（ファイスティ）がいいな」ライトはにやりと笑った。「いっそニックネームはそれにしようか――〝リトル・ミス・ファイスティ〟」

「私の名前はロレッタ・サーウォー」彼女は言った。観客席に視線をめぐらせた。人で埋め尽くされている。どこまでも続く人の波。嗜虐（しぎゃく）的な関心を一身に浴びることなど絶対にない人々、そんな視線を浴びた者がどう感じるかなど、知るはずのない人々の波。それは自分をちっぽけに感じさせると同時に、万能感をも抱かせた。数千の人間が発する音はあまりに大きく、そして絶え間ない。耳でとらえるのをあきらめたあとでも、そのうなりは体の内側で轟（とどろ）き続ける。サーウォーは与えられた武器を握り締めた。サクラ材の柄（え）がついた、細い螺旋（らせん）状のコルク抜き。軽くて、簡素で、頼りない。

「リトル・ミス・ファイスティではないらしいな」ライトはサーウォーと距離を保ちつつ、大きな円を描いて歩いている。

「違う」

「その素直な態度のほうがいいね、ロレッタ」ライトは実況ブースに向けて歩きだした。「せっかくのよい名前を無駄にするのも忍びない」ライトが笑い、観衆も笑った。「では改めて、ローレッータ・サーウォー」――ライトはいつもの人を小馬鹿にしたような態度でファーストネームを三つに分解し、さらにラストネームを子供じみた歌うような調子で発音した――「ようこそバトルグラウンドへ、ベイビー」

空気が咳払いするような小さな音がして、サーウォーの体は下へと強く引っ張られた。一瞬、肩が抜けるかと思った。サーウォーはその場に膝をついた。ほかにどう反応してよいかわからずに笑いだした。最初は肩を小さく揺らすだけだったが、やがて腹の底から笑った。両腕に埋めこまれた磁気インプラントが発する磁力（フォース）は、まるで皮膚の内側から優しくマッサージされているような感触だ。指は自由に動かせるが、左右の手首は待機プラットフォームの床に釘づけにされて動かない。

あまりにばかばかしくて、笑うしかなかった。息が苦しくなるまで笑った。それでも笑いは止まらなかった。

鐘の音が響き始めた。

ライトの声が場内に轟いた。「みなさん、起立して女王陛下をお迎えください！」実況ボックスまでの残りの距離を走りだす。

観衆が一斉に立ち上がった。直立したまま微動だにせず、女王の登場を待つ。

フットボール場を模したフィールドに、女王が現れた。左右の腕はアルミニウム合金に守られている。うなじまでの長さのブレイズヘア。むき出しの肩にはホールマーケット™のロゴのタトゥー。カスチェストガードから何本もの棒が突き出し、きらめく檻を作って筋肉質の腹部を守っていた。カスタムメイドの鎧だ。その金属棒に護身以外の使い道があるようには見えなかったのに、実はほかの用途があることを初めて目の当たりにしたとき、サーウォーは思わず歓声を上げたものだ。同じ監房棟のほかの服役囚と一緒に観戦しているときのことだった。女王は鎧から棒を二本抜き取り、スリングショット・ボブの目に突き立てたのだ。

サーウォーはいま、その鎧を至近距離で見ていた。これは女王、メランコリア・ビショップの最後の試合だ。ビショップはやってのけた。女性では初の快挙だった。この巡業トーナメントで三年生き延びた。三年にわたり、愛用の戦槌〝ハス・オマハ〟で対戦相手を叩きつぶし、槌鉾〝ヴェガ〟の一撃を食らわせてきた。三年にわたり、無数の命を征服してきたのだ。

「沈みしキング郡の誇る呪われし女王！」

女王がいま手にしているのは兜一つだ。〝メロディの兜〟。中央に金の十字架がついた、十字軍戦士風のブリキの兜。

「万物を滅ぼす者、厄災の運び手、死の歌姫！」
七つめの鐘が鳴り渡った。人々の歓呼の声。三年にわたって繰り返されてきた聖なる儀式だ。メランコリア・ビショップの七つの鐘。人々は、生き延びるに値しない者たちが女王の手でこの世から消し去られるのを目撃してきた。自分が愛し、推してきた女が、男が、女王の手で殺されるのを目の当たりにしてきた。その女王がいま、最後にもう一度、彼らに視線を向けている。彼女はまもなく自由の身になる。

**メランコリア**

**メランコリア**

**メランコリア**

観衆は繰り返し唱えた。女王の茶色い瞳が屋外スタンドを見上げた。それから女王は、兜を頭上に掲げた。兜をかぶった瞬間、女王は完成した。

**メランコリア**

**メランコリア**

**メランコリア**

「みなさん、この試合が本当に最後です」ライトが煽（あお）り立てる。「史上最多の勝利を挙げてきた女戦士を盛大な拍手でバトルグラウンドにお迎えください。殺人バラッドの女王。清き乙女。聖戦の闘士。史上最強の女。我らが最愛のメロディ・〝メランコリア・ビショップ〟・プライス！」
〝我らが最愛の〟か――観客席で爆発した愛の圧力がサーウォーを揺さぶった。人々はこれほどまでに女王を愛している。だが、女王はそのなかの誰のものでもない。女王がまとっているオーラを見ればわかる。そのオーラがサーウォーの目を伏せさせた――本物の王族を前にしてひれ伏すように。

待機プラットフォーム上で深々と頭（こうべ）を垂れ、サーウォーは眼前の絶対的な力をうかがった。ウォーハンマーとメイス。フィールドの一方には、鎧と兜で身を固めた戦士。もう一方にジャンプスーツ姿のサーウォーがいて、汗ばんだ手にはコルク抜きが握られている。


**ビショップ！**

**ビショップ！**


「試合開始前に言っておきたいことは、メランコリア」ライトが促す。

「もう何も言うことはないわ」ヘルメット越しに観衆に向けて発せられたその声は、金属の響きを帯びているが、聞き慣れた女王の声だった。「私はいま、スタート地点に戻っている」

観客席が熱狂に沸いた。

「初めてここに立ったとき、私の背中に刻まれた〝M〟は二つだった。殺人（M）が二つ。ここを去るときも、Mはやはり二つのままよ。でもね、そのあいだに、もっと大勢を殺さなくてはならなかった」

「まさしく。きみは大勢を倒して道を切り開いてきたね」ライトが言った。「それでも、記憶に残っている者が一人や二人はいるのでは？　ハイライトと呼べる試合がいくつもあっただろう。おのれへの疑念を克服する局面だって人並み以上に経験したはずだ。頂点に立ったいま、来た道を振り返って、もっとも誇りに思うことは何かな」

「誇り？」金属に覆われた顔は天を仰いだ。肩が上下した。笑っている。観衆もおずおずと笑った。彼らが笑っているのは、彼女が自分たちの女王だからだ。遠慮がちだった観客席がまもなく騒々しい笑いの渦にのみこまれると、メランコリアはふいに笑うのをやめた。しばし沈黙が続いた。次にどうしたらよいか、観衆は戸惑っている。

「ロック・イン！」ライトが叫んだ。ふたたび空気が咳払いをし、今回はメランコリア・ビショップがマグノキープ・プラットフォームに固定（ロック）された。メランコリアの声を拾っていたHMC*が彼女の背後の上空に移動した。観衆が小さく息をのむ。解放の日だというのに、彼女を黙らせるために強引にロックするとは。戦士の品位にふさわしくない。突然の磁気ロックによって発言をさえぎられてもよいのは、卑劣な者、未熟な者、ルールに従わない者、怖じ気づいた者だけだ。人々は見ていられなくて目をそらしたが、いまそこで作られようとしている歴史——メランコリア・ビショップの解放——を見逃すまいと、すぐにまたフィールドに視線を戻した。

「デスマッチ開始！」ライトが宣言した。

ロックが解除されるうつろな音がアリーナに大きく響いた。女二人が戦場に放たれた。

サーウォーは立ち上がるなり走りだした。真正面に立つ負け知らずの女に向かって一直線に走る。十分に距離を縮めたところで地面を蹴り、高々と跳んだ。コルク抜きをしっかりと握り直して振りかぶり、狙いを定めた。雄叫（おたけ）びとともにコルク抜きを突き出す。首だ。首を狙え。全身がそう言っていた。

メランコリアはサーウォーの手首をつかみ、サーウォーの勢いをくじくと、腹にパンチを叩きこんだ。

**メランコリア**

バスドラムのリズムに合わせ、人々がコールする。彼らはメランコリアの〝キャッチ&クラッシュ〟を——ハス・オマハあるいはヴェガを地面に落とし、その手で相手をつかんで身動きを封じ、反対の手に持ったままの武器でとどめを刺すのを——幾度となく目撃してきた。しかしこのとき、メランコリアは取るに足らぬ雑魚の手首をつかむと、素手でパンチした。死の一撃にはとうていなりえないパンチ。獲物をもてあそんでいるのだ。観衆は笑い、はやし立て、歓声を上げた。女王は最後の最後までショーウーマンに徹していた。

「振り抜くのよ。当てるつもりで振ってはだめ」メランコリアが言った。ほかの者には聞こえていない。近くを飛び回るHMCはない——集中力を殺いで勝敗に影響を及ぼしかねないから、試合中は近くを飛ばない——うえに、兜をかぶっている。バトルグラウンドで二人が交わす言葉は、二人だけのものだ。

メランコリアはもう一発サーウォーにパンチしたあと、芝生に投げ倒した。殺せたのに、あえて殺さなかった。サーウォーにもそれはわかった。なぜだろう。さっき手首をつかまれたとき、たしかに死が見えた。サーウォーは死を覚悟して顔を上げた。冷酷な女王がそびえ立ってこちらを見下ろしていた。

「聞こえてる？」メランコリアが訊いた。

サーウォーはフィールドを這った。肩で息をしながら芝生の表面を何度も掌で払う。コルク抜きを落としてしまった。自己嫌悪に襲われた。おなじみの強烈な自己嫌悪。サーウォーは泣いていた。みじめな自分が哀れでならなかった。這いつくばって武器を探している自分。半狂乱の自分、まもなく死ぬ自分。ところが、サーウォーを殺すはずの人物が話しかけてきた。「聞きなさい」彼女は

*ホロ・マイクロフォン・カメラ（HMC）・アイボール™は、アクションスポーツのあらゆる場面の動画と音声を記録するための主要デバイス。インテリジェントな自動浮揚推進飛行体であるこのカメラは、視聴者に代わってどこへでも入りこむ。コーデックス・プロダクト社の製品。

言い、サーウォーの脇腹を蹴った。サーウォーは芝生にあおむけに転がり、むさぼるように空気を吸いこんでふたたび立ち上がった。

勇気を奮い起こし、〝聖戦の闘士〟を見つめた。勝ちたい。どうしても勝ちたかった。目の前のこの女を叩きつぶしたいという衝動が腹の底でめらめらと燃えていた。観衆を嘆き悲しませてやりたい。生きたいとこれほど強く思ったのはいつ以来だろう。

武器がないまま、サーウォーはメランコリアに向かって走りだした。地面を蹴って跳ぼうとしたとき、ウォーハンマーとメイスが両方とも地面に置いたままになっているのが目に入った。巨人は彼女の命を玩具(おもちゃ)にしているのだ。サーウォーは全速力で走り、死を覚悟した者の悲壮な決意とともにメランコリアにぶつかっていった。二つの体が地面に投げ出され、白いハッシュマークの上をすべった。まもなくサーウォーは、頭皮が引っ張られるのを感じた。もみ合いながら頭に手をやったとき、胸に拳が叩きこまれた。髪を乱暴に引っ張られ、膝立ちになった。

「髪は剃(そ)り落としなさい」メランコリアはサーウォーの髪をつかんだまま言った。今回はその声がはっきりと聞こえた。命令されているのだと理解した。

「髪は剃り落としなさい」メランコリアが低く凄みのある声で繰り返し、今度は顔を殴りつけてきた。サーウォーの鼻から血が流れて唇を濡らした。またも地面に投げ出された。

「すぐ目の前にある」そう言う声が聞こえた。「いま選びなさい」メランコリアは勝利を宣言するように両手を突き上げた。全世界が歓喜の叫びに包まれた。

見つかった。螺旋状の金属、それがねじこまれたサクラ材の柄。サーウォーは蛇のようにそれに飛びついた。焦るあまり、つかんだ拍子に中指を深々と切ってしまった。あふれ出した血を無視して立ち上がった。気配を察したメランコリアが振り返った。それから手を伸ばしてウォーハンマーを握った。

サーウォーは大きな歩幅で用心深く歩き、メランコリアを中心にして大きな軌道を描いた。割れんばかりの歓声は単調な低いうなりに変わったが、サーウォーの体の痛みと同じく、遠い残響にすぎなくなっていた。

「私は彼らのゲームの駒を演じた。同じ過ちを犯さないで」

「ここで死ぬつもりはない」サーウォーは言った。長いあいだ心の奥底に押しこめられていた一面が顔をのぞかせようとしていた。

「だったら、振り抜きなさい。当てようとするのではなく」

サーウォーはメランコリアを見つめた。

「私はもう疲れたのよ」メランコリアは続けた。「わからない？」

「ここで死ぬつもりはない」サーウォーは繰り返した。言葉が勝手に口から出ていく。メランコリアの周囲を歩きながら、軌道を少しずつ広げて助走の距離を稼いだ。メランコリアはその場で向きを変えながらサーウォーを目で追った。

「だったら、振り抜きなさい。当てようとするのではなく。その頭は剃るのね。あなたの顔のうちの一つだけを見せるようにしなさい。それだけを愛させなさい。何より肝心なことよ。愛させておいて、離れるの」

サーウォーはコルク抜きを握り締めて待った。

メランコリアは軽く重心を落とした。そのスタンスはこう言っていた――**さあ、かかってきなさい**。それからサーウォーを見て言った。「私があなたを生かすんじゃない。あなたが生きることを選ぶのよ。私はいまからこのハンマーをバックハンドで大きく振る。ハンマーが動き出したら最後、私にも止められない。わかった？」

わかった。だが、わからない。理解できなかった。そのときは。メランコリアが兜を脱ぐ。肌は黒いのに、それでも首の傷痕がほのかに輝いた。黒髪はタイトなコーンローに結われている。メランコリアは両腕を高々と上げた。観衆がまたも歓喜して叫ぶ。サーウォーはジャンボトロンの巨大画面を一瞥(いちべつ)した。そして思った――この神は、自分と同じ一人の女にすぎない。

メランコリア・ビショップの顔を笑みがよぎった。次の瞬間、笑みは残忍で凶悪な表情に変わった。サーウォーは運命に向けて足を踏み出した。

左腕を大きく振る。手は軽く握られていた。右脚を高く持ち上げ、力いっぱい地面を踏みつける。猛然と走る。加速の解放感を噛み締めた。目はメランコリアの首をとらえて離さなかった。その首は、柔らかな人間のそれだった。サーウォーは左腕を後ろに振った。掌で空気をつかんで背後に押しやる。反動で左脚が前に出る。膝を引き上げる。歩幅が大きくなる。サーウォーは走った。

メ――

左足が最初に地面についた。足裏のなかほどから着地し、無駄なく重心を爪先に移し、ふたたび地面を蹴る。体は忘れていない。目標に向けて走る感覚を記憶している。この先もずっと忘れないだろう。

――ラン――

両腕が互い違いに動き、正確な道筋をたどってすれ違う。右脚が持ち上がる。地面に下りる。歩幅はいっそう大きくなった。あと少し。頭を空っぽにした。飛ぶように前進する自分の肉体をただ信じた。

――コリア

腕を交互に振り、足で地面を蹴る。サーウォーは腕と脚を力強く動かし続けた。スピードが上がる。肉体はこう言っていた。この速度があれば、私が——おまえの肉体が——最大の武器だ。あと二歩を残したところで、メランコリアの腕がバックハンド側に動いてエネルギーを溜めた。ウォーハンマーをかまえるその姿は、これから起きる破壊を予言するようだった。
サーウォーの足がまた着地する。メランコリアが前に踏み出す。押し出されたハンマーが、今度はメランコリアを引く。ハンマーが殺しの歌を奏でた。サーウォーは前のめりに体を投げ出した。頭と首をすくめて前転する。新たな死をもたらすはずのウォーハンマーが空を切った。サーウォーはしゃがんだ姿勢から右に跳び、それと同時にコルク抜きを握った右手を突き出した。叫び声を上げ、メランコリアの顎を斬りつけた。

　静寂が、サーウォーのなかに新たな何かを産み落とした。右手に赤いものが垂れ、全身を興奮が駆け抜けた。メランコリアの唇から血が噴き出した。ハンマーが一瞬だけ持ち上がり、振り下ろされたが、サーウォーは体をひねってその殺意に満ちた道筋から逃れた。ハンマーはサーウォーの肩をかすめただけだった。メランコリアの背中に食らいついた。両脚をウェストにからみつかせ、メランコリアの首にコルク抜きを突き立てた。いったん抜き、また突き立てる。もう一度抜こうとしたが、コルク抜きは抵抗した。肉や腱にからんで動かない。かまわず力ずくで引いた。柄だけが抜けた。金属の螺旋部分はメランコリアの喉の奥に取り残された。武器を失ったサーウォーは、メランコリアの頭を拳で殴りつけた。強力なパンチを三度食らわせたところで、チャンピオンの膝がふるえているのがわかった。

　メランコリアの手が後ろに伸びて、サーウォーを弱々しく叩く。うっとうしいハエを叩くようなしぐさ。ウォーハンマーは地面に落ちていた。サーウォーは甘く濃密な静寂に聞きほれた——畏怖の結晶のような静寂に。

咆哮（ほうこう）を上げた。その瞬間、世界に響いていたのはその声だけだった。サーウォーはメランコリアの背中から飛び下りた。メランコリアは放心したように突っ立っていた。微動だにしない。いつまでも倒れないのを見て、サーウォーは急いで地面を探った。指先がウォーハンマーを見つけた。それを握り締めた。メランコリアは立ったままじっとこちらを見ていた。ふいに恐怖に駆られて、サーウォーは後ろに飛びすさった。メランコリアの体が揺れた。手で首を押さえた。その手をまた離す。疲れきった茶色の美しい目が一瞬だけ大きく見開かれ、サーウォーを、自分を殺す者をまっすぐに見た。

**かかってきなさい**。その目はそう言っていた。

サーウォーは従った。走った。ハンマーを振った。その元来の使い手の顔が破裂した。観衆が、人々が、一斉に静寂を破った。

# 第1部

# ハリケーン・スタックス

それは神聖な瞬間だ。

数千人の低いざわめきが彼女を待っている。声の海原が頭上から彼女をのみこむ。彼女は大鎌を両手で持つ。護送官を安全な距離に下がらせ、大鎌を左に、右に振る。背骨が温まる。エネルギーが全身にあふれだす。目を閉じて、自分の肉体に入りこんだ。彼女の体内はかならずしも安心できる場所ではないが、ここでは、人の声でできた海原の底では、完璧と感じられた。

すぐそこのゲートが開いた。光へと開けるトンネルの出口に立ったハマラ・〝ハリケーン・スタックス〟・スタッカーは、まだシルエットでしかない。

輝く金属のボールが目の前に漂ってきた。それに向かってコールを始める。「ナイフに安らぎを感じさせるのは誰？」

軽やかなメロディとピッチシフトをかけた歌声の繰り返しに、エレクトロシンセの音が重なった。人々の心臓の鼓動も速くなる。

**スタックス**──確信に満ちたレスポンス。

スタックスはフィールドに飛び出した。無数のスポットライトがその姿をとらえ、明るい茶色の肌を黄金色に輝かせた。太いロープのようなドレッドロックスがうなじ伝いに肩を越え、軽量炭素繊維強化プラスチック(CFRP)のチェストガードの下まで届いている。チェストガードにはホールマーケット™のロゴ──フルーツが山と盛られたバスケット──がある。左右のすねと左腕にボルトレザー素材の白いバトルクロスが巻かれている。それはサーウォーが流行らせたスタイルだ。ボルトレザーに守られた左の上腕には、硬質素材のアーマーも装着されている。もとは純白だったコンバットブーツは、茶色や赤の染みが点々と散って、砂利の浮いた乾いた地面を連想させた。太ももには着圧素材がぴたりと張りつき、筋肉をくっきりと盛り上げている。そのコンプレッションタイツの腰のあたりにも、ホールマーケット™のフルーツバスケットのロゴが入っていた。ほかの大手ブランドなら、局部に近いもっと目立つ位置にロゴを入れるだろうが、ホールマーケット™はファミリー向けのブランドだ。

手首はほのかに光を放っていた。二十四時間、彼女を管理し続ける磁気手錠が、つねにそこで存在を誇示している。

カメラがもう一つ周囲を飛び回り、全身に彫りこまれた〝X〟のタトゥーを映していた。引き締まった腹部に一つ。首に数個、左右の腕にも数個。まぶたにも左右一つずつ。その一つひとつが、過去に奪ってきた命を象徴していた。彼女は死と生命の集まりだ。

「声が小さいよ」スタックスはスタジアムに向けて叫ぶ。

百倍に拡大されてジャンボトロンの画面に映し出されたスタックスの顔は、不満げに歪んでいる。自分たちの不足に気づき、観衆がさらに声を張り上げた。スタックスの唇がいたずらっぽい笑みを描いた。

「みんながズ、リ、ネ、タにしてるあの美女は誰？」スタックスはすぐ前を漂うHMCに向かって歌うように言った。手と腕を駆使して愛用の大鎌〝ラヴガイル〟をバトンのように回す。回転速度はしだいに上がった。スタックスはラヴガイルを全身にからみつかせるように動かす。刃のついた重たいヘッドが速いスピードで空気を切り裂いた。ラヴガイルの柄と刃がスタックスの分身であることは誰もが知っている。彼らは彼女の名を叫んだ。

**スタックス！**

「みんなの心を打ち砕くあの冷酷な美女は誰？」

**スタックス！**

「心がちぎれるくらい愛してるあの美女は誰？」

**スタックス！**

ハリケーン・スタックス。彼らはスタックスの風と雷鳴だ。

「ここでは愛は死んでいる。あたしはそれを変えたいの。さあみんな、あたしに息を吹きこんで！」スタックスはラヴガイルのヘッドを地面に突き立てた。刃の先端が土に食いこみ、黒と金のボルトレザーが巻かれた柄は、アリーナの踏み固められたフィールドからななめに伸びた。フィールドの地面は何もなくて平らだが、中央付近にはいくつか小さなマウンドが盛り上がっていて、それを取り囲んで車が五台、視聴者から確実に見えるような配置で展示されていた。フィールドの外周は環状のハイウェイに似せて造られているが、敷かれた〝アスファルト〟の正体は、薬品処理されたプラスチックだ。スタックスがいるのと逆サイドに置かれた白いセダンのフロントガラスは、直前の試合のとばっちりを食ってひび割れていた。青いパワートラックのフィールドに近い側、助手席のドアは、血まみれの歯茎から抜けかけた歯のようにフレームから力なくぶら下がっていた。

「ハリケーンが好き？　それとも、心がちぎれるくらい愛してる？」

**愛してる。愛してる。愛してる。愛してる！**

「愛の意味も知らないくせに。だってそうでしょ？　誰もまだ見たことがないんだから。でも、それだっていまから変えるよ。今夜あたしは胸を震わせるような愛をみんなに届けにきたの。どうよ、愛がほしい？」

　声の洪水があふれ、連帯感がその場の全員をのみこむ。スタンドの最上階にいる観客から、最前列のブラッドボックスの観客まで。ブラッドボックスのすぐ前はブラッド・ポイントを使って観戦に来た戦士（リンク）の専用席で、そこにはサーウォーも座っていた。

　サーウォーは恭しい沈黙のうちに見守った。きれいに剃り上げた頭がむずがゆい。サーウォーの両側には武装警察が控えており、サーウォーの手は掌を空に向けてロックされていた。まるで天に恵みを求めているようなポーズだった。左右の手首に並んだ赤く輝く三つの点は、動きたくても動けないことを示している。右腕を見下ろす。真ん中の点がほかの二つとずれているが、見た目に難があるだけで、機能に問題はない。むずがゆさを意識から追い出し、観衆を魅了しているパフォーマーに畏敬の視線を注ぐことに集中した。

「どのくらい？」スタックスはラヴガイルを地面から引き抜き、一歩前に踏み出した。スタックスはときどきラヴガイルをどこか遠く離れた場所に置いたまま試合を始めることがあり、それが一種のトレードマークにもなっていた。そうやって自らハンディを負うのは、観衆にスリルを味わわせるための演出だ。

「あたしを愛してるって――これくらい？」スタックスは目の前のＨＭＣに向かって言った。大鎌の柄の先で土の地面に線を引く。ＨＭＣは、その動作に半拍と遅れずに追従した。観衆がブーイングする。もっとと要求している。

「みんな欲張りだな」スタックスは笑い、小走りに何歩か進む。ブーツの下で砂埃（すなぼこり）が舞い上がり、舞い落ちる。

「じゃあ、これくらい？」新しく線を引く。観衆が不服の叫びを上げた。「わかった。わかったよ。

ねえ、あたしは彼に勝てそうだと思う？」スタックスはすぐそこのゲートを指さした。アリーナの真ん中に移動し、踏み固められたマウンドの上に立つ。観衆からふたたび歓声が上がる。スタックスは一瞬、ラヴガイルを肩に載せたが、すぐに大きく振り下ろして切っ先を地面に食いこませ、手を放した。大鎌は国旗のように立った。これほど離れた位置に武器を置くのは初めてだ。観衆が歓喜を叫ぶ。

スタックスは手首から幅広のヘアゴムを取り、ドレッドロックスを一つにまとめてゴムで留めた。ばらけたゆるい鞭（むち）だったものが、頭から垂れる一本の枝に変わる。それから武器に背を向けた。歓声のなか、いま来た道を逆にたどった。魂は感じるものであって、飼い馴（な）らすものではない。それは彼女のなかにあふれ、彼女を鼓舞し、輝かせ、生の実感を与え、自由さえ感じさせた。スタックスはアリーナに登場したとき通ってきたゲートのすぐ前にある黒いタイルまで戻った。彼女の接近を感知して、マグノキープ・プラットフォームの外周が赤く輝いた。

スタックスは両腕を高々と突き上げた。そうやって崇拝の声を全身に浴びたあと、首の左側のシンプルな黒いXを指さした。

「狙いはここよ。ここを突けば、ハリケーン・スタックスにとどめを刺した人間になれる！」

波動に似たかすかな音が始まった――マグカフが作動する音だ。スタックスは下へと引き寄せるすさまじい力にしばし抗（あらが）った。それもパフォーマンスのうちだ。手首で輝くランプがオレンジからレッド三つに切り替わり、骨に埋めこまれたカフが、足もとのプラットフォームに膝をつけと命じた。スタックスが口をすぼめてキスの表情を作った次の瞬間、両手首のマグカフが黒いプラットフォームに吸い寄せられ、スタックスは祈りを捧（ささ）げるときのように膝をついた。両膝をつき、両手首を磁力でロックされたまま、スタックスは待った。その時が来たら即座に地面を押して立てるよう、指を大きく広げている。

　ミッキー・ライトはその様子を見守りながら、ステージと実況ブースを兼ねたバトルボックスの階段を上った。スタックスが登場したゲートのすぐそばだ。ジャンボトロンに映った自分の笑顔をちらりと確かめてから一つ大きく息を吸い、HMCに向かって声を張り上げた。「出場者の一方はバトルの準備が整ったようです。果たして勝利を収めるのはどちらか。グリズリーか、それとも嵐か」〝嵐のなかのグリズリー〟というのが今日のこの一戦のキャッチフレーズで、集まった観客の多くは巨大グリズリーが稲妻を放つ雲に鉤爪(かぎづめ)を立てているイラストをあしらったTシャツを着ていた。「ハリケーンは最大風速に達した模様です」ライトはバトルボックスに駆け上がった。「さて、対するベアはどうしているかな」

　アリーナの反対側の金属ゲートが開いた。天を衝(つ)くような巨漢が現れた——バリー・〝怒れるクマ(レイヴ・ベア)〟・ハリスだ。

　スピーカーからデスメタルが大音量で流れ出した。容赦のないブーイングがレイヴ・ベアに浴びせられた。鎧で身を固めたベアが重たくゆっくりとした足取りで進み出た。胸と背中は、退役した潜水艦の船体から切り取ってきたような分厚い金属プレートで守られている。左右のももにも似たような金属プレートを着けていた。むき出しの手と腕、肘、膝は汚れていて、皮膚はピンク色を帯びている。胸と背面のプレートの下は素肌だ。背中と腰に下げた金属の棍棒(こんぼう)がプレートにぶつかってうつろな音を立てている。棍棒には二本ともホライゾン・ワイヤレスの有名なロゴ、翼のついたHの文字が刻まれていた。溶接マスクに似た鉄兜の前面には、大きく開いた口からよだれを垂らしているグリズリーがスプレーペイントされている。

　HMCがベアの口もとに近づき、ベアはそれに向かって低くうなった(グラウル)。ベアのトレードマークである〝グリズリー・グラウル〟が地滑りのごとく轟き渡り、観客席からまばらな歓声が上がった。ベア一筋のファンがいないわけではない。そこそこ腕の立つリンクを何人か倒した実力の持ち主だ。ベアの前では、パウエル・アングラーの槍（やり）さえミツバチの針ほどの威力しか発揮しなかった。ちなみにパウエル・アングラーは、決して二流の戦士ではなかった。

　ベアは棍棒を取ってプラットフォームの傍らの地面に置いた。マグノキープに膝をつく。波動音がして、ベアはロックされた。

「よーし、ハリケーンと飢えたクマの双方がロックされた。試合の準備は整いましたよ」ミッキー・ライトが声をはずませた。「ここで最後の言葉を聞いておきましょう」バトルボックスから下りて電動スクーターにまたがり、にこやかに微笑（ほほえ）んで手を振りながら、アリーナの外周伝いに走った。これにわざと時間をかけ、観衆が待ち望んでいる瞬間を先延ばしにする。

　先に巨漢バリー・ハリスのところに向かった。手前でスクーターを降り、マグノキープ・プラットフォームにうずくまったレイヴ・ベアのすぐそばにあぐらをかいた。のちのち人々の記憶に残るのはこのイメージであることをライトは熟知している。錆（さ）びた鎧をまとった〝半人半クマ〟の男と、注文仕立てのグレーのスーツを着た男。もちろん、マグカフが何らかの不具合で解除されるような万一の事態に備え、レイヴ・ベアの手が届かない距離を確保していた。

「さて、何か言いたいことはあるかな、ベア。強敵ハリケーンとの対決を前に、言っておきたいことは？」

　マグカフは赤い光を放っている。頭を垂れていたベアは顔を上げ、土のフィールドの逆サイドにいるスタックスと、遠く離れた位置に――スタックスよりベアに近いと言っていいような位置に――放置された大鎌を見やった。

「あのビッチに言うことなんかないね」ベアの野太い声は兜の奥でくぐもっていた。**あの女を殺せ、あの女を殺せ**――〝ベア〟がバリーに言った。バリーをここまで生き延びさせたのはベアだ。**あの女を殺せ**。自分はここまで上り詰めた。それ以外のことは考えられなかった。覚悟はできている。彼は吠えた。覚悟はできている。観衆が叫ぶ。みな彼を嫌っている。しかしこの試合が彼の勝利に終われば、彼が一番人気に躍り出るだろう。

「おやおや、威勢がいいね！」ミッキー・ライトは跳ねるように立ち上がり、ふたたび電動スクーターにまたがって、今度はスタックスの最後の言葉を聞きに向かった。さっきほど時間をかけなかった。観客のウォーミングアップは十分だ。ここまで待った彼らにまもなく褒美が与えられる。今回、ライトはスクーターから降りなかった。次の約束に遅れそうだとでもいうみたいだった。ライトの声がアリーナに響き渡る。「きみはどうかな、ミズ・スタックス。最後に言っておきたいことがあればどうぞ」

スタックスが顔を上げた。この数分、瞑想や祈禱(きとう)にふけっているかのように頭を垂れたままでいたスタックスは、嘘偽り(うそいつわ)のない笑みを浮かべた。

サーウォーは、スタックスの下の前歯が小さく欠けているのまで見えたような気がした。巨大スクリーンを見上げて確かめるまでもなく、スタックスの目が優しげに輝いているのがわかって、サーウォーの胸に恐怖に似た感情が湧き上がった。

「愛してる」スタックスはバリー・ハリスのほうを見てささやくように言った。その最後の言葉は、過去十回の対戦相手に向けた最後の言葉と同じだった。だから、スタックスが口にすると同時に、スタンドで見守る数千の観客もそのフレーズをスタックスと一緒に唱えた。

**愛してる**。全世界が叫んだ。スタックスはその宣言がスタジアムにこだまするのを聞き届けると、肉体の内側にふたたび引きこもり、自分の力の真の価値を感じようとした。スタックスはその力の容れ物だ。どのデスマッチでも、愛を言葉で説いてきた。愛、愛、愛。愛のないこの場所を愛で満たそうとした。それをライフワークとしていた。彼女が伝えようとしているのは、彼女、ハリケーンには、他者を大きな愛で包みこむ力があること、誰もが自分を顧みれば、自分にも同じ力があると気づくはずだということだ。そして、その力がどんなことを可能にしたか、自分たちが何を生み出してきたか、それを理解する日がいつか来るかもしれないということだ。

「けっこう」ミッキー・ライトが言った。「さあさあ、これ以上は待てないぞ！」スクーターを運転して実況ブースに戻り、スクーターごとなかに入った。全面プレキシガラス張りのブースからフィールドを見やり、顔の近くに設置された有線マイクに向かって叫ぶ。「アンロック！」空気が咳をしたかのような音がスタジアムに響き、強磁界発生装置が解除された。試合開始だ。

ベアがいつもどおり、怒りを天に捧げるように吠えた。フィールドの逆サイドでは、スタックスが掌でプラットフォームを押して立ち上がり、歩きだした。最初の数歩をゆっくりと慎重に踏み出す。まるで体をほぐそうとしているかのようだ。

ベアは二本の棍棒を手に走りだした。その動きは重く、飢えた獣のようで、体軀に似合っている。走りながら頭上で棍棒を打ち鳴らす。十分な距離を置いて追従するＨＭＣが、肩の革紐で前後が結ばれた鉄のプレートがベアの湿った肌に吸いついては離れるかすかな音を拾った。

スタックスも走りだした。軽やかでなめらかな走りだ。両手を軽く握っている。腕を振る動きがしだいに速くなる。大きな歩幅でたちまちのうちに距離を稼いだ。

二人はほぼ同時にラヴガイルのある地点にたどりついた。スタックスがラヴガイルの柄に手を伸ばす。

スタックスを粉々に砕いてやろうと、ベアが棍棒を振る。

ラヴガイルを手にしたスタックスは、ダンスを踊るようにしなやかな動きでそれをかわした。棍棒が空を焼き焦がし、スタックスの左の脇腹をかすめた。変化球をとらえそこねた強打者のバットのような、冷たく容赦ないスイング。スタックスは回転を続け、その勢いを借りてラヴガイルの刃を振り下ろした。スタックスの背後の世界が大鎌でざっくりと刈り取られた。ベアが自分の体と右脚が切り離されたことにやっと気づいたのは、巨大な体が地面にぶつかってバウンドしたときだった。

観衆が一つになった。驚いて一斉に息を吸った。

次の瞬間、興奮が、生々しいまでのむき出しの歓喜が、スタジアムをのみこんだ。観客席の誰もが立ち上がった。ロックされていなければ、サーウォーも立ち上がっていただろう。狙い澄ましたみごとな一撃。語り継がれるに値する一振り。次の瞬間、サーウォーは立ち上がっていた。護送官がマグカフのモードをオレンジに切り替え、控え室に誘導しようとしていた。サーウォーは振り返れるかぎりずっとスタックスを目で追ったが、まもなく護送官とともにスタジアムに吸いこまれた。

ベアは顔を地面につけていたが、腕はまだ棍棒を振り続けていた。上、下、上、下。固い地面の上を泳ごうとしているかのようだ。一番近いＨＭＣが地面すれすれまで高度を落とし、ベアのわめき声を拾う。その声はまもなくうめき声になり、不明瞭なつぶやきと泣き声に変わった。重ねてきた歳月が、太ももから溶岩のように流れ出していく。観衆は熱狂した。

「くそ」バリーがつぶやく。

「愛してるからね」スタックスは言い、サブの武器――〝キル〟という名のハンティングナイフを抜いてベアの兜と鎧のストラップを切った。ベアの背中には青いＭの文字が一つだけ彫りこまれていた。スタックスは彼をあおむけにし、地面以外のものが見えるようにしてやった。鉄の兜を脱がせた。これで観衆にも彼の死の瞬間が見える。茶色の目は焦点を合わせられないか、視野を漂っている物体を目で追おうとしているかのように揺れていた。髪はもつれて脂じみていた。丸い頬には血の気がない。「彼らのことは心配しないで、ベイビー」スタックスは言った。「彼らのことは気にしないで。これはあなたの瞬間なの。見逃しちゃだめ」そう言って彼の頬に何度かキスをしたあと、喉を切り裂いた*。スタックスのテーマ音楽がスピーカーから流れ始め、観客席から大きな歓声が沸いた。スタックスは彼の体にいくつものXを刻んだ。血があふれた。スタックスはXを一つ刻むたび、血の涙を流す肌にキスをした。そうやっていると、自分自身から遠く離れられるようでありがたかった。自分が何をしなくてはならないか、なぜそれをしているのかわかっている。その自分を、歓喜の声を上げる観客の一人になったかのようにながめていた。

　終わったとき、ベアはまるで木材の破砕機から引っ張り出されたような見かけになっていた。スタックスは血のシャワーを浴びたようだった。「愛してる！」護送官の手でベアの死体から引き剝がされ、元のキープにロックされる前に、スタックスはそう叫んだ。

「ずたずたです。あんなのは見たことがありません。葬儀では棺（ひつぎ）を閉じたままにするしかなさそうですよ」ミッキー・ライトが実況ブースから言った。護送官たちが死体をビニールシートにくるみ、二人が死体の腕を、もう一人が脚を持って、ベアが登場したときのトンネルへと運んでいった。「というわけで、ミス・スタッカーがすでにたっぷり貯めこんだブラッド・ポイントに、さらにポイントが加算されました」ライトは実況ブースを出ると、激しいバトルで荒れたフィールドをはずむような足取りで横切ってスタックスのほうに向かった。

　スタックスは顔を上げ、近づいてくるライトを見て地面につばを吐いた。ライトは速度を落としはしたが、立ち止まらなかった。「いやあ、すごかった。すごいショーだった」愉快そうな声だ。「いまこの瞬間にハリケーンでいるのはどんな気分だろうね」

「素手で子供をひねりつぶすような気分よ。未来へのメッセージをナイフで自分の腕に刻んでいるような気分」スタックスは言った。息遣いは落ち着き始めている。彼女も観客の一人だ。彼女もこの場面を見つめている。「あたしをコロサルと呼んで。自分の未来が見えるから。あらみんな、お礼なんていいのよ」いつか彼らにもわかるだろう。

観衆はいいぞと手を叩いた。教養ある彼らは、スタックスとその言葉を好む。スタックスが生き延びることを願い、現に生き延びていることを心から喜んでいる。バトルグラウンドは無情な暴力の聖地であり、スタックスはほかの出場者と同じく無慈悲だが、ほかの者とは違って、試合のあとにたいがい暴力以外の何かをみなにふるまった。ポエム、物語、そして何よりすべてを包みこむような愛を。ほぼ毎回だ。彼女の暴力、彼女の優しさ、暗号めいたメッセージ、明快なメッセージ。

---

＊バリー・ハリスはかつて飲んだくれだった。よくある例に漏れず。警察に発見されたとき、バリーによれば一番の親友だったハロルド・マーサーの死体の上で酔いつぶれていた。「ずいぶんと変わった告白のしかただな」警察官の一人はそう冗談を言い、バリーの口もとにパンチを食らわせ、手錠をかけてパトロールカーに押しこんだ。バリーとハロルドは、高校のレスリング部の仲間だった。卒業後もたまにレスリングをしていた。バリーの体重は百キロ、ハロルドは七十キロほどだったが、ハロルドはあっさり負けを認めるような人間ではなかった。「何かのきっかけで腹を立てた記憶はあるか？」腹を立てた記憶はたしかにあったが、バリーとしては、腹が立ったからといって自分が相手を殺すとはとうてい思えなかった。ティフが機嫌をそこねて彼を捨てたとき、あるいはもう一度捨てるためだけによりを戻したとき、バリーを慰めるのはいつもハロルドだった。二人が泥酔していたのは事実だ。バリーが目を覚ますと、ハロルドは冷たくなっていて目を覚まさなかった。ハロルドの頭はバリーの胸に載っていて、バリーの腕は一番の親友の首に巻きついていた。バーリントン・〝バリー〟・イーライ・ハリス。

そういった断片が蓄積されて、彼らがハリケーンと呼ぶキャラクターが作り上げられている。彼らは自分が善良な知識人のつもりでいて、だからスタックス流のエンターテインメントを評価する資格が自分にはあると当初から思っている。たとえそれが胸に重苦しいものを残すとしても。たとえそれが疑問を——いや、それについて深く考える必要はない。真に偉大なリンクにしか到達できないコロサルという高みにスタックスがあと一歩まで近づいたことを、彼らは純粋に喜んでいた。

　スタジアムの控え室ではサーウォーが、グランド・コロサル*の称号に戸惑っている自分に苦笑していた。その称号は一種の所有物だ。初戦からそろそろ丸三年を迎えようとしているサーウォーは、与えられたばかりの称号に、執着に似た強い所有意識を感じていた。この世界に来てから得た親友の一人が少し前に死に、サーウォーがその称号を手にすることになった。グランド・コロサルの称号はいま、彼女のものだ。ついさっきスタックスは自分をコロサルと呼べと観衆に求めたが、今日の時点ではまだハーシュ・リーパーだった。

「詩人だね」ミッキー・ライトはスタックスを連れていくよう護送官に合図した。

「愛(いと)しの彼女に励ましの言葉はあるかな」ライトはスタックスの血で濡れた髪をつかんだが、すぐに放し、不快そうな顔で血のついた手を振った。「彼女にとってはビッグな夜だ。今夜の試合に勝てば、前人未到の記録を達成することになる。もうじき三十五カ月。それについてはどう思う？」

「今夜のキャンプは祝賀会になると思う」スタックスは答えた。「あなたたちにはおいしいネタになりそうよね」観衆が笑った。ライトは決まり悪さを隠すように口もとを手で覆った。

「期待して結果を待ちましょう」ライトは言った。スタックスの背後に並んだ護送官の一人が黒いマグロッド**™をスタックスの手首に押し当てた。三つ並んでいたステータスランプがつながって一つになり、スタックスの両手首がロッドに吸い寄せられて固定された。スタックスは立ち上がった。

その様子は釣り糸に引っかかったサメに似ていた。

「みんな愛してるよ」スタックスは退場する間際にもう一度言った。観衆が大きな歓声を上げた。

護送官に引き立てられながら、スタックスはサーウォーを一目見ようとするかのように首をひねった。だが、思ったとおり、サーウォーがいた席は空っぽだった。護送官の一人がスタックスの大鎌とナイフを拾った。一同はスタジアムの奥に消え、観衆は発売されたばかりのFX-709エレクトリコ・パワー™ピックアップトラックのコマーシャルを見上げた。

マイナーリーグ野球チーム、ヴルーム・ヴルーム・シティ・ローラーズの選手の顔写真が並んだ壁に、武装警察のブーツが灰色の床を踏む足音が反響した。「タオルが要るかもしれないなって誰も思いつかなかったわけ？」スタックスが言った。すぐ横を歩いていた護送官の歩調が一瞬乱れた。シールドの奥で、しまったという顔をしているのがわかった。武装警察はみな黒いシールドがついたヘルメットをかぶっていて、目の表情は外からまったく見えない。

「黙ってろ、囚人」このユニットのチーフであることを示す灰色のバンドを上腕に巻いた護送官が言った。

「本気で言ってるわけじゃないわよね」スタックスはシールドの奥をまっすぐに見て言った。

＊その時点で解放（フリード）にもっとも近い位置にいるリンクに与えられる称号。すべてのリンクは、次のいずれかのランクに属している。ルーキー、サバイバー、カスプ（過渡期）、リーパー（死神）、ハーシュ・リーパー（非情な死神）、コロサル（超人）、グランド・コロサル（最超人）、フリード（自由人）。
＊＊アークテック™マグネティック・ハンドル・バトンTe-SIP2・2マグロッド™モデル7は、マグネティック・セキュリティ・シリーズ7全製品と接続可能なコントロールデバイス、移送時のアシスト装置、堅牢な護身ツール兼制裁ツール。〈アークテック™、セキュリティ界の北極（アークティック）〉。

「口を閉じてろと言ってるんだ、囚人」護送官は繰り返し、早く歩けと部下に合図した。

スタックスは目を閉じて歩き続けた。「タオルがほしい」

「控え室に用意がある。シャワーだって浴びられる。知っているだろう、スタッカー」

「スタックス」

「おい、囚人」チーフが言う。

「コロサルよ」

「まだ違うだろう」

スタックスはふいに床に座りこんだ。そのままあおむけになり、マグロッド™にロックされたままの両腕を頭上に伸ばす。全身の肌を濡らした血が乾きかけてぽろぽろ剥がれ落ち始めていた。スタックスはこの時間を存分に味わおうとした。数十万の目にさらされているのではなく、ほんの数人の軟弱な男に監視されているだけのこのわずかな時間を。〝ハリケーンを演じろ〟と要求するカメラにつきまとわれていない瞬間を。ここでは悔やみたいだけ悔やめる。人目を気にせず希望を描ける。自分自身でいられる。自分のことだけを考えようとした。サーキットのことではなく、サーウォーやサンセットのことではなく。たったいま自分が斬り殺した哀れな男のことでもなく。

護送官の一人が警棒でスタックスの脇腹を打った。咳が出るほどには強く、しかし彼女が使いものにならなくなったら自分が罰を受けると恐れていることがわかる程度に軽く。「行くぞ、囚人」

ふだんはめったに会えない自分と過ごすこのひとときを心ゆくまで楽しみたかった。深い不安を感じた。高ぶった感情が鎮まるのも感じた。頭痛も。どんな形で下されるかわからない報いに対する恐怖も。あたしはハマラ・スタッカーなのだと自分に言い聞かせる。ハリケーン・スタックスなのだとも言い聞かせた。それから、その二人のどちらでもないと言い聞かせた。不安が重くのしかかってきて、呼吸を忘れないようにした。これは幸せなひとときであることを忘れないようにする。今度は脇腹を蹴られ、警棒で腰を強打された。一つ息を吸って、いまここにあるものを頭のなかで一つひとつ確かめた——スタックスを恐れている軟弱な男たち。流されたばかりの血。ひんやりしたコンクリート。近づいてくるさらにたくさんのブーツの足音。

目を開き、チーフを見上げた。チーフは顔の向きを変えた。部下たちはチーフに注目している。

「偉大なるミス・スタックス」チーフが言った。「頼むからそのコロサルの尻を床から上げてくれないか」腕をつかんでスタックスを立ち上がらせようとした。スタックスは抵抗せずに立ち上がった。

「あたしのお願いはこれだけよ」スタックスは甘い調子で言った。

肩を回し、首筋を伸ばして、痛くもかゆくもない、武装警察の暴力など何でもないと見せつけた。数メートル先のドアが開いた。スタックスは微笑み、指をひらひらと動かした。

「会わせて」サーウォーは静かに言った。

「短時間だけだぞ」武装警察の一人が応じた。なんといっても相手はサーウォーだ。

スタックスは、こうして通路で会えるよう、何らかの手を使ってここに留(とど)まっていたらしい。全身が血にまみれているとはいえ——血にまみれているからこそ——無事に生きて微笑んでいるスタックスを見て、サーウォーはそこに本物のスタックスが透けて見えたような気がした。たったいま人を殺し、死が運んでくる感情をひとまとめに受け止めたばかりのスタックス。サーウォーはウォーハンマーをしっかりと握り直して歩いた。スタックスの護送ユニットも心得ていて、一歩脇へ離れた。スタックスを拘束しているロッドを握った一人はチーフを見やり、チーフがうなずくと、スタックスを解放した。スタックスの手首のランプがレッドの一本線に変わり、左右が互いに引き寄せられてロックされた。二人の戦士は――一人は汚れがなく、もう一人は果てた命にまみれた戦士たちは、見つめ合った。

「いい試合だった」スタックスと同じく、サーウォーの手首もひとまとめにロックされている。

「なんてロマンチックな言葉」スタックスは表情を歪め、がっかりしたような大げさな表情を作った。サーウォーは笑みを浮かべた。それから体の向きを変え、ライフデポ™のロゴ――釘を叩くハンマー――が刻まれたカーボン樹脂のアーマーに守られた肩をスタックスに近づけた。スタックスも同じように向きを変え、自分の肩を差し出した。二人の肩が触れた。ホームセンター・チェーンのロゴが血で汚れた。サーウォーは目を閉じた。スタックスは目を開いたまま、この瞬間を堪能するサーウォーを見つめた。それは真の戦士二人が交わすバトルハグ、何世紀も忘れられていた戦士の抱擁だった。

　サーウォーは肩を触れ合わせたままでいた。やがてスタックスが体を引き、背筋を伸ばして、サーウォーが目を開くのを待った。「試合に集中してね」スタックスは言った。「あたしのところに戻ってきてくれないと困っちゃうから。これから二人でいろいろ変えていくんだよ。サンセットが望んでいたとおりに」その先の言葉をのみこんだ。バトルと無関係の未来をあまり意識させては危険だ。人を殺すには、いまこの瞬間に集中していなくてはならない。「あたしとあなたで」スタックスは最後にそう付け加えた。

「二人なら」サーウォーは唇の動きだけでそう応じた。

　そしてサーウォーは、前グランド・コロサルのサンセットに思いを馳(は)せた。サーウォーと同じようにこの生き方を選択し、その決断を最大限に生かすにはどうすべきか、サンセットは理解していた。しかしその週の初めのある朝、サーウォーが目を覚ますと、彼は死んでいた。サンセットは死に、自分が殺したと申し出る者はいなかった。彼が死んだのはブラックアウト・ナイト——すべてのカメラがオフになる夜のあいだだった。どうやって死んだのか、殺した者以外、世界の誰も見ていなかった。発見時、サンセットは喉を掻き切られていた。何者かが背後から忍び寄って殺したかのように。その何者かはサンセットの剣を使った。手際がよかった。サンセットは自由まであと一歩のところに迫っていた。サーウォーはその死を防げなかった。サンセット・ハークレスを殺したのは、サーウォーと同じチェーンの誰か、アンゴラ＝ハモンド・チェーンギャングの誰かだ。ロレッタ・サーウォーはAハムのすべてを知り尽くしているのに、犯人には皆目見当がつかなかった。漠とした疑いがないわけではないが、それを深追いするのは怖い。

　こみ上げてきた感情を、いつものように押し戻す。鼻から息を吸い、止めてから、自分とウォーハンマーに関係のないすべてを吐き出す。試合終了まで、それ以外のいっさいを意識してはならない。サーウォーはようやく目を開けてスタックスを見た。今夜の試合はクエスチョン・マッチだ。対戦相手が誰なのか、どの程度の実力の持ち主なのか、まったく知らされない。それでもやはり、あれこれ想像せずにはいられなかった。

「いまさら警戒するような相手はいないよ」スタックスが言った。「あたしのチェーンの一員でラッキーだね」にやりとしながらそう付け加えた。それは冗談ではあるが、事実でもあった。同じチェーンに属するリンク同士がバトルグラウンドで対戦することはない。チェーンはいわゆる〝チーム〟とは違うが、そのルールの存在ゆえにチームとしての側面も持つ。サーウォーがよくやっているように、チェーンのほかのメンバーに戦術に関するアドバイスを与えたり、武器のアップグレードを手伝ったり。チェーンの結束——サンセットが熱心に説いたのはそれだった。この世界で信頼できるのは、同じチェーンのリンクくらいのものだ。それでも、互いに殺し合う事例は珍しくない。だが、サンセットは違った。周囲に同じ態度を求めた。サンセットはつねに周囲とともにあった。傑出した人物だった。自分の強さや殺した人数をひけらかしたりはしなかった。自分たちは世間から見下されるような人間ではないのだから、互いに力を合わせてそれを示そうと説いた。

「そっちが私のチェーンの一員なんだ」サーウォーはそう言って、コロサルはどちらなのかそれとなく強調した。

　スタックスはもう一度だけサーウォーから笑みを引き出そうとしたが、サーウォーの顔は元の無表情に戻っていた。世界が恐れる戦士にすでに変わっていた。愛する人と過ごす数分、ぬくもりにあふれたひととき。サーウォーが望んだひとときは、すでに過ぎたのだ。

「さあ、もういいだろう」スタックス側のチーフが言った。その瞬間、通路に居合わせた全員が安堵した。スタックスはふたたび引き立てられていった。シャワーを浴び、新しいXのタトゥーを入れてもらわなくてはならない。

　サーウォーはフィールドに向かって歩いた。彼女の登場を前に、ミッキー・ライトが観衆を煽っている声が聞こえていた。

# B3

B3を廃止せよ。B3を廃止せよ。B3を廃止せよ。[*]

モトクライン・アリーナ前でデモ行進をしているグループは、〈新しい奴隷制の撤廃を目指す連合〉だけではなかった。ほかにも数グループが集まっていたが、人数は全部合わせても——数十人か。いや、百人くらいにはなるだろうか。ナイルには何とも言えなかった。二百人もいないのは確かだが、マスコミが数十名でなく数百名と書いてくれるといい。それでも、汗ばんだ手でメガホンを持ったナイルは誇らしい気持ちでいた。このアリーナ前に集まろうという呼びかけが行なわれた。フィードに流れてきたニュースをみなが見た。サンセット・ハークレスの衝撃的な死が伝えられた直後だ。来ないわけにはいかなかった。

ナイルは、連合の支部があるセールズヴィルから自分の車でやってきた。軽食を持参している。マリが彼の車に乗らず、連合の運営委員長である母親のカイが運転する車で来たのにはがっかりした。ナイルはほかの参加者と同じように黒ずくめの服を着て、ここで汗みずくになってスローガン

＊（ロバート・バーチャー政権下で成立した）公正な選択法、通称〝ボビーのブラッドスポーツ・ブリッジ〟、略してＢＢＢあるいはＢ３、Ｂスリーは、有罪判決を受けた者が、自らの意思と権利において、国家による死刑執行あるいは最低合計二十五年の実刑を、クリミナル・アクション・ペナル・エンターテインメント（ＣＡＰＥ）プログラムへの参加に軽減することを可能にしている。上記ＣＡＰＥプログラムに参加して三年の満期を迎えると、上記受刑者は、刑罰の軽減や刑期の短縮、または完全な赦免を認められる。

を繰り返し叫んでいる。スタックスやサーウォーやサイ・アイ・アイの試合を観戦する代わりに、ここを通ってアリーナに入っていく人々に向け、見かけはどれほど美味しそうでも、きみたちが摂取しているのは毒なんだと訴えている。ここで友人の死を悼んでいる。それに、ナイルにメガホンをゆだねても大丈夫だろうとほかのメンバーに思ってもらえたことも気分を押し上げた。つるつるしたプラスチックの時代遅れなメガホンは、力の象徴のように思えた。

「B3を廃止せよ！」増幅されたナイルの声に続いて、数十人が同じスローガンを叫ぶ。アリーナの外縁をもう何周しただろう。行進のリズムに合わせて声を出す。メガホンを受け取る覚悟がようやくできたのは、行進が始まって一時間以上が過ぎてからだった。そしていま、こうして先導役を務めている。

「そろそろコールを変えよう」マリがナイルの脇腹を肘でそっとつついた。「ナイルはマイク使いがうまいから、そのまま続けて」

「B3を廃止せよ！」ナイルは最後にもう一度だけそう叫んだ。マリは爆発したように大きく広がったコイル状の黒髪を、額から生え際にかかるように幅広の黒いバンドを巻いてまとめていた。茶色い瞳はいたずらっぽくきらめいていて、口角がわずかでも持ち上がると、頬の両側にえくぼができる。抗議活動中にえくぼができることはめったにないが、それは当然だとナイルもわかっている。

ナイルは人々の声に耳を澄ました。それは喉から元気よく飛び出すのではなく、しぶしぶ引きずり出されているといった風に聞こえた。ナイルはメガホンから顔を離し、小声でマリに言った。「で、次は？」

「こんなの有害、わからない？　BBBを許さない」マリが答える。

「こんなの有害、わからない？　ＢＢＢを許さない」ナイルはメガホンに向かって繰り返した。小さな集団は賛同の声を上げ、アリーナ外周の行進を続けた。武装警察隊がすぐ近くで監視の目を光らせるなか、デモ隊は活力を取り戻してシュプレヒコールを繰り返した。コール・アンド・レスポンスの唱導役を引き受ける前に、ナイルはほかのメンバーのやり方を注意深く観察した。一種の技術だ。勢いを殺さないよう、とっさの判断で的確な言葉を誠実に選ばなくてはならない。選択を誤ると、痛めた足首で走るみたいにぎくしゃくしてしまう。うまくはまれば、集まった全員がその言葉で縫い合わされたかのように一つの強大な力、ひとまとまりの無敵の力になる。そして大勢の声を一つに集められれば、どんなことも可能になるのだとナイルは思う。

**こんなの有害、わからない？　ＢＢＢを許さない**
**こんなの有害、わからない？　ＢＢＢを許さない**
**こんなの有害、わからない？　ＢＢＢを許さない**

ナイルは周囲を見回した。武装警察隊は、許可証の注意書きにあったとおり、デモ隊を守るための〝エスコート〟として付き添っている。この三つ前の集会で、カイは「許可を求めるのは、相手に力を譲り渡すに等しい」と言った。しかし、今回のデモの発起人であるヴルーム・ヴルームの支部は、許可を得るほうを選んだ。体裁を整えてトラブルを確実に防ぐことを優先したのだ。いまナイルは、カイの言うとおりだと痛感している。

紺と漆黒の制服で身を固めた武装警察はそろってたくましい胸を張り、付かず離れずの距離を保ちながらオートバイや徒歩でデモ隊を監視している。彼らのバッジが夕方の穏やかな陽射しを跳ね返していた。

大規模スポーツイベントやコンサート、そして（とりわけ）政治集会や抗議デモではよくあることだが、黒い車体に鮮やかな黄色の塗料で〈VVPD〉と書かれた黒い小型戦車*が一両、通りの反対側に停まり、上の開口部から頭を突き出した武装警察がヘルメットのシールドの下で薄ら笑いを浮かべていた。一台の車が通りがかりにデモ隊に向かって「負け犬ども!」と叫んだとき、武装警察の一人が含み笑いをしてドライバーに親指を立ててみせたのをナイルは目撃した。

通行人のなかには拳を突き上げてデモ隊に連帯を示す者もいた。拍手をして通り過ぎていく者もいた。なかには笑う者もいた。しかし、デモ隊を見て見ぬふりをする者が大半だった。一部はふりさえもしていない。自分の子供が毎朝学校の教室で忠誠を誓っているその政府によって男や女が殺されているというのに、その事実からひたすら目をそむけている者が世の中にはいる。

**こんなの有害、わからない? BBBを許さない**
**こんなの有害、わからない? BBBを許さない**

ナイルの声はかすれてきていた。マリの肩をつついてメガホンを差し出した。

「私はいいよ、ナイルは上手だし」マリは言い、水のボトルのキャップを取っていかにも美味そうにごくごく飲んでみせたが、笑いだしてしまってむせた。ナイルがつばを飲みこみ、また声を張り上げようとしたとき、音楽がふたたび流れ始めた。アリーナの外にいても会場の音ははっきり聞こえてくる――数多のアクションスポーツ・スターのなかでもとくに恐れられ、愛されているハマラ・スタッカー、ニックネーム〝ハリケーン・スタックス〟のテーマ曲だ。

「くそ」メガホンを口から遠ざける間もなく、思わずそう悪態をついていた。バトルグラウンドの試合そのものはできるだけ視界に入れないようにしてきた。しかしその残虐さはそこらじゅうにあふれ出ている。聞くところによれば、スポーツヴューネットは他メディアに動画の使用を許可する準備を進めているらしい。これまでのところ他メディアで配信されるのは、誇らしげに拳を突き上げたり、二の腕の筋肉を盛り上げたり、胸を叩いたりしているリンクと、地面に転がって死んだもう一人のリンクの静止画像だけだった。今後はそういったささやかな編集上の配慮さえ放棄される。有料会員にならなくても、誰もがチェーンギャングを観戦できるようになるのだ。

ナイルはもう、スポーツヴューネットを観ていない。

バトルグラウンドは、自分のはらわたをさらけ出しているような気分にさせる。学生時代、チェーンギャング・オールスターズの発足から数年のあいだに数多くの友人を失った。友人たちがチェーンギャングの話題で盛り上がるたび、ナイルが人殺しイベントに辛辣な批判を浴びせて場を白けさせたからだ。ナイルはふつうなら卒業する年齢で大学に入学した。そのうえチェーンギャングを頭から否定したのだから、キャンパスでますます浮いた。

ただのスポーツだろ。

自ら志願するんだぜ。

いいか、ブラザー、レイプ犯の話なんだ。

白人がいないわけじゃないんだ、別に差別じゃないだろ。

物騒な奴らなんだ。

女々しいこと言ってんなよ。

すべての意見をはねつけたナイルは、気難しい変わり者という烙印（らくいん）を押された。それでもやがて

＊ジョージ・ハーバート・ウォーカー・ブッシュ政権に誕生し、国防兵站庁法執行支援室（ＬＥＳＯ）によって運営されている１０３３プログラムにより、軍の余剰物品は連邦と州の警察機関に無償で提供されている。武器を含む余剰物品は本来、麻薬取締の支援などに活用されるべきものである。

同じ考えを持った仲間を見つけた。行動しなくては何も変わらないとみな痛切に感じていたから、活動家になった。少なくとも、努力をした。ふだんはパーティをし、勉強をし、若気の至りを絵に描いたような日々を送り、時間ができると示威運動をし、集会を開いて自分たちをヒューマン・リーグと呼んだ。ナイルは三年前に卒業したが、仲間と学内に創設した支部がいまも存続しているのが誇らしい。

「ほら、貸して」マリが早口で言い、ナイルの手からメガホンを取った。一つ大きく息を吸いこみ、ナイルよりも大きくて聞き取りやすい声で言った。「今日、男が殺された」第一声は、事実をただ述べているだけ、思いつきを口にしただけのように聞こえた。「今日、男が殺された」そう繰り返し、その場にひざまずいた。ほかのメンバーもばらばらとそれに倣った。その波はドミノ倒しのようにきれいに広がったわけではなかった。それでも、やがてモトクライン・アリーナのサウス・プラザに集まった全メンバーがあおむけやうつぶせで横たわった。それがデモ行進中に競技が終わったときの慣行になっていた。

「今日、男が一人殺された！」マリは叫んだ。目の前に家族の一員が、父親がいるかのように。マリの胸は上下を繰り返している。むき出しのエネルギーが、荒々しくて生々しい感情が、ナイルにも伝わってきた。マリの人生は苦労の連続だった。彼女の人生は、マリから奪われ、顔を見たことさえない人々によって翻弄されてきた。家族の話をナイルが聞き出そうとすると、マリは即座に話題を変えた。無理強いはしたくないが、このデモ行進が終わったら、家族の話をしてくれないかともう一度訊いてみようとナイルは思った。

「今日、男が一人殺された！」マリは空を見上げ、コールとコールのあいだに大きく息を吸いながらそう繰り返した。デモ参加者がそれに続く。ナイルも続く。唇がうっかり地面にこすれてしまったが、痛みは感じなかった。彼らは生ける慰霊碑だ。完全に一つだ。マリに率いられた彼らの声は、口から出て、みなの魂をシンクロさせた。みなで声を合わせて繰り返す。

**今日、男が一人殺された。**

**今日、男が一人殺された。**

**今日、男が一人殺された。**

それから――「私たちはこれとは別の世界の実現を願い、祈っています。私たちが道を踏み外したという現実から目をそむけないでください。これよりももっとよい世界があるはずです。私たちを見て。あなたは恐れています。私たちも恐れています。その点で私たちは変わらないのです。私たちの声を聞いてください。男が一人、殺された。彼の名は――」

ナイルはあわてて携帯電話を取り出して確かめた。

「彼の名はバリー・ハリス」ナイルはマリに言った。

「彼の名はバリー・ハリス」マリは叫んだ。メガホンに増幅されたその声は、怒りと祈りの合唱として響き渡った。

**彼の名はバリー・ハリス。**全員が世界に向けて叫んだ。

**彼の名はバリー・ハリス。**彼らは言った。一つになった声はいっそうの重みを持った。

「彼は生まれ、生き、愛し、憎みました。私たちは彼を、また彼が世の中に与えた混乱や苦痛を許しはしません。けれど、彼が一時の迷いと怒りからした行為は、あらゆる神聖なものへの攻撃だったと見て取れるからこそ、私たちが与えた報復が、彼に自分の行為は正しかったと思わせてしまったことを忘れてはなりません。同種の暴力で報復するのは、彼は間違っていたというより、むしろ取るに足りぬ存在だったと示すに等しいのです。それを罰とするのは、種子に水をやるのと同じです。彼の名はバリー・ハリス。彼の名はバリー・ハリス。私たちは彼を犠牲にして恐怖に養分を与え、怠惰に安住した。

　彼の名はバリー――」

「うるせんだよ、おまえら！」少し開いた車の窓の隙間から怒鳴り声が飛んできた。車は停止せずに走り去ったが、その言葉はデモ隊に冷や水を浴びせた。

「そっちこそうるさいよ！」デモ参加者の一人が立ち上がり、怒りに満ちた声で怒鳴り返した。

「おい、やめとけよ。落ち着けって」

「だって許せないだろ！」

　立ち上がった男は小さな武器を握り締めるように体の脇で拳を固めた。カイをはじめ数人がなだめようとした。横断歩道のそばに立った武装警察が真っ白な歯を見せて笑っている。ナイルの鋭い視線に気づいてにやにや笑いをいったんは引っこめたが、またひとしきり声を立てて笑った。それもまもなく薄笑いに落ち着いた。ナイルは唇についた砂利を払い落とした。そのとき、拳が誰かの顔面にぶつかる鈍い音がはっきりと聞こえた。一瞬、何が起きたのかわからなかった。誰が何をどうして？　しかし振り向いてみると、どこからか現れた集団がサウス・プラザに駆けこんでくるのが見えた。全員、お気に入りのリンクの似顔絵がプリントされたTシャツを着ていて、一人は右目の下にXのタトゥーを入れている。すでに喧嘩（けんか）騒ぎが始まっていた。殴り合っている人々のほうへとマリが走っていく。

　父親を――サンセット・ハークレス、世界一有名なリンクだった父親を亡くしたばかりのマリは、乱闘に加わろうとしている。

　ナイルはそのあとを追った。彼も何かを壊したい衝動を抑えきれなくなっていた。

# ティーカップ

肩と背中の筋肉を使い、ウォーハンマーをゆっくりと動かし、同じ軌道を描いて素振りを繰り返す。サーウォーの手にハス・オマハの命が伝わってきた。打撃面は幅広でわずかな丸みを帯びている。持ち手の長さは六十センチほどで、先細りの先端は骨や皮膚、一部の金属まで貫ける。そのことはすでにケニー・ダ・ドッグゴーン・デミデーモン・フレッチやサラ・ゴーとの対戦で証明済みだ。打撃面の反対の尖った側はサソリの尾の先のように尖っている。

ハス・オマハを使うようになって一年ほどたったころ、掌の汗ですべらないよう柄にボルトレザーを巻いた。ハス・オマハは自分の一部だ。サーウォーは、試合前にかならず自分の登場曲を歌っていた別のリンクの曲を口ずさみながらボルトレザーを巻いた。

六人の護送官がサーウォーを取り囲んでいた。護送官はたいがいのリンクをぼろ人形や家畜のように扱うが、サーウォーに対しては、年老いた親の相手をするかのように用心深く距離を保ち、ときには敬意を示す瞬間さえあった。

サーウォーは左側の護送官の若々しい唇を見た。落ち着かない様子で警棒をもてあそんでいる。何か言いたそうなのがわかる。胸の内の不安から気をそらしたくて、サーウォーは口を開いた。

「調子はどう？」その護送官に尋ねた。

護送官の唇がはにかんだような笑みを作ったが、それも一瞬のことで、すぐによそよそしい作り笑いに変わった。「ばっちりですよ、マアム」

そう言う。

「よせ、ロジャーズ」ユニットのチーフがたしなめた。「集中させてやれ」寛大なところを示して

「かまわない」サーウォーは言った。護送官はみなサーウォーに甘かった。いまも何の拘束もされていない。手首にはグリーンのランプが一つ灯っているだけだ。ささやかなものとはいえ、これほどの自由を許されるリンクはほかにいない。腕は好きに動かせるし、理屈の上ではこの施設に設置された主要なアンカーから半径四百メートル内であれば、どこへでも行ける。皮肉なことに、サーウォーが強くなればなるほど、試合の合間に彼女を護送する者たちが採る予防措置は減っていく。自分とサーウォーを同列に置きたがっているように思えることもある。サーウォーの成功が彼らの心にある何かを正当化するのだ。サーウォーが殺すたびに彼らはいっそう彼女を愛し、サーウォーの彼らを憎む気持ちはますます深くなる。サーウォーは一つ息を吸った。彼らだって人間なのだし、人間はみな似たようなものだ。「みんな幸せになりたいだけなのよ」刑務所で同房だった思慮深い女性はそんな風に言っていた。人はみな、それぞれのやり方で同じものを探している。

「何か訊きたいことがあるんだろう?」サーウォーは言った。

「はい」若い護送官が口を開いた。「どういう気持ちなのかなと。その、い、いまどんな気持ちですか」

サーウォーは答える前にしばし護送官を見つめた。痩せた若者は、サーウォーの護送官であるだけでなく、死刑執行人でもある。ところが本人はそれに気づいてさえいない。この若者に対して暴力の衝動が湧かなくてよかったとサーウォーは思った。スタックスと出会う前は、ほぼ毎日、他人を殺したいという強烈な衝動に突然駆られる時期が長く続いた。もちろん、自分を殺してやりたい衝動に駆られることのほうが多かったが。

「たとえば――自転車に乗って猛スピードで坂を下ったことは?」

「あります」護送官が答えた。このやりとりを友達に自慢している若者の姿が目に浮かぶ。

「全速力で」

この若者はきっと、サーウォーをべた褒めするに違いない。誰より自信に満ち、冷静で、なめらかな肌をして、強くて、クールで、非情で、史上もっとも偉大なリンクと言うだろう。いや、史上二番めかもしれない。

「走りながらブレーキをかけようとして初めて、ブレーキケーブルが切れてることに気づく。そんな経験をしたことは？」サーウォーは六人の顔を一つずつ確かめながら訊いた。みなその言葉にじっと聴き入り、その言葉の意味を探り、この瞬間を、彼女との会話をしみじみ味わおうとしている。

「ありません。でも、わかります、おっしゃりたいことは」若者が言った。

「まったくそのとおりの経験をしたことがある」別の一人がおずおずと言った。「ものすごく長い坂ってわけじゃないが、かなり長い坂の途中で。子供のころだ。まあ、大した話じゃないが。とりあえず」

「あのパニック。猛スピードで下ってるときにしか感じないあの気持ち。わかる？」六人がそろってうなずいた。サーウォーは声をひそめた。六人がこちらに身を乗り出す。「何か一つでもミスったら、体がばらばらになるかもしれない。それを予知したみたいに、魂は逃げ出そうとする。その気持ちに覚えは？」

こういう瞬間――どう転んでもさほどのリスクがない瞬間、どう思われようと気にする必要のない瞬間――サーウォーは、どうすれば聴衆を惹きつけられるかを思い出し、そのとおりに話す。六人は何度もうなずき、それに合わせてヘルメットがかたかたと音を鳴らした。

「いまの気持ちは、それとはまるで違う」サーウォーは締めくくって顔をそむけた。

若い護送官はまた何か言おうとするように口を大きく開けたが、思い直したのだろう、ぴしゃりと口を閉じた。

すぐ近くのゲートが開いた。観衆の歓声。音楽はない。サーウォーは慣例に反して登場曲を持っていなかった。護送官兼エージェントには、〝安らぎのない世界での一時しのぎの安らぎ〟などいらないからと説明した。

現時点でサーウォーは、CAPEプログラム史上、第三位の長期参加者だ。サンセットが死んだため、参加者共通の目標である自由に、サーキット中もっとも近い位置にいる。自由なんてあり得ないとサーウォーには思える。それはあまりにも長いあいだ、遠すぎて想像してみる必要さえない目標だった。ところがいま、その可能性が列車のように一直線に迫ってこようとしている。

サーウォーは、ハード・アクションスポーツを象徴する大スターだ。ハード・アクションスポーツ界のアイコンと呼ばれるのはどんな気持ちか、とミッキー・ライトからしじゅう尋ねられるのがその証拠だ。以前はライトからそう訊かれるたびに、サーウォーは胃袋がひっくり返りそうになった。テネシー州出身の女の脳天をかち割った直後のサーウォーに、ミッキー・ライトは「世界一ホットな女と呼ばれるのはどんな気分かな」と尋ねた。その女はウォーハンマーが振り下ろされる寸前に「お願い――」と泣いて懇願した。この世で発する最後となったその声は、あまりにも哀れだった。サーウォーはその声に高ぶった自分を嫌悪した。サーウォーの三度目の試合だった。アクションスポーツ史上第三位となる観客数を記録した試合でもあった。しかもその記録は、サーウォー自身の次の試合であっさり塗り替えられた。大勢のなかの一人だったサーウォーは伝説になった。なんといってもあのハス・オマハを勝利とともに手に入れた女だ。

急に有名になったサーウォーは、髪を剃り落とした。それで名声に陰りが出てくれればと考えたのもあるが、フィールドで髪は邪魔だったから、メランコリア・ビショップの忠告に従った。ところが案に相違して、丸坊主の頭はウォーハンマーと同様、サーウォーの名声をいよいよ高めただけだった。ファンのあいだでは、ロレッタ・サーウォーと同じように、自分で髪を剃り落としたのでなくては〝ＬＴカット〟と認められない。そのうえ、サーウォーと同じようにナイフで剃ったように見えなくてはならない。

名声からはどうやっても逃れられない。最近ではファンからのメールもほとんどチェックしなくなっていた。どうせ書いてあることはどれも一緒だ。サーウォーの茶色の肌は実に美しいとか、肩のアーマーがないほうがハンマーの威力が増すのではないかとか、スタックスをベッドのなかでどう扱うべきかとか。

以前は何のフィルターも介さずに届く称賛がうれしく、サーウォーもファンを喜ばせようとした。ファンメールを見るのさえいやになったいまも、正直なところ、ありがたくないわけではない。自分が弱い人間でないことは誇らしい。サーウォーはもう長いこと世の中が〝サーウォー〟と呼ぶ自分しか知らずにいる。だからここまで続いたのだし、いまもこうして続けている。毎朝、目を覚ますたび、こんなに長く続けている自分が恥ずかしくなる。しかし、国は自分を殺そうとしているという現実や、こうして自分の存在を恥じ生きるに値しないと思っている一方で国家に殺されまいとあがいている現実を覆い隠すこぎれいな装飾——ファンや名声——を安心して手放せるのは、スタックスがいるから、スタックスという確かなよりどころがあるからだ。

どのみちあるのは死だ。ゆっくりとした死か、すばやい死か。苦しんだ末に死ぬか、一瞬で死ぬか。それだけだ。チェーンギャングの本義は死にある。

サーウォーはそれを理解した上で契約書にサインした。不幸でみじめな自分の人生を終わりにしたかった。だが、いまはスタックスがいる。チェーンがある。自分が先にいなくなるわけにはいかない気がしている。自分以外の誰もが死んでいくこの世界で生き続けているのは、このためだ。

四カ月前、キャンプ地で、サーウォーのチェーンのリンクの一人、ガニー・パドルズが別のリンクを殺し、その場で一物を引っ張り出して死体に小便を引っかけた。そのあいだもHMCがハエの群れのようにガニーの周囲を飛び回っていた。「ガキめ。おまえなんかお呼びじゃねえんだよ」ズボンのファスナーを上げたあと、ガニーはそう言った。サーウォーはその一部始終を見ていた。ガニーが殺したのは〝怒らせるとやばい奴〟の地位を確立しようと試みた新入り（ルーキー）で、そのでかい態度のせいで、怒らせてはいけないリンクを怒らせてしまったのだ。サーウォーはサーキットでありとあらゆるものを目撃してきたから、スタックスと並んで座り、温かい食事をスプーンで口に運びながら一部始終を泰然と、そう、関心なげに見守った。

サンセットも見ていて、遠回しに異議を唱えた。ガニーはすっこんでなと返した。サンセットは笑っただけだったが、スタックスとサーウォーがすでに武器を取ってサンセットの側につこうとしていたからにすぎない。サンセットは疲れていたし、解放の日が視野に入り始めていた。

サーウォーは光と大歓声のなかに歩み出た。

**サーーウォー**

**サーーウォー**

**サーーウォー**

球体が口もとに近づいたが、サーウォーは何も言わなかった。もう何カ月も〝最後の言葉〟を発していない。芝居をしていた時期、この人生を望んでいるキャラクターを演じていた時期も過去にはあった。生き延びて成功を手にしたいと思っているふり。しかしいま、スタックスという存在があってもなお、生きている自分を恥じる気持ちは消えず、バトルグラウンドは歓喜の場などではなかった。だから、沈黙を選んだ。沈黙を選んだのは、自分の成功を、自分がまだ生き長らえていることを恥と感じているなどとは口にできないからだ。

「さあ、登場しました。三十二戦でなんと二十三もの〝原形をとどめない死体〟を作り続けてきた地上最強の女、ローレ――――――ッタ」ミッキー・ライトが叫ぶように言った。「サーウォー！」

サーウォーは黒い待機プラットフォームで腰を落とした。マグノキープに膝をついたとたん、左膝――トラブルを抱えたほうの膝が軋み、サーウォーは息を止めて苦痛をこらえた。フィールド上に設置された実況ブースからミッキー・ライトが続けた。「これほど単機能な殺人マシンを、みなさん、見たことがありますか」

観客席からノーという声が沸き起こった。

人類の大半は経験したことがないはずだ。この究極の緊張感。注目を一身に集める快感。サーウォーの不屈の闘志を称える人々を結び合わせる連帯感。サーウォーはそのエネルギーが全身を駆け抜けていくにまかせた。自分を恥じてはいても、この瞬間は陶酔感に身をゆだねた。これが〝いま〟だ。フィールドに存在するのは〝いま〟だけだ。

「その最強の女は今日、史上初めて、五回目のクエスチョン・マッチに挑もうとしています！」ミッキー・ライトは続けた。皮膚の下のマグカフのランプがレッドに変わった。サーウォーはじっと動かずにいた。「彼女はつねに行動の人でありました！」派手なパフォーマンスを拒むサーウォーに代わって、ライトが観衆を煽り立てる。そして、もちろん、それは功を奏した。歓声はいよいよ大きくなった。

ふだんならここで対戦相手の武器や性格などの情報を頭のなかで復習する。だが、今回はクエスチョン・マッチだ。自分自身についての点検事項を確認するしかない。膝が痛んだら無理をしないこと。敏捷かつ効率よく動くこと。当てるつもりで振るのではなく、振り抜くこと。

「では、果たして対戦相手は——？」ライトは世界に向けてそう尋ねた。ジャンボトロンの映像が切り替わり、巨大なスロットマシンが映し出された。三つのリールが回転を始める。アリーナに期待が満ちた。

五度も未知の相手と戦って生還した者はいまだかつていない。もしかしたら、自分の最大の強みは周到な準備にあると知っているからだろうか。またもクエスチョン・マッチへの出場を受諾したのは、対戦相手にチャンスを与えたいからなのかもしれない。あるいは、メランコリア・ビショップでもサンセットでもなく、自分こそが史上最強のリンクだと証明したいからかもしれない。

一つめのリールの回転がゆっくりになり、〈CCNA〉*を表示して止まった。CCNAは大手ネットワークの一つであり、これが表示されただけでは何の意味もない。人々が固唾をのんで見守るなか、次のリールの回転速度が落ちた。大きな〈V〉が表示された。線の一方に蛇がからみついている。歓声が沸いた。

ヴェルモント・ヴァイパーズは、インディアナ州ヴェルモントの刑務所で創設されたチェーンで、人気のリンクを次々と世に送り出していた時期があった——故レイ・〝レフティ〟・ピーターソン、故ティト・〝ターンアップ〟・マーコン、故ジェーン・マーシャル。ヴァイパー・チェーンには無限の可能性があるとファンに確信させる躍進ぶりだった。サーウォーのもっとも記憶に残る勝利のうちの二つの対戦相手も、ヴァイパーのリンクだった。ユーディン・〝アルサー〟・ポトリーとの長丁場の一戦を誰が忘れられる？　ファルコン・ウィンストン・イートンを打ち砕いたあの試合は？今日のこの対戦は、ヴァイパーの名のもと、その二人の仇討ちを遂げるめったにないチャンスだ。

観衆は声を嗄(か)らしながら最後のリールが止まるのを待った。

　このルーレットがやらせであることは言うまでもない。サーウォーとハス・オマハの対戦相手は、ゲートの奥のトンネルですでに待機しているのだから。

　サーウォーはジャンボトロンを見上げた。いよいよだ。

　リールの回転が止まり、見たことのない少年の顔が表示された。サーウォーは眉をひそめた。アクションスポーツの熱烈なサポーターは一斉に息をのみ、次にこわばった笑いをためらいがちに漏らしたあと、ふたたび歓声を上げた。

「ほほう」ミッキー・ライトが言った。「こんな初体験になるとは！」逆サイドのゲートが開いた。ジーンズを穿(は)いた痩せた脚がトンネルから歩み出た。少年は上半身裸で、背中に青いインクで刻まれた二つのMが誰の目にもはっきりと見えた。料理用の鍋を持っている。鍋の底が黒く焦げていることに気づいて、サーウォーはいくぶん感心した。武器の抽選会後に経費で精算してもらえると期待したプロデューサーが、自宅から持ち出したものだろうか。それとも、本物らしさを演出するために、わざわざバーナーで鍋底を炙(あぶ)って黒い焦げ跡をつけたのか。

　少年の目の表情から内心はうかがえなかった。少年はまばたきをしてフィールドに進み出ると、観客席を見渡した。観衆は声援を送り、あるいは侮蔑の言葉を投げつけた。「これはこれは、かわいらしい！　みなさん、歓迎の拍手を！」ミッキー・ライトが実況ボックスから叫ぶ。「まずは名前を教えてもらえますかな、旦那」

＊北米矯正株式会社（ＣＣＮＡ）は、世界最大の民間刑務所運営企業。トマス・ウェスプラットとベルト・ランツ、Ｔ・ロンクットーが共同で創業し、全国各地で運営する矯正施設の年間売上高は数十億ドルに達する。

「ティムです」少年はスピーカーから流れた自分の声の大きさにびくりとした。その声を拾ったHMCが少年の顔にさらに接近した。ジャンボトロンに、額で花を咲かせているニキビまでが映し出された。

「フルネームで」ライトはカメラに向かってわざとらしく目を回してみせた。

「ティム・ジャレット」少年が答えた*。

「ティム・ジャレット、ティム・ジャレット。ここでは〝ティーカップ〟と呼ぼうか」その声はスピーカーから大音量で響き渡っているのに、ミッキー・ライトはまるで内緒話をするように口もとに手をやって体を一方にかたむけた。「落っことしたら真っ二つに割れちまいそうだから」観衆が笑った。ライトは続けた。「しかしティーカップ、まじめな話、どうして今日ここに？　いったいなんだってこんな羽目に？」

「ママとパパを殺したんです」ティーカップは言った。観客がブーイングし、罵りの言葉を投げつけた。誰もが母親と父親を愛している。

「なるほど、反抗期をこじらせた子供か。問題児は過去にも何人もいた」ライトが言った。「しかし、聞くところでは、きみは特別だとか」

「別に特別じゃないです」ティーカップは言った。どこを見て話せばいいか困っているらしく、フィールド越しにミッキー・ライトの実況ボックスにじっと目を注いでいた。ライトもティーカップをじっと見つめていた。

「いやいや、特別だよ」ライトがそっけなく言った。「十六歳と百二十二日。間違いなく史上最年少のリンクだ！　おめでとう！」

ティーカップは無言だった。

ライトが続ける。「で、どうして――」

「よしな」サーウォーの声はアリーナの隅々まで届き、観客席が静まり返った。ライトがサーウォーに笑みを向けたが、その目は憎々しげだった。

「おや珍しい、ミス・サーウォーに何か言いたいことが――」

「それ以上何も言うな」サーウォーは逆サイドのティーカップを見て言った。「そこに膝をつけ。これ以上はひとこともしゃべるんじゃない」あの少年の命をさらに短くするのは残酷だろうか。昔の自分を見るようだった。ティーカップが口を開くたびに過去を思い出す。バトルグラウンドでは、それは未来を思うよりも身にこたえることだった。

ミッキー・ライトが口をとがらせた。「ママがそう言うならしかたないな」それから愉快そうな表情を繕った。「ティーカップ、そこのパッドで待機だ」ティーカップはサーウォーのほうを見て指示に従った。その顔に笑みがよぎったように見えたが、笑う理由があるはずがないとサーウォー

---

＊人殺し、人殺し。

それで楽にはならなかった。というか、なったが、ならなかった。いつだって孤独だった。孤独じゃなかったことなんてない。あれを境に、完全に孤独になった。もともと友達はいなかった。親までいなくなった。

銃を握って狙った。ママとパパ。ぱん、ぱん。死んだ、死んだ。ほっとするだろうと思った。なのに、生きづらさは少しも変わらなかった。

世の中は言った――「成人として裁くべきだ」。みんなが彼を怖がった。けれど、彼は世の中のすべてに怯えていた。なかでも自分自身に。

今度こそ楽になれるかもしれない。少なくともこれで終わる。史上最年少のリンク。

は思い直した。ジャンボトロンを見上げると、すでにカメラが切り替わってサーウォーが映し出されていた。怒ったような硬い表情をしていた。サーウォーは息を吸いこみ、自分の心の内を確かめた——怒りは鎮まったか。まだだ。少しして、ようやくジャンボトロンから視線を移して対戦相手を見つめた。このあと自分が殺すことになるティムという名の少年を。

# バンドワゴン効果

　これぞスポーツ競技だ。ほかのスポーツはどれもこの隠喩にすぎない。これこそが正真正銘の本物だ。これ以上のものは存在しない。それでもウィルは満足していなかった。座面は固い。売店で生で売られているのを見つけて狂喜したインディアペールエール（IPA）で腹は満たされてはいるが、大量のマスタードとザウアークラウトが盛られたホットドッグの三つめを食べようかどうしようか迷っている。さっきの試合ではスタックスに痺れた。短時間で片がついたが、見ごたえがあった。バックハンドでみごとにざっくりいった。コロサルの資格十分と見せつけるような一撃だった。早く家に帰ってもう一度観たい――会場でリアルタイムで観ていても、オールスターズの配信は残らず録画するようにしていた。いつでも好きなだけチェーンギャングの動画を観られるよう、お高いプラチナ・パッケージを契約しているのだ。プラチナなら、アーカイブ映像も鑑賞できる。

　スタックスの試合はいつも短時間で終わることは知っている。平均で二分程度。あんなリンクはほかにいない。サーウォーより強いんじゃないかとウィルはしばらく前から思い始めている。誰もがそう思い始めるずっと前からそう思っていたから、本当は先駆者であるわけだが、一番のお気に入りはスタックスだなどといまさら言いだせば、ブームに乗っているだけと思われそうで悔しい。いまのスタックス人気の礎を築いたのはウィルなのに。スタックスがまだカスプだったころから、きっとコロサルまでいくと予想していた。ほかの熱心なファンのようにXのタトゥーを入れてはいないが――いまのところはまだ――部屋を出ていく上司の背中に向かい、喉のあたりで両手の中指を交差させたりはする。それを見た同僚はもっとやれというようにそろって含み笑いを漏らし、にやにや顔をした。

スタックスがベア・ハリスに勝って何がよかったかと言えば、カイラとの賭けで負けたことだ。カイラは、スタックスが一分以内にベアを倒すほうに賭けた。ウィルは、スタックスがレイヴ・ベアに勝つとしたら四十秒以内に決着がつくだろうと思ったが、あえて一分を超えるほうに賭けた。賭けに負けたかったからだ。負けがきっかけになる――カイラの人生とパンティにもぐりこむきっかけに。これで彼女に電話して「きみの勝ちだよ」と言える。彼女は笑って、きっとその日のランチに何を食べたいか言ってくるだろう。ランチは賭けに負けた彼のおごりだから、いっそ無償でディナーにアップグレードしないか、今夜でもいいし週の終わりでもいいと持ちかけてみよう。ウィルがハード・アクションスポーツに入れこんでいると知って以来、カイラは秋波を送ってきていた。ウィルに得意なことがあるとすれば、秋波をキャッチすることだ。そんなわけで、スタックスの試合は痛快だった。ありがたかった。サーウォーの試合は見るに堪えなかったから。ウィルは東ゲートに現れた両親殺しのガキをしげしげと観察した。さしずめ大砲の前に引っ張り出されたへなちょこ兵士だ。ロックインの音が聞こえ、ティーカップとかいうガキは、磁力に腕をもぎ取られそうになりながらマグノキープに膝をついた。

アクションスポーツのよさは、努力しだいで誰にでも成功のチャンスがあるところだ――アクションスポーツを理解できない相手に、ウィルはいつもそう説明する。ぶっちゃけた話、生きる資格さえこれっぽっちもないような人間にも、参加して各地を旅するチャンスが与えられる。うまくいけばヒーローにだってなれる。アクションスポーツの根幹は公平さだ。あらゆる肌の色、宗教、生い立ちを持つ女、男、ジェンダー・ノンコンフォーミング〔社会で受容されている「ジェンダーの規範」に異議を唱える人、抗う人〕が、平等に戦う。バトルグラウンドは、ほぼ百パーセントの試合でおおよそ公平だ。主催者は、勝利数がほぼ同じ者同士の対戦となるよう調整している。負けたほうは死ぬのだから、そう簡単なことではないはずだ。リンクのなかにずば抜けた力を持つ者がいないわけではないが、負傷することもあれば、長期間のサーキットで身体に負荷がかかったりもするから、公平さはおおむね保たれていると言える。

　それにしても、新米と事実上のチャンピオンの組み合わせとは。それはへなちょこ兵士と大砲の対戦に等しかった。サンセット・ハークレスが死んだいま、サーウォーは山の頂上にいる。サーウォーが山そのものだ。ウィルはサーウォーの偉大さを称えるために山ほどの現金をはたいてこのチケットを買った。自分はフェミニストのつもりでいる。女性が秘めるとてつもない力を知る入口になったのはサーウォーだった。しかし、ゴールラインに近づくにつれ、サーウォーが確実に勝てるよう陰で手を回し始めた奴がＧＥＯＤ*にいるに違いないとにらんでいる。ウィルならサーウォーの名に泥を塗るような真似(まね)はしないのに。ウィルに言わせればサーウォーは間違いなく史上最強のリンクだ――メランコリア・ビショップと、史上最強への道を着実に歩んでいるスタックスを別として。だが、茶番は茶番と呼ばせてもらう。十六歳の子供が相手だと?

「こんなのインチキだよな」ウィルは話のきっかけを作ろうと、近くの観客や妻のエミリーに聞こえる声で言った。

「たまには楽させてやってもいいだろ」〈thurWAR(サーウォー)〉と書かれた帽子をかぶった男が言った。

「まあな」ウィルは気弱な笑みを浮かべた。「このまま勝ち上がらせるほうが大事だもんな。スタ

*ＧＥＯＤグループ矯正会社。サーキット全チェーンの二十パーセントの親会社。ＣＡＰＥプログラムではＣＣＮＡに次ぐ出資企業である。

ックスが追い上げてきてるってのもあるし。サーウォーはスタックスが同じチェーンだから助かってる」わざと煽るようなことを言ってみた。

「話はスタックスがコロサルになってからだ。コロサルになったら、ミス・ロレッタ・ファッキン・サーウォーと同等だって認めてやってもいい」

「あの小僧はきっと童貞だな！」ウィルが大声で言うと、大勢が笑った。周囲の見知らぬ人々の賛同を得て、ウィルの気分はあっさり治まった。シートの背にもたれてエミリーの顔色をうかがった。ここまでエミリーは、苦痛に耐えるような引き攣った顔で観戦していた。ときどき妻にどう対応していいかわからなくなるときがある。

「平気か、ベイビー？」ウィルはエミリーと目の高さを合わせた。他人の太ももの隙間と尻ポケットに包囲された。

「平気」エミリーはフィールドの動きに気を取られているふりをし、ウィルの顔を見もせずに言った。それでも、ときおりジャンボトロンを見上げたりはしていた。

「いくらなんでも不公平ってのはわかるよな。サーウォーは無敵だ。グランド・コロサルだからな。つまりサーウォーは、三十回くらい戦って、その全部に勝ってきてるってことだ。最高位にいる。それ以上のランクはない。あ、いや、フリードってのがあるが、それは別の話だ。でもって、あのガキはど素人だろ。たとえあいつがカスプだったとしても公平じゃない。カスプってのは――」

「わかってるよ、ウィル。要は彼女があの子を殺すってことでしょ」

「まあそうだ。けど、いつもはこんなじゃないんだ」ウィルは辛抱強く言った。すぐにキレたりしないよう努力するとエミリーに約束したし、これは妻に教えるのに絶好のチャンスだ。「いつもならサーウォーの対戦相手はもっとバトルを心得た奴が選ばれる。リーパーか、もっと上のランクの誰かだ――勝てる可能性がゼロじゃない誰か。わかるか」

「わかるよ」

「で、今回はおそらく埋め合わせの意味があるんだと思うんだ。クエスチョン・マッチってことは対戦相手がわからないわけで、サーウォーは準備のしようがなかったわけだから。けど、それにしたってこれはやりすぎだって話だ。わかるか」

「わかるよ」

「具合でも悪いのか？　立たないと見えないだろ」

「これでいい」エミリーは答えた。

「そっか」ウィルは元どおり立ち上がった。別世界に移動したようだった。明るくて、やかましくて、ここのほうが居心地がいい。空気はこぼれたビールと燻製(くんせい)肉と土、それに競技の本質を真に理解している数千の人々が吐いた息のにおいをさせている。誰もがいつかかならず死ぬという事実を恐れない人々。その事実から逃れられないと理解している人々。

「さあ、準備はいいか」ミッキー・ライトがいつもの独特の節回しで呼びかけた。その声を生で聞いて、ウィルは自分がバトルグラウンドに立っているような気分になった。

「いいぞ！」ウィルは観客席を埋めたブラザーたち、シスターたちと声を合わせた。心がざわついていた。それでも腹の底から叫んだ。心がざわつく理由はわからない。なぜかと問い詰められたら、あのガキが不気味だとか、まともに見えないとか、なんだか様子が妙だからと答え、ティーカップを生理的に受けつけられないせいにするだろう。しかし、どうにも落ち着かない本当の理由は、眼下のバトルグラウンド、大金と引き換えに確保したこの最高の席から隅々まで見渡せるバトルグラウンドにある。ウィルだけでなく周囲の声の感じ、まばらなブーイング、そして耳を聾(ろう)するほどとはいえふだんより控えめな歓声のボリュームからするに、ほかの連中も似たように思っているのは間違いない。ジーンズにスニーカーを履き、料理用の鍋を持ったティーカップは、どう見たって子羊だ。子羊が無惨に殺されるのを見せられるのは、痛快でも何でもない。

「試合開始！」ミッキー・ライトが宣言した。号砲が鳴り渡る。マグカフが解除される音がして、ウィルはごくりとつばを飲み下した。サーウォーが走る。ハス・オマハの重みで、ほかの精鋭リンクに比べれば走るスピードは遅いはずだ。以前にもこういうことはあったが、今日のサーウォーは、金属の塊を手にしているのに大きなストライドで快調に突っ走っていた。一年前の最盛期ほどではないとはいえ、間近で見るとやはり迫力がある。アーマーに隠れてMのタトゥーは見えないが、背中の力強さが伝わってきた。ウィルはティーカップのほうをちらりと見た。少年は突っ立ったまま、丸い鍋を片手で持って魔法の杖か何かのようにサーウォーに向けていた。その先端から緑色の稲妻が放たれ、サーウォーを一撃のもとに倒すとでもいうように。サーウォーは前進を続けた。長い脚であっというまに距離を稼ぐ。いったいどんなだろう。サーウォーが突進してくるのを待つ気持ちは。生きている人間は誰も知らない。やがて鍋が落ちた。ウィルには見えた。少年の手から鍋が落ちるのが見えた。そのくらい絶好の席だった。サーウォーが少年に迫った。子羊に襲いかかる強大な力。少年はナイフを突き立てるように腕を突き出したが、その手には何も握られていない。目は大きく見開かれていた。サーウォーが脚と腰と背中で押し出すように、力強く、すばやく武器を振る。ハス・オマハはその動きに忠実に従い、的をとらえた。

少年の頭の骨が割れる音がスタジアムに響き渡った。樹木が二つに裂けるような音だった。

ウィルは見つめた。殺戮（さつりく）から目をそらさなかった。何が起きた？　たったいま少年だった肉体が、一瞬のうちに抜け殻になるなんて。空っぽの容れ物。何かがそこにあったことを伝える碑。

とはいえ――

「イェー！」ウィルは叫んだ。スタックスの試合よりさらに短時間だった。〈thurWAR〉帽の男とハイタッチを交わしたあと、妻を見下ろした。エミリーは両手で顔を覆い、指の隙間からジャンボトロンを見ていた。喝采と歓喜が渦巻くなか、ウィルはとなりに腰を下ろした。

「どうだった？」ウィルはエミリーの脇腹をそっとつついて訊いた。

「こんなの、本当に楽しいの？」

「全然おもしろくなかったなんて言うなよ」ウィルは言った。「これっぽっちもおもしろくなかったなんて」

「そうね、ほんのちょっとだけ」エミリーは自分の言葉に顔をしかめた。それからウィルの腕に軽くパンチした。

## エレクトリック

「またも圧勝です。死んだサンセットに捧げる勝利。サンセットはきっと喜んだでしょう」ミッキー・ライトが言った。自分のキープに戻ろうとしていたサーウォーは、綱を引かれたかのようにふいに立ち止まった。

「違う」サーウォーは言った。

アリーナが静まり返った。

ミッキー・ライトが笑みを浮かべた。「何だって、ブラッド・ママ?」

「よしなよ」サーウォーが言う。

場内がざわめく。何が起きようとしているのかわからないまま、サーウォーに期待の目を向けている。

「よせという言葉を私が嫌っていることは知ってるね。だが、聞きたいな、何が気に入らないんだ、血の女王陛下?」

「それは違うと言っている。彼は喜んだりしない」サーウォーはミッキー・ライトを見据えた。自称〝アクションスポーツ界一の煽りボイス〟の顔から一瞬、表情が消えたのはささやかな快感だった。しかしライトの顔にはすぐにまたあの完璧な笑顔が戻った。少年の血はまだ温かい。試合直後にスタジアムがここまで静まり返ったのは初めてだ。ＨＭＣがサーウォーの口もとに近づく。サーウォーは口を開いた。

「数日前、目が覚めたらサンセットが死んでいた。キャンプからだいぶ離れた場所で倒れていた。ろくに別れも言えないまま、アンカーに運ばれていってしまった。サンセットは前の夜からずっとあそこに倒れていたんだ。喉を切り裂かれて」観衆は聴き入った。「何の理由もなく死んだ。サンセットが死んだのに、私は行軍（マーチ）が始まる直前まで知らずにいた。サンセットが死んだのに、それについて私には何もできない。誰がやったのかさえわからない。なのに、いまごろサンセットも喜んでるだろう？　本気で言ってるのか？　どうかしてる」サーウォーの声はしだいに高くなっていた。人前で取り乱すまいと自分に誓ったのに。サーウォーは深呼吸をして気持ちを落ち着かせた。

ミッキー・ライトが気弱に笑った。

「子供だ。子供が一人死んだんだよ。サンは――サンならきっと嘆いた。私が言いたいのはそれだけ」

言葉の一つひとつがこだましながら消え、次の一つのこだまにかき消された。最後まで言い終えたサーウォーは自分のプラットフォームに戻り、両腕を合わせ、ロックインに備えて膝をついた。チャンピオンである彼女には、自分の意思でキープにひざまずくという威厳が許されている。サーウォーの筋肉が磁気の引力を待って張り詰めた。まもなく茶色い手首に三つのレッドランプが点灯した。

サーウォーはいつものように顔を伏せ、ミッキー・ライトの実況再開を待ちながら、一人つぶやいた。「会いたいよ、サンセット。さみしいよ」その声はかすかで、口もとのすぐ前に浮かんでいたＨＭＣでさえ、息遣いしか拾えなかった。

何を言っていいか一様に戸惑っている人々の、言葉にならない声がスタジアムにあふれた。その音を忌み嫌うミッキー・ライトは、バトルボックスを飛び出してアリーナに出た。

「みなさん、とくとごらんあれ！　劇的なクエスチョン・マッチだけでは不足だというかのように、ブラッド・マザーが嘆き悲しむ姿を見せてくれています。見ているこちらまで胸が痛くなるような悲しみが伝わってきますね」低いざわめきは聞こえているものの、観客席の反応は鈍かった。ライトは艶(つや)やかな金髪をなでつけ、一つ大きな深呼吸をしてから、目の前の球体に向けて声を張った。

「ティーカップを――このあと正式な確認は必要になりそうですが、おそらく法に基づいて処刑された最年少の死刑囚であるティーカップ*に圧勝したバトル界の女王、現グランド・コロサルであるロレッタ・サーウォーは、前グランド・コロサルの殺害に激しい怒りを表明しました！　果たして平静を取り戻せるでしょうか」

　観客席はふたたびざわめいたが、熱狂とまではいかなかった。ライトがほしいのは熱狂だ。

「美しく、繊細で、残忍なビッチよ！」ライトは言った。歓声が沸き起こった。サーウォーの熱狂的ファン〝Tギャング〟は、ライトがサーウォーを〝美しい〟と呼ぶと歓喜する。〝ビッチ〟と呼んでも同じだ。ロレッタ・サーウォー。サーキット最大のスターと言える存在。三年の満期は目前だ。現時点のリンクの平均余命はざっと三カ月だが、大半は三週間と持たない。このままいけばサーウォーは、あと三週間とたたずに釈放され、社会に復帰する。罪は血によって贖(あがな)われる。

　ミッキー・ライトはサーウォーを愛していた。彼女とともにスターダムを駆け上がった。しかし、最近のサーウォーの何かと独りよがりで聖人ぶった態度を見るたび、失望を感じた。そこに思い上がりを嗅ぎ取った。呼び名にしたってそうではないか。ライトがどんな別名を与えようと、サーウォーは頑として受け入れない。最初はちょっとしたお遊びだった。ライトがニックネーム(AKA)を考え、サーウォーが自分のほうがライトより上等だと思っているのは明らかだ。ブラッド・ママ、T将軍、スキンヘッドのキリスト。彼はこれまで数えきれないほどのニックネームを献上してきたのに、世の中の大半は彼女をサーウォーと呼ぶ。彼が考えたのではない唯一の名前で呼ぶ。

自分は恐怖をまったく感じずにサーウォーのとなりに立てるごく少数のうちの一人なのだと思うと、気分がいい。といっても、それはサーウォーがキープで頭を垂れた姿勢から動けずにいるときに限られる。ふつうの人間なら、たとえサーウォーが死体になって足もとに転がっているとしても怖がるだろう。胸の鼓動が高まるのは、スターと並んでいる高揚感ゆえだ。ライトはそこまで愚かではない――スターは彼女であって自分ではないとわきまえている。あの美しくて冷酷なビッチめ。自分に注目を集めたくて、わざと彼の不意をついたのだ。

ライトは測ったように正確な歩幅でせかせかと歩いた。手を伸ばしてサーウォーのうつむいた頭をなでる。なめらかだ。ほんのわずかに湿り気を感じた。サーウォーはぴくりとも動かない。「わかりませんよ。今日の対戦には勝ちました。しかし、サンセット・ハークレスを失った悲しみで、無敵のサーウォーの強さについにひびが入らないともかぎらない」ライトはとっておきの赤ちゃん声、数あるトレードマークの一つとなっている声で続けた。「ねえ、ママもついに壊れちゃうの?」サーウォーの汗のにおいがした。ライトは彼女をしげしげと見た。雄々しいショルダーガード。太

＊現実にはジョージ・スティニー・ジュニアである。サウスカロライナ州の黒人少年。そうさ、もちろんそうだ。一九四四年六月一六日、十四歳のジョージ・スティニー・ジュニアは、アメリカ合衆国により処刑された最年少の死刑囚となった。白人の少女二人の頭部に犬釘を打ちこんで殺害した罪で起訴された。
電気椅子が彼の命を引き裂いた七十年後、死刑判決は破棄された。

一九七三年以降、少なくとも百八十六人が無実の罪で死刑を宣告されている。

ももを覆うアーマーは、左膝まで届いている。両腕と首に下ろしたてのボルトレザーが巻かれていた。最近の調査で、チェーンギャング関連番組の視聴率は、試合後のサーウォーが映し出されている瞬間に最高に達すると判明した。それ以来、試合後にサーウォーと映る時間をたっぷり確保するよう製作側から言われている。HMCが三台、近くを漂っていた。三つのライトが二人の体を舐(な)めるように周回し、視聴者にあらゆるアングルからの映像を提供している。

試合後にサーウォーが口を開いたのは数カ月ぶりだ。正直なところ、ライトにとってサーウォーの沈黙は不愉快だった。コール・アンド・レスポンスで観客を盛り上げているのはライトなのだ。二人はともにスターになった。彼はパフォーマーとして最大限の愛を示してきた。サーウォーがバトルグラウンドに登場するたび、最高のパフォーマンスを披露してきた。なのにいま、サーウォーは彼には見向きもしない。心が痛む。だが、大した問題ではない。もうじきこの女はいなくなるが、ライトはこれからもこの世界中で人気急上昇中の番組の声であり続けるのだ。

ライトが指を差すと、HMCの一つがサーウォーの伏せた頭の下にもぐりこんだ。アンプを通して、サーウォーの重たい息遣いが大風のように轟きわたった。ライトは観客席を埋めた臣民たちに、彼らの女王の息遣いをしばし聞かせた。彼らの興奮が頂点に達するのが伝わってきた。彼らはサーウォーの何もかもを愛している。文字どおり何もかもだ。『リンクライフ』の配信中、視聴者はサーウォーの一日の一分一秒を食い入るように見つめる。サーウォーは、数ある超新星のうちですでにもっとも明るい星だが、その輝きはいまなおまばゆさを増し続けている。

サーウォーの息遣いをそれ以上聞いていられなくなって、ライトは勢いよく立ち上がった。「いつもどおり、実におしゃべりだね、きみは」含み笑いをしながら言った。スラックスについた埃を払い、サーウォーの頭を最後にもう一度そっとなでた。

「チェーンギャング・シーズン32は、ウォル=ストアズ、スプリヴィ・ワイヤレス、そしてマクフーズの提供でお送りしています。いつものように、刑務所運営の最先端企業ＣＣＮＡ、ＧＥＯＤ、スピゴット・コレクショナル・システムズ、トーテムワークスのご協力あっての番組製作です。また、〈アークテック、セキュリティ界の北極（アークティック）〉のアークテック・セキュリティ＊のご協力もいただきました。来週は、〝ペール・ブルーザー〟使いのマーク・マークス対、リーヴァイ・ポールとその愛剣〝リッケム=スプリテム〟の一戦をお送りいたしますよ。お楽しみに。そうそう、それから、クイーン・サーウォーの圧勝に終わった今日の試合の感想もどしどしお寄せください。ではみなさん、次回のバトルグラウンドでまたお目にかかりましょう！」

護送用のバンに乗りこむ前に――出発までのあいだ、強制された沈黙のなか同じチェーンのほかのメンバーをそこで待つ――サーウォーは出待ちのファンと短時間の交流をする。護送ユニットはアリーナの貨物の搬出入口からサーウォーを外に連れ出した。淡い色をした分厚いドアは、金属同士がこすれ合う音とともに開いた。

西日が一瞬、視野を真っ白に飛ばした。ファンが歓声を上げる。サーウォーはスウェットの上下と丸首のシャツを着ていた。

みなサーウォーの似顔絵が描かれたプラカードを掲げている。みな彼女を愛していると言う。まるで自分だけの所有物のようにその名を呼ぶ。金属のバリケードの向こう側に、数百人がひしめい

＊〈セキュリティ界の北極〉のアークテック™は、アメリカに本社を置く武器、防衛および刑務所テクノロジー関連の多国籍企業。ＣＥＯのロジャー・ウェスプラットは、トマス・ウェスプラットとモニカ・ティーズリー=ウェスプラットの子息。

ていた。

武装警察に先導されて、サーウォーは人々に近づいた。ゆっくりと息を吸いこむ。恥じる気持ちがふたたび頭をもたげようとしていた。人々の大歓声にほっとした。熱狂的な声が、まだ生き長らえているという事実から意識を引き剝がしてくれる。

両手は拘束されていない。ランプはグリーンだ。護送官がサーウォーを見る。サーウォーはうなずいた。護送ユニットがサーウォーと一緒に歩きだす。興奮した人々を金属のバリケードがかろうじて押しとどめていた。ファンの手が雑草のように突き出される。サーウォーはバリケードに沿って歩き、人々の手が体に触れるにまかせた。彼らはサーウォーの頭をなで、腕に触れた。サーウォーはそれを振り払ったりはしなかった。それどころか、人々のほうに身を乗り出し、両手を差し出した。ありえないくらい柔らかな彼らの肌に触れた。服にも。髪にも。サーウォーのほんの小さな一部でももぎ取れるなら、みなそうしていただろう。誰もがサーウォーを指でつねり、なで回し、引っ張った。小柄な男たちは、サーウォーの胸をなで、つかんでおいて、故意ではないふりをした。

**サーウォー、サーウォー。愛してる。ファック・ユー。サーウォー。バカ女。人殺し。レズのビッチ。こっち。こっち向いて。写真。写真を撮らせて！ お願い。サーウォー。こっち向いて。**

首をはたかれ、スウェットシャツが引っ張られる。ゆっくりと歩を進めながら、ときおり誰かの手を握った。握手のようにしっかりと。護送官は目を光らせてはいるが、肩の力は抜けていた。なんといっても彼女はサーウォーなのだ。サーウォーは、父親に肩車された子供を見つけ、手を伸ばしてその子に触れた。顔が火照っているように思うのは、自己嫌悪ゆえだろうか。服役囚である彼女を金を払って見にきた人々が、一瞬でいいからと彼女に触れたがる。自分の手で触れてみるまで、彼女は実在すると信じられないとでもいうように。彼女の肌に触れて、何を得られると思っているのだろう。人々のむき出しの欲望で酔ってしまいそうだ。別の人間になったかのよう、求められるに値する人間になったような錯覚を起こしてしまう。

バリケードのすぐ向こうに一組の男女が立っていた。淡い茶色の肌をした女性の片目の周囲がうっすらと紫色を帯びていた。頭に黒いバンドを巻いている。連れの男性は背が高く、Tシャツがねじれて襟もとが大きく開き、濃い茶色の胸がのぞいていた。二人もやはり声を張り上げていた。女性の声はひときわ大きくて目立っていた。サーウォーは彼女と以前に会ったことがあるような気がした。その訴えかけるような声に聞き覚えがある。

「ロレッタ！」女性が言った。二十代くらいだろうか。サーウォーは女性と、人と人の隙間を見つけて前に出ようとする彼女を守るように寄り添っている男性を見た。「ロレッタ！」女性が手を差し伸べる。「りっぱよ、ロレッタ！」サーウォーは差し伸べられた女性の手のほうに反射的に手を伸ばした。「自分を恥じないで」その追い詰められたような声には力があって、ほかの人々の声を押しのけるようにしてサーウォーに届いた。喉を締め上げられて命の瀬戸際にあるのに、それでもなお懸命に声を上げているかのようだ。

脂ぎった顔をした背の低い男が二人のあいだに割りこみ、背伸びをしてサーウォーの鎖骨に触れた。その手は胸にすべり下りて乳首を軽くつまんだ。わざとだ。サーウォーは男を見下ろした。男は薄笑いを浮かべ、人々のあいだに消えた。サーウォーは何も言わなかった。目のまわりに痣（あざ）を作った女性を探す。人間の森のなかで見失ってしまったのではと不安になった。あの女性は特別だという確信があった。あの声を聞けばわかる。サーウォーの名前を呼ぶあの声、あの涙を見ればわかる。ファンがサーウォーを見て泣きだすことはよくあるが、彼女はそれとは違っていた。彼女の気づかうような態度は上面だけのものではなく、本物だという気がした。この瞬間をただ消費しようとしているのではない。彼女がまた近づいてこられるよう、サーウォーは歩く速度を落とした。

「ロレッタ」今度はさっきよりずっと左のほうからその声が聞こえた。サーウォーはそちらにさっと顔を向けた。同じ若い女性がまだこちらに手を伸ばしている。その手は固く握り締められていた。サーウォーは身を乗り出した。無数の腕が伸びてきてサーウォーの肩や首、胸、背中に触れた。サーウォーが与えれば与えるほど、人々は貪欲になる。スウェットシャツの生地が引っ張られた。**サーウォー、サーウォー。**サーウォーの手がようやく女性の手に届いた。女性の手の感触は柔らかいが、ありえないほどではなかった。女性が両手でサーウォーの手を包みこんだ。

「私は味方です。これからのことを知らせておきたくて」女性は言った。そう言ったように聞こえた。人々がサーウォーの注意を引こうとして叫ぶ声がやかましすぎた。女性はすぐに手を放し、熱狂するファンの長い列に沿って歩いていくサーウォーを見送った。サーウォーの手のなかには厚手の小さな紙片が隠されていた。

「チーフ」武装警察の一人が言った。

サーウォーはどきりとした。紙片のやりとりを見られたのだろうか。確かめる機会もないまま没収されてしまうだろうか。サーウォーは手をいっそう強く握り締めた。

「何だ、ダニエルズ」ユニットのチーフが言った。

サーウォーは覚悟を決めた。この紙片は絶対に渡さない。この手のなかにある贈り物を渡すくらいなら、行動矯正（インフルエンス）だって受けてやる。

「写真を撮ってもかまいませんかね」ダニエルズと呼ばれた武装警察が訊いた。「サーウォーと」

「勤務中にふさわしい行為だと思うか」

「それはそうなんですが、チーフ、その——ジェイキーが大ファンなんで……」

サーウォーは二人のやりとりを、彼女の身体をめぐる交渉を、黙って見守った。

「しかたがないな、俺の意地が悪いみたいに思われたくない。せめてヘルメットは取れよ。ほら、カメラをよこせ」

「ありがとうございます、チーフ」ダニエルズはヘルメットを脱いだ。茶色い髪は汗で濡れて張りついていた。それを手櫛(てぐし)で整えた。

「変じゃないですかね」ダニエルズが訊く。

「いいから早くしろ、ダニエルズ」チーフが言った。

「はい」ダニエルズはサーウォーのほうを向いた。「笑ってもらえるかな」両手で拳を作り、銃と警棒と行動矯正装置(インフルエンサー)が下がった腰に当てた。

「断る」サーウォーは答えた。

「そっか、そうだよな」ダニエルズは言い、立ち位置を微調整してサーウォーとの距離をわずかに空けた。チーフが写真を撮った。フラッシュが焚かれた瞬間、サーウォーは心ならずも微笑んだ。

「ありがとう」

「どういたしまして」サーウォーは言った。

二人がバンのロックを解除し、サーウォーは乗りこんだ。まだ誰も乗っていなかった。

「ロックをブルーに切り替える。意味はわかるな?」

サーウォーは嫌みを返してやりたい衝動をこらえた。ロックのブルーは沈黙を意味することくらい、当然知っている。ブルーのランプが点灯しているあいだに一言でも発したら、すさまじいショックが全身を貫く。痛みを伴う記憶は深く刻みこまれる。だから嫌みはのみこんで「わかってる」と答えた。一人きりになりたかった。

「ならいい」チーフが言った。「今日はよくやったな」そう付け加え、手に持った黒いスレート・コントローラーのボタンをいくつか押した。サーウォーの両手首にブルーの線が一本ずつ灯った。ドアが閉まった。

サーウォーはそっと安堵の溜め息をついた。一人きりの時間。めったにない贅沢だ。手を開く前に緊張をほどき、誰にも見られていない、誰にも監視されていないこのひとときを楽しんだ。注目を浴びて高ぶっていた神経が鎮まっていく。世の中の人々は、彼女を愛しているつもりでいる。以前の人生で、罪のない女性の命を奪ったような人間なのに、なぜ？　Mの文字を背中に刻まれて当然の人間なのに？　犯した罪を思えば、自分は称賛に値しないと思う。それだけではない。称賛どころか、存在するに値しない人間だ。なのに、まだこうして続けている。

手を開いた。脚を伸ばして膝の血行を促す。紙片はくしゃくしゃになっていたが、そこに並んだ文字ははっきりと読み取れた。一番上に〈チェーンギャング　シーズン33〉とある。その見出しの下に書かれた内容に目を通した。残っていた幸福の最後のひとかけらまで奪われた気がした。内臓が溶けて液体に変わり、一気にあふれ出したアドレナリンが胸を焼き焦がした。車外から大きな歓声が聞こえた。目もとにあふれた涙を拭った。紙片を半分に破り、二つとも口に押しこんだ。厚手の紙は乾いた土の味がした。

しかし、バンのドアが開き、同じチェーンの別のリンクが乗りこんできたとき、サーウォーの顔はすでに笑みと呼べそうな表情を浮かべていた。

## ヘンドリックス・〝スコーピオン・シンガー〟・ヤング

ここでは声を出せない[*]。

「聞こえてるんだろう、822番」早番の看守が言う。

それは宝物なのに、看守はその価値を知らないみたいに言葉をばらまく。俺は寝台にまた横たわる。そうやって動かずにいて、奴にまた口を開かせる。

「822番、早くしろ」早番の看守が言う。ほらな、俺の力を見ろよ。

「急げ」

俺は鉄格子の向こう側にいるそいつを見る。腕を左右に動かし、奴の目がそれを追うのを見る。俺と奴は一緒にいるが、一緒ではない。飢えた人間は食い物の値段をよく知っている。大食らいは食い物を平気で床にこぼす。看守は制服を着ている。ズボンは深緑色で、シャツはもう少し明るい緑色だ。腰に銃を下げている。唐辛子スプレーも下げている。警棒も下げている。行動矯正装置(インフルエンサー)は骨に痛みをねじこむ。あれをやられたら、床に崩れて、泣きわめいて、糞(くそ)を漏らすしかない。肉体が痛みに乗っ取られて、自分のものじゃなくなるからだ。

---

＊十九世紀に造られたオーバーン矯正システムを参考に創設されたニュー・オーバーン再実験施設。オーバーン矯正システムを導入した刑務所では、受刑者に沈黙を強いた。受刑者から自我を奪うことが目的で、その結果、販売するための製品を作るなど日々の刑務作業の効率が向上すると考えられていた。

インフルエンサーを持っているのは一部の看守だけで、持っている看守と顔を合わせるのは、よほどまずいことをしでかしたときだけだ。早番の看守は、痛めつける道具ひとそろいのほかに、ほかの看守と話ができる無線機を腰に下げている。看守はみなそれを持っている。俺は手首を見る。静脈と並んで走るブルーの線を見る。ブルーの線は、声を出したら苦痛が来るって意味だ。しゃべったら、強烈なショックを食らう。声を使ったら、強烈な稲妻が体を駆け抜ける。ブルーの線は、それが灯っているかぎり——つまり永遠に口を閉じていろって意味だ。ブルーの線は、俺はあいかわらずここにいるって意味だ。ここにいるかぎり、手首のランプはつねにブルーだから。

俺は早番の看守にうなずく。看守は俺の孤独な檻の前を過ぎて次の奴を起こしに行く。俺は身支度をする。数分後には座って灰色の卵料理を先割れスプーンで口に運んでいる。咀嚼(そしゃく)する音、かき集めてすくう音、ときどき噛み砕く音。食堂に話し声は一つもない。見回すと、みな俺と同じようにかき集めてすくっている。灰色の椅子が並んだ長い灰色のテーブルについた男たち。

俺は奴らとそっくりだし、奴らも俺にそっくりだ。手首。手。目。肌。サイレンが鳴って、俺たちは食堂からスクウェアに移動する。灰色のジャンプスーツの上に白いジャンプスーツを着る。その上に、オレンジか緑のエプロンを着ける。目を保護する透明のゴーグルを渡される。頭を覆うネットも渡される。肉を扱うための手袋も渡される。

四角い広場(スクウェア)は、名前から想像するとおりの場所だ。でかい空間だ。倉庫よりまだ広い。長い四つの辺が作る四角。フックにぶら下がった肉が東の壁沿いのスペースをゆっくり進む。近いうちにバーガー肉やステーキ肉になるもの。スクウェアの俺がいる側には縦型の鋸盤(のこぎりばん)がある。〝俺がいる側〟というより、〝俺たちがいる側〟か。俺たちの仕事は、目の前にあるものを真っ二つにすることだ。肉の塊を下に引っ張って鋸盤と高さを合わせる。俺たちの目の前を通るベルトコンベアに垂直な鋸が三つある。二つに割られた肉塊は次の作業台に流れていき、そこを担当している連中が余分をナイフで皿に削ぎ落とす。緑色のエプロンを着けている奴らはナイフを使い、オレンジ色の奴らは鋸とベルトコンベアを扱う。スクウェアに並んだ男どもは、みな肉を切る。俺たちはひたすら肉をばらばらにする。想像してみろよ。刑務所に収容されている全員が刃物を持ったり扱ったりしている。管理が行き届いているから、誰も心配していない。それがスクウェアだ。それが仕事だ。それで一日が終わる。ひたすら肉を解体する。

床も俺たちも血だらけだ。スクウェアにいるあいだ、手首のランプはブルーに加えてレッドが一つ灯っていて、俺たちは持ち場から一歩も移動できない。

頭上で看守たちが監視している。

遠くからだと、手首は紫色に見える。

俺たちは働く。俺の仕事は俺の人生とイコールだ。俺は仕事のために祈る。俺は仕事を憎む。俺には仕事が必要だ。俺は肉塊を引き、ぶうんと音を立てる鋸に押しつける。

肉を半分に割る。

鋸は喜んで食う。

肉が二つに分かれる。

俺は肉体を持(ハヴ)っている。

俺は肉を半分(ハーヴ)に割る。

その繰り返し。その繰り返し。

鋸は、止まるなと神に厳命されているみたいに動き続ける。同じラインの全員が同じように作業する。鋸は強くて熱い。

仕事をしろ。きちんとこなせ。

今日、俺のとなりにいる男。そいつは切ったり押したりがうまい。そのとなりの男。そいつはだめだ。俺たちは作業をする。俺たちの間隔は一メートルちょっとしかない。全員の手首にはブルーの一本線が光り、つまりここでは声を出せない。いつだってブルーの一本線だ。

俺たちは切る。俺たちの向かい側の連中はスライスし、押す。切る相手が空気のとき、鋸はぶうんと歌う。肉のときはきゅいーん、骨のときはぐがががが。鋸はソロで歌う。二十九年の五年目。この五年、俺は自分の声をほんの一瞬しか聞いたことがない。だが、当然だ。弁解の余地はない。押したら、そこで止める。鋸が手じゃなくて肉のほうを食うように。血は同じ色だ。たとえ手の半分を失っても気づかない。ピースサインをしようとして指がないとわかって、初めて気づく。親指と人差し指でL字が作れるだけだ。鋸は、食えと差し出されたものが何であろうとおかまいなしだ。

俺のとなりの奴がとなりになったのは、わりあい最近だ。一年になるか、二年だったか。そのとなりの奴はもう年寄りだ。家族と勘違いされそうだな。三世代の黒人、黒人、黒人。俺のとなりの奴のとなりの奴は年寄りで、手もと足もとが危なっかしい。ちゃんと切れない。そいつが失敗すると、俺たちみんなが痛い思いをする。

午前中いっぱい肉を切る。それからめしを食う。

灰色の水っぽい米と、正体不明の何か。すすって噛む音。俺の手は血のにおいがする。ここのあらゆるものが血のにおいをさせている。めしが終わると、またスクウェアだ。疲れる仕事だ。俺はとなりの奴とその向こうの奴を見る。自分を見るみたいだ。となりの奴を隔てて向こうにいる奴は、未来の俺だ。髪は灰色で、眼鏡をかけていて、じっと動かずにいようとしても、震えている。

ここは決して愉快な場所じゃない。

一日の終わりが近づくころ、俺たちはみな疲れている。一日の終わりが近づくころ、老いぼれはとりわけ疲れている。疲れているなんてレベルじゃない。ふらついて、背を丸めている。俺たちは働いても何ももらえない。働いても、どんなに働いても、金にはならない。俺たちは間違いをした。だからいまは奴隷だ。[*] 外にいる人間に代わってなかの人間が無償で働く。そうさ。過酷な環境でこき使われる奴隷だ。それだけのことだ。

老いぼれは奴隷として働き続けてきた。いまはふらついている。危なっかしく揺れている。誰にも聞こえない風の歌に揺れる細い枝。俺はとなりの奴を肘でつつく。そのとなりの老いぼれをつついてくれと暗に伝える。となりの老いぼれの様子がおかしいから、つついて起こしてやってほしい。俺のとなりの奴をつつくには片脚を上げないとならないが、俺は片脚を上げてつつく。となりの奴をつつけば、老いぼれが自分を殺しちまわずにすむよう、つついてくれるはずだ。ところが俺のとなりの奴は何もしない。となると俺は、もう一度そいつをつつくしかない。肘で奴の肩を強く押す。俺たちはみな、それぞれの立ち位置にロックされている。俺のとなりの奴は、不機嫌な顔で俺を見る。そいつをこの作業ラインに磁気で縛りつけ、延々と肉を切らせているのは俺だとでもいうみたいに。そいつの目はこう言っている。「うるせえよ」それからそいつは、立ったままふらついている老いぼれを見やるが、首を振るだけで何もしない。俺はまたそいつをつつく。だって、老いぼれ

＊一八六五年一二月六日批准成立の合衆国憲法修正第一三条には以下のように書かれている。「奴隷および本人の意に反する労役は、犯罪に対する刑罰として当事者が適法に宣告を受けた場合を除き、合衆国内あるいはその管轄に属するいずれの地にも存在してはならない」（傍点筆者）

をちょっとつついて目を覚まさせてやってくれればいいんだから。老いぼれが切った肉の切り口はがたがただ。廃棄するしかない。俺たち全員が同じ痛みを食らうことになるだろう。老いぼれは具合が悪そうだ。いまにも後ろ向きにひっくり返って手すりで頭をかち割るか、前のめりに倒れて真っ二つに割られるか。俺のとなりの奴は、かろうじて立っているだけで盛大にふらついている老いぼれを見たあと、俺に向き直って、この映画のこのシーンを待っていたんだというみたいににやりと笑う。

俺は足を踏み出そうとする。たまに磁気ロックが弱いときがある。ふだんそんなことはないが、それでも俺は毎回試している。いつもは、目に見えない四角のなかなら動き回れる。肉は切れるが、それ以外のことはできない。一歩下がってみた。これはできる。もう一歩下がろうとすると、どんな人間より強い手に引っ張られたみたいに、四角のなかに戻される。目に見えない鎖が俺たち全員を食肉処理ラインに縛りつけている。肉を切る以外のことはできない。

老いぼれの前を未処理の肉塊が通り過ぎていく。老いぼれはふらついている。俺は一度手を叩く。もう一度。頭上の看守が俺を見る。看守の目に見えるのは何人かの奴隷だけで、それまで見ていたものにまた視線を戻す。俺はとなりの奴をまたつつく。脇腹を強くつつく。そのとなりの奴の様子が変だから。もうさほど長く立っていられそうにないから。俺のとなりの奴は俺の肩を叩き返し、やめないと次は叩く以上のことをするぞと伝えてくる。俺は手を叩き、見る。肉を半分にする。老いぼれを見る。何年も奴隷を続けてきたそいつは、後ろにかたむき、次に前にかたむく。いっそ倒れちまいたいのかもしれない。俺もたまにそう思う。俺たちみんながもう限界に来ているのかもしれない。これは脱出口なのかもしれない。老いぼれを見る。視線をめぐらせて、処理中の肉塊と手首にブルーの線が光っている男たちを見る。ブルーってことは、みな作業以外のことをできない。

声の出し方を思い出す。思い出して、深く息を吸う。手首にブルーの一本線があるってことは、声を出せば痛みを食らうからだ。

「おい！」俺は自分の声で言う。悲しいほど長い歳月、一度も聞いたことのない声。車に轢かれた動物みたいに、伸びてねじれ、干からびて聞こえる。それでも俺の声だ。いい声だ。全員が俺を見ている。ヤング・オン・ステージ。次の瞬間、電流が俺をずたずたにする。全身の筋肉が一度に締め上げられる。俺はまた叫ぶ。その声が、俺はまだ連中の支配下にあるが同時にそうではないと連中に知らせる。

俺は床に倒れる。四角の外に倒れる。電気ショックと同時に磁気の引力が弱まる。マグカフがいっぺんにできることは限られている。

「おい」俺は床からまたそう言う。今度もまた稲妻が体を駆け抜ける。それでもまだ動ける。床の上でもがく。床に広がった血の浅い海を這う。苦痛と、絶対に無視できない別の種類の引力に突き動かされている。「おい！」またそう叫ぶ。体がのたくって、口から舌がはみ出し、血で汚れた床に押しつけられる。味がするのだとしても、感じない。見え、聞こえ、味がし、感じるのは、苦痛だけだ。血だらけの床に膝を押しつける。床を押して這う。俺の老いぼれのほうに這っていると、ブーツの重い足音が近づいてくる。

次の瞬間、ほかの声も聞こえる。踏みつけられてもまだ黙らない俺の声に似た、たくさんの声。

「ライオネル！」俺より上にいる誰かが叫ぶ。

「マリー、会いたいよ――」

ちょっとした暴動だ。カオスになっても対処のしようがないとわかっているとき起きるような類の。

「やってられるか！」誰かが叫ぶ。ショックが来て、叫び声の種類が変わる。

「明日で二十二年――」

一人、また一人と叫ぶ。奴隷の合唱。どの音も電気でぷつりと絶たれる。それでも合唱は合唱だ。電気ショックを食らうとわかっていても、みな自分の声を聞きたい。せめて何か言葉を発したい。俺と同じように、みなが自分の名前を、頭に最初に浮かんだことを叫ぶ。ここでは、自分の声は一種の祝福だ。流れ星だ。無駄に費やしてはいけない。短い声、それにつづくうめき声と叫び声のマジックショーだ。みな痛みに引き裂かれて倒れ、また立ち上がって、肉を切る。

俺は這う。立ち上がれないからだ。となりの奴の後ろを通り過ぎる。息も絶え絶えになりながら手を伸ばし、老いた奴隷をつかんで引っ張り、前に倒れて真っ二つにならないよう、血まみれの硬い床に座らせる。

俺は立ち上がる。自分の足で立つ。

それから老いぼれを見下ろす。顔色は悪いが、少なくとも真っ二つにはなっていない。手首が俺を引っ張るのを感じる。俺はムーンウォークみたいに元いた場所に戻る。深緑色のズボンと少し淡い緑色のシャツを着た奴が俺の顔に警棒を振り下ろし、その勢いで俺はぶうんと歌う音のほうに飛ばされる。

**それは背高（ロング）のジョン、**
**彼はとうにいない（ロングゴーン）、**

「よくそんな古い歌を知っているな、若いのに」そいつは俺に訊く。俺の返事を待っている。俺は歌い続ける。

**コーン畑の七面鳥みたいに、**
**背高（ロング）のコーンのあいだを抜けて。**

「この書類にサインすれば、ミスター・ヤング、きみはＣＡＰＥでの今後について理解したと見なされる。きみがきちんと理解したかどうかが重要だ」スーツを着たその男は、字が読めなくて、考えることもできない相手に話すように話している。俺はふかふかのベッドに寝ていて、だからこうして歌っている。俺はベッドにいる。ちゃんと味のする食い物を、ちゃんと色のある食い物を食っている。だからこうして歌っている。手首のランプはグリーンだ。長い長いあいだ、一度も見たことがなかった色。だから俺は歌う。

**俺のジョン（ヨハネ）は言った、**
**一〇章で。**
**「人がもし死ねば**
**また生きるでしょうか」**

腕を工場に置いてきた。だからこうして歌っている。こうして歌っているのは、俺の一部が体から切り離されても、ふたたび自分を取り戻し、自分の声を聞いているからだ。硬いのに柔らかい。俺の声は、樹皮の下に柔らかな肉を隠した樹木のようだ。

「この施設に収容された時点でアーク製のカフは埋めこまれているね。だから今回の移行にともなって必要な手続きは一つ少ない。新たな手術は必要がない。先日の――」〝腕を鋸で落とされた〟をどう表現していいか困っているみたいに、男は間を置く――「事故後に行なわれた手術は別として」

**彼らはイエスを磔（はりつけ）にして、**

**十字架に釘で打ちつけた。**

**シスター・メアリーは叫んだ。**

**「私の子が死んだ！」**

「これがきみの希望ならこの決断はきみ自身の意思のもとで行なわれたものであり、ＣＡＰＥプログラムへの移行をニュー・オーバーン再実験施設の職員が強制したことはないと示すために、ここにサインしてもらいたい」

**背高のジョン、**

**彼はとうにいない、**

**彼はとうにいない。**

男はオーバーンのことを話している。俺が二度と戻らない場所。俺は自然に湧き出てくる歌を歌っている。書類にサインをすると、男は微笑み、それから顔をしかめて俺に背を向ける。俺はベッドのなかで待つ。傷がよくなって、外の世界が俺を受け入れてくれるかどうか確かめられる日を待つ。

# 護送バン

アンゴラ＝ハモンド・チェーンの全員が一台のバンで移動した。そのほかに、ジェリーも乗っている。当然のことながらバン後部の拘束ユニットの四隅に監視カメラが設置されていて、ジェリーはリンクの様子を常時監視できる。ヴルーム・ヴルームを出発して次の目的地へと快調に飛ばすあいだ、ジェリーはバックミラーと、コンソールに並んだモニターの両方を使い、貨物――悪役（スーパーヴィラン）かつヒーローたち――の様子を頻繁に確かめた。無言で座っている彼らをちゃんと見守らなくてはならない。彼らは――八人全員が――磁気ロックで拘束されている。こういうときの自分はおそらく、彼らのリーダーなのだ。静かな車内に聞こえているのはジェリーの口笛だけだった。彼らは声一つ立てられないのだし、誰かの立てる音が聞こえているほうがいいのではないか。

ジェリーは自分のことをこの〝ギャング団〟の隠れメンバーだと思っている。リーダーを自認するのもある意味では間違っていない。だって、護送バンを運転している人物――厳密には、次のドロップオフ地点に向けて自動運転でハイウェイを突っ走るバンの運転席にただ座っている人物だが――を、ほかにどう呼んだらいい？　ジェリーはシートの背にゆったりともたれてコンソールのモニターを見つめた。アシスタント・プロデューサー兼アンゴラ＝ハモンド・リンク・システム・サーキット間護送責任者への昇進は、ジェリーの人生で自慢できる勝利の一つだ。しかも、ほかの誰も観られない『リンクライフ』特別エピソードを独り占めできるという役得もある。〝『リンクライフ』――護送中のリンクたち〟。そうだ、近いうちに上層部に新番組として提案してみようか。

だって、冷酷非情に勝利したあと、スタックスがサーウォーの肩に顔をうずめて声もなく泣いたことを知っているのは、ジェリー一人なのだ。そういうとき、スタックスが慰めを求めるのは、いつだってサーウォーだ。スタックスの涙がサーウォーのスウェットシャツを濡らしているあいだ、サーウォーがスタックスの頭を優しくマッサージすることだって、知っているのはジェリーだけだ。ただ、今日のサーウォーは自分の内面を凝視しているように見えた。スタックスに回した両腕も力ない。これまで幾度となく抱き締めてきた女を抱いていることに驚いているかのようだ。

マーチの次の出発地点へと運ばれていくあいだ、護送バンの車内では実にさまざまなことが起きる。ジェリー一人のための無声のオペラだった。頭の禿(は)げかかったイカレ男ガニー・パドルズがいつもドアに一番近いベンチシートを選び、歯を食いしばって目をぎらつかせていることは、ほかの誰も知らない。元はただのサーウォー・ワナビーのクィアだったのに、いまはいっぱしのタフな戦士に成長したサイ・アイ・アイが、ほかのリンクを笑わせようとしている姿などほかの誰も見たことがない。ほんの半秒でも笑ってしまえば手首から電気ショックが放たれ、笑い声は悲鳴に変わる。誰か一人が電撃を食らうと、笑わせるゲームはしばらく中断するが、車が数キロも走るころにはまた始まる。ランディ・マックもいる。マックは全力で平常心――おおらかさと言ってもいい――を装おうとする。とくに、スタックスが自分ではなくサーウォーに慰めを求めると、必死でうわべを取り繕う。リコ・ムエルテやサイ・アイ・アイやアイス・アイス・ジ・エレファントと、じゃんけんトーナメントを始めて嫉妬を隠そうとする。しかしモニター越しに彼らを観察しているジェリーは、マックがパーを出し、サモア出身の巨漢アイス・アイス・ジ・エレファントが巨大なグーを出した瞬間でも、マックがスタックスのほうをちらちら見ているのを知っていた。加えて、サンセット・ハークレスの不在を全員が痛切に感じていた。サンセットは、ジェリーが本当に、真に知っていたと言える唯一のリンクだった……そこまで深い知り合いではなかったとしても。

ランディ・マックが勝ち誇ったように両腕を突き上げた。両手を握り合わせて頭上で振る。ランディ・マックか——ジェリーは思った。あのうわべの下には悲しい男が隠れている。ジェリーは溜め息をついてシートにもたれた。報われぬ愛。それに関して、ジェリーとランディは同類だ。それでも、スタックスはときどきランディと寝る。ランディはその点で幸運だ。ジェリーには幸運を夢見ることしかできない。

Aハムのリンクたちはジェリーをよく知っている。とはいえ、ジェリーは彼らとほとんど言葉を交わしたことがない。この一年、護送の大半をジェリーが担当してきた。継子を学校に送っていくみたいに、人里離れた何もない場所に送り届けてきた。彼らが沈黙を強いられているあいだ、ジェリーも同じように口を閉じて過ごす。エンターテインメント業界では、こういう時間を〝撮影待ち〟などと呼ぶ。狙いは何かと言えば、カメラが回っていないところでリンクがしゃべらないようにすることだ。視聴者に公開されないところでおいしいネタを披露されたらもったいない。護送バンは、チェーンのメンバーが顔をそろえ、しかも——ジェリーの何一つ見逃さない目は別として——直接に監視されていない数少ない場所の一つだ。非公開の時間としてはブラックアウト・ナイトもあるが、それがいつ行なわれるかは予想がつかず、頻度も低かった。

彼らが生理学的な手段で沈黙を強制されていなければ、ジェリーは自分の身の上話を聞かせただろう。このバンを——ジェリーの頭のなかで形を成しつつある新番組を——トークショー形式にしてもいいかもしれない。ジェリーは元妻のメガンや息子のカイルの話を彼らに聞かせる。いや待て、自分の家族の話をするのは、腹を空かせた犬の群れの前でステーキ肉をひらひらさせるようなものだろうか。それに、実を言えば、元妻や息子にはもう何カ月も会っていなかった。リンクたちに仕事の内容を話すのはさすがにまずいだろう。一方で、ジェリーが何より話したいのは仕事のことだった。死んだサンセットとの個人的な関係を話すわけにはいかない。会社のボスたちでさえ知らないことだ。もし知っていたら、今度の昇進もなかったに違いない。実際のところ、ジェリーの現在の役職はアシスタント・プロデューサーのアシスタント兼アンゴラ＝ハモンド・リンク・システム・サーキット間護送責任者の代理だ。

新しくできた友人たちは――昔の友人はみなジェリーではなくメガンを選んだ――アシスタント・プロデューサーのアシスタント兼アンゴラ＝ハモンド・リンク・システム・サーキット間護送責任者の代理として見聞きした話を聞きたがる。この仕事のおかげで、交流が途切れていた姪(めい)――元姪と呼ぶべきか――とふたたび連絡を取り合うようにもなった。それ以前は姪に嫌われていた。一度ならずはっきりそう言われた。それでも離婚後に思いきってこちらから連絡し、これからも交流を続けたいと言った。

姪のマリはよくいる種類の子供――いまはもう子供と言うような年齢ではないが――で、世の中の何もかもが気に入らないタイプの人間だった。政府を嫌悪し、平穏と幸福の聖地だか何だかで適切に処理されたもの以外の食べ物をことごとく嫌い、テレビに出ていても社会に貢献していない大半の人間を軽蔑している。なかなか扱いづらい子だ。昔からそうだった。父親のいない家庭で育ったことを思えば、当然ではあるのだろう。人生というディーラーから不利なカードばかり配られ続けたのだ。それもあって、マリはあらゆるカードを同じように扱う――批判的に見て、決して信用しない。そうやって独りよがりな抗議活動を続ける一方で、ジェリーが昇進したと話すと目を輝かせた。信じられないと初めは言った。サンセットと一緒に車で移動しているなんて信じられないと。サンセットと、マリの父親と、話ができるなんて。それから、父親のことを教えてほしいと、あれこれ質問した。最初はおずおずと、のちに執拗に。近くで見るとどんな人なの？　ふだんはどんな感じなの？　ジェリーは本当のことを話した。どんなときも笑みを絶やさない人物だと。あんな罪を犯したとはとても思えないような男だと。いつも一番にバンに乗りこんできて、降りるのは最後だ。自由に話せるときは、調子はどうだいとジェリーに尋ねてきた。二人とも、元パートナーが姉妹ではないふりをした。

　ホロフォンを介して、マリはじっと聞き入った。あるときジェリーはこう話した。「刑務所に入ったときよりずっと好感の持てる人間になっていたよ。プログラムにもよい点がないわけじゃ――」

　しかしマリは最後まで聞かずに電話を切った。

　サンセットが殺されたとき、ジェリーのほうから連絡すべきだったのに、その前にマリから連絡が来てしまって、ジェリーは気がとがめた。このときも本当のことを話した――何があったのか自分にはわからないと。ほかに何を言っていいかわからなくて――「彼は善良な人間だった」とは言えない――番組の話を始め、間違って自分にCCされたメールにあった、次のシーズンでのルール改定についてうっかり話してしまった。自分が社外秘の情報を漏らしたことにようやく気づいたのは、マリがまたねと言って電話を切ってからだった。すぐにメッセージを送り、口外しないでくれと頼んだ。マリの返信は〈わかった〉だった。

　元姪も元義姉も、ジェリーがこの仕事に就くずっと以前から、チェーンギャングはどうにも苦手だと言っていた。しかし、ジェリーと家族の生計を支えているのはハード・アクションスポーツだ。リンクたちのありようが公正であるかどうか、あるいは罪を犯した者が娯楽を通じて社会に奉仕することの是非について私見を語る立場にはないが、家では決して番組を観ないことにしていた。きっとろくなことにならない。

それでも、アシスタント・プロデューサーのアシスタント兼アンゴラ＝ハモンド・リンク・システム・サーキット間護送責任者の代理で、しかもアンゴラ＝ハモンド・チェーンを予定された場所に確実に送り届ける責任を持つヒューマン・アクティビティとセキュリティの管理責任者でもあるジェリーは、敬意を持って彼らに接した。Ａハムは史上もっとも人気を集めているチェーンだ。メンバーの大半は実力でセレブリティにのし上がった。そして、ほかの誰も見ていない移動中、ジェリーはチェーンのリーダーも同然だ。

ジェリーは彼らに父親じみた愛情を抱いている。バトルグラウンド後に、あるいはハブ・シティに迎えに行ったとき、あるいはマーチの出発点で降ろすとき、かならず頭数を数える。たとえ一人でも少なくなっていると、胸に小さな痛みが走る。その原因がバトルグラウンドであろうと、Ａハム内での争いであろうと、そういうとき、彼らと目を合わせるのはつらい。ほんの数日前、サーウォーがバンに乗りこみ、次にスタックス以下チェーンの全員が乗ってきてシートに座ったのに、サンセットの姿がなかったとき、ジェリーはその場で泣きだしそうになった。サンセットのいないＡハムを乗せて車を走らせながら、息子の人生に自分も関わりたいと強く思った。サンセットの子は、もう二度と父親に会えない。だが、ジェリーと息子カイルには別の選択肢があるはずだ。とはいえ元妻メガンはいまも面会を渋り、カイルはその割を食っている。当面は、バンの後部に大勢のカイルを乗せているつもりになってごまかすしかない。

黒と白のふわふわした物体が道路に飛び出してきた。まだ何メートルもあって、逃げようと思えば余裕で逃げられるはずだ。バンは速度を落とさず、動物のほうも動かなかった。スカンクか？ああ、そうだ、スカンクだ。殉教者然として道路に立っている。ジェリーは身を乗り出しはしたが、何の操作もしなかった。バンは猛スピードで走り続けた。ここは空っぽの丘陵地帯だ。高速で走り抜けない理由はない。ただ、いまは別だ。スカンクはじっとジェリーを見つめている。ずっと待っていたんだ、ようやく来てくれて安心したよとでもいうように。ジェリーはガラス越しに前方を凝視し、自動運転の車がハンドルを左右に動かしてルートを外れないよう微調整を繰り返すのを見つめた。

「くそ」ジェリーはつぶやき、ハンドルを握ってブレーキペダルを踏みつけ、クラクションを鳴らした。車の速度が一気に落ち、体が前に持っていかれた。武器がバンの下腹にこすれる音が下のほうから聞こえた。だが、効果を発揮したのはクラクションだったようだ。スカンクは空中高く飛び上がったあと、道路の反対側に走り、ガードレールの下をくぐって背の高い草むらに消えた。

ジェリーはバックミラーをのぞいた。ランディ・マックと目が合った。腹を空かして疲れきったマックがこちらを見返す。それからにやりと笑うと、掌を前に向けて両腕を上げた。手首はブルーに光っている。それから両手の中指の名残を立てた。左手の中指は――ついでに言えば薬指も――数カ月前に切り落とされていたから、一方の手は卑猥なしぐさを作ったが、もう一方は中途半端だった。

やれやれ、報われない仕事だ。

ジェリーは口笛を吹くのをやめた。車内は完全に静まり返った。シートにゆったりもたれていたジェリーは、そこからおそらく数キロ先で車が速度を落として停まるのを感じた。

「じゃ、がんばれよ」ジェリーはリンクたちに聞こえるよう大きな声で言った。といっても、彼らはまだ車内に閉じこめられている。バンが停まった道路には何もない。ジェリーは車体下部の貨物スペースを開け、黒く長い金属の棒状の物体を引き出した。上部にほぼ完全な円盤があり、そこから上端に向けて円錐（えんすい）状に細くなっている。ジェリーは次にポケットから黒いタブレット端末を取り出して画面をタップした。車での移動中はいつもどおり貨物スペースで眠っていたアークテック・アンカーが直立して地面を離れ、宙に浮かんで静止した。ジェリーは車の下部の小さな武器保管スペースから全員分の武器を取り出して地面に並べた。ウォーハンマー——持ち上げるとき腰を痛めないよう用心した——に大鎌、数本のナイフ、三叉（みつまた）の槍、ゴルフクラブなど、破壊の力を秘めた貨物を道路際の草の上に置いていく。

　それからバンの後部ドアを開け、リンクたちが降り始めると、自分は運転席に飛び乗ってドアをロックした。みなの手首のランプがレッドに点滅し、磁気手錠（マグカフ）とアンカーとの同期プロセスが開始されたことを知らせた。長さ一メートル半ほどの金属アンカー——シアトルのスペースニードル・タワーを思わせる、宙を漂う黒い物体——の外周でも、同じレッドのランプが点滅した。

　アンカーによる拘束が完了すると、リンクたちは何もない景色や互いの顔を見回した。サーウォーがバンのドアを閉めた。彼らが降ろされたのは、ずいぶん前に廃業したらしい農場のはずれだった。出発を待つあいだ車は一台も通りかからなかった。唯一の明かりは、暗くなり始めた空と輝き始めた天体、そしてリンクたちの手首のランプだけだ。その日は六人がバトルグラウンドに出場した。サーウォー、スタックス、ランディ・マック、アイス・アイス・ジ・エレファント、サイ・アイ・アイ、そしてもう一人、バッド・ウォーターというニックネームの男。全員が試合に勝ち、Aハム・チェーンの環（リンク）の数は八のままだった。

　車を降りて一分とたたないうち、バンは走り出した。マーチに出発するまでのわずかな時間、八人は誰からも監視されず、沈黙も強制されずに道端で待った。サーウォー、スタックス、ランディ・マック、サイ・アイ・アイ、アイス・アイス・ジ・エレファント、ガニー・パドルズ、バッド・ウォーター、リコ・ムエルテ。アンゴラ＝ハモンド・チェーンの八つの環。

「みんなそろってて安心したよ」スタックスが大きな笑みを浮かべた。シャツのすそから白い絆創膏がのぞいていた。その下にはまだ生々しいXのタトゥーがある。試合後にタトゥーアーティストに彫ってもらったばかりだ。試合後にタトゥーを入れるのは慣行としてすっかり定着しており、どこのアリーナでもブラッド・ポイントなしで施術を受けられた。

　金物がコンクリートに落ちたようなチャイムが鳴った。手首のランプがオレンジに変わる。スタックスは自分の大鎌を拾い上げ、サーウォーもウォーハンマーを取りに向かった。大鎌を手にしたとたん、スタックスの表情は明るくなったように見えた。それまで切り離されていた体の一部が戻り、ようやく苦痛から解放されて完全な姿になったとでもいうようだった。大鎌を持ったままサーウォーに駆け寄り、サーウォーの腰に両腕を回し、頭のてっぺんにキスをして抱き寄せた。サーウォーはランディ・マックのほうをうかがった。マックは唇の片端だけを持ち上げた。サーウォーはスタックスをすばやく抱き締めたあと、体を離した。サイ・アイ・アイがサーウォーに近づいて力強く抱き締めた。

　HMCが配置について番組が始まるまでの短い空白をサーウォーは楽しんだ。これが彼らの流儀であり、ほかのチェーンならこうはいかないことはよく知っている。このチェーンでは、護送バンから降りたところで、改めて挨拶を交わす。それはサーウォーとサンセットが長い時間をかけて定着させた習慣だった。サンセットを殺した者は名乗り出てほしい、理由を説明してほしいと呼びかけるべきだと思ってはいる。ヒエラルキーを――サンセットが生きていたころでもサーウォーを頂点としていた序列を――再確認したい。一番の親友を殺したのは誰なのか、知りたかった。

「ブラッド・ママ」サイ・アイ・アイが歯のまばらな口もとに笑みを浮かべた。石を顎に叩きつけられ、上の小臼歯二本と下の犬歯一本が折れている。肌は砂のような色で、頭はサーウォーと同じくきれいに剃り上げていた。「今夜は楽しかったな」サイ・アイ・アイが続ける。「さすがグランド・コロサル、いい試合だったよ。ハイ・フリーダム獲得まで、みんなついてくからさ」そういって真の仲間らしく微笑んだ。

　車内で黙っていた分、会話は渇ききった口を潤す水のように感じられた。「そっちこそ」サーウォーは言った。「いい試合だった」

　サーウォーとスタックスは、次にアイス・アイス・ジ・エレファントの肩に触れた。それに応えてアイスがうなずく。身長はサーウォーよりだいぶ低いが、体重は倍くらいある。腕も脚も胴体も、木の幹のように太い。

「いい試合だった」アイスが言った。

「そっちもね」スタックスが応じた。それから続けた。「出発前にぎゅうってしてもらいたい人？」

スタックスの視線はランディ・マックの上で止まった。「一人見つけちゃったかも」

「どこをぎゅっとしてもらえるかによるな」マックが言った。スタックスはマックに近づいた。

**六十五秒後に配信開始**。アンカーが軽やかで優しげな声で言った。人間の声を模してはいるが、魂は感じられなかった。リンクに次の行動を指図することにしか関心がない。

　アンカー上部のパネルが開き、ＨＭＣがすっと浮かび上がった。

「これを待ってたくせに。だってあたしを心配してくれてたんでしょ、ぬいぐるみちゃん」スタックスは大鎌でマックの首を刈ってしまわないよう気をつけながら彼をハグした。マックはそれを温かく受け入れ、彼女に身も心もゆだねた。全員が二人を見守った。誰にでもスタックスと同じことができるわけではない。自分の重荷は自分で背負うしかない競技の参加者でありながら、他者の救いであろうとするのは至難の業だ。

ガニー・パドルズは地面につばを吐いた。

「ちょっとだけハグしてほしいな」サイ・アイ・アイが言った。

「実を言うと俺も」リコ・ムエルテも言った。

**三十秒後に配信開始。列についてください。**

「時間がないから、ダブルチームだね」スタックスは楽しげに笑った。

サイが肩をすくめ、スタックスは左腕で彼を抱き寄せた。リコ・ムエルテが進み出て、スタックスは右腕で彼を抱き寄せた。「ほらほら、照れてないで。今日は長い一日だったんだから」

二カ月ほど前から、それはスタックスのこだわりになっていた。誰かと触れ合うと、愛を肌で感じられる。サンセットの後押しもあって、スタックスは毎回のマーチを愛から始めるのを習慣にした。スタックスをいまのスターの地位に押し上げたのは、サンセットというよき助言者を得たからでもあった。

**ホロヴュー起動中。**

ここまでだ。主人たるアンカーの磁気に引き剝がされて、みながばらばらになった。三機のHMCが空中を移動し、リコ・ムエルテの足もとで静止する。このときリコはすでにポーズを決めていた。難度の高いグリーンを読もうとしているかのように、六番アイアンを手にしゃがんでいる。HMCはリコの周囲を飛び回った。

北アメリカでもっとも人気を集めているハード・アクションスポーツ番組の放送の開始だ。

# リンクの法人格

「いくつか説明しておきたいことがあります」

あるだろうよ。

「クリミナル・アクション・ペナルティ・エンターテインメント・プログラム——これ以降は〝CAPE〟という略称で呼びます——の基本事項を理解したことを確認していただきたい。CAPEへの参加は、キーアン・サーバー殺害[*]の罪についてあなたが言い渡されている三十六年の刑期を減じるものではなく、その一部です。CAPEプログラム参加を通じて放免され社会復帰するチャンスはありますが、その可能性は高くありません。釈放を勝ち取るには、これから読み上げる書類にサインした時点から起算して三年間、CAPEプログラムに参加し続けなくてはならないからです。書類のコピーはこちらです。条項を私と一緒に一つずつ確認していきましょう。あなたは文字を読めますね？」

そいつのしゃべり方はまるで機械だ。名前を流れるように口にする。心が痛む。そう言ったからといって、俺が冷血な人間じゃなくなるわけじゃない。それをわかっているからといって、冷血な人間じゃなくなるわけでもない。それでもやはり心が痛む。

このオフィスには白人の男が三人いる。顔の向きを変えると、鏡に映った俺が見える。鏡はどれも扉だ。ここにある鏡には俺の顔が映っている。黒い肌、きらきらした茶色の目。頭髪と顎髭（あごひげ）は黒く縮れている。髭を剃らないといけないな。丁寧に髭を剃るのは一種の愛だ。俺が久しく感じていない愛。

しゃべっているのはCAPEプログラムの担当者で、いかにも官僚風のネクタイを締めている。テーブルの俺の側に座っているのは、ここニュー・オーバーンの人事ディレクターだというダンだ。この施設にこうして戻ってきただけで、肌が焼け焦げそうになる。俺を沈黙させた場所。俺が奴隷だった場所。

書類にはサインするつもりだ。どんな種類の死が語られているにせよ。

俺が奴隷扱いされていた場所と言うべきか。奴隷扱いされているからといって、奴隷だということにはならない。人間は決して奴隷になれない。

人事ディレクターのダン、奴隷たちの非凡な主人。服役中はめったに会うことがなかったが、たまに会うと、私とめったに会わないのはきみがよくやっているしるしだよとダンは言った。

初めての面談で、ダンは俺に質問をした。俺は左右の手首を見た。インプラント手術が済んだばかりだったが、縫い目を透かして青いランプが見えた。ダンはこう言った。「質問の答えがイエスならうなずき、ノーなら首を振ってくれればいい」それから一方的にしゃべり始めた。俺は言った。

「俺の名前は――」電気ショックが走って、俺は床に倒れた。しばらくそこで泣いた。ダンは言った。

「椅子にかけなおしてもらえないか、ミスター・ヤング」

＊男が一人殺された。射殺された。〝問題〟を撃とうとしている人間の目に映るのはあくまでも〝問題〟でしかない。その〝問題〟が生きてきた人生ではなく、彼らの幸福や悲しみでもない。撃つときは、熱い怒りに目がくらんでいる。ヘンドリックス・ヤングはそんな風に思っていた。しかしキーアン・サーバーを殺害したときの彼は、相手が深い感情や深い愛を抱く能力を持った人間であることを十分に承知していた。それこそが問題だった。人々はそれを冷血と呼ぶ。しかしトリガーを引くのは、純然たる熱だ。胸を焼き焦がす炎だ。

ニュー・オーバーンでの俺の日々はそうやって始まった。

いまダンの真向かいの席に座っているのは、黒髪を後ろになでつけて金魚みたいな色のネクタイを締めた男だ。会うなり、自分の名前はソーヤーだと言った。「きみのエージェントだと思ってくれ」そいつは言った。「新しいボスでもある。仲よくやっていこうじゃないか、ブラザー」そう言って微笑み、俺の肩から切り株みたいに突き出ている、包帯が巻かれた腕の先端を見ないようにした。

俺たちがいるのはダンのオフィスだ。飾り気のない壁に囲まれたせまい部屋で、何もない壁に旧式の液晶テレビが一台設置されている。暖房が効きすぎている。ここはダンのオフィスだが、ダンは部屋の主ではないかのようにふるまっている。

「文字は読めますよ」ダンが言い、俺を見て、次にテーブルの向かい側の二人を見てから続ける。「沈黙の規則は、受刑者の行動にまつわる再実験の目的で実施されているもので、ここにいるあいだはどんな場合でも――」

「ここが静かだということは知ってますよ。いつも糞のにおいがしているのも知ってますしね」ソーヤーは言い、それから俺を見る。ウィンクをする。〝だろ？〟と考えているのが聞こえてくるようだが、俺が奴を見たとき見えるのはギロチンだってことは奴もわかっているはずだ。「私のクライアントには話す自由を認めていただきたい。これは大事なことですよ、ダン。入院中には話していましたしね。いまさら沈黙を強いるのもどうかと思いますが」

「この施設では沈黙の方針を厳格に運用しています。施設内の病院では解除しますが。理由は想像がつくでしょう」理由は、痛いときは誰でも叫ぶからだ。叫ぶたびに電気ショックを与えたら、もっと叫ばれることになる。施設内で足を骨折した奴は、何度も叫んで脳をフライにされかけた。静かに泣けば検出されず、ショックを食らわずにすむこともある。ニュー・オーバーンに来ると、誰だって声を立てずに泣くのがうまくなる。

官僚の男が言う。「繰り返しになりますが、事前の同意確認は取れているとしても、ミスター・ヤングの意向を本人の口から述べてもらわなくてはなりません。ロッターミス刑務官、今後は、身体的な事情で不可能な場合を除いて、CAPE参加者には、署名に加えて口頭で同意してもらうことが条件になります。ほかの矯正施設と同じように、こちらの施設でも受刑者がプログラムに参加する機会を継続的に持ちたいのであれば、その基準に従っていただかなくては」

俺のことで気分を害しているダンを見て、なんだか悲しくなる。俺の声を聞くなんて耐えがたいとダンは思っている。たとえ死を選ぶためであっても、俺が自分の声を使うなんてとんでもないと思っている。掘れば掘るほどねじくれた何かが出てくるものだ。「しかしここでは――」

「これについて交渉の余地はありません。おたくの社長はずいぶん前に同意しています。ミスター・ヤングの〝沈黙〟を解除してください」

ダンはまばたきをする。それから左を、俺のほうを見ないまま、デスクから黒い小型のタブレット端末を取り出した。画面を押して指をスライドさせ、また画面を押して指をスライドさせる。俺の手首のランプがグリーンに変わる。

「けっこう」官僚の男が言う。「では、これからCAPEプログラムの規則と条件を一緒に確認していきましょう、ミスター・ヤング。文字は読めますね？」

俺はダンを見る。ダンはひどく悲しげだ。ソーヤーは官僚の男に笑顔を向けていて、官僚の男は退屈している。退屈した死刑執行人。白いシャツと黒いネクタイ。生気を搾り取られたみたいな顔をしている。

「話していいんですよ、ヘンドリックス」官僚の男が言う。「文字を読めますね？」

「読めますよ」ダンが言う。

「我々が話しているのはそちらの若者です」ソーヤーが言う。

「我々の話を十分に理解していることを確認しなくてはならない。あなたが同意するのは強制されたからではないことを確かめなくてはならない」

奴らのすごいところは――と笑いだしながら俺は考える――連中は苦痛を奪い、隙あらばそれをまったく新しい痛みに変えていくことだ。すでにありとあらゆる苦痛を取りそろえているのに、その種類をまだ増やし続けている。

官僚の男が眉をひそめる。ソーヤーは俺と一緒に笑う。そういう男だからね。ははは。

「あなたは文字を――」また同じことを訊かれたらたまらない。大笑いしながら床を転げ回ることになるだろう。いまでも笑えるなんて、自分でも驚きだ。ニュー・オーバーンでは誰も笑わないが、その精神はここぞという瞬間をじっと待っている。

「字は読めます」俺はまだ笑いながら言う。

「ありがとう」官僚の男は言い、無表情にもどる。ソーヤーがうなずく。ダンがこう思っているのが伝わってくる――こいつの声を聞かずにすませられたらよかったのに。俺の声が、こすっても消えない汚れみたいにオフィスの壁に染みつくと思っている。

「では続けましょう」官僚の男とそいつがしゃべる言葉は一体化していて、その言葉が意味するのは、突き詰めれば、殺し合いだ。それは、その無でもって死を塗り隠そうとする。こいつも無だ。そうでなくては生きていけない。ただの殻。鏡をのぞいた瞬間に自分を破滅させかねない大きな何かを表す記号。内面がとうに死んでいるのでないなら、だが。そう、俺と同じように。

俺は自問する。そんな相手を俺は本当に憎めるか？

「よく聞いてください。わからないことがあれば、条項をひととおり確認したあとでまとめて訊いてください」

了解。

「あなた、ヘンドリックス・ヤングは、この文書に署名することにより、ニュー・オーバーン再実験施設での計二十九年の刑期のうち残存する二十四年と三十九日の刑期を放棄し、主に北米矯正株式会社（以降ＣＣＮＡと表記）とＧＥＯＤとの提携により組織されたハイパーアスレチック・ハード・アクションスポーツエンターテインメント・プラットフォームであるＣＡＰＥプログラムへの参加を選択したこと、またチェーンギャング・アンリミテッドとそのすべての番組シリーズがＣＡＰＥプログラムの一部であり、プログラム主導・実施による各種の刑罰モデルに沿うものであることを理解したと確認、承認します」

連中は壁を言葉で塗り尽くす。自分たちの言葉で壁を築く。

「プログラム参加者として、あなたは以下の撤回不可能な条件に同意します。

あなたはＣＡＰＥプログラムのチェーンギャング・アンリミテッド支部における参加者の総称である〝リンク〟となり、旧シン＝アッティカ＝シン・チェーン、現シン＝オーバーン＝アッティカ＝シン・チェーンの構成員として同じチェーン所属のほかのリンクとともに各地を巡業します。同チェーンは、ＧＥＯＤ矯正法人によって所有されている、またはＣＡＰＥプログラムのためにＧＥＯＤによって運営されているニューヨーク州アッティカのアッティカ矯正施設、ニューヨーク州オシニングのシン・シン矯正施設、そしてニューヨーク州オーバーンのニュー・オーバーン再実験施設の受刑者で構成されています。同チェーンにはまた、運営上または財政上、必要かつ有益と判断されて再配属または〝トレード〟されたリンクも所属します。ＣＡＰＥプログラムは、各チェーンのディレクターの合意を条件として、任意のリンクを再配属する最終的な権利を保持します。

シン＝オーバーン＝アッティカ＝シン・チェーンの一員として、あなたの第一の義務はつねに自己を防衛することであり、あなたの安全についての責任は、ＣＡＰＥプログラム、プログラムの提携企業、アメリカ合衆国政府のいずれにもいっさい発生しません。

リンクとして、あなたは生活のあらゆる領域が録画され、公開／私的な視聴に供されることに同意し、あなたの肖像は署名の瞬間から永久にＣＡＰＥプログラムの裁量によってマーケティング用途に利用されることを承諾します。

本文書に署名することにより、ＣＡＰＥプログラムへの参加を通じて、また本文書において例示された条件において獲得した物品を除き、所有するすべての物品についての権利を放棄することに同意します。

本文書に署名することにより、ＣＡＰＥプログラムによって明示されている権利を除くあらゆる権利を放棄します。

リンクとして、あなたには経済的価値が数値で割り当てられます。この価値は〝ブラッド・ポイント〟と呼ばれる点数として表され、プログラムに参加しているかぎり獲得できます。ブラッド・ポイントを使用して、食品、武器、一定の医療、防具、衣服などを購入できます。外部スポンサーの支援を受けられる場合もあります。ブラッド・ポイントを使って新たな武器や防具を購入できるのは、リンクがバトルグラウンドに最低一度出場し、勝利したあとに限られます。

本文書に署名することにより、十五ブラッド・ポイントが付与されます。一ブラッド・ポイントの価値は、一セントの一千分の一です。

すべてのリンクの参加時点のランクはR、ルーキーです。バトルグラウンドでの試合に三度勝利すると、サバイバーに昇格します。

現在のランク順は以下のとおりです。ルーキー、サバイバー、カスプ、リーパー、ハーシュ・リーパー、コロサル、グランド・コロサル。新規則によって改訂されたブラッド・ポイントを使用して購入できるサービス、防具、生活用品のより詳細なリストは、シーズンごとに配布されます」

連中が作り上げたはしごを下から順に説明していくそいつの話に、俺は耳をかたむけた。はしごの段の一つひとつの名前、死の商人としてのランクが上がるごとに与えられる新たな名前。どんどん強くなる相手を殺すことで得られる通貨。

「ここまではいいかな」

俺はそいつをまっすぐに見る。

「それは肯定の返事だね？」官僚の男が訊く。

「はい」俺は言う。

そいつは説明を再開する。

「リンクの法人格を有すると同時に、あなた、ヘンドリックス・ヤングは、その期間を通じてアークテック機器によって拘束されることに同意します。プログラムの拘束から逃れようと試みた場合、注射、爆発物、電気椅子など、適切と判断された手段で即時終了処分されることに同意します。

ＣＡＰＥプログラムのチェーンギャング・アンリミテッド番組シリーズへの参加に同意すると同時に、期間不定（通常は四日から十六日のあいだ）標準的な行軍(マーチ)への参加にも同意します。このマーチの期間中、リンクは遠隔方式のプリズン・アンカレージに常時拘束されます。拘束から逃れようと試みた場合、強制的抑制処分または終了処分が下されます。

各マーチの終了後、即時に〝ハブ・シティ〟に滞在することになります。〝ハブ・シティ〟到着後、リンクは現地コミュニティの活動に参加し、受け入れコミュニティ文化の向上と支援を図ります。これらの活動への参加に応じなかった場合、即時終了処分が下されます。

最大四日間のハブ・シティ滞在中、リンクは割り当てられた宿泊スペースで生活します。ブラッド・ポイントの使用により宿泊スペースのアップグレードが可能です。

ハブ・シティでの滞在の最終日、リンクはCAPEプログラムが用意する車両でバトルグラウンドの試合が行なわれる会場に護送されます。次回の試合の詳細は、マーチ期間中に確定され、電子メッセージにてリンクに通達されます。ブラッド・ポイントを使用して、次回の試合の詳細情報をいち早く入手することも可能です。

バトルグラウンドでの試合中、リンクはつねに自衛しなくてはなりません。対戦相手の全員が死亡するまで、リンクは勝者と認定されません。チェーンギャング・アンリミテッドの現シーズンでは、リンクは同じチェーンに属するリンクとバトルグラウンドで対戦することはありません。

自衛の努力をせず、かつ対戦相手を殺害する試みをしなかった場合、すべての当事者が即時に終了処分となります」

説明は延々と続いた。全部を一度に理解するなんて無理だが、反面、理解は簡単だ。奴が何度もしつこく言っているのは一つだけ――〝おまえはすでに死んでいる〟ってことだ。

「理解できましたか」

「はい」俺は答える。新しい種類の祭壇に身を捧げる。

「さて、これら撤回不可能な条項と条件を理解した上で、ヘンドリックス・ヤング、あなたはCAPEへの参加に同意しますか」

俺はダンを見る。まだ気分を害したままだ。俺は官僚の男を見る。何も感じないように努める。それに成功する。ソーヤーが歯を舐めているのがわかる。

「はい」俺は言う。

ソーヤーがペンを差し出す。

「すばらしい。退屈な話はこれで終わりです。あとは身辺の準備に入りましょう。武器の抽選会は明日です。そのあと基本のタトゥーと衣類が支給されます」

俺は三人を見て、俺の一つだけの手首を見る。こいつらとこうしてここにいる理由は、声を愛する行為は苦痛を伴うものだからだ。腕と引き換えに声を取り戻したいま、沈黙には二度と戻れないことを俺の魂は知っている。そう、またも鋸に身を投げ出さないかぎりは。

俺は署名する。

# サーキット

エミリーは買ったばかりのU冷蔵庫(フリッジ)をのぞきこみ、内蔵の8Kディスプレイを見つめた。そこに映っているのは、あれほど嫌いと公言していたくせに、いまでは毎回楽しみに観ている番組だ。祖母が遺(のこ)したわずかなお金で自宅アパートの電化製品をすべて買い換えたから、U対応でない家電は一つとしてない。熟しすぎたブドウ越しに奥のディスプレイを凝視する。リコ・ムエルテが格好をつけたゴルファーのようにしゃがんでいた。頭にバンダナを巻き、足首に向かって細くなったカモフラージュ柄のカーゴパンツを穿いている。しゃがんだ姿勢で、左目のすぐ下にある逆さの十字架のタトゥーを指さした。ムエルテは、サブ武器どころか、まともなメイン武器さえ持っていない。まだルーキーだからだ。いや、ムエルテはもうサバイバーに昇格したのだったか。エミリーの記憶はあやふやだった。ランクはともかく、ムエルテが新入り(フレッシュミート)であることは間違いない。そう考えると、冷蔵庫のなかがお似合いかも。うわあ、ウィルのジョークが伝染してしまった。

U対応家電を買いそろえるなかで、一番どうかと思ったのは冷蔵庫だ。ウィルは気に入っていて、遺産の一部でUフリッジを買おうとせっついた。エミリーは『チェーンギャング・オールスターズバトルグラウンド』を進んで観る気にはどうしてもなれなかったが、その姉妹番組『リンクライフ』は人間研究にもってこいだった。社会問題に関心を持つ知的な人なら、最低でもひととおり観るべきだとエミリーは思っている。文化をめぐる議論の一角をなすものだ。倫理の観点からはいかがなものかと思うが、関心を持つべき社会の一部であることは無視できない。ウィルと暮らしている以上、エミリー自身の人生の一部でもある。どちらの番組も観ているが、エミリーには『リンクライフ』のほうがはるかにおもしろかった。『リンクライフ』で起きることは、一つとして見逃せない。

マーチは毎回、顔見せ（ラインアップ）から始まる。誰と誰が生き残り、誰は死んだかの再確認だ。これがまたおもしろい。同じチェーンの仲間の勝利や死を目撃した直後のリンクたちの心の内が手に取るようにわかる。アメリカの感情と理性を代表する人物として推したいのはどのリンクなのか、そのリンクの素質はどの程度なのか。たとえば、最強との呼び声が高いこのチェーンに加わったばかりのリコ・ムエルテがそうだ。ムエルテはつねにユーモアを漂わせている。このチェーンはスターぞろいなのに、ムエルテは少しも気後れしていない。その一挙一動はこう言っていた——「俺はここだ。俺を見ろ。俺は怖がってなんかいない」

マーチ開始前のラインアップの意味合いについては、ウィルから何度も何度も説明された。四カ月前のAハムのラインアップ映像をアーカイブから掘り出してきて見せたときは、涙ぐんでいた。それはマダム・ルル・ワッツ*が死んだ直後のラインアップだった。一人ひとりが大写しになるのに合わせ、Aハムのメンバー全員が彼女のトレードマークだったしぐさをした——目に見えないティーカップを小指を立てて持って飲むしぐさ。スタックスはいまでもときおり小指を立てて戦友を悼む。

次にディスプレイに映し出されたのはアイス・アイス・ジ・エレファントだ。がっしりとした体

＊ロー・フリード。最終ランクはリーパー。ファンから〝クラス・アクト・キラー〟と呼ばれていた。家族からはルーシーと呼ばれていた。

格と、防具を効率よく配置する才覚のおかげで、過去四戦を生き延びてきた。移動中は建設作業向けのシンプルなブーツと灰色のスウェットパンツという出で立ちだ。上はTシャツに薄手のジャケットで、ジャケットには〈マイクの鈑金〉の小さな文字が入っているが、これは長くは続かないだろう。アイスは人気が出始めているところだから、スポンサーも近く〈マイクの鈑金〉よりもっと大きな企業に変わるはずだ。彼の武器、棘のある鉄球は小袋に収められ、その球についた鎖は太いウェストにベルトのように巻きつけてあった。カメラが顔の高さに来ると、アイスはおどけた笑みを浮かべた。

　次にカメラがとらえたのは、ガニー・パドルズのトレードマークの青いカウボーイブーツだ。かかとのそばにマクフーズの頭文字〈ＭＦ〉が金色で刻まれていた。いまは武器を携えていないが、彼がサブ・カテゴリーの武器——投げナイフ四本を駆使して戦うことは誰もが知っている。メインの武器は使わない。そのユニークな装備は、これまでのところ戦果を上げていた。乏しくなりかけの脂じみた頭髪は後ろにぴたりとなでつけてある。青白い顔がアップになったとたん、パドルズは地面につばを吐いた。

　そこまで観たところで、エミリーの腰が悲鳴を上げた。

　熟しすぎた甘いブドウをいくつか口に放りこみ、ジンジャーエールを取って背筋を伸ばし、冷蔵庫の扉を閉めた。「腰が痛くなった甲斐はあったかも」エミリーは独り言をつぶやき、カウチまでの短い距離を歩くと、手を振ってメインのディスプレイの電源を入れた。

　完全３Ｄヴューキャスティング対応のテレフレックス・インフィニティ・ヴューキャスター。あらゆるジェスチャーを認識するオプション機能もついている。遊びに来た友達に、ヴューを観ないかと何度尋ねただろう——「Ｕ接続」と言いながら、カーテンを開けるように両手を左右に動かす操作をやって見せるためだけに。まるで魔法だ。

『リンクライフ』」エミリーは言った。カウチの正面の壁いっぱいに番組が映し出された。まだラインアップが続いていた。立っているスタックスのハイキングブーツが映し出されたところだ。カメラは次に、左右のももの部分に三カ所裂け目を入れたスウェットパンツを映す。パーカの胸にはホールマーケット™のロゴがプリントされていた。

スタックスは、バトルグラウンドの外ではつねに左腕にボルトレザーを巻いている。掌のなかばまで巻かれているのが袖口からのぞいていた。

「U接続、没入モード」エミリーは言った。次の瞬間、現地にいるも同然になった。開けた野原が見える。足もとに草むらが出現した。アパートの板張りの床はその下に透けて見えている。エミリーはスタックスの腹部や首のXを観察し、そのみごとさに改めて感心した。スタックスのパーカは裾がカットオフされていて、鍛えられた腹筋と茶色い肌にモザイクのように刻まれたXの文字が露になっている。髪は背中の真ん中まで届いていた。

映像の見せ方も完璧だ。カメラがスタックスの顔の高さまで上昇する。スタックスはいつもどおりの遊び心を見せた。右腕で目を覆っている。尺骨に沿って刻まれた二つのXがちょうど目の位置に来た。舌をだらりと垂らし、首を一方にかしげる。殴られて気絶したアニメのキャラクターのポーズ。反対の手は見えない首吊り縄をつかんでいた。エミリーは少し意外に思った。スタックスはサンセット・ハークレスを偲ぶようなしぐさを一つもしなかった。エミリーの胸が締めつけられた。サンセットは、間違いなくこのチェーンの良心だった。ほかのリンクなら相手を殺しそうな場面で、サンセットがジョークを言って場を和ませる映像をいくつも見た。アーカイブ映像を見て知っているだけの相手なのに、彼が死んだと聞いて、意外なほど悲しくなった。その悲しみの雲はいまもまだ晴れていない。

　まったく、自分はどうかしている。

　スタックスはそのポーズを崩さなかった。まもなくサーウォーが映し出された。非の打ちどころのない肉体は、ゆったりとしたシルエットの黒いパンツにほぼ完全に隠されている。パンツの裾は長いソックスに押しこまれていた。腕は左右ともボルトレザーで覆われ、その上に厚手のクルーネックのシャツを着ていた。シャツにはライフデポ™のロゴが入っている。サーウォーは虚空を見つめたまま何の反応も示さない。ここ数カ月、ずっとそういうストイックな態度を貫いていた。しかしカメラが離れるぎりぎりの瞬間に、目の上に手をかざした。サンセットのいつものポーズだ。エミリーの目まで熱くなった。

　**二十五秒後にマーチを開始します。**

「いよいよね」エミリーは涙を拭い、別世界の波瀾（はらん）万丈な冒険に備えてゆったりと座り直した。


　**マーチ開始**――アンカーがそう宣言して動きだした。

　アンカーが発するコマンドの数はそう多くない。いずれも有無を言わさぬ命令だ。ラインアップ、マーチ、乱闘（メイレー）、マーチ再開、停止、休憩、ブラックアウト。有無を言わさず人を引っ張って動きだす。人の体を引くその磁力は、リンクの日常でもっとも確かなものだった。アンカーはＡハムのリンクの頭上五メートル近くまでさらに上昇すると、何の断りもなく北の方角に動き始めた。

　リンクたちは慣れたもので、両腕を伸ばして歩きだした。次に何が起きるかは考えないようにする。磁力に導かれるまま散開し、アンカーを中心とした円陣を組んだ。

「上のほうの誰かによほど好かれてるんだな、あんた」ガニー・パドルズが前方のサーウォーを見て言った。リンクが作るコンパス上の南東の位置を歩くガニーは、一人だけ本名で呼ばれているサーウォーを嫌悪していた。ただ、このチェーンのリーダーがサーウォーなのは誰の目にも明らかだ。黒人の女が俺のボスだと？——馬鹿も休み休み言えよ。ガニーは歩いた。彼はいま、黒人のサーウォーが今日みたいに楽勝な相手をあてがわれるなんて、バトルグラウンドの対戦の仮面をかぶった差別撤廃措置だろうと暗に批判したことになる。サーウォーはどう受け止めるだろう。ガニーは地面につばを吐き、草を蹴って歩いた。

真北の位置を歩くサーウォーは答えた。「かもね」誰もサンセットの話題に触れようとしないが、サーウォーはそれに腹を立てまいとしていた。アンカーに引っ張られて歩く感覚を体が思い出し、それをきっかけに意識がいまここに引き戻された。残された数週間、どうやってこのチェーンを率いていけばいいのか。強姦殺人を犯したガニー・パドルズ、この二年ずっとサーウォーの死を願い続けてきたガニーに、どう対処すればいい？　すべてをあれほど易々とやってのけたサンセットを失ったいま、一人でうまくやれるだろうか。ヴルーム・ヴルームであの若い女性から渡された情報を思い出した。いまこんなことを気にしている場合なのか。

スタックスは南極の位置にいた。しばらく前からそこが定位置になっている。アンカーの真後ろにいるせいで、ほかのメンバーより歩く速度が若干速くなる。少しでも速度が落ちると、引きずられるような格好になるからだ。わざと立ち止まり、両腕が引っ張られて持ち上がるのを待って駆けだし、アンカーの引力に追いついて腕が元どおり下りるとまた立ち止まり、ふたたびアンカーに引っ張られて手首が持ち上がるのを待ったりといったことをよくしているが、今日はそういうお遊びを一度もしなかった。今日は顔に笑みを貼りつけ、周囲を注意深く観察した。スタックスの位置取りは保険であることをチェーンのメンバーはみな知っている。先頭を歩くサーウォーは——以前ならサンセット・ハークレスは——ほかのメンバーに比べて無防備だ。これだけの人数を死角に従えているのだから。万が一誰かがサーウォーを襲ったとしたら、しんがりのスタックスが即座にそいつに飛びかかる。スタックスは用心棒の役割に誇りを持っていた。ウィテカー・〝チャ＝チング〟・エイムズを真っ二つにしたのは、決して気分のいいことではなかった。しかし数カ月前、マーチの最中にサーウォーを刃物で刺そうと試みたウィテカーは、自分がずたずたにされて死ぬことになった。スタックスはそれができる自分を嫌悪する一方で、自分のその力を愛していた。

ウォルター・バッド・ウォーターはスタックスの左なめ前を歩いていた。いつもどおり無言で周囲を観察している。自分がいまも生きていることに感嘆していた。死に瀕して墓場に葬られかけているもののごとく、いまも心の奥で大切に守り続けている自分の潔白にも。何の罪も犯していないのに、自分はこうして罰を受けている。バッド・ウォーターは、ガニー・パドルズからもらったハンティングナイフを持っていた。受け取ったときは、ガニーから何かもらえばサンセット、サーウォー、それにスタックスまで怒らせることになるとはまだ知らなかったからだ。それについてもやはり、彼の潔白は何の意味も持たないのだ。

「ここいらの夜は平和そうだな。あとは蚊に悩まされないですむといい」アイス・アイス・ジ・エレファントが言った。今日一日はなんとか乗り切れそうだ。これからの毎日もなんとか乗り切ろうと思う。ついさっき、彼は男を一人殺した。人を殺したばかりなのに、こうして蚊の心配をしている。だが、この世界はそういう場所だ。明日の心配は明日。マーチの前後にいつも自分にそう言い聞かせる。ウェストに巻いた鎖ががちゃがちゃと音を立てた。その音はどんなときもアイスの気持ちを落ち着かせた。

「だな」サイ・アイ・アイが友人の言葉にうなずく。二人のすぐ前、やや右に、サーウォーがいる。

ロレッタ・サーウォー。グランド・コロサルその人。サイは、自分の試合を短時間で苦もなく片づけた直後に全身にあふれた歓喜の余韻をまだ感じていた。その歓喜は、サーウォーのクエスチョン・マッチの対戦相手が明かされ、あの小僧が——楽勝の相手が——登場したときも褪せていなかった。サイは更衣室でその様子を見ていた。体を汚した血を拭っているところだった。そして、サーウォーの相手を見て喜んだ自分に吐き気を催した。とはいえ、あの若僧はどのみち長く持たなかっただろうし、サーウォーが最後の二週間を生き延びてくれればそれでいい。LTはなんといってもLTなのだから。LTのことを考えていれば、自分がフィールド上で殺した戦士、ローレイド・クリキュラムのことを考えずにすむというのもある。殺した相手のことはどうしたって思い出す。その死を理解しようとせずにいられない。しかしいまはLTのことだけを考え、サンセットに起きたのと同じことがLTに起きないよう気を配るほうがいい。

「たしかに、こないだの晩は蚊に殺されるかと思ったもんな」リコは沈黙を避けたくて言った。「翅が生えた吸血鬼だ」そう言って笑った。ほかの誰も笑わなかった。リコはガニー・パドルズの後ろを歩いている。スタックスのすぐ近くなのはありがたい。スタックスのそばにいると安心できる。リコはこのチェーンのメンバーから戦いを挑まれたことが一度もなく、それをありがたく思っていた。いてはまずい場所にいただけで、殺されることもあるからだ。リコもそれを目撃してきた。枯れ草をブーツで踏んで歩いていると、いつもの恐怖の波に襲われた。主よ、あなたは俺の心をすべてご存じです。リコは祈った。**俺がいろいろやらかしがちなことは認めます。こういう試練を与えられてもしょうがないことをしでかしたのも事実です。けど、主よ、あなたは俺の心をご存じです。この試練を乗り越えるために、ほんのひとかけらでいいからあなたの恵みを与えてください。**

ランディ・マックのランクはリーパーだ。三叉の槍〝ホーリー・ホーリー〟をステッキのように使いながら歩いていた。無言のまま、このチェーンではサーウォーとスタックスに次ぐランクに自分はいるのだなと考えていた。地面の感触はしだいに柔らかくなっていく。ぬかるみに槍の柄を突き立てながら、三番手の責任の重みを思い、顔をしかめた。チェーンはもう、サンセット後の時代に突入したのだ。

彼らは七キロ歩いた。空が完全に暗くなるまで歩いた。ガニーの一言を除けば、バトルグラウンドの話題は一度も出なかった。誰の足取りも軽かった。彼らの肉体は、これよりずっと過酷な活動に耐えられるよう鍛え上げられていた。サーウォーは全員にそれを徹底している。

ランディ・マックが口を開いた。「このへんに詳しい奴はいるか？　ヴルーム・ヴルームの近くってのはわかるが、ここがどこなのか、俺にはさっぱりだ」

「あたしはオールド・テーパーヴィルの出身なの。ここからすぐの街だよ」スタックスが明るい声で言った。チェーンのメンバーが耳を澄ます。

「へえ、あんなろくでもない街がおまえみたいな人間を生産してるなんて意外だな」ランディ・マックは振り向かずに言った。低い声だったが、スタックスにちゃんと届いたはずだ。

「このへんのどこの街でもあたしみたいな人間は生産されてないよ。出身とは言ったけど、あたしはたまたまあの街に着陸しただけで」スタックスは言った。

「ＵＦＯでか」マックが訊く。

「あたしは天王星の裏側で生まれたからね」スタックスは言った。

「そう聞くと、おまえを見る目がちょっと変わるな」

「知ってたよ、マックが人種差別主義者だってことは」スタックスは笑った。

「俺の義理の弟は異星人でね。異星人の友達だって大勢いるんだよ。その俺が人種差別主義者なわけがないだろ」ランディ・マックが言い、全員が笑った。ランディにはおおらかな魅力があって、スタックスはそういうところを気に入っている。ランディはたくましく、整った顔立ちをしていた。首のひっかき傷の痕を除けば——それにそう、指が一部欠けていることを除けば——原因が試合であれ何であれ、明るめの茶色い肌に、傷らしい傷は一つもなかった。それに、だいたいにおいて愚かな人間ではない。ランディ・マックは読書家だ。それに——とサーウォーは渋々ながら認めた——スタックスの精神のバランスを保ち、チェーンのメンバーと一緒にマーチができる状態を維持するというプロジェクトで重要な役割を果たしている存在でもある。

番組のアシスタント・プロデューサーがチェーンの到着前に設営したキャンプにようやく到着した。中央に大きな焚き火がある。焚き火のそばにゴーフレーム™の薪がいつでもくべられる状態で積み上げてあった。アンカーは焚き火の上空で停止して言った——**キャンプ・フェーズ開始。十一時間後にマーチを再開します。**

手首のランプがグリーンに切り替わった。キャンプ中、グリーンが点灯しているあいだは半径三百メートル内を自由に移動できるが、リンクはたいがい焚き火のそばを離れない。焚き火を囲んで切り株が五つあった。薄暗いなかでは本物に見えるが、実際にはバックヤードプロ™の強化プラスチック製スツールだ。その周囲に大きさと色がまちまちな箱がいくつか置かれていた。

〝キャンプ〟はシーズン17から始まった。疲弊したリンクが大自然のなかで食べ物や寝床を必死で探す様子を延々と見せられるのに、視聴者のほうが飽きたからだ。そこで発案されたのがキャンプだった。事前に周辺を調査したうえ、スポンサーから提供された物品を使って、サーキット中のチェーンそれぞれに毎晩、野営地を模した〝キャンプ〟が用意される。番組のクルーが草を払い、危険な野生動物や有害な植物などリンクの安全を脅かしかねないものがないか事前に確認している。

視聴者が見たいのは、誰かが別の誰かに殺される映像であって、ヘビに咬まれて死ぬ場面ではない。リンクはブラッド・ポイントで、ランクに応じたグレードのテントや簡易寝台を購入できる。食事は、プロが仕入れた食材を調理したものが用意される。

　最後の仕上げが、キャンプ地の中央で赤々と燃える焚き火だ。気温が低下すればそこにランタンや赤外線ランプも加わる。炎は家庭を連想させる。炎は、自由に近い何かを意味する。炎は明かり以外の用途には使えない。しかしそれだけでは暗いから、キャンプ地のあちこちでたいまつが燃えている。ランダムに配置されているように見えて、実際は自由に移動できる範囲内のどこにいても光と闇がほどよいバランスになるよう、周到に計算されていた。

　いかにもそれらしく演出された焚き火を囲む〝切り株〟に、多種多様なバックパックやリュックサックがもたせかけてある。出発直後のマーチの目的は、武器以外の荷物が置いてある地点までリンクを移動させることだ。各人の印がついたバックパックやリュックサックには、それぞれの全財産が詰めこまれている。一番に荷物を取りにいったのはサーウォーで、黒いリュックサックを拾い上げた。幅広のショルダーストラップの両方に金色のハンマーのエンブレムが捺(お)されている。それを持って一番大きなテントに消えた――女王(クイーン)のテント。ほかのチェーンを合わせても、このサイズのものはこれ一つしかない。サーウォーは全サーキット中最高位のリンクであり、したがってクイーンのテントは彼女のものだ。

　スタックスは緑と金色の自分のリュックサックを取って胸に抱き締めた。「まさに〝我が家に勝る場所はない〟だね」スタックスはそう言って切り株の一つに腰を下ろした。

　ほかのリンクもそれぞれ自分の荷物を回収した。統制の取れていないチェーンでは、こういう瞬間がもっとも危険だ。他人の荷物にうっかり触ってしまえば、手を失いかねない。スタックスは大鎌ラヴガイルを体にもたせかけ、ほかのメンバーが荷物を回収する様子を見守った。今日はみな不自然なほど無口だった。スタックスは一つ息を吐き出して炎を見つめた。

「くたばれアメリカ」デニム地のデイパックを地面から拾い上げながらランディ・マックは溜め息とともに言った。ランディのキャッチフレーズだが、いまはにこりともしなかった。

チェーンには八人のリンクがいるのに、テントは六張りしかない。リコとバッド・ウォーターはまだ贅沢品に手が届かなかった。チェーンの誰かが自分のテントで一緒に眠らせてくれるときもあるが、基本は寝袋で夜空を屋根にして眠る。クイーンのテントはついこの前までサンセットのものだった。〝クイーン〟という呼び名は、偉大なメランコリア・ビショップにちなんでおり、今後も変わることはない。メランコリアはライフスタイルそのもので権威を示した。クイーンのテントはなかで直立できる高さと広さがあり、特別な食品やパーソナルケア用品も用意されている。地面にしっかりと固定された小型テーブルの上に、ピタチップスやフムス、炭酸水、生理用ナプキン、タンポン、ココアバター、トイレットペーパーが並ぶ。ほかのテントはありふれたキャンプ用のテントだが、スタックスとランディ・マック、ガニーが使っているものは、やはりまっすぐ立てるサイズがあって、なかのスペースは二つに仕切られている。どのテントでも、肝心なのはベッドだ。サーウォーのマットレスはスリープロイヤル™製で、屋外向けの簡易寝台でこれほど寝心地のよいものはほかにない。

サーウォーは柔らかなマットレスに腰を下ろした。実を言えば、まだハーシュ・リーパーだったころからスリープロイヤル™のベッドを使っていた。前例のない成功を収めたおかげだ。ロレッタ・サーウォーは、チェーンギャングの世界にデビューした初日からリッチだった。

サーウォーがスリープロイヤル™で眠っている画像が拡散したおかげで、スリープロイヤル™は世界最高の売上高を誇るマットレスメーカーになった。

　ＨＭＣが近づいてきた。サーウォーはリュックサックを足もとに下ろした。リュックサックからアクアヘンテ™のミネラルウォーターを取り出して飲む。リュックサックにはほかに、下着（サーウォーにはつねに新品が用意された）を含む温かい衣類ひとそろいと雨よけのポンチョ、ノートとペン二本、サブ武器、ジャックと呼ばれるアーミーナイフが入っている。自分の所有物と再会するこの瞬間は、親密であり、無慈悲でもあった。サーウォーは痛む膝をさすった。強く押すと、だいぶ痛い。

　スタックスがテントに入ってきた。「あなたの何がよくないか、わかっちゃった」スタックスは言った。自分のリュックサックを地面に下ろし、大鎌を寝台脇に置いた。

　サーウォーはハス・オマハをリュックサックのとなりに置いた。「え？　よくないことなんて何もないよ」そう言ったそばから後悔した。いつだって悪いことは何かしらあるのだから。サーウォーはこう見えて実は悲観論者だった。ヴルーム・ヴルームでの試合とその後に知らされた事実を考えると、何年も悲観してきた理由はそれだったかと思えてくる。

　スタックスはブーツを脱ぎ、マットレスの上で体を丸めた。

「心配しないで」スタックスはふいに泣き出した。サーウォーにすり寄る。ここ何カ月か、スタックスの試合のたびに二人はこれと同じことを繰り返していた。スタックスはフィールドで誰かを殺したあと、儀式のようにサーウォーのところに来て、鬱積した思いを涙に変える。

「泣き虫め」サーウォーは言い、スタックスの首に刻まれたひときわ目立つタトゥーをなぞった。

「うるさいな」スタックスは言い、洟（はな）をすすった。しかし鼻水はまたすぐに垂れて上唇まで伝った。

スタックスはスウェットシャツを脱ぎ、タンクトップ一枚になった。次に腕に巻いていたボルトレザーをほどいた。サーウォーはスタックスを抱き寄せ、首にキスをした。首のX——〝ザ・ターゲット〟——は、スタックスが入れた最初のXだ。それは、やがて世の中が愛することになるこの戦士の究極のシンボルとなった。

サーウォーはスタックスの腰に腕を回し、涙が止まるまで抱いていた。鼻水で汚れた鼻にキスをした。スタックスの重たい息遣いに合わせ、鍛え上げられた腹筋が収縮するのが伝わってきた。

「あなただっていやだよね。でも、思いきって今日やらなくちゃ」スタックスは言った。

サーウォーはぎくりと身をこわばらせたが、すぐに意味を悟って表情をやわらげた。

「あわてることはない。それよりサンセットの件を先に片づけないと。落ち着かないから。心配しなくていいんだ。もう時間が残されていないせいで気が乗らないだけ」サーウォーは受け取ったカードに書かれていたことを思い返した。もうあと少しでフリードを達成できるのに。スタックスと一緒に泣きたくなった。

「今日やっちゃおう」スタックスは繰り返した。サーウォーは指図されることに抵抗を感じた。サーウォーに指図できる者など、久しくいなかった。だが、スタックスは続けた。「あなたに話さなくちゃいけないことがあるんだ。その前にこの件を片づけようよ」

スタックスがしゃくり上げるペースがゆっくりになる。まるで自分の思いの深さを読み取る隙を作ろうとしているかのようだった。

「そこまで言うなら、そっちがやればいい」サーウォーは言った。

「あなたじゃなくちゃだめなの。サンセットならそうしたはず」スタックスが言った。

怒りが湧き上がり、またすぐに消えた。サーウォーは二人の頭上を漂っているＨＭＣに蔑むような視線を向けた。全国の視聴者の目を見つめる。サーウォーはグランド・コロサルだ。だから、行動を起こすのは彼女でなくてはならないのだ。

「次のダブル・マッチまで待とう。いまは——」

「じゃ、今夜はランディのところに行く」スタックスが言った。「行ったら、もう戻ってくるかわからない。いま自分で言ったよね。あと二週間であなたはいなくなる。あなたなしでやっていく練習をそろそろ始めたほうがよさそうだよね」

サーウォーは黙って思案した。どのテントで眠ろうと、スタックスは自分のものだと言いたい。その言葉をのみこみ、心のなかにしまいこむ。節目節目で、サーウォーの人生は嫉妬によって方向づけられてきた。刑務所に入ったのもそのせいだし、いまアメリカが彼女を愛している理由もやはりそれだ。サーウォーとスタックスの関係。そこまでがんじがらめの関係ではないから、スタックスはときおりランディ・マックと寝ていて、サーウォーはそれを黙って許す程度には嫉妬心をコントロールできている。

「私が気にするとでも？」サーウォーは言った。うんざりした口調を装ったが、内心は穏やかではなかった。二機のＨＭＣが二人の周囲を旋回していた。

「わかった」スタックスが言った。ラヴガイルを拾い上げ、もう一方の手でリュックサックを持って立ち上がった。サーウォーも即座に立ち上がった。

「待って」サーウォーは言った。すばやく動いたせいで膝から抗議の声が上がったが、痛みを無視した。ウォーハンマーを手に、テントの出入口をふさぐように立つ。いつのまにハス・オマハを手にしていたのだろう。羞恥心でいっぱいになった。

「今日やる」スタックスが言った。「サンセットは死んだ。いまはあなたとあたしの二人だけなの」

「このチェーンはいまのままで何も問題がない。なのにどうして、私たちの——私の——立場が弱くなるようなことをしなくちゃいけない？」サーウォーは言った。だが、サンセットが殺されたのだ。〝何も問題がない〟わけがない。

「そんな心配はないってば。あたしが保証する」スタックスは言った。さっき脱いだブーツを履いている。「このあとすぐでもいい。今日のことだって忘れられる。あの男の子のこと」

「別に何とも思ってない」サーウォーは言った。もっともらしい口調がかえって嘘くさく聞こえた。

「何とも思ってないなら」スタックスが言った。「それこそいますぐ片づけちゃったほうがいいよね」スタックスは最後にもう一度涙を拭うと、テントから暗い空の下へと足を踏み出した。少し前に土の地面や乾ききった枯れ草を濡らした霧雨のにおいがまだ残っていた。

「ねえみんな」スタックスの声が聞こえた。チェーンのメンバーが身動きする気配も伝わってきた。「ちょっと集まって。重大なお知らせがあるんだ」HMCがサーウォーをかすめて飛び出していった。スタックスの声を拾おうとしている。

サーウォーはそれを追った。空腹だった。テントのなかに用意された温かい夕食が入った大きな黒い箱を見た。Aハムのほかのメンバーはすでに食事を始めていた。

サーウォーは咳払いをした。これほど情けない音を立てたのはいつ以来だろう。焚き火に近づく。背後に巨大な影が伸びた。全員が焚き火を囲んでいて、程度の差こそあれ、みな聞き耳を立てていた。サーウォーはスタックスを見やった。スタックスは心得顔の笑みを浮かべていた。サーウォーは口を開いた。

「いまこの話をするのは、誰かが名乗り出てくるのを待ってたから」視界のすみでスタックスの笑みが小さくなった。「先週、サンセット・ハークレスが殺された。何があったのか知りたい。誰がなぜ殺したのか知りたい。今夜のうちに知りたい。友人がなぜ殺されたのかを知りたい。私がこれから言うことを聞けば、名乗り出たらどうなるか怖がらなくていいとわかるはずだ」サーウォーは話しながらリンク一人ひとりの目をとらえ、しばし見つめてから、次の一人に視線を移し、またしばらく見つめてから次に移った。本心は押し隠した——〝やった奴はせいぜい怖がるといい〟。「あとで私一人のときに言いに来てくれるのでかまわない。とにかく今夜のうちに知りたい」

サーウォーは力をこめて話した。バトルグラウンドを前に一緒に戦闘訓練をするとき、武器を持ってランニングをするとき、全員の前で話すように。全メンバーを前に話すことには慣れていた。ガニーは冷ややかな視線を向けていた。サーウォーは続けた。バッド・ウォーターは地面を見つめている。マックとサイ・アイ・アイは真剣に聞き入っていた。「私たちはAハムに欠かせない人物を失った。サンセットに敬意を表して、みんなでこう宣言したい。今後、このチェーンでは互いに殺し合うようなことはしないと。それがこのチェーンの新しいルールになる。このゲームのほかのルールと同じように尊重してほしい。アンゴラ＝ハモンドでは、仲間のリンクに危害を加えない。過去は過去だ。これからは仲間を殺すようなことはしない」

リンクたちは困惑顔をした。どこかおもしろがっているようにも見えた。

サーウォーはまた咳払いをした。腹の底から声を出す。「もう一度言うよ。今後は、バトルグラウンドの対戦を除いて、暴力行為はいっさいしない。それがサンセットの教えだった。それを実践する」

リンクたちの反応はいっそう薄かった。笑えなくもないジョークを二度も聞かされたというようだ。サーウォーはハス・オマハを握り締め、左手から右手に移した。心のどこかではわかっていた。こんな話は空疎だ。いまのサーウォーがあるのは、彼女の力ゆえ、殺しの能力ゆえなのだから。死と、それをもたらす力こそ、サーウォーをサーウォーたらしめているスーパーパワーだ。

「私やサンセットが来た当時は、誰も彼もが攻撃対象だった。それが狙いだった。リコみたいな奴はとうに殺されていたはずだ――新入りってだけの理由で」サーウォーはリコを見た。リコの顔に怯えた表情が浮かんだ。リコはあわててそれを隠した。「それこそが狙いだった。これは出口だから。

私は何も新しいことは言ってない。みんな知ってることだ。大半はハイ・フリードに到達できない。それでもみんな知ってる。うちにはほかのチェーンにはないものがあるって。ここには手の届くチャンスがある。先週のことがなければ、ハイ・フリードを達成する者がこのチェーンから二人出ていたかもしれない。それも二週間違いで。そんな前例はない。でも、もう少しで現実になるところだった。私たちは力を合わせて成長してきたから。一緒に成長できたのは、私とサンセットがサーキット中にナイフを向けられる心配と無縁でいられたからだ。みんなと同じように、私にもMは刻まれている」サーウォーが自分を例に挙げたとたん、チェーンのメンバーはふいに興味をそそられたようにこちらを向いた。サーウォーが自分の過去を話すことはない。全員の前で、こんな風に話すことは一度もなかった。「ある女性とつきあっていた。彼女は」――サーウォーは話の道筋を誤ったと早くも後悔し、カメラが自分に張りついているのに気づいて顔をしかめた。「彼女は特別な存在で、私はその彼女を自分の所有物のように扱った。別れを切り出されたとき――私は――その――つまり、愛する人の喉がつぶれていく感触を私は知っている。あんなことをした自分を憎んでいる。サンセットと知り合ったころ、私はただ出口を求めていた。サンセットは手を差し伸べてくれた。私も彼に手を差し伸べた。二人でほかのメンバーの手助けをした。その結果、私たちはいまこうして顔をそろえて話をしている。このチェーンにいたときのサンセットが本当のサンセットなんだ。サンセットはどんな人間も変われると信じていたから。いつもそんな話ばかりしていた」

ここでランディが言った。「ああ、いつもそうだったな」サーウォーはそれをありがたく思った。「サンセットには目標があった。このチェーンを家族にすること。だから、サンセットに敬意を表して、今後は殺し合いを禁止する。自分の命を守るためにやむをえない場合を除いて、誰かに暴力を振るうのもだめだ。マーチの最中も、キャンプ中も、食事中も、誰かが眠っているあいだも。暴力をアリーナから外に持ち出さないこと。このチェーンは家族だから。いいね？　アンゴラ＝ハモンドは家族なんだ。サンセットのためだけじゃない。ここにいる全員のために。私たちは押しつけられたルールに長いこと従ってきた。これからは、私たちがルールを変えていく」

サーウォーはみなの反応をうかがった。どの顔にもかすかな笑みと困惑が浮かんでいた。サーウォーは赤々と燃える焚き火に近づいた。熱を感じた。自分の話はただの建前と受け取られているだろうか。いや、このルールはかならず守らせる。きっと現実にしてみせる。それに、サーウォーはまだ自責の念から解放されていない。スタックスの存在がなければ、いまこうして生きてはいられなかっただろう。それでも彼女はロレッタ・サーウォーだ。これは彼女のチェーンだ。成功するしないにかかわらず、あとで誇りに思えるような存在へと変わる努力を全員でするのだ。

「いままでと大きく変わる必要はない。このチェーンはいまの状態ですでに一枚岩と言えると思うから。いま話したことを受け入れてもらえばそれでいい。このチェーンにいるかぎり、仲間のリンクを家族と思うこと、危害を加えないこと」

アイス・アイス・ジ・エレファントが言った。「ほかの奴らを殺さないようにしたとして、こっちが刺されたらどうする？」サーウォーをまっすぐに見つめる。アイスはサーウォーに忠実だ。彼女の言うことに従うだろう。当然だ。サーウォーが庇護(ひご)し、武器を与えたおかげで、アイスはここまで生き延びているのだから。「いや、ちょっと疑問に思っただけだよ。だってほら、ここじゃみんながみんな聖人ってわけじゃないだろ」

「最初に言っておくと、聖人でも何でも、なりたいものになればいい」サーウォーは言った。「背中に何を背負ってる？　過失致死（MS）が二つ？　それに殺人（M）が一つか」アイス・アイス・ジ・エレファントはうなずき、目を伏せて自分のブーツを見つめた。「そう悪くない。アルコール依存で、人を死なせた。ほかにも一人殺した」

「一人はうちのおふくろだよ」アイス・アイス・ジ・エレファントは言った。*

「それはつらいね。気の毒に」サーウォーは言った。「でも、あんたがどんな人間か、私は知ってる。その気になれば聖人にだってなれる」サーウォーは勢いを保とうとして続けた。「それに」――サーウォーがリコ・ムエルテを指さすと、チェーンのメンバー全員がふいに耳をそばだてた。「A一つとM一つだったね？　放火一件に殺人一件。その気になれば、次の聖人になれる。あんたも同じだよ、サイ」サイ・アイ・アイは身を固くしつつもうなずいた。

「俺が燃やしたのはよりによって教会だけどさ、言ってることはめちゃわかるよ」リコ・ムエルテは弱々しく微笑んだ。

＊いまは〝アイス・アイス・ジ・エレファント〟と呼ばれているレイニー・ヴァインズは、車に乗っていた。酔ってハンドルを握っていた。やはりアルコール依存症だった彼の母親は、もっとスピードを出してと言った。世界には見るべきものがまだまだたくさんあるのに、ウィスコンシンの片田舎に閉じこもっているかぎり、何一つ見られない。いまから何もかも見にいこう。思いつきの自動車旅行に酒は欠かせなかった。「ああ」オパール・ヴァインズの最後の言葉はそれだった。少なくとも、レイニーが聞いた母親の最後の言葉はそれだった。向かってくるヘッドライトが最後の光を彼の顔に浴びせたとき、対向車を運転していた十八歳の少年が何と言ったのか、レイニーは知らない。
　そのあと、服役中に男を一人殺した。その男が自分を殺そうとしたからだ。

「イエス・キリストは」スタックスが言った。「いまでもあんたを愛してくれてると思うよ」ラヴガイルを持って立ち上がる。「大事なのは、ここではもうお互いにひどいことをするのはやめようってこと。それがサンセットのルール」

「これはそういうゲームじゃねえはずだよな」ガニー・パドルズが言った。

「そういうゲームに変わったの」スタックスはガニーのほうを見ずに言った。

「そのとおり」サーウォーが言った。ハス・オマハを地面に下ろす。「みんなでよいほうに変わる努力をする。背中に印が刻まれてたって、みんな人間だから。鎖につながれてたって、押しつけられたルールに従う必要はない」

「何言ってんだかな」ガニー・パドルズが言った。自分の食事が入った箱を持ち、膝にナイフを二本載せて、切り株に座っている。「俺はな、そういう甘ったれた（スノーフレーク）人間になりたくてこんなとこに来たんじゃねえ。サンセットの野郎は安っぽい御託ばかり並べてたな。そのあげくに後ろから襲われて死んだ。なのに、あいつの喉を掻き切ったのは自分ですって誰も認めようとしねえわけだ。俺は自分がどうしてここにいるか知ってる。お友達を作りに来たんじゃねえのは確かだよ。俺はな、自由になれるまで食ってくためにここにいる」

「今後もそれは続けていける」サーウォーは言った。「いままでどおり戦えるし、一対一の試合でブラッド・ポイントだってしっかり稼げるよ。いままでと違うのは、移動中に安っぽい殺し合いはしないことだけ。これからチェーンギャングは家族になるんだ」

ガニー・パドルズは元軍人だ。サーキットに加わって二年になる。幸運と、先の尖った物体を投げる特技のおかげで、かなりのファンがついていた。「俺は自分がどんな人間かはよくわかってる」ガニー・パドルズは言った*。

ガニーは、強烈な性差別意識が炸裂しておぞましい結果を招いたせいで人生をだいなしにした。そして、いま暮らしているこの闇の世界のトップに君臨しているのは女のサーウォーだ。

「ずいぶん都合のいいタイミングだよな」しばしの沈黙ののち、ガニーは言った。「だってよ、自分が殺した相手の死体に首まで埋もれたスーパーウーマンがこう言うわけだろ。みんな肩の力を抜いて、仲よしこよしでいきましょうよって。自分はもうじき俺らのいない世界に出ていこうってタイミングで」

やはり来たか。権力闘争になることはわかりきっていた。ウォルター・バッド・ウォーターは早くも一歩引いて様子見を決めこもうとしている。リコ・ムエルテも。

「私はあんたよりずっとフリードに近い位置にいる。みんなに言いたいのは、新しいやり方がベストだってことだ。生活の質が向上するし、戦略として優れている」

「話は決まりだね。あたしたちは一つの大きな家族になる。ここで安心して一緒にいられる唯一の相手ってこと。ここではレイプも、殺しも、盗みも心配しなくていい」スタックスが言った。

サーウォーの胸は熱くなった。一拍置いてガニー・パドルズに目を移し、ゆっくりと言った。「レイプも、殺しも、いっさいなし」

「ちゃんと聞こえてるよ。けど、ふざけんなって話だ」パドルズはグレイビーソースとライスを咀嚼しながら言った。「だってそうだろ、あんたが善の教祖に祭り上げてる奴はさ、殺しもレイプも

＊人の本質は過去の最悪の行為で決まるわけではないとしても、それはそれ。ガニー・パドルズは相手の目を見、相手の恐怖を見、相手の肉体の一部を奪った。自分がどのような人間か、よく知っている。それはそれとして、死ぬ前に国中を見られるなら儲けものだ。バトルグラウンドでの勝利も同じこと。世間は彼を化け物と呼ぶ。本人もそれを否定しない。

やってるんだぜ。そもそも奴がここにいた理由はそれだ。いくらナイスガイなふりしたって、その事実は変わらねえ。ここにいる奴は、みんなそれなりの理由があってここにいる」

サーウォーは、自分も同じように思っているのではないかと思った。サーウォー自身、サーキットは絶え間ない死への恐怖や心身の苦痛の場であるが、それでも自分には受け取る資格のない贅沢だと思っている。

「決まったことだ」サーウォーは言った。自分が作り出した恐怖からは決して逃れられない。「俺は従わねえよ――」

スタックスの大鎌がサソリの尾のように振り出された。それは目にもとまらぬスピードでガニー・パドルズに向かっていったが、スタックスは――スイングの途中で――柄を回転させるという芸当をやってのけ、刃のついていない側がパドルズに向いた。ラヴガイルはぎりぎりで速度を落とし、刃のついていない側がパドルズの首に強めのキスをした。スタックスが愛用の大鎌でできないことは何一つなく、彼女の動きはすべてコントロールが利いていて正確だ。ラヴガイルで何かをしそこねることは絶対にない。ＨＭＣの全機がすぐそばでその場面をとらえていた。パドルズの口からグレイビーまみれのライスの小さな塊がぽろりと落ちた。全リンクが微動だにせず見つめた。

「引っかかったね」スタックスは言った。「一瞬びびったでしょ。こんなことで死んだら、悲しくて無意味じゃない？」

ガニーは動かなかった。燃えるような目でスタックスをにらみつけた。「殺したいなら殺せ。俺は殺されてもしかたない人間だ。おまえもな。サンセットだってそうだった。あいつが強姦殺人犯だってことは誰だって知ってる。ああして殺されたって文句なんか言う資格はねえってことだよ。ここにいる俺ら全員がそうだ。いつ死んだって文句は言えない」

「くそ、パドルズ、黙れよ」マックが言った。

「やっちまいなよ、本人が殺せって言うんだから。せいせいする。家族ごっこはほかのみんなだけでやろう」サイ・アイ・アイが言った。

「いまこの瞬間からね」スタックスはそう言って、ガニー・パドルズに切り傷一つ負わせることなく大鎌を引っこめた。そしてガニーの肩にそっと手を置いてから、サーウォーに歩み寄った。親指と人差し指の関節でサーウォーの脇腹をそっとつまむ。「新しいルールがあってよかったでしょ?」

ガニー・パドルズは首の軽い打ち身に手をやった。立ち上がって自分のテントに向かう。「もう一回言うけどな」ガニーは振り返った。「ずいぶんとタイミングがいいよな。だってよ、焚き火なんか囲んで薄っぺらい理想を語り合ってるこのなかに、おまえら全員がついこないだまで崇拝してた男を殺した奴がいるんだぜ」

「その件だけど」スタックスが言い、スポットライトのなかに進み出るように、焚き火に一歩近づいた。

「みんなに話しておきたいことがある」スタックスは、どこを見ていいか困っているような表情で言った。「サンセット・ハークレスを殺したのはあたしなの」


自宅アパートで、エミリーはカウチから立ち上がった。「うそ!」

# スポーツ・セントラル

トレーシー・ラッサーはデスクにつき、世界に向けて発言する心の準備を整えた。

「オパールは屈折計(オプトメーター)一つだけを持ってオクセンファートを出ていくと決めた(オプト)」いったん1カメに視線を向けてから、2カメにゆっくりと視線を移す練習をした。この数週間——彼女の夢がついに叶う今日までの数週間——この視線の動きをもっと練習するようセットディレクターのリーから何度も言われていた。

「ピーター・パイパーは一ペックのピーマンのピクルスをつまんだ(ピック)。オパールは屈折計(オプトメーター)一つだけを持ってオクセンファートを出ていくと決めた(オプト)」一語一語はっきりと発音するよう心がけて早口言葉を繰り返す。着ているワンピースを軽く引っ張った。腰まわりがいくぶんぴったりしすぎているが、明るいベージュに栗色のアクセントが入った体の輪郭を強調するワンピースは最高に画面映えする、というスタジオ専属スタイリストのトムの意見にトレーシーも納得した。髪のセットもばっちり決まっている。一カ月の家賃よりも高かったオーダーメイドのこのウィッグを、デビューの相棒にしようとずっと前から決めていた。ステラという名前までつけていた。

また1カメに視線を戻す。その顔の動きにステラはみごとに従った。

「ピーター・パイパーは一ペックのピーマンの——」

「そう心配するなよ。きみならりっぱにやれる」トレーシーのデビューのもう一人の相棒、エルトン・ヴァシュティアが、十八番(おはこ)の笑顔をこちらに向けて言った。その笑みはこう言っていた——

〝たいがいの問題は、この笑顔一つで解決する〟。

「ありがとう、エルトン」トレーシーは言った。

目を閉じ、オールド・テーパーヴィルの家でキャストスクリーン・プロジェクターの前に並んで座っている父と母の姿を想像した。六年生のときトレーシーが学校で放送していた朝の番組のコピーがほしいと学校に頼みこんだ両親。トレーシーが現場レポーターとして初めて地元テレビ局の番組に出たとき、盛大な祝賀パーティを開いた両親。その両親はいま、スポーツヴューネット放送の『スポーツ・セントラル』のキャスターに抜擢された娘の晴れ姿を見ようとしている。『スポーツ・セントラル』は全米ナンバーワンのスポーツ番組だ。少なくとも、トレーシーが実家に送ったパーカやスウェットシャツにはそうプリントされている。両親に自慢の娘と思ってもらいたいとずっと夢見てきた。それがついに実現しようとしているいま、胃がむかむかし始めていた。

少し前、スタジオに入る直前になって猛烈なパニックに襲われた。鼓動が激しくなり、荒れ狂う川のような音になって耳の奥に轟いた。とっさに携帯電話に手を伸ばした。画面を見ると、父親からのキャストの着信履歴が残っていた。その通知を見ただけで、鼓動の音は遠ざかった。テーブルに携帯電話を置いて言った。「ホロヴュー・リンク接続」次の瞬間、父親の顔が画面に大写しになった。

「おい、支度はいいのか？　そろそろ電話するぞ」父親は画面に映っていない誰かに向かって大きな声で言った。といっても、一緒にいるのが誰なのかはわかりきっている。

「ちょっと待って」母親の声ははっきりと聞こえたが、あいかわらず姿は見えない。

「もうつないでしまったよ。おっと、それは何だ？」

父親は自分のプロジェクターをのぞきこんだ。映像をよく見ると同時に、自分がちゃんと映ろうとしている。

「先に始めててなんて誰が言いました？」父親の顔のとなりに母親の顔が並んだ。

「時間に遅れたらたいへんだから、準備だけでもしておこうと思っただけさ。しかし、もうつながっているようだよ。あれこれうるさいことを言わないでくれ」

「あなたはもう十分しくじっていますよ」母親が切り返した。二人はそろって娘を見つめた。

「トレーシー」母親が言った。

「よう、クイックネス」父親はそう言って大きな笑みを浮かべた。

〝クイックネス〟というニックネームは、子供のころのトレーシーが短気（クイック）で喧嘩っ早かったことに由来する。片田舎の小さな町に、トレーシーにちょっかいを出す住人はいなかった。口より先に手が出ることをみな知っていた。高校に入学して、二百メートル走と四百メートル走に夢中になると、短気はおさまった。そのころは、リレーで新記録を樹立したりして、彼女がレポーターからインタビューされる側だった。

「ママ、パパ」トレーシーは言った。

「何かあったのかい、ベイビー？」プロジェクターから聞こえる父親の声は、まるで目の前にいるかのように明瞭だった。

「ううん、何でもない。ちょっと緊張しちゃって」トレーシーは言い、黒い涙で顔が汚れないよう、目の下を慎重に拭った。

「いよいよ晴れ舞台だものね。ママとパパがついてるわ。あなたならりっぱにやれる」母親が言った。

「ありがとう、ママ」トレーシーは言った。もう涙を止められない。メイクをやり直してもらう時間はまだある。両手で顔を覆って両親から隠した。「自信がない」考えただけで頭がくらくらする。ずっと抱いてきた夢、サウス・ニュー・フロリダ大会のリレーで膝の靭帯を損傷して陸上選手としてのキャリアを断たれた瞬間から、ずっと夢見てきたもの。それがついに叶おうとしているのだ。

「聞きなさい、クイックネス。おまえは何をやらせてもピカイチだ。心配はいらない。ママもパパも、いまからおまえを自慢に思ってる」父親の言葉はいつもトレーシーの心を落ち着かせてくれる。しかし今日は、かえって心が沈むばかりだった。

「何があっても私たちがついてるわよ。あなたならうまくやれる」

「ありがとう、ママ」

「おい、パパを忘れるな!」

「ありがとう、パパ」

「からかっただけだよ。二人ともおまえを愛してる。わかってるね?」

「わかってる。あたしも愛してる」三人は見つめ合った。トレーシーは無理に笑顔を作った。「きっと緊張してるだけ。またメイク室に行かないと。いい?」

「いいよ!」両親が同時に言った。二人も緊張しているのだろう。

「またあとで話そう。世界中の人が観る番組に出た感想を聞かせてくれ」父親が言った。

「ちょっとあなた、緊張してる相手にどうしてそういうことを――」

「じゃあね、二人とも」

「愛してる」両親はまた同時に言った。トレーシーが両手で横に払うしぐさをすると、ホロリンクが終了した。

それからメイク室に行き、顔を直してもらった。

長い歳月を費やしてようやくここにたどりついたのだ。最高の顔で臨みたい。

1カメ、2カメ、3カメがそろってトレーシーとエルトンを見つめていた。『スポーツ・セントラル』のメインデスクについたトレーシーは必死で吐き気をこらえた。「ピーター・パイパーは一ペックのピーマンのピ――」

「大丈夫だよ、きみならうまくやれる。そう緊張するな。きみはちゃんと原稿を読める。リハーサルではあれほど上手にこなしただろう。たった一つ違うのは、今回は世界中が観ていることくらいだ。だが、安心しなさい」エルトンはキャスターつきの椅子ごと彼女に近づいた。「私がついている」そう言ってトレーシーのももに手を置き、ワンピースの生地をなでるようにさすった。「ところで、よく似合っているね。とてもすてきだ」

トレーシーはエルトンを見た。不安が怒りに変わった。「私なら落ち着いています」トレーシーは言い、背筋を伸ばして彼の手を押しのけた。エルトンが初めて〝親しみをこめて〟彼女の肩をなでさすったとき、触らないでほしいとはっきり言ったはずだ。しかしはっきり言ったところでエルトンのふるまいは改まらなかった。それどころか、スタジオでリハーサルを重ねたこの数カ月をかけて、自分がエルトン・ヴァシュティアであるかぎり好きなようにさせてもらうとはっきり伝えてきた。これまでのところは偶然のように軽く触れたり、肩や手を親しげになでたりするくらいですんでいるが、次に何をしてくるかは火を見るより明らかだ。

「生放送開始四十秒前です」ディレクターの声がイヤフォンに届いた。トレーシーはうなずき、エルトンが椅子ごと移動して一メートル離れた自分の位置、自分の原稿の前に戻った。トレーシーの前にも原稿とスタイラスペンがある。『スポーツ・セントラル』のキャスターなのだ。この番組は放送開始から十年になるが、黒人の女性キャスターはまだ二人目だった。

トレーシーは手もとの原稿にさっと目を走らせた。最新ニュースに旧い友人の名を見つけても驚かなかった。かつてのチームメイト。トレーシーはすばやく目をしばたたいた。泣いたりするものか。だが本心を言えば、泣き崩れてしまいそうだ。

「二十秒前」

カウントダウンを聞きながら、トレーシーは考える。スポーツを愛する喜び。バトンを受け取り、全速力で走りだすときの感覚。チームの一員であるという誇り。あのころは、何かを一心に追い求めることの価値を愛していた。全力疾走の快感。ゴールラインを越えて振り返り、自分のすべてをトラック上に刻んだと実感する瞬間。勝利にも、敗北にも、成長へと続く道を見いだせる。それを彼女は愛していた。どちらが上なのか。私か、あなたか。私たちか、彼らか。昨日の私か、それとも今日の私か。

どんな大会でも、ハイライトはたいがい四百メートルリレーだった。高校の最終学年、トレーシーはアンカーを務めたかったが、第三走者だった。

「十秒前」

アンカーは——彼女がバトンを渡したアンカーは、超人的なアスリートだった。変わり者で、高校生になっても自然体を貫いていて、会う人すべてから愛された。その才能は地域で抜きん出ていた。

高校の最終学年のサウス・ニュー・フロリダ大会のリレーで、トレーシーは第二走者から完璧なバトンを受け取った。ブラインド・パス。チームメイトを信じて手を後ろに伸ばした。なめらかな金属を掌が感じ取った瞬間、飛ぶように走った。強く、激しく。すべてをトラック上に刻むつもりで。ところが、三百メートル地点を目の前にしたとき——右脚にはじけるような感覚が走った。スピードはとろけるように落ちた。お願いだから動いてと自分の体に懇願した。聞き入れてはもらえなかった。ほかの選手の背中が次々と追い抜いていった。このときには膝内側側副靭帯が断裂していたのだが、それを知るのはまだ先のことだ。そのときわかっていたのは、思い描いていたような人間にはもうなれそうにないということだけだった。しかし、ほかの選手が急速に遠ざかっていくなか、チームメイトが、アンカーが、ハマラ・スタッカーが、駆け寄ってきた。トレーシーに肩を貸し、彼女の体重の大部分を引き受けて、歩かせた。第三走者の区間の終わりまで来ると、トレーシーを地面に横たえて言った。「ねえトレーシー、あんなにがんばってスピード出すことなかったのに。あたしがどこまで取り返せるかやってみるからね」そして走りだした。なぜかトレーシーは微笑まずにいられなかった。脚の痛みはどんどんひどくなろうとしていたのに。やはり勝てなかったし、失格にもなったのに。絶対に勝てないとわかっていても、〝ハミー〟は最後まで走った。ハミーがゴールラインを越える前に、医療チームがトレーシーのところに駆けつけていたが、それでもハミーはわざわざ救急車まで追いかけてきて、またあとでねと手を振った。その直後にドアが閉まり、トレーシーはアシスタントコーチと救急隊員に付き添われて病院に向かった。

「五秒前。四、三、二――」

「こんにちは、みなさん。『スポーツ・セントラル』へようこそ」エルトンが第一声を発した。「スポーツの世界はニュースが盛り沢山の週末でした。すでにご存じかもしれませんが、今日のトップニュースには強い女性が二人登場します。しかしその前に、『スポーツ・セントラル』チームに新しく加わったすばらしい女性をご紹介いたしましょう」

「ありがとう、エルトン」トレーシーは言った。デスマッチの最新のハイライトに入る前に、自己紹介として二つのセンテンスを用意していた。

「この番組でスポーツについてお伝えできるなんて、夢のようです。この席に座っていることを光栄に思います」エルトンを見る。エルトンが彼女に、全国の視聴者に、あの笑みを見せた。トレーシーはテレプロンプターに向き直った。「冒頭でエルトンが触れたように、今日はロレッタ・サーウォーと、ハリケーン・スタックスとしてみなさんご存じの女性の偉業をお伝えします」

モニター2に、観衆に向けて話しているスタックスが映し出された。全国のテレビに流れるハイライトシーンに重ねて、トレーシーのナレーションが入るはずだった。

「実を言うと」トレーシーは切り出した。スタジオの空気が一変したのがわかった。「私はハリケーン・スタックスをよく知っています。私の一番の親友でした。私たちはみな彼女をハミーと呼んでいました。私が知るなかで最高のアスリートでした。しかし、いま彼女がしていること、この番組が〝スポーツ〟と呼んでいるものは――スポーツではありません。

私がこの番組の一員になりたかったのは、人間の偉業について語るためでした。殺人ではなく、リンチでもなく、死でもなく。ところがここ数カ月、私が何年ものあいだその一員になりたいと夢見てきたこの番組は、まさにそればかりを――殺人とリンチ、死を――視聴者に届けるものになっています。一時のことで、すぐに元に戻ってくれるだろうと期待していましたが、それは裏切られました。恥を知りなさい、『スポーツ・セントラル』。私の名前はトレーシー・ラッサーです」――スタックスの映像は終わり、カメラはしかたなくふたたびトレーシーを映した――「アメリカ各地で、いわゆるハード・アクションスポーツに抗議する活動をしている人々への連帯を表明します。私たちは死刑の廃止と、B3法やいわゆるハード・アクションスポーツの廃止を支持します。私たちの戦いが目指すのは、より人道にかなった社会です。ご清聴ありがとうございました」

トレーシーは立ち上がった。エルトンは口をあんぐり開けたままでいた。それからカメラに向き直った。

「いやはや、印象的なデビューでしたね。これだから『セントラル』からは目を離せない」

「あんたなんか糞食らえよ、エルトン」トレーシーはそう言い放つと、セットを下りて、自分の控え室へと歩きだした。これからの人生へと。耳を澄まし、コマーシャルに切り替わるのを待った。

「何なんだ、いまのは?」CMに切り替わるや、エルトンがわめいた。「いったい何なんだ、いまのは?」

控え室に荷物を取りにいった。セットを下りたとき、涙ぐんではいても、口もとは微笑んでいた。だって、結局はなりたいと願ってきたとおりの人間になれたのだから。

# ソルトバス

Ａハムの全員がサーウォーを見た。どうしたらいいのか、指示を待っている。サーウォーはスタックスを見た。サンセット・ハークレス殺しの真相が、二人のあいだを漂っている。

「へえ、たったいま俺に平和と和解を熱く語ったくせに、先週はそんなことこれっぽっちも考えてなかったってことか」ガニーが笑った。「けど、腹は立たねえな。何度も言うけど、あいつはクソ野郎だった。いまここで平和を語り合ってる奴らも同じだけどさ」

サーウォーはサンセットのことを考えた。失った人生を嘆いて泣く姿を見た。かつて腕に抱いた娘、いまはもう父親のことなど何一つ覚えていないであろう娘を思って泣く姿を見た。剣一本で血の道を切り開き、国中の人々に愛されるようになるまでをすぐそばで見た。サンセット・ハークレスが殺された夜、自分はランディ・マックと夜を過ごしたとスタックスは言っていた。

サーウォーは内心を押し隠したままスタックスを見つめた。「どうして」

スタックスが目を上げてサーウォーを見た。やっとのことでそうしたというようだった。

「自慢に思ってなんかいない」スタックスはラヴガイルを地面に下ろし、リンクたちのほうに歩み寄った。「あたしだってサンセットを愛してた。あの夜はサンセットとおしゃべりしてたの。ハイ・フリーダムについて」サーウォーは焚き火に近づいた。サーウォーの一番の親友を殺したときのことを語るスタックスの顔を見ていたかった。からりと暖かな夜だった。炎が揺らめき、スタックスの顎の輪郭で影が踊った。サーウォーはハス・オマハを握り締めた。それで、感情の波を乗り越えるのが楽になった。自分は心のどこかでとうに知っていたのだ。その事実と真正面から向き合いたくなかったにすぎない。だってサンセットの隙をついて殺すなど、スタックス以外の誰にできる？

「みんなも知ってるよね、あたしもサンセットが大好きだった。だからサンセットのところに行って、おしゃべりしたの。もうじき終わりだねとか、新しい世界が開けるんだねとか。それで……」スタックスは一同に視線をめぐらせた。その目は涙で濡れていた。「ほんとにごめん。でも、やるしかなかったんだ。それだけはわかって」

サーウォーにはわかっていた。ここは自分が最初に口を開くべきだ。自分が何を言うかで、今夜の行方が決まる。

「いや、びっくりだね」ガニー・パドルズが言った。「愛の伝道師がお友達を殺したんだとよ。しかも驚くなかれ、理由さえろくに――」

「やるしかなかった……と？」サーウォーは訊いた。

「あたしだって彼を愛してたよ。それは知ってるよね、ロレッタ」スタックスが言った。

「で、これからどうするって？」パドルズが言う。「俺らは幸せ大家族なんだよな。その娘がパパを殺したわけだろ？」

スタックスはガニーを見た。地面からラヴガイルを拾うと同時に、ボルトレザーを巻いた腕で目もとを拭った。

「そら見ろ。真実は人を自由にするんだ」ガニーは言った。投げナイフを三本ジャケットから取り出す。一本を歯で噛んで口にくわえ、ほかの二本を左右の手にそれぞれ持つ。いつでも投げられるかまえだ。「ほら、やれよ。こっちも黙っちゃいない」食いしばった歯のあいだから低い声で言った。

「ナイフを投げてみな、おまえは今日死ぬことになる」サーウォーは言った。アイス・アイス・

ジ・エレファントとランディ・マックを見る。二人が立ち上がった。ランディは三叉の槍の先をガニーに向け、アイスは腰に巻いた鎖に手をやった。どちらも即座にガニーに飛びかかれるスタンスだ。

スタックスは首を振った。「たったいまみんなで決めたよね。ガニーがあたしの目にナイフを投げたとしても、彼を殺しちゃだめ。もうそういうことはしない。いまからはもうしないの。サンセットのことは申し訳ないと思ってる。嘘じゃない」それだけ言うと、スタックスは向きを変え、大鎌を引きずってクイーンのテントに消えた。

サイ・アイ・アイも立ち上がり、ガニーとサーウォーのあいだに陣取った。みなの目がサーウォーを見ていた。その視線はこう言っていた——〝合図をくれ。みんなでガニー・パドルズをこの世から消し去ってやる〟。サーウォーは自分に集まったリンクたちの視線を意識した。自分に注目している世界の目を想像するまいとした。

「手出しはするな」サーウォーは言った。リンクたちは動かなかった。すぐに応戦できる態勢で、ガニーが動くのを待っている。

「手出しをするなと言ったんだ」サーウォーは繰り返した。リンクたちはガニーから目を離さなかった。それでも体の力を抜き、サーウォーの命令は聞こえている、ガニーが先に動けば自分たちも動くと暗に伝えてきた。

「ふん、臆病者どもめ」ガニー・パドルズが言った。口にくわえていたナイフを下ろし、三本ともロングコートにしまって自分のテントに向かった。

サーウォーを除く全員が腰を下ろした。

「危なかったな」リコが笑って恐怖をごまかした。

「黙ってろ」ランディ・マックが言った。

「わかったよ。けど、偉そうにすんなよ」リコが胸を張って言った。

「いいから黙ってな、リコ」サーウォーは言った。

「わかったよ」リコはしゅんとしてピーナツバターとジェリーのサンドイッチをかじった。

さて、どうしたらいい？　全員がサーウォーの指示を待っている。

「それにしても」しばし沈黙が流れたあと、サイが口を開いた。「今日のアリーナ、二人ともあっぱれな勝ちっぷりだったよな」

「相手は子供だった」サーウォーは言った。

「どのバトルグラウンドにも意味はある」サイが切り返した。それはずっと前にサーウォーがサイに言ったことだった。歩くのもやっとという相手をやむをえず殺した直後、サイがひどく動揺していたときに。

サーウォーはうなずいた。

「スタックスもすごかったよな」リコが気を取り直したように言った。むしゃむしゃと顎を動かしている。

「スタックスはいつもすごいだろ」ランディ・マックが言った。

「肝心なのは事前の準備だよ」サーウォーは言った。みなが自分とスタックスに逃げ道を与えようとしているのが伝わってくる。忠誠心と権力がもたらす愉悦が心に染みた。彼らはサーウォーが行動を起こさなくていいように気を回しているのだ。

それでも〝準備〟という言葉からサンセットを連想した。サンセットは試合の前にかならず対戦相手を研究し尽くした——相手を家族と呼べるくらいまで。ブラッド・ポイントを使って対戦相手の試合の動画を購入し、それを詳細に分析するのを、サーウォーも何度も手伝った。サンセットは、ほかのリンクのためにも同じことをした。つい先週も、ランディ・マックの次回対戦相手グレイシャー・リームの動画を、サーウォーとサンセット、ランディ・マックの三人で分析した。サンセットは、グレイシャーが疲れて動きが鈍くなるまで待ってとどめを刺せと助言した。その助言どおりランディは、グレイシャーが三日月刀を振り回してまる一分もランディを追いかけ回し、肩で息をし始めたところで、三叉の槍をグレイシャーの脇腹に突き刺した。

なのにいまランディは、過去のことは過去のことと言わんばかりの態度でいる。それはスタックスへの愛ゆえかもしれないが、サーウォーだってスタックスを愛している。ランディはくつろいだ様子で焚き火のそばに肘をついて寝そべっているが、サーウォーには本当にくつろいでいるようには見えなかった。

何かせずにはいられない。だが、サーウォーが知るやり方で死を悼もうとすれば、さらなる死を招くことになる。ここにいる誰にしてもそれは同じだろう。死人を増やすわけにはいかない。

サーウォーは自分のテントに向かった。

スタックスはエプソムソルトを入れた湯に体を沈めた。自然とまぶたが閉じた。サーウォーがハス・オマハの素振りをしている気配が伝わってくる。ウォーハンマーが大きなテントの内壁をかすめないよう手加減してはいるが、ただの素振りでもやはり迫力があった。こんなときに素振りなんてどうかしているとスタックスは思った。

「怒ってるんでしょ」スタックスは言った。湯のぬくもりに体をゆだねた。誰にも理解されないような、善良で正しくて困難なことをする感覚を胸いっぱいに吸いこもうとした。自分が正しいのかどうかは疑問に思わなかった。わからないのは、こんなにたくさんの善良で困難なことをする運命にあるのはなぜなのか、だ。浮遊するカメラが彼女を見つめていた。

　サーウォーはバックハンドの素振りに切り替えた。その動きが起こすかすかな風がスタックスの肌をそっとなでた。

「いつも不安につきまとわれてる」サーウォーは言った。呼吸は穏やかで一定のリズムを保っているが、自分の周囲の虚空を滅多打ちにするのをやめようとしない。

　スタックスはこみ上げた小さな笑いを噛み殺そうとしたが、間に合わなかった。

「いつも不安につきまとわれてなんかいないでしょ」スタックスは言った。「それって、自分をもっとリラックスさせようとして誰もが言うせりふだよ」スタックスはサーウォーを見つめた。

「どうして話してくれなかった？」

「話したよ。さっき」

「どうしてすぐに話してくれなかった？」

「ブラックアウトが終わっちゃったから。二人きりで話すチャンスがなかった。それに、クエスチョン・マッチの直前だったでしょ。気を散らしたくなかったんだ」スタックスは言った。目を閉じたままゆっくりと呼吸を繰り返す。いま言ったことはどれも本当だ。

　サーウォーが素振りをやめ、ゆっくりと地面に膝をついた。スタックスは目を閉じたままでいたが、サーウォーの顔がバスタブの縁（へり）のすぐ上まで近づいてきたのを感じた。サーウォーは、ただそこにいるだけで、圧力に似たエネルギーを発散する。スタックスはその感覚をこよなく愛するようになっていた。厚手のコートのような感覚。強すぎる引力のような感覚。

「一番の親友が死体で見つかったら気が散るだろうとは思わなかった？　筋が通らない。どうして話してくれなかった？」

「あなたの一番の親友はあたしだと思ってた」スタックスは言った。

「私には話すべきだったよ」

「あたしがそう決めたの」

ＨＭＣが二人の頭上を漂っている。そのライトが水をきらめかせていた。

「褒められた決断じゃないよね」

スタックスは眉をひそめた。サーウォーのいらだちは理解できる。しかし、誰より自分をわかってくれているはずの相手に、心の内を言葉で説明しなくてはならないのは苦痛だった。

「わかってる。面倒くさいこと言ってるように聞こえるよね」

「聞こえるだって？」サーウォーが言った。それからこう続けた。「ごめん」

スタックスは目を開いた。サーウォーがふだん発散している存在感は圧倒的だが、それを意図して引っこめる瞬間、愛する人の前で軽やかであろうとする瞬間の空気の変化もまた劇的だ。

「あたしを信じてほしいの」スタックスは言った。

「信じてる。信じたい。でも、こういうことで私を締め出さないでほしい。何もかも打ち明けてほしい」サーウォーは言った。

スタックスはバスタブから立ち上がった。ＨＭＣが螺旋を描いて動き、裸体を舐めるように映す。

「そうだね。あたしとあなただもの。もっと前に話すべきだった」スタックスは言った。サーウォーを抱き寄せる。サーウォーはつかのま抵抗した。スタックスの体が濡れているからだ。しかしすぐに自分も服を脱ぎ始めた。「あなたは心配しすぎ」スタックスはサーウォーが服を脱ぐのを手伝った。軽やかで、鎧に守られていない、ありのままの肉体。

二人は寝台に行った。二人きりのふりをする。しかし、二人きりの瞬間など決してない。HMCが二人の肌の間近を飛んでいようと、二人はかまわず動いた。人も、カメラも、互いがあるのが当然になっている。サーウォーは、スタックスの腰から太ももを両手で優しくなぞった。キスを交わす。スタックスの体から力が抜け、その瞬間へと溶けこむ。二人は思考の外にいた。感情と感情がぶつかり合う。スタックスの手が、サーウォーの曲線を、筋肉を、死をもたらすために鍛え抜かれた一方でこれほどの優しさをもたらすその体を慈しむ。サーウォーの指がスタックスの脚のあいだへとすべりこんだ。スタックスは、その瞬間に完全にのめりこむ寸前に願った。サーウォーが理解してくれていますように。自分がサーウォーを信じているように、サーウォーも自分を信じてくれていますように。

サーウォーはスタックスの茶色い瞳をまっすぐに見て、唇にキスをした。次の瞬間、一変した。たったいまスタックスの奥をのぞきこみ、彼女の顔を探り、ディテールを愛(め)でていたのに、一瞬にしてどこか遠くへ行ってしまった。寄り添ってまだ三十分とたたないのにもう、次に何をしなくてはならないかを考えている。スタックスは「待って」と言いたかった。サーウォーが立ち上がる前に呼び戻したかった。だが、すでに手の届かないところまで行ってしまっていることを悟った。サーウォーは快楽の大半を受け入れようとしない。スタックスは自分がその例外であることに喜びを感じている。ふだんなら触れられない感情を誰かに感じてもらうこと。彼女にとってそれが無上の喜びだった。試合開始前に観衆に向けて愛を叫ぶときも、何の躊躇(ちゅうちょ)も感じなかった。自分はアリーナから世界を変えているのだと信じている――たとえそこが考えうるかぎり最悪の場であるとしても。傷を負った人々に、心の底から語りかける。メッセージをまっすぐに伝えるためだ。抽選会でメイン武器にラヴガイルを引き当てたとき、そして最初の半ダースの対戦相手を倒したとき、スタックスはようやく理解した。チェーンギャング・オールスターズこそ、自分の存在意義だ。そこは、世界が忘れていたことを思い出させるための場なのだ。その使命を果たすにはサーウォーが必要だ。そのことは当初から明らかだった。

しかし使命があるとはいえ、スタックスは一人の人間でもある。注いで満たしてもらう必要のある人間。大切にされ、愛される必要のある人間。サーウォーはそれを叶えてくれる。ただしそれは、スタックスがもう空っぽではなくなるまでのあいだに限られた。満杯になるまでそこにいてくれることはない。

サーウォーが起き上がり、ボルトレザーを一巻き取った。ゆっくりと丹精をこめて左腕に巻いていく。肌に密着する合金コートの灰色のテープは、集中を促す。それは準備を整えるという贅沢が自分たちには与えられていない事実を改めて突きつける。〝準備〟は自分の内側で完結するものだ。ボルトレザーには通気性があるが、決して十分ではなく、快適とは言えない。それでも、それだけの資力を持つリンクは、サーキット中の大半の時間、ボルトレザーを巻いて過ごした。一度に手に入れられるのは数メートル分だけだ。だからほとんどのリンクは、どちらか片方だけ、余裕があれば両方の腕に巻いて、前腕を盾に変える。

スタックスは話しかけようとして思いとどまった。それはサーウォーの持つ力のうちだった。愛し、愛されているというめくるめく感覚にともに溺れていたのに、次の瞬間、サーウォーだけがすでに次の試合のことを考えている。どうすれば自分の肉体は生き延びられるかを考えている。サーウォーはいつも左右どちらかの腕と太もも、それにウエストにボルトレザーを巻いた。サーウォーが始めてほかのチェーンのリンクに流行ったものは多いが、これもその一つだ。

サーウォーはまるで取り憑かれたかのようにトレーニングに励む。そのことは誰もが知っていた。いまのサーウォーがあるのは、トレーニングゆえだ。〝ブラッド・マザー〟。コロサル。スタックスもそれは十分に理解している。とはいえ、そそくさと服を着てハンマーを振り回すサーウォーを見ると——やはり傷ついた。肉体は、試合を生き延びるために必要なものの一つにすぎないのだ。

スタックスは起き上がり、バスタブに戻った。一度目の入浴は思いがけず短時間で終わってしまった。

蛇口をひねる。キャンプから数メートル離れて設置されたタンクから引かれた湯がバスタブにほとばしった。タンクの湯は、外に三つあるバスタブと二カ所の共用ホースに供給されている。どのキャンプにも同じ衛生設備があり、そのほかに飲用水が出るシンクが三つか四つ備わっている。

スタックスは目を閉じ、熱い湯に体を沈めた。湯があふれる音がした。もったいないと思った。それから目を開き、手首のグリーンの輝きを見つめた。それを見るたび、彼らに何の借りもないことを思い出す。スタックスは全身で笑った。湯が波打ち、またもバスタブの縁を越えてあふれた。まるで衛星のように自分の周囲を回っているＨＭＣを目で追った。別の一台はスタックスとサーウォーのあいだを行ったり来たりしていた。

「あなたたちには何の借りもないんだからね」スタックスは言った。ＨＭＣがすっと口もとに近づく。「あげるとしたら、愛だけだよ」また目を閉じて、泡立つ湯に身をゆだねた。サーウォーが近づいてくる気配がした。ナイロン地を踏む軽やかな足取り。

「私が心配するのは、誰かが心配しなくちゃいけないから」サーウォーの声がした。

サーウォーの茶色い瞳が自分を見ているのが感じ取れた。目を開くと、サーウォーがこちらを見下ろしていた。深い呼吸を繰り返している。こめかみに汗の粒が浮いていた。

熱い湯に浸かっているのに、スタックスの背筋がぞくりとした。サーウォーは視線一つで彼女のなかに感情をかき立てる。スタックスはそんなところも好きだった。

「あたしたちは正しいことをした。あとはなりゆきを見守るだけ」スタックスは言った。自然と笑みがこぼれた。「あと残りわずかなのに、これがよけいな重荷にならなければいいけど……ならないよね」

サーウォーは二歩でベッドに近づき、ハス・オマハを地面に下ろした。二人が結末について話すことはない。二人はフリードに到達するまで終わらない旅に出た戦士だ。終点がどちらになるかはわからない。ハイ・フリードか、ロー・フリードか。それでも、ついに終点が近づいている。あと二週間だ。

「それどころか」――スタックスは眠たげでリラックスした口調を保とうとした――「今度の新しいルールは絶対に成功する。これからの基準になるよ。うちでうまくいけば、どこでも通用する」

「わかってる」サーウォーは言った。「残ってるのはあと五人だけだ」

「巨人たちね」そんなことを気にしてもしかたがないのに、スタックスは胸に小さな痛みを感じた。いまサーウォーが思い浮かべているグループに自分は含まれていないのだから。いまのところはまだ。いまサーキットで巡業中のチェーンを通して、コロサルにランクされているリンクはサーウォーのほかに四人しかいない。だが、次の試合に勝利すれば、スタックスもその最上位グループの一員に加わることになる。

「私たち巨人」サーウォーが言った。

「これはみんなのためになるはず」スタックスは言い、目を閉じた。

サーウォーはまた服を脱ぎ始めた。すべて脱いでしまうと、バスタブに付属するシャワーで体を洗った。タオルで水気を拭い、あらかじめ用意されている洗濯したての衣類に近づいた。衣類にはどれもハンマーとフルーツ山盛りのバスケットのロゴがついている。スタックスの服は、番組製作側の好意で、スタックス自身のテントのほか、サーウォーとランディ・マックのテントの両方に用意されている。まだ自分のスポンサーについていない企業のロゴが入った服を着てしまおうという気を起こさせないようにするためだ。

スタックスは表情を変えなかった。自分の腕に目をやると、そこに名前が見えた。二の腕の筋肉に入ったXはキティ・ルースレス。前腕にヒッグズ・〝ランドスライド〟・ルトゥープ。下腹には、巨漢レイヴ・ベアに敬意を表した、太い黒棒がクロスしたタトゥーがある。みな多くを成し遂げた。これがスタックスの使命だ。恐怖から何か意味を引き出すこと。その日の朝スタックスが切り裂いたベアと、ほんの一時間前にもう少しで切り裂くところだったガニー・パドルズに、どんな違いがあるだろう。スタックスは殺人者なのか。それとも世界が彼女を殺人者に変えたのか。

「そうだよね」スタックスは一人つぶやいた。

「え？」

「正当な自衛はまた別の問題なんだよね」スタックスははっきりと力強く言った。

「私が言いたいのはそれだ」サーウォーは言った。「ほら、もう意見が一致した」

「そうね、これで何が正当で何はそうでないか、いっそうはっきりする。そこまでむずかしい話じゃない」スタックスはサーウォーを見て、次にHMCを見た。それはリンクのあいだの暗号だ――〝そんな姿を世界にさらしてはだめ〟。この場合は――〝本当のあなたとは別の何かに仕立て上げられないように気をつけて〟。

「大げさにしないで。あたしたちはこれまでと違うことを試そうとしてるだけ。みんなに思い出してもらいたいだけだよ。誰もが価値のある存在だってことを。一人ひとりがダイヤモンドだって──ううん、ダイヤモンドよりももっと価値のあるものだって思い出してもらいたいんだ」

サーウォーは目を剝いて呆れ顔をしたいのをこらえた。

「あたしが言いたいのは、人は誰でも……誰だってその気になれば、自分の心は汚れていないって証明できるということ。表面がクソにまみれてるだけ。程度の違いはあってもね。そのクソに隠された心は光り輝いてる。それを伝えられるはず。みんなあなたの言うことなら耳を貸すはずだよ。だって、あなたはこの家族のお母さんでしょ。あたしは変わり者のおばさんか、愛人にすぎない。これからどうするかはあなたが決めて」

サーウォーは思った。誰もが光り輝く純粋さを保っているのなら、これほどの恐怖はいったいどこから来るのだ？　しばらくどちらも口を開かなかった。スタックスは、サーウォーが困惑したように目をしばたたいたことに気づいた。

「ところで、つらかったよね。今日の試合。あんな子供だなんて」スタックスは言った。「気分はどう？」二人はさまざまなところで互いをかばい合う。これもその一つだ。

サーウォーは胸にライフデポ™のハンマーのロゴの刺繡がついたローブを羽織った。二人のあいだを飛び回っていたHMCがサーウォーに近づき、最適なアングルからロゴをアップで映したあと、また二人のあいだに戻った。

「上々だった。肉体的には。準備はできてたよ」

「そう」スタックスは湯に浸かったまま上半身を起こした。HMCの一台が、水を滴らせるスタックスをじっと見つめる。

「だから──」サーウォーはHMCに目を移し、心を決めた。それから一つ大きく息を吸いこみ、

〝いまから打ち明けるのは本心だ〟とでもいうように続けた。「腹が立った。裏切られた気がした。私には――」

スタックスはバスタブを出て水気を拭い、タオルを体に巻きつけた。

「そんな助けは必要ないのに」

「そうだよね」スタックスは言った。「子供の頭をハンマーでかち割りたい人なんていない」寝台のサーウォーのとなりに座った。

「そう、少なくとも私はいやだった。だって、必要ないんだから。だけど――」サーウォーはふいに口をつぐんだ。

「だけど、ほっとしたし、勝てるかどうか心配せずにすんでちょっとうれしかった――？」

「あの子は何か言おうとしてたのに、私は最後まで言わせてやることさえしなかった」サーウォーは言った。スタックスにもたれかかって笑った。乾いているのに力強い笑い声。ほかの人なら泣く場面で、サーウォーはそうやって笑うことをスタックスは知っていた。「どうして？　どうして最後まで言わせてやらなかった？　どうして彼らは、あんな子供を私にあてがった？」

「サーウォー相手にサーウォーのデビュー戦の再現がなるか、試したつもりかも」

「かもね」サーウォーは言った。「くだらない」それだけだった。スタックスはもっと聞きたかった。バトルグラウンドでの対戦一つひとつがサーウォーにとってどんな意味を持つか、スタックスは知っていた。どの対戦でも、サーウォーは心のどこかで自分の敗北を望んでいるのだ。そして負けるのに失敗するたび、古傷がまた一つ開く。

「そうだね」スタックスは言った。「あたしたち――」そう言ってまた目を閉じた。

# サイモン

エス、アイ、エム、オー、エヌ。

僕は隔離される。きっと戻ってこないと思う。*過去には禁制品が見つかって半年も隔離された奴が何人もいた。**僕は禁制品を見つけられたわけじゃない。***

出てこられるかもしれない。

きっと戻ってこないと思う。

*アメリカは、ほかの民主主義国のどこよりも多くの受刑者を隔離監禁している。

**アルバート・ウッドフォックスは四十三年と十カ月を隔離房で過ごした。ロバート・キングは二十九年隔離房で過ごしたあと釈放された。ハーマン・ウォレス。ハーマン・ウォレス。ハーマン・ウォレス。彼は四十一年にわたって彼らに殺されたのち、三日後に肝臓癌で亡くなった。

アルバート・ウッドフォックス、ハーマン・ウォレス、そしてロバート・キング、アルバート・ウッドフォックス、ハーマン・ウォレス、そしてロバート・キング、ロバートにハーマンにアルバート。ハーマンにロバートにアルバート。ウォレス、ウッドフォックス、キング。

***受刑者は、禁制品所持や不服従などの非暴力の違反を理由に隔離房に収容される場合がある。隔離棟が受刑者の〝保護〟のため使われることもある。

## 新しきもの

あと二人。目が覚めて最初に頭に浮かんだのはそれだった。少なくともあと二人、殺さなくてはならない。あと二回、バトルグラウンドで自分の命を守らなくてはならない。サーウォーは数字と統計の集合体だ。グランド・コロサルである彼女が樹立し、打ち破る数字と統計。サーウォーの命を奪う力は、その二つを理解する能力と切り離せない。

リンクよりもまだ一般市民に近かったころは、自分が置かれている状況をほとんど意識せずにいられる時間が楽しみだった。朝のひととき、一日を始めようとする彼女の頭上にＨＭＣが浮かんでいなければ、心地よい静寂を堪能し、自分の人生は残虐なエンターテインメントなどではないというふりができた。

スタックスを見る。眠っているあいだ歯を食いしばっている彼女の額に一度キスをした。こわばっていたスタックスの頰の筋肉がほぐれた。サーウォーは寝台から地面に下り、今日最初の腕立て伏せ五十回をこなした。地面を押す動きの一つひとつが、体調の棚卸しだ。肘の関節に引っかかりはないか。肩はぐらつかないか。体幹を維持しながら地面を押し、腕を曲げるときは、重力に負けずにゆっくりとした一定の速度を心がける。そのたびに胸がナイロンシートに押しつけられた。まだ疲れは残っているものの、体の状態は万全だった。次はストレッチだ。背中を丸める。次に地面に腹筋を押しつけて体を反らす。猫のポーズ、ラクダのポーズ。何度か繰り返して背骨をゆるめる。

地面に置いてあったハス・オマハを拾い上げ、スクワットを始めた。ハス・オマハの柄は長さ六十センチほど、材質は軽量な合金だ。ヘッドの部分は、歴史上の戦槌（ウォーハンマー）の再現としては不正確かもしれないが、全国のライフデポ™で販売されているようなハンマーのヘッドにそっくりな形をしている。ただし、サイズは八倍くらいある。片面は丸みを帯びていて、表面は鉄のプレートで覆われている。反対側は釘の先端のように尖っていて、金めっきが施されていた。ブラッド・ポイントを毎日割り増しで支払って、移動中もずっとこのメイン武器を手もとに置いている。ブラッド・ポイントに余裕のあるリンクはたいがいそうしていた。

　サーウォーは多額のブラッド・ポイント資産を築いてきた。おかげで基本的な自由を完全に奪われた人間としては裕福な生活をしている。日に二度、豪勢な食事をとる。今日の最初の食事は、いまから――サーウォーは、ホログラムで空中に〈7：08〉を表示してるウェイタイム™の時計を確かめた――二十二分後に届く。いつもどおりだ。サーウォーは毎日だいたい同じ時刻に起床する。いつものスケジュールから数分遅れていたが、いらいらするなと自分に言い聞かせた。ハス・オマハを肩にかつぎ、腕を伸ばして利き手でヘッドの付け根を、左手で柄の先端を持った。

　スクワットを続ける。ここでも体のデータを集める。数値は少しずつ厳しいものになっていた。ハンマーを担いだスクワットを五十回繰り返したとして、一年前なら、脚を曲げるとき左膝に鈍い痛みが出始めるのは四十回を超えてからだった。刑務所とサーキット以前の人生でも、あとの人生でも、この脚は一番の強みだった。ハンマーを振るのは脚と腰だ。悪魔に向かって全力疾走するにも脚力が要る。戦士はそうやってグランド・コロサルに成り上がる。しかし今日は、スクワットの最初の一回ですでに痛みが走った。その鋭い痛みはしだいに強まり、体が温まるにつれて少し治まったが、やがてふたたび強くなって、休みなく重い痛みを感じるようになった。それでもスクワットは続けた。ストリーミング配信を視聴している数百万人には、サーウォーが痛みを感じているとは思えないはずだ。

あとはさっきより丹念にストレッチをしたあと、さっとシャワーを浴びる。七時半ごろスタックスが目を覚ましたら、できるだけ大きな笑みを浮かべる。以前とどこも変わらない態度を貫くつもりだ。サンセットを殺したのがスタックスであっても。チェーンに新しい規範を押しつけたあとでも。ヴルーム・ヴルームのあの若い女性から、シーズン33で破滅的なルール変更が予定されていると知らされた直後でも。

バスタブに入った。スタックスのまぶたが震えた。腕をばたばたと動かしてサーウォーを探す。「ああ、いたいた」スタックスは言い、夜のあいだサーウォーの頭をそっと支えていたレミントン™スリープキャノン™メモリーフォーム枕を抱き寄せた。それから目を開いた。「あなたを探してると思った?」両腕と両脚を使って枕をいっそう強く抱き締める。ピンサー・ゴーテンを羽交い締めにし、首と目にナイフをすばやく四度突き立ててとどめを刺したときのようだ。ピンサーの分のXは、スタックスの左まぶたに刻まれていた。

「あなたも最高だけど」スタックスは続けた。「この子の感触が大好きなの」

サーウォーはこらえきれずに笑った。よくも悪くもスタックスほどこの生活に向いている人間はほかに思い浮かばない。人を殺す明らかな才能が備わっているうえ、ユーモアのセンスがあって頭の回転が速い。マーチ中の気の利いたコメントやシーンが視聴者のあいだで大きな話題になれば、そのリンクが使った商品のメーカーから連絡が来て、うまくいけばスポンサー契約に結びつくことをよく知っている。スポンサーがつけば、ふつうならブラッド・ポイントで購入しなくては手に入らない商品を無料で提供してもらえるし、ときには独占使用を許される場合もある。値引きを受けられることも多く、ブラッド・ポイントを節約できる。ブラッド・ポイントが増えれば、寿命が延びる。スタックスはその構造を理解している。次のハブ・シティに到着したら、まず間違いなくレミントン™から連絡が来るだろう。

「ばかだな」サーウォーは言った。

蛇口をひねった。頭上のシャワーヘッドから湯が流れ出す。新品の乾いた浴用タオルを使って体を洗いながら、日課の自己点検を再開した。肩、上腕の二頭筋や三頭筋、首まわりを手で押し、新たな痛みがないか確かめる。軽いストレッチも続けた。サーウォーの動きを影のように追うＨＭＣを避けて、ゆっくりと体を動かす。

「〝女より金儲け〟〔ザ・ノトーリアス・B.I.G.の『Get Money』の一節〕」スタックスは言った。「でも、あなたのことも愛してるからね」

「そうだろうよ」サーウォーは言った。スタックスは、サーウォーを自分の頭のなかから現実の世界へと瞬時に引っ張り出すことに長けている。サーウォーは改めて感心した。

スタックスは横に転がって自分の荷物に手を伸ばした。太いヘアゴムで髪を結び、スタックスのために作られたシャワーキャップをかぶった。歯を磨き、ボトル入りの水ですすぐ。サンセットはよく、サーウォーかスタックスとテントを交換し、クイーンのテントを二人に使わせた。何もかもふんだんに使えるこの状態はとくに目新しいことではなかったが、その〝何もかも〟がいまはサーウォーのものだという事実にはまだなじめなかった。

「子供たち、奥歯もちゃんと磨くんだよ」スタックスが言った。

スタックスは、人生に初めから組みこまれた自然な一部であるかのようにこの生活に適応している。視聴者に直接語りかけ、決して終わらない番組の出演者でなくては意味を成さないジョークを飛ばし、スターダムを楽々と駆け上がり、人気者であるがゆえにスポンサーを集め、そのおかげでますます腕の立つリンクに成長してきた。

そのとき、ＨＭＣが二台ともふいに飛び去った。サーウォーはスタックスと二人きり残された。見える範囲にカメラは一台もない。サーキットで誰からも見られていないと思える瞬間は久しぶりだ。最初に感じたのは——世界の目に見つめられずにスタックスと二人きりになれた喜びだった。ヴルーム・ヴルームの女性から知らされたことをスタックスに話すチャンスだ。この機会を利用しない手はない。真実はサーウォーの唇からいまにも出ていこうとしていた。ただ、それを伝えると同時に、二人の関係は永遠に変わってしまうだろう。サーウォーは言葉をのみこんだ。そしてふと気づいた。ＨＭＣが全裸のサーウォーとスタックスを放って行ってしまったのだ。テントの外で何か重大なことが起きているに違いない。スタックスは、同じことに一瞬早く気づいたのだろう、すでにローブを羽織っていた。

「急がなきゃ」スタックスはラヴガイルを取りに走った。スタックスに伝えるチャンスも飛び去った。

サーウォーは急いでバスタブから出て、タオルを体に巻きつけた。スタックスのあとをあわてて追った。ハンマーを手にテントから出て走った。濡れた足を草がくすぐり、肌に張りついた。

一番小さなテントの前にリコ・ムエルテが立っていた。両手で六番アイアンを握り締めている。リコの数メートル前のキャンプ用切り株に、サイ・アイ・アイが座っていた。サイは片手にノックベリーを、もう一方にタスクを持っていた。ノックベリーは骨でできた硬い棍棒の先端に丸い石を取りつけた武器だ。タスクのほうは、細めの木の柄にゴムのグリップがついたもの。サイは数週間前にタスクを〝キルグレード〟に改良した。いまは先端にぎざぎざのついた釘が鋭い歯のように並んでいる。

「そんなことどうだっていいだろ」リコ・ムエルテが言った。

リコは胸を突き出すようにして立ち、ゴルフクラブを両手で握っている。自分を凝視している周囲の目を怒りに燃えた目で見回したあと、視線をサイに戻した。

「おはよう、みんな。何をもめてるの？」スタックスが割って入る。サーウォーは注意深く見守った。早くも喧嘩か。それはそうだろう。みんな仲よくと呼びかけるだけで、人類の本能と歴史をなかったことにできると思うほうが愚かだ。

「サイの奴、わかってないんだよ。俺をヘタレだと思ってやがる」

スタックスはリコを見た。そして、チェーンの全員がいる前であえて部屋にリコと二人きりでいるかのように話した。

「何をもめてるのかちゃんと説明してよ。一緒に解決策を考えてあげるから」

「サイに言ってくれよ。だって俺は――」

「喧嘩はしないことになったはずだ」サーウォーは小さく一歩前に出た。スタックスが次に何を言うか予想がついた。「つい昨日、みんなで話して決めたよね。なのにいきなりルールを破るわけ？ずいぶんな侮辱じゃない？」スタックスはラヴガイルを地面に突き立てて、ゆっくりと回転させた。刃があらゆる方向を指す。スタックスは手を止めず、湿り気を帯びた朝の空気のなか、刃はコンパスのように頭上で回転を続けた。

「あんたやLTに盾突こうなんて気はないよ。けど、俺を子供扱いしてバカにする奴は許さねえ。あんたの言ってることはわかるけどさ、うちのおふくろに誓って言うよ、そういう奴は絶対に許さねえ」

ふいに怒りが爆発したかのようにサイが立ち上がった。険悪なエネルギーを発散している。

「無駄話はここまでだ。おまえの首に懸かってるポイントはもらう」サイはあからさまに挑発した。退屈そうな調子ではあるが、まもなくリーパーに昇格する人間らしい残忍さもにじみ出ていた。死神(リーパー)は、この段階まで生き延びてきたものにふさわしい称号だ。この一つ前のランクは過渡期(カスプ)で、この時期は文字どおり、殺人者として一皮むけるかどうかの境界に当たる。それを望むようになるかどうかの境目、人の死をいつでもどこでも利用できる道具として見るようになるかどうかの境目だ。「あんたらがやろうとしてることはいいと思うよ。けど、こいつが殺せって言うならやってやる」サイは言った。

ランディ・マックが自分のテントから顔をのぞかせ、ローブに包まれたスタックスの体を舐めるように見た。アイス・アイス・ジ・エレファントは、サイとリコからだいぶ離れたところで、自分の荷物を枕にして地面に寝そべっていた。ウォルター・バッド・ウォーターは、共用シャワーの前にいる。ピンク色がかった肌は濡れていた。

「ふん、ちっともおっかなくねえな」リコ・ムエルテは言った。

「次はちゃんと説明できる人が発言してよね」ラヴガイルが回転を止めた。スタックスは大鎌から手を離した。刃の先端がリコとサイの中間地点の地面に突き刺さる。

サーウォーは三人それぞれを観察した。三人の誰一人として喧嘩を望んでいないはずだ。ランクにかかわらず、リンクはみな、喧嘩はおそろしく高くつくことを知っている。たとえ勝ったとしても、自分もほぼ間違いなく傷を負う。負傷すれば、次のバトルグラウンドの対戦を生き延びられない可能性は一気に高まる。喧嘩をするくらいなら、瞬殺のほうがよほどましだ。それでも、リコの全身から、人の命と彼らが触れるすべてを根底から破壊する病がじわじわと染み出ていた――強くて威圧感と破壊力を備えた人間に見られたがっている。その欲求とつねに闘っている。

「俺はいつもどおりにしてただけだ」リコは六番アイアンをきつく握り締めた。「じきにピーナツ（ルーキー）は卒業だし、ピーナツバターとジェリーのサンドイッチもそろそろ食い納めだなって言っただけだ」

「それで」スタックスが促す。

「そうやってアイスにいつもどおりのことをしゃべってたら、サイが割りこんできたんだ」リコは眉を思いきり寄せ、サイ・アイ・アイの低い声を真似て言った。「〝何を食うかより何を持ってるかを心配しろよ〟。だから言ってやった。〝あんたに話しかけてなんかいねえよ〟。そしたらサイの奴、〝口に気をつけねえと、二度と誰にも話しかけられなくなるぜ〟って脅してきた。悪いのは俺じゃねえって！」話しているうちに興奮してきたらしく、ゴルフクラブを足もとの草に何度も突き立てた。スタックスはその激しく荒っぽい動作をちらりと見たあと、リコの目を見つめた。リコが突き立てるのをやめた。

「ほんとだって。アイスだって見てた！」リコは言った。

アイス・アイス・ジ・エレファントは本を読んでいた。サイ・アイ・アイの影響で読書の習慣を身につけたのは最近のことだった。アイスとサイが親しくなったことはリコも知っているはずだ。経験レベルがほぼ同じで、ダブルス・マッチでも組んでいる。もしかしたらリコは、味方が一人もいない疎外感を無意識のうちに訴えているのだろうか。サーウォーはそう思案しながらなりゆきを見守った。

スタックスがアイスに目を移す。アイスは言った。「ま、だいたいそんなとこだな」その返答は、この件にほとんど関心がないことを露骨に示していた。

「何か追加で言っておきたいことはある、サイ？」スタックスが訊いた。

「ない。リコの言うとおりで合ってる」サイ・アイ・アイは答えた。

「はは、ずいぶんとあっけなく意見が一致したな」マックがテントのそばから笑った。

「あなたは黙ってて」スタックスは一瞬だけマックに顔を向けた。

「はい、先生」ランディ・マックが言った。

「で、リコが言いたいのは――」スタックスは途中まで言った。

「俺が言いたいのは、俺が言いたいのは、俺はヘタレじゃねえってことだ。たしかにまだルーキーだけどさ、誰だって最初はルーキーだろ。ピーナツバターとジェリーのサンドイッチを一生食い続けるなんてごめんだし、そのことで何言われようとどうだっていい」リコは吐き捨てるように言った。

ガニー・パドルズがどこからともなく現れ、サーウォーのすぐ近くに立った。歯を見せてサーウォーに笑いかけ、ほかの面々のほうに数歩近づいた。

一般社会と同じで、騒々しい口喧嘩は放っておいても問題ない。警戒すべきは無口な輩だ。

「簡単なことよ」スタックスが言った。

「まあな、俺はヤワじゃないし、証明しろと言われたら、してみせる。これははったりじゃない」

「あたしが言おうとしたのは」スタックスが続けた。「あなたは新入りの立場にちょっとうんざりしてるんだよねってこと。ちゃんとしたメイン武器もないわけだし」

「そうさ、ろくなメイン武器もねえもんな」サイがスタックスの言葉を真似る。

「ここまで四人戦ったけど、この武器で全員きっちりロー・フリード送りにしたぜ」リコはそう言ってますます胸を張った。

スタックスは二人の言ったことが聞こえなかったかのように先を続けた。「それを面と向かって言われて、かちんときた」

「俺はヘタレじゃねえ」

「それについては誰にも異議はないと思うよ。要するに誤解が発端ってことだね」スタックスは大鎌の先をサイ・アイ・アイに向けた。それは相手を脅す身ぶりだ。メイン武器を向けるのは、相手を殺す意思と覚悟があることを意味する。新しいルールのもとではその身ぶりに悪意はないとはいえ、古い意味の名残を感じさせた。

「サイ、あたしたちの仲間のリコは——リコの言葉を借りれば——〝ヘタレ〟だと思う？」

サイはふいにこの騒ぎをおもしろがっているような顔をした。

「バトルグラウンドに出て生きて戻ってきた奴はみんな、たいがいの連中よりタフだよ。それを何度も繰り返したとすれば、まあ、なかなかのもんだよね」

スタックスは輝くような笑みを浮かべた。サーウォーは眉をひそめた。頭のなかで、ことの真相を探った。唐突な勃発、簡単な解決——何もかもが不自然だ。

「一件落着だね」スタックスが言った。「みんな気持ちは治まった（クール）？」

全員がリコを見た。

「俺はそもそも怒ってもいないんだぜ。一度はっきり言っておきたかっただけで」スタックスがリコの肩に手を置いた。リコはその手を見て表情を和らげた。「ああ、クールだよ」

「そっちは？」スタックスが訊いた。

「アイスだよ」サイはアイス・アイス・ジ・エレファントの単純で覚えやすいキャッチフレーズを借りて答えた。

「ほら、何てことなかった」

ＨＭＣはサイとリコをじっと見つめ、争いが再燃しそうかどうかをうかがった。サーウォーは、スタックスがテントに戻ろうとしてサーウォーのすぐ後ろを通った瞬間に話しかけた。

「いつ？」その一言だけ言った。真顔を崩さなかった。目を動かすことさえしなかった。ＨＭＣが即座にサーウォーに近づいた。

「何の話かしら？」スタックスはそう答えてテントに消えた。ＨＭＣがサーウォーのこめかみの近くに戻ってきたときには、サーウォーは作り笑いを顔に貼りつけ、諍(いさか)いが解決してチェーンのメンバーがふだんどおりに戻るのを見守っていた。

　新たなルール下での初日だ。これまでのルールは、つねに安定してサーウォーに報いてきた。だから、自分が知る暴力からの思いきった転換は、サーウォーを不安にさせた。おまえは怖がってるだけだ――そんな声が頭のなかではっきりと聞こえた。絶えず見られているのでなければ、自分の胸にだけしまって他人に聞かせてはならない状況でなければ、声に出してそう言っていただろう。おまえは新しいものを怖がっている。隠された意図があるのでは、想定外の事態が起きるのではと怯えている。サーウォーは内面を奥まで探った。ゆっくりと息を吸いこむ。身体の感覚が思考を研ぎ澄ました。おまえは怖がっている。またもおまえ抜きで何か計画されていたことをいまいましく感じている。スタックスが、おまえ抜きで見せかけの喧嘩を計画したことを。

　胸を焦がす熱は引いた。サーウォーはリコとサイの喧嘩のシーンを頭のなかで再現した。あれは演出された〝シーン〟としか言いようがない。唐突に始まって、あっというまに決着した。本物の喧嘩ならそうはいかない。スタックスは偽の喧嘩をお膳立てしたのだ。チェーンは家族というイメージを補強するために計画した。しかしその演出はあまりにも見え透いていて、あまりにもお粗末だった。スタックスらしくない。

　新しいルールを宣言した翌日の朝。そこそこ人気のあるリンク二人が突然、喧嘩を始めた。どちらかが死んでいてもおかしくなかった。あまりにも都合がよすぎる。スタックスがたちどころに解決したのもそうだ。あらかじめみなで打ち合わせていたに違いない。しかし、いつ？　サーウォーは前回のハブ・シティ滞在中の記憶をたどり、スタックスの行動を継ぎ合わせようとした。

おまえが力を貸すだろうと彼女はなぜ信じてくれなかったのか。おまえはそう疑問に思っている。彼女が計画のごく一部しか打ち明けてくれなかったことが気に入らない。

しかも、根拠もないのに疑い深くなってはいないか。

疑い深くなっているのは、自分も秘密を抱えているせいではないか。

ただの疑念ではなく、事実なのかもしれない。

事実のつもりでいたほうが自分のためかもしれない。

あと二週間。

あと二戦。

来るべき試合に意識を向けようとした。スタックスが何を計画したのか、何をしていないのかではなく。そしてあの場所を、あの殺しのフィールドを頭に描いたとたん、冷静さがはじけるように広がって全身を包みこんだ。

初めてバトルグラウンドに立った瞬間から、サーウォーは自分のなかで何かが爆発するのを意識した。それは、自分は生きるに値しないと思いながらも戦う気力を起こさせるだけではなかった。細心に、徹底的に準備を整えようという気にさせた。最強になりたいと思った。

目をしばたたいて空を見上げた。目もとを拭った。ドローンの群れが木々を越えてきて高度を落とした。あと二戦。まずはスタックスと組んで挑むダブルス・マッチ。それに勝てばスタックスはコロサルに昇格する。シーズン32が終わる。そしてシーズン33が始まると同時に、ルールが変更される。

スタックスが何か隠しているのではないかと不安なのは、自分もスタックスに秘密にしていることがあるからだ。

その秘密とは、新シーズンに移行したら、一つのチェーンにコロサルは一人しか許されないというルール変更だ。シーズン33が始まったら、サーウォーは自分の解放のその日に、愛する相手と——ハリケーン・スタックスと呼ばれる女と戦うことを強いられる。

サーウォーは降下してくるドローンの群れを目で追った。口のなかにつばがたまり始めた。

# 食事

食事がサーウォーの周囲に下りてきた。調理済みの食事を運搬するドローンは、反引力の磁気駆動式だ。アンカーやHMCを浮揚させているのと同じテクノロジーが使われている。音もなく空中をすべるように動き回る小さな群れ。それを構成する黒くなめらかな機体の一つひとつにワイヤネットのバスケットが吊り下げられ、そこに食事の入った箱が収納されている。

スタックスがシャワーを浴びる水音が聞こえていた。サーウォーは空から急降下してくるドローンを目で追った。ドローンの群れは、すでに灰になった昨夜の焚き火の真上に静止したアンカーの周囲で円を描いてホバリングし、運んできた荷物を地面に下ろした。ランディ・マックがさっそく大きな笑みを浮かべて自分の箱に飛びついた。ランディはブラッド・ポイントを上乗せし、毎日のメニューをリーパーにふさわしいものにアップグレードしている――人間のシェフが調理した温かい食事。いつも文句なくうまい。とびきり美味なときもある。

アイス・アイス・ジ・エレファントとサイ・アイ・アイとランディは、食事を受け取った場所からほとんど移動せず、アンカーの周囲に寄り集まって腰を下ろした。この三人こそがチェーンの中核メンバーだ。三人は力を合わせて数々の試練を乗り越えてきた。この三人がメンバーにいてよかったとサーウォーは思っている。そしてその三人が彼女の統率に忠実に従ってくれていることがありがたい――ランディはスタックスを独り占めしたがっているし、もしかしたらサイは、サーウォーとスタックスの新たな掟（おきて）に承認のスタンプを捺すためだけにリコとの口喧嘩をひそかに計画したのかもしれないが。

「食事タイム。いつでもグッド・タイム」マックは言い、切り株の一つに腰を下ろして自分の食事を引き寄せた。ルーキーのころは銅線の切れ端で別のピーナッツの首を必死の形相で締め上げていたランディ・マックは、いまや三叉の槍を振るう自信にあふれたリーパーだ。サーウォーはその成長をただ見守っていただけではなかった。ほかの大勢のリンクに手を差し伸べたように、ランディの生き残りをもやはり後押ししてきた。

サーウォーはリコを見やった。リコは箱からピーナッツバターとジェリーのサンドイッチと〝ビタミン〟ジュースのパック、バナナ一本を取り出し、ランディとアイス、サイをちらりと見たあと、チェーンのもう一つの派閥——ガニー・パドルズとウォルター・バッド・ウォーター——のほうに歩きだした。ガニーはいつも中核グループと離れて食事をとる。バッド・ウォーターは、このチェーンに限らずどこのチェーンでも長続きしないような弱い人間だ。少し前からブラッド・ポイントに余裕が生まれ、ピーナツバターとジェリーのサンドイッチよりはましな食事ができるようになっている。そしてここ最近は、ガニーと一緒に過ごすようになっていた。前回の試合でコンビを組んで勝利を収めたのをきっかけに、二人は急速に結束を深めた。協力して人を殺す行為ほど、人と人とを強く結びつける行為はない。

バッド・ウォーターはサーウォーにこう説明した——〝黒人はすばらしい人たちだと思っている〟が、ガニーはいつもひとりぼっちで友達をほしがっているように見えたから。バッド・ウォーターは紫色のヘッドバンドを指でかき、食事の入った箱を笑顔で開けた。サバイバーのバッド・ウォーターに届いているのはおそらく、チーズ・スクランブルエッグとトーストだろう。ピーナツバターとジェリーのサンドイッチばかりで数週間過ごしたあとのチーズと卵は、生き返ったような味がする。

「入ってもいい？」サーウォーはテントのなかのスタックスに声をかけた。このときも目はまだ、ガニーとバッド・ウォーターのほうにゆっくり歩いていくリコを追っていた。

「いいよ、服着てないけどね」スタックスが言った。

「今日はリコを朝食に招こうと思うんだ」サーウォーは言った。「いまから呼ぶ」これはサーウォーの役割だった。チェーンを統制するその方策は、サンセットと二人で編み出した。

「今日？」スタックスが驚いたような声で訊き返す。ただ、驚きながらも喜んでいるようだ。

自分にはうまく統制できているだろうか。リコを招くのは、自分自身とチェーンのメンバーに、リーダーは彼女だと改めて宣言する意味を持つはずだ。

「そう」サーウォーは言った。「かまわないね？」

「いいよ」水音が止まった。「来てもらって」

「リコ」サーウォーは大きな声で呼んだ。リコはガニーとバッド・ウォーターのすぐ近くまで行っていた。「こっちで一緒に食べよう」

リコはきっと何らかのテストに合格したように感じただろう。サーウォーはランディとサイとアイスのほうをうかがった。それぞれテントに招いて話をしたのは、三人がチェーンに加わり、いまのリコよりも長い日数が経過してからだった。サイがうなずいた。アイスは一人小さく笑ったが、やはりうなずいた。ランディはいったんは眉間に皺（しわ）を寄せたものの、すぐに肩をすくめてうなずいた。満面の笑みを浮かべたリコが努めて平静を装いながらこちらにやってくる。別に三人の承認が必要なわけではないが、サーウォーがいまも三人の意見を尊重していることを伝えておきたかった。

Aハムはサーウォーとスタックスだけのチェーンではない。腕がよくて、助け合いは自分の利益にもなると知っている利口なリンクの集まりだ。リコはまだ、テントに招待されるだけの実力を証明できていない。まだまだだ。しかし、これは自分の最後の務めだとサーウォーは思っていた。自分がいなくなったあとのための地ならしをしておきたい。

サーウォーは自分の朝食が入った箱に歩み寄ろうとして思い直した。「その二つも持ってきて」断熱素材の黒い箱を指さした。側面にサーウォーの名前が金の浮き出し文字で刻まれている。そのとなりのスタックスの箱は赤で、黒と白のXが全面にプリントされていた。リコはスタックスの箱の上に自分の朝食を載せて二つを持ち上げ、三人分をいっぺんに抱えた。

テントの入口のすぐ外まで来たリコは、にやけた笑いをサーウォーに向けた。

サーウォーはテントのなかに声をかけた。「入るよ」

それから、誇らしげな顔で食事を抱えたリコに向き直った。「どうぞ」体を覆った長いタオルをしっかり巻き直してテントに入った。リコがはしゃいだ様子でそれに続いた。

サイ・アイ・アイがチェーンに加わったころ、もしかしたらそれ以前から、Aハムに選抜されるリンクの大半は、サーウォーのことをよく知っていた。ハイライト映像を視聴し、決して屈服しない彼女の肉体に驚嘆していた。なかにはアンゴラ=スミスとハモンド刑務所の二つのチェーンが合併する前からサーウォーに注目して追いかけていたリンクもいた。いまではサーウォーへの憧れだけでCAPE入りする新人も多い。リコは新人のなかでも新しい一人だ。サーウォーとサンセットは、リコのような者にとって希望に近い存在になっている。サーウォーとしてはそれが気に入らないが、反面、自分の名前と半生が可能性の一本道を象徴するものとしてリコたちの目に映っていると知って、うれしくも思う。サーウォーが生き延びている事実は、不可能を可能に見せていた。もちろん、彼らは愚かで間違っていて、遅かれ早かれ死ぬことになる。それでも弱気になったときなど、サーウォーは自分が希望の光であることに励まされた。強気な瞬間には、自分は蛾を誘う灯なのだと自覚する。

「すげえや」リコ・ムエルテはテントを見回して言った。スタックスはローブを羽織り直したところだった。こちらに背を向け、片足をバスタブの縁にかけて、ココアバターを脚にすりこんでいる。

「ここに至る道は険しい」サーウォーは言った。

「だけど、リコの言うとおりだよね。これはすごいよ」スタックスはそう言ってこちらを向いた。

リコはまだテントのあちこちを見ている。サーウォーはタオルを巻いた上から黒いローブを羽織った。自分だけが手に入れられる贅沢な空間で歓迎されているとリコに思わせたい。

リコはその場でゆっくりと回転した。クイーンのテントを隅々まで観察するには、目だけでなく全身を使う必要があるとでもいうようだ。

「こりゃいいや」リコはようやくそう言った。

「かけて」サーウォーは椅子を勧めた。

ＨＭＣのうち二台はサーウォーとスタックスのあいだを飛び回っていた。もう一台は、次の立ち位置はここだとリコに指示するかのように寝台の反対側に置かれた贅沢なアームチェアの上を漂っていた。リコはすばやく三歩で移動してアームチェアに座った。こういう小さなことが重要だ。サーウォーが座れと言えば、相手は座る。生きるために人を殺すような男や女を一言でたやすく従わせられるのは、サーウォーたる彼女の特権だった。彼らはすでに犯してはならない法を破っている。それでもなお、サーウォーの言葉は意味を持つ。

「ありがとう」サーウォーはリコが下ろした箱の一方に近づいた。

ラッチをはずす。箱の側面が開き、トレーに並んだエッグベネディクトと付け合わせのアスパラガスが盛りつけられた皿、新鮮な果物のボウルが現れた。

「うわ」リコが言い、悲しげな笑い声を漏らした。サンドイッチが入ったビニール袋をますますきつく握り締める。

スタックスは寝台に近づいて自分の箱――〝スタックス・パック〟を拾い上げた。

今朝のメニューは、軽く両面を焼いた目玉焼きにキヌアを添えたものと、多彩な野菜の付け合わせだ。プラスチックのカバーを持ち上げると、湯気がふわりと立ち上った。刑務所に入る前、サーウォーは高級ホテルに宿泊したことがなかった。アンゴラ刑務所に収容されていたころは、売店で購入したもので食いつないでいたが――食堂の料理はカビを食べているようなものだった――サーキットでは健康的な食事ができる。*うまいものを食べられる。投獄されるまでは聞いたこともなかったような食材や料理、たいがいのリンクは香りさえ嗅いだことのないようなものを食べている。サーウォーは色とりどりの果物――パイナップル、スイカ、ブドウ――を盛ってラップをかけたボウルを自分の食べる分として寝台に置いた。それから残りの料理ごとトレーを大きな黒い箱から持ち上げた。

「熱いからね。気をつけて」サーウォーは身を乗り出してトレーをリコの膝に置き、プラスチックのカバーを取った。

「エッグベニーは好き?」スタックスが聞いた。

リコは膝に置かれたものを見下ろした。ポーチドエッグにかかった黄色いなめらかなオランデーズソースは、つややかに光を反射しながら、卵の下に敷かれたイングリッシュマフィンが作るクレバスに垂れている。縁がかりっと焦げた分厚いカナダ産ベーコンが卵の下からほんのわずかに顔をのぞかせていた。アスパラガスには格子状の焼き目がついている。加えて、保冷ボトルもあった。

中身はアップルジュースかグアバジュースのはずだ。箱にはほかにミネラルウォーターのボトルが三本並んでいた。食後に専用の水筒に詰め替える分だ。しかしサーウォーは、料理を凝視しているリコを見守った。最後にまともな食事をしたのは四年近く前のはずだ。それが今日、突然に、リコにとっては最高級グルメ料理であろうものを前にしている。

膝が震え、トレーの上のフォークがかたかたと音を立てた。

「さあ、リコ」サーウォーは優しく言った。「召し上がれ」その優しさは計算されたものだ。安全な場所をついに得たのだと、心のもっとも深いところで感じてもらいたかった。

サーウォーはパイナップルを一切れ口に放りこみ、スタックスにちらりと目をやった。過去にも同じことを何度もしてきた。泣いたのは、リコが最初ではなかった。それでも、その涙を決して見逃したくないといまも思う。それはサーウォー自身の胸から、彼女の体の奥底からあふれ出したもののように思えた。いまの自分に対する誇り。地獄で見つけたオアシス。意志の力で鍛え上げられた、信じがたいほど大きな力。彼女の名を叫ぶとき観衆が何を感じているのか、サーウォーが心の底から正確に理解するのはこういう瞬間だ。以前のように派手で荒々しい試合はもう見せない。だが、いまも続けているのだ。こういう形で。体感できるものとして。これが彼女の務めであり、それを楽しんでいる。

サーウォーはリコを見守った。やがてリコが顔を上げてサーウォーの視線を受け止めた。

「俺――」一つ深呼吸をし、涙を拭った。「ちゃんとしたものを食べるのなんて、すげえ久しぶりだ」

---

＊刑務所では、食中毒の発生率が度を越して高い。

「知ってる」サーウォーは言った。「それ、もらってもいいかな。交換しよう」

サーウォーはリコがまだ握り締めているビニール袋を指さした。

「これ？」

「交換しよう」サーウォーは言った。リコはどうかしていると言いたげにサーウォーを見つめ、サーウォーは何度も同じことを言わせるなという目でリコを見つめた。

**マーチ開始一時間前。**アンカーの声が聞こえた。

リコがビニール袋を差し出す。全粒粉パンを使ったサンドイッチで、時間をかけずに適当に作ったものを、サイズが大きすぎる生分解性（せいぶんかい）エコプラスチックのファスナー付きバッグに放りこんだといった風情だ。

「食べなよ」サーウォーは言った。

「はーい」スタックスが茶化すように言い、キヌアを口に運んだ。

「ありがとう」リコが言った。

「こちらこそ」サーウォーは言った。

「食べておなかが落ち着いたら、少し話をしようね」スタックスが言った。

「召し上がれ」サーウォーは言った。自分もサンドイッチを——その甘ったるさを、その食べ慣れたシンプルさを——かじった。リコがようやく料理に手をつけた。サーウォーは愉快に思いながら観察した。最初にアスパラガスをすするようにして食べたのは意外だった。それから手づかみでエッグベネディクトに取りかかった。トレーの端にプラスチックのナイフとフォークがあると教えようかとサーウォーは思ったが、リコは手で食べたいらしいと見て取って、言葉をのみこんだ。リコは初め、せわしなく咀嚼していたが、まもなく顎の動きがゆっくりになった。そうやってしみじみと味わったあと、また猛然と咀嚼した。いちいち幸せに浸ってはいられないのだろう。

リコが食べ終えたとき、サーウォーはサンドイッチの最後の一口ぶんを食べようとしているところだった。至るところが殺人だらけの世界では、どの食事も人生最後かもしれない。それを痛切に意識すると、ピーナツバターとジェリーのサンドイッチというありふれたものまで、形を変えた死の味がし始める。しかしサーウォーの好みからいえば、そのサンドイッチはなかなかうまかった。口に出してそう言った。

「私がサーキットに加わったころは、食事は原則二度だった」サーウォーは言った。「サンドイッチは干からびてたし、ジェリーは塗られていなかった」サーウォーは最後の一口をのみこんだ。それから、口のなかのべたべたをつばで飲みこみなおした。「いまとなっては昔の話だけど」

リコはサーウォーを見つめた。指はオランデーズソースまみれだ。スタックスが立ち上がり、洗面台そばのラックからハンドタオルを取った。軽く湿らせてリコに渡す。リコは指を一本一本拭い、最後に顔を拭いた。

「すげえや」リコは椅子の背にもたれた。「別世界だ」

「なかなかいいものだよ」サーウォーは言った。

「最高だよ」リコはにやりとした。笑うとますます子供みたいに見えた。リコは飲酒年齢にも達していない。

しばしの沈黙があった。サーウォーは食べたものが胃のなかで落ち着くのを待ってからスタックスに目配せをした。

「プログラムに参加したのはどうして」スタックスが訊いた。

「ムショにいたら死ぬってわかったから。それなら外で死ぬほうがましだと思った」

「どこに入ってた?」サーウォーは尋ねた。

「ジャージー。ふつうのとこだった。実験施設だか何だかじゃなくて。一般棟にいた」

「友達はできなかったの?」スタックスは言った。

「何人かいたけど、そのうち孤立した。ちょっとしたきっかけでトラブってさ。裏切られた。仲間だと思ってた連中に四度刺されかけた。それで書類にサインした」

「何があったの? どうして裏切られた?」サーウォーは訊いた。

「知ってどうする?」リコはトレーを足もとのナイロンシートに下ろした。

「まあ、そうだね」スタックスが言った。

リコは黙っていた。

「アンゴラ＝ハモンド・チェーンに送られたときどう思った?」

「こう思ったよ。俺は誰かに愛されてるらしいぞって」

「ひゅう」スタックスが言った。「うれしいこと言ってくれるじゃない」

サーウォーは作りものではない笑みを浮かべた。「どうしてそう思った?」

「わかってるくせに」

「リコの口から聞きたい」

「このチームはいい雰囲気だから。そんなのみんな知ってるよ」

「何を知ってる?」

リコがスタックスを見た。スタックスはきっと先を促すようにうなずいているはずだ。

「あんたたち二人がそろって、えっと、あんたとサンセットがそろって、雰囲気が変わったって。それに、ハリケーンのおかげでますますいい感じだって。チームとして強くなってる。協力し合ってる」

「忘れたか？　サンセット・ハークレスはついこのあいだ殺された」サーウォーは言った。「それについてはどう思う？」この話題は予定に含まれていなかった。しかし、すでにやってしまったことをあとで悔やむようなことは可能なかぎりしないと決めている。サーウォーはわずかに顔の向きを変えてスタックスの表情をうかがった。いくらか小さくなったとはいえ、あいかわらず大きな笑みをリコに向けていた。

リコは唇を噛んだ。サーウォーは険しい視線を向けた。リコがその目から逃げたいのをかろうじて踏みとどまっているのがわかった。「そりゃ悲しかったよ、正直言ってさ——初めはね。だけど、スタックスがおかしなことをするわけがない。だから、俺としてはとくに言うことはないよ。あんたはサンセットなしでもこのままパトロンを続けるのかなって思ったくらいで」

「パトロン？」サーウォーは訊いた。

「だってパトロンみたいなものだろ。みんなのスポンサーになったりさ。みんなにチャンスを与えてやってる。俺がいた棟じゃ、あんたのことをリーパー・メーカーって呼んでたよ。それに、仲間内で足を引っ張り合うなって、前から言ってたもんな。おかげでこのチェーンじゃ殺し合いみたいなことはまったく起きない。いやまあ、先週の件は別だけど。しかも昨日の夜のあれで、正式なルールになったも同然だ。すげえよ。このチェーンの一員でほんと光栄だよ」

「ゆうべもそう言っていたね」サーウォーは言った。食事のあいだずっと室内履きを履いた自分の足もとに置いてあったハス・オマハを手に取る。ウォーハンマーの存在感がふいにテントを満たす。リコ・ムエルテは微妙に居住まいを正した。「昨夜、このチェーンの正式なルールとして、仲間同士の暴力沙汰を徹底して排除しようと私は言った。覚えているね？」サーウォーはそう言い、リコが助けを求める視線をスタックスに向けるかどうか、注意深く観察した。もしかしたら、サイ・アイとの〝喧嘩〟はやらせだったと正直に認めるかもしれない。

「忘れるわけない」

「ところが、私のその言葉はもう色褪せたらしい。よりによって翌朝、リコは私のリンクの一人、それも中核メンバーの一人を脅したわけだからね。サーキットに加わってどのくらいになる？」

リコはサーウォーの視線から逃げなかった。その根性は大したものだとサーウォーは思った。

「一カ月半。バトルグラウンドには二度出た。来週もまた出る」

「ランクは？」サーウォーは尋ねた。

「ピーナツ――えっと、ルーキー。すぐにカスプに――」

「つまり、一番下のランクだね」

「そうだけど――」

「サイ・アイのランクは？」

「そんなの知らないよ。けど、俺がむかついたのは――」

サーウォーは立ち上がった。ほかのチェーンなら、ここでリコ・ムエルテの命は終わっていただろう。

「サイはもうじきリーパーに昇格する」サーウォーは言った。「サーキットに来て一年以上だ。一年以上生き延びてきたリンクだ。なのにリコ、あんたは、くだらない争いはやめようと私がはっきり宣言した翌日、私が全員のために立ち上がった翌朝に、サイ・アイに喧嘩を吹っかけた」

「だけど、それは――」リコはここで初めてスタックスを見た。サーウォーのすぐ右側を見た。サーウォーは膝の悲鳴を無視してその場にしゃがみ、リコの顎をつかんだ。リコの顔を引いて自分の鼻先に近づける。

十カ月前、リーファー・ニックスというリンクがいまのリコと同じ立場に置かれた。このテントには、サーウォーとサンセットとスタックスがいた。リーファーは追い詰められて取り乱し、ラヴガイルをつかもうとした。ラヴガイルで何をする気だったのかは誰にもわからないままになった。サーウォーはリーファーの頭を叩きつぶした。ラヴガイルの柄を握る暇すら与えなかった。三人は死体をテントから朝の陽光あふれる屋外へと運び出した。死体を見てもAハムの誰一人、ひとことたりとも口にしなかった。

「それは、何だ?」サーウォーは訊いた。リコの頭をいまここで叩きつぶす様を思い描く。自分がその場面を想像していることが、一瞬のうちに終わることが、リコに伝わればいい。「私の顔につばを吐きかけようとした?」

リコはむさぼり食ったばかりの食事を見下ろそうとした。ソース一滴残っていない皿を見ようとした。

「目をそらすな」サーウォーは言った。リコのまばらな無精髭が掌にこすれた。

「ついかっとなって。ごめんなさい」

「ごめんなさい、か。ほかに言うことは?」

「えっと――わからない。もう二度としません、とか?」

「私に訊くな」

「二度としません。俺がいけなかったよ、ブラッド・ママ。俺が悪かった」

サーウォーは手を離した。

「ありがとう。よくわかった。これで本来話したかった話題に移れる」

サーウォーは無言でリコを見つめた。何の話題か察したのだろう、リコは真顔を保とうとしていたが、こらえきれずに大きなにやにや笑いを浮かべた。

「何がそんなにうれしい？」

「これだよ」リコが言った。「この瞬間だ。この先のことを考えたら、そろそろ威力のある武器がほしいなと思ってたから。マックの奴が持ってるみたいな。たとえばでかい斧（おの）とか」

スタックスが軽く吹き出した。サーウォーは笑わなかった。

「とすると、私が何の話をするつもりか知ってるわけだね」

リコはいくらか自分を抑えて言った。「みんな知ってるよ。あんたはチェーンの半数の隠れスポンサーだ」

「情報通で何より」

「マジでさ、俺はファンなんだ。光栄だよ」

サーウォーは、自分がフィールドに送りこんできた武器の数々を思い返した。シーズン24でルールが変わり、手持ちのブラッド・ポイントをほかのリンクのために使えるようになった。それを境に、ゲームは根底から変わった。サーウォーは、富と確かな権力を生き残りに利用できることに早い段階から気づいていた。自分のデビュー戦で起きたこと――巨人をいきなり倒したこと――もあって、自分は当初から武器やブラッド・ポイントに困らずにすんだ。

「たしかに援助はしてきたが、ただというわけじゃない。支援と引き換えに何を求めるかはわかるな」

「ハイとローとにかかわらずフリードに達するまで、忠誠を誓います」リコは言った。そして立ち上がり、拳を胸に当て、鼻で深い呼吸を繰り返した。

「ありがとう。スタックスにも同じ忠誠を誓ってもらいたい」しばらく前から考えていたことだった。あらかじめスタックスと詳細をすり合わせておきたかったが、これはすでに大半の者が当然と見なしていることを明確にしておくよい機会だととっさに判断した。

「あと二週間、あと二戦で私はフリードに達する。かならず達成するつもりでいる」それを聞いてリコがうなずく。「そのあとは、私のときと同じようにスタックスに忠誠を示してほしい。私がいなくなったら、このチェーンでの私の地位はスタックスに引き継がれる。わかるね？」

「もちろん。誰にだって忠誠を誓う気でいる」

「〝誰にでも〟では困る。私と、私がフリードを達成したあとは、いま私の右側にいるこの女性に誓ってもらいたい」

スタックスのほうを向き、その顔にこわばった笑みが浮かんでいるのを見る前から、スタックスはきっと腹を立てているだろうと予想がついた。

「もちろん了解だよ」リコは言った。「約束する。誓うよ。いまあんたが言った全部」

「もう一つ。今後、例のサンドイッチを食べることは二度とない」

リコは当惑顔でサーウォーを見た。

「私たちは家族になったんだから、誰もがまともなものを食べられるようにする。どういうシステムにするかはこれから考えるが、今日からは全員にまともな食事が届くようにする」

これに関してはまだ詳細を計算していなかった。自分がいなくなったあとどこまで確実に継続できるのか、いまは何とも言えない。しかし、リコは喜ぶに違いない。加えて、サーウォーの計算では、ガニー・パドルズには心を許せる友達が一人ではなく二人いたほうがいい。そう考えるとリコが――契約書にサインしたとき憧れていた人物であるロレッタ・サーウォーからの贈り物を喜んで受け取るリコが——ガニーたちのグループに加わるのは歓迎できる。サーウォーはリコの翼を溶かす火だ。

「そう言ってもらえるのはうれしいし、ありがたい話だけどさ、俺はあんたたちみたいに自分の力で一人前になりたいんだ。いま足りないのは強力なメイン武器だけだ。フィールドでまともに戦えるように」

「試合に勝つには準備が肝心だよ。その準備には、何を食べるかも含まれる」サーウォーは全身に力がみなぎるのを感じた。空飛ぶカメラが彼女の目の前を動き回っている。

「何て言っていいのか」リコが言った。「ありがとう」

「さてと、この子がこんなに興奮してる理由に立ち戻らない？」スタックスが言った。

サーウォーはスタックスのほうを向いて微笑んだ。意外なことを言いだすという点ではお互い様だ。

「いいね、そうしよう」サーウォーは言った。

「ほしいなと思ってたのは、マジで本格的なやつだ。重量があるやつ」

「なるほど」サーウォーは言った。片腕でハス・オマハを目の高さに持ち上げた。「自分がこういう武器でデスマッチに挑むところを想像してみるといい」

「え、いいの？」リコが言った。

「興奮するのはまだ早い」サーウォーはリコにハンマーのグリップを握らせる前に付け加えた。「このハンマーを持たせるのはこれが最初で最後だ。どれくらいのものを扱えそうか、確かめたい」

「了解」リコが言った。

サーウォーはハンマーから手を離した。試しに持たせてみるだけのことでも、罰当たりと感じられた。

　リコの手に渡るとほぼ同時にハンマーは力なく垂れ、地面に落ちた。リコは必死の形相でもう一度持ち上げようとした。

「あらら、要検討ってとこね」スタックスが言った。気まずそうな顔をしながらも、リコはまたもにやりと笑った。

俺と同じで、あんたを所有しているのは誰か他人かもしれない。俺と同じで、あんたを所有しているのは国家かもしれない。あんたを拘束しているのは、声を奪われたという事実かもしれない。あんたの肉体は、じゅうじゅう音を立てる電気の目に絶えず監視されている。あんたを所有しているのはそれかもしれない。俺が収監されたころ、殺人ゲームはすでに議論されていたが、実現はしそうになかった。残虐すぎる。不健全すぎる。非人道にもほどがある。世間はそう言った。やがてその意見は勢いをなくした。いまや殺人ゲームは新しいフットボールだ。俺をいま所有しているのはそれだと彼らは言うだろう。俺を縛る鎖は、はるか遠い自由でできている。俺は声を奪われていた。そのあいだも目は見えていた。俺を所有しているのは俺自身の罪であって、ほかの何ものでもない。

**二度ともう、ああ神よ**
**二度ともう、ああ神よ**

「その歌だがね、それは続けたほうがいい。みな熱狂している」ソーヤーが言う。俺のボスのソーヤー。薄っぺらな笑顔の男。たまに本当のことを言う、スーツを着た嘘つき。俺がいかにして生き残ってきたか、それが共感を呼んでいるとそいつは言う。俺がいかにして殺してきたか。声を取り戻して以来、いかにして使い続けてきたか。この声は俺の相棒だ。

〝スコーピオン・シンガー〟。彼らは俺をそう呼ぶ。俺の勝利は、オーバーンの勝利、制度そのものの勝利だ。俺が息をしているかぎり、連中は喜ぶ。歓声を上げる人々の眼前に俺が出て行く前に、俺たちは部屋で話す。「きみは四肢に障害を持つ人々のカルチャーに早くも革命を起こした。きみはそのコミュニティの象徴だ。試合はこれでまだ六度目なのに、すでにアイコンになっている。つまり今後もっともっとファンを増やせるということだよ。もっといい防具を手に入れないといけないな。いまのは自由度が高くて解放感があって、最初は悪くなかったが、そのままじゃいつ殺されてもおかしくない」

奴はひと月も前からずっと同じことを言い続けている。

**神よ、二度と後戻りはしません**

**二度ともう**

「その歌は別だ。それは続けよう。受けているからね。スコーピオン・シンガー。最高だよ。きみはきっとスターになれる」

俺は槍が恋しくなり始めている。そばにないと不安だ。それは認める。あれは偶然じゃなかった。現実に起きたことは、どれも偶然とは言いきれない。槍。二カ月ともに過ごして、知り尽くしている。槍は、他人を切り裂く（オープン）みたいに、俺を解放する（オープン）。槍が俺を選んだ。それも認める。自分の力で手に入れる必要さえなかった。神が、崇高な力を持つお方が、あれを俺の手に渡したんだ。運命のルーレットを回せ、生きる望みを託せ。ルーレットを回せ、命の木の実を食え。ルーレットを回せ（スピン）。槍（スピニファー）。二カ月前、俺はルーレットを回してスピニファーを解放した。

その番組で、ある男が不安を胸にルーレットを回す。レンチを引き当てる。直前に作業場から持ってきたみたいに油で黒く汚れている。男はうれしそうに受け取る。神聖な気持ちで受け取る。わたしの罪をお赦しください。

　次に回すのは女だ。はさみを引き当てる。どこかの家の台所にありそうなよく切れるやつ。女は興奮して飛び上がる。自分の幸運を喜ぶ。チャンスを手に入れて有頂天だ。観客は拍手喝采で祝福する。はさみが与える可能性がめでたい。喜んでいる。女は観客と一つのチームみたいに喜んでいる。

　次の男がルーレットの前に立つ。興奮している。自分の前の女を祝福した神々の好意がまだそのへんを漂っていて、自分を待っているというみたいに。

「さあ、覚悟はいいかな」金髪の司会者が尋ねる。俺たち、監禁よりも死を選んだ俺たちは、舞台下手で木のベンチに座っている。

「もちろんだよ」男は体を震わせて答える。

**二度ともう、ああ神よ**
　全身を震わせている。興奮している。観客にもそれが伝わる。観覧者が歓声を送る。「いつでも来いだよ、ミッキー！」

　まるでゲーム番組だ。ゲームをして賞品を勝ち取るゲーム番組のノリだ。『チェーンギャング・オールスターズ入門スペシャル――ワンダー・ルーレット』。残酷な番組だ。三つの扉のどれを選んでも、もらえる賞品は同じだ。

「いざ、スピン！」

**かたかた、かたかた、かたかた、かた、かた、かた**――観客が固唾をのむ。男は目を見開く。もう一度ルーレットを回そうとする。

「やり直せたらいいんだがね。あいにく、リンク一人につき一度と決まっているんだ」司会者が言う。

スプーン。ぴかぴか光る銀のスプーン。

内輪のジョークみたいなものだ。運命のルーレットには、馬鹿げた武器の絵があれこれ並んでいる。試合ではまるで役に立たない武器。俺たちはみな、スプーンはなかでも残酷だと思っている。スプーンは、このイベントの何たるかを思い出させるためにある。だが、観客はそうは受け止めない。息をのみ、次にブーイングをする。一つのチームみたいにブーイングをする。憤慨しているみたいに声を上げる。

二番の扉が開く。男はそこに、自分の死体を見る。大当たり、トリプル・セブン、誰かが勝つ、だが、その誰かがそいつじゃないのは確かだ。男の震えが止まる。俺はそいつをじっと観察する。スタッフが、スプーンを一本載せた紫色のクッションを差し出す。いま口を開いたばかりの傷口に、さらに塩を塗りこむ。男はスプーンを手に取る。まじまじと見る。引き伸ばされた自分が曲面に映っているのを見る。俺はそいつをじっと観察する。この光景には見覚えがある。見放されたことを悟る男。自分は祝福されていないようだと知る男。そうだったかと考えている。これまで自分は神々を信じてきたのに、神々のほうには自分を守ってくれる気がないらしいとふいに理解する。自分が期待していたのとは違う。自分は初めから完全に誤解していたことを悟る。

**教えてください、彼はどこに行ったのでしょう**
**彼は倒れた、倒れた**

次の男は、ボウリングのボールを引き当てる。

次に俺が舞台に進み出る。俺の姿を見て観客は息をのむが、俺は歌い、ハミングし、俺の音を鳴らす。観客は気の毒に思っている。彼らはチケットを買って観にきている。腕が一本しかない男が命を懸けて戦おうとするとは思ってもみなかった。俺はルーレットに近づく。たまに左腕の存在を感じることがあるが、左腕はきれいさっぱり失われている。肩があって、その先は空気だ。その何もない空間で起きる変化を感じ取れる。腕があったころよりよほど敏感に感じるときもある。運命のルーレットが設置されたこの空間は、暑い。それでも、失われた腕に鳥肌が立った。

「名前は?」

俺は司会者と観客を見る。スプーンの男は舞台裏のどこかにいる。そいつのわめき声が聞こえる。胸が張り裂けそうなくらい泣いている。みなに聞こえている。スプーンの男の前で一番の扉が開いたが、そいつはそれも気に入らない。そのスプーンの男は、木の枝から吊るされている。

**もしかしたら見つかるかもしれない**

**彼がそこで見つかるかもしれない**

「実にいい声だ。きみを何と呼ぼうか。エルヴィスとか?」俺は司会者をじろじろ見る。金髪のエルヴィスそのものだ。「すでに一つ二つタフな試合を経験したようじゃないか」俺はなくなったほうの腕で司会者を絞め殺す。なくなったほうの腕が奴の喉にからみついて締め上げる。

司会者はジョークが受けなかったのを見て、動きを止める。咳払いをする。「そうだな、いまのはたしかに無神経だった。名前を教えてもらえるかい?」

「ヘンドリックス・ヤング」俺は言う。紫色の薄いルーレットについたハンドルを握り、下に引く。運命が回る。回って、回って、回って、回る。スプーンの男の絶叫が聞こえる。運命は人を振り回す。スプーンの男の絶叫はやまない。

三番の扉の奥には、鏡が一枚あるだけだ。

俺の存在しないほうの腕がルーレットに触れ、速度をいい塩梅(あんばい)に落とす。回転が止まったとき、矢印は金色のパネルを指している。俺の代わりに観客が叫ぶ。小さなスタジオが浮かれ騒ぐ。ちゃんと役に立つ武器。スプーンの対極。大当たりだ。

四番の扉。四番の扉はない。しかし、目の前にあるのが俺には見える。

黒く長い柄、その先端に黒い刃。頑丈な柄に黒い黄金のすべり止めが刻まれている。得がたい品物。人々が叫んでいる。喜んでいる。一つのチーム。いやはや、見ろよ。

俺はそいつを、俺の槍を殺しに使う。そいつは〝スピニファー・ブラック〟と呼ばれている。サソリ(スピニフエル)にちなんで。そう、サソリに。

「サーウォーが人気なのは、みんなに武器を買ってあげるからなの?」エミリーは訊いた。背景でストリーミング配信の録画が消音モードで流れている。

ジャージー出身の痩せたリンク、リコ・ムエルテが架空の剣を振り回すのを、サーウォーとスタックスが見つめている。エミリーは二人がリコをどう評価するのか、最後まで見たいのに、夫のウィルはところどころで解説を加えるために音声を消した。

「基本的にはね」ウィルは言った。くぼみのある顎に手をやり、じっと考えこむ。「けど、サーウォーの場合は、実力と結果がちゃんと伴ってる。本物なんだ。ノヴァ・ケイン・ウォーカーみたいなやらせじゃない」

ウィルは〝ノヴァ・ケイン・ウォーカー〟という名前を吐き捨てるように言った。その男がＣＡＰＥプログラムへの参加と引き換えに免責された犯罪の被害者は、ウィル自身の家族だったとでもいうみたいに。

「それって、いまアナリストか何かの肩書きでテレビ番組をやってる人?」

「そう、そいつだよ。最低な男だよ。やらせだったのは間違いないね。過去にフリードを達成した唯一のリンクだ」ウィルは言った。「サーウォーには、サーウォー一筋の信奉者がついてる。サンセット・ハークレスが生きてたころだって、サーウォー限定のフォロワーがいた」ウィルはサンセットの名を口にするとき、死んだレジェンドを悼むように胸を二度そっと叩いた。「スタックスはたしかにサーウォーの右腕だけど、サンセットにしたことは最悪だったね。正直なところ、やったのが別の誰かだったら、Ａハムはきっと崩壊してた。けどスタックスなら、何かわけがあったんだろうなと思う。それでも、悲しいのは事実だ。いまだに受け入れられない」ウィルは照れを隠すように笑った。「サンセットはフリードを達成できたはずだったのに」

エミリーはウィルの説明を聴きながら思った——この競技の興味深いところはこれだ。ウィルは単純なところはあるが、だいたいにおいて親切な人物で、エミリーにとっては心のよりどころだ。そのウィルが、この——この番組をきっかけに、赦しという複雑な問題とリアルタイムで折り合いをつけようとしている。その副産物というべきか、善人と悪人を区別する基準について以前よりも柔軟になった。これまでウィルが敬意を抱いていた人物が、やはり尊敬を抱いていた別の人物に最悪の行為をした。しかしウィルはＡハムのメンバーにならい、エミリー自身が抵抗を感じる反面、ひそかに感服しているようなやり方でその葛藤と向き合っている。

「けどまあ、スタックスは誰より忠実だと思われてた。しかしこうなるともう俺にはわからないよ」ウィルは自分の考えの重さをエミリーが理解しているかどうかを確かめるようにここで一拍置いた。それから続けた。「いずれにしても、スタックスとアイス・アイス・ジ・エレファント、トレイサー・マクラーレン、サッドボーイ・ブルージー、それにサイ・アイ・アイはみんな巨額のブラッド・ポイントを前渡しされて、それでメイン武器を手に入れた。武器は最初の一歩ではあるけど、それだけで解決する問題じゃない。いま挙げたなかの何人かはすぐにロー・フリードしてる。それでも、さ」ウィルはエミリーを見て、話についてきていないと思ったようだ。「ロー・フリードってのは——」

「死んだってことでしょ」エミリーはすかさず言った。ウィルはエミリーに教えるのが楽しくてしかたないようだが、ここ数日、同じ説明を何度も聞かされているから、そろそろうんざりだった。

エミリーは過去のハイライト特集を一気見していた。大きな節目となった場面だけを拾ったから、あっという間に何シーズン分も消化した。

「正解だよ、ベイビー」

エミリーは微笑んだ。

「しかし、武器なんて実際のところ見返りにすぎない。そんなものは長続きしないよ。贈り物以上の価値がサーウォーにはあるんだ。はるかに大きな価値がね。たとえばほら、それなりの時間を一緒に過ごせば、相手が真のリーダーかどうかわかるよな。このあいだ勧めた本にも書いてあったろ」

『リーダーは頭を使え――凡人を理解し導きたいアルファ男子のためのガイド』のことなら、エミリーは最初の何ページかめくってみただけで、そっと閉じた。

「そうね」

「だから、アンゴラ＝ハモンドは安定してるから見ててもつまらないってさっきは言ったけど、ここしばらくはライブ配信をチェックしておく価値がふだん以上にあると思うんだ」そう言ってウィルは文字どおりもみ手をした。

「そうね、いろいろ起きてるところだから」

「だけど、エミリーが一番好きなのはシン・チェーンなんだろ」ウィルは言った。右脚を左脚の上にして組み、夢のなかにでもいるような笑みを浮かべてカウチの背にもたれた。「俺と好みが一致する女だ」

「アンゴラ＝ハモンドのファンだったんじゃないの？」エミリーは言った。

「いや、視聴率が一番高いのはアンゴラ＝ハモンドだし、サーウォーとスタックスがそろってるわけだけどさ、エミリーがシンのファンってのもわかるわけだ」

「自分の生き残りが最優先って競技で、チェーン制度なんて意味があるの？　Aハムみたいなチェーンがほかにないのはどうして？」ずっとそれが不思議だった。このドラマに惹きつけられる理由の一つはそれだ。バトルグラウンド外のリンクたちを描くこの番組とAハムの面々なら、流血シーンが苦手なエミリーでも観ていられる。

「チェーンギャングの魅力は」――ウィルはこのフレーズを週に数度発した――「チーム競技でありながら個人競技でもあるところだ。その二つの相容れない状況が全体の鍵になってる。乱闘（メイレー）ではチームで協力しなくちゃならない。ダブルス・マッチもそうだな。一方で、チームメイトを倒しても報酬はもらえる」

「でも、A地点からB地点まで一緒に歩くだけじゃない？　それで本当にチームと呼べる？」エミリーは体の向きを変え、スクリーンから視線を移してウィルの目を見つめた。

「エミリー、エミリー、エミリー」ウィルは落胆したように首を振った。「ただ歩いてるだけじゃないんだよ。ハブ・シティに着いたらわかる。いろんな絆が芽生えるのは行軍（マーチ）の期間中なんだ。いまだってそうだろう。サーウォーはリコ・ムエルテをチェーンの中核に迎え入れた。養子にしたようなものだな。それに、自分の戦争禁止令（ノー・ウォー）に違反したリコを不問に付した。ちなみに、掲示板の連中は新しいルールをそう呼んでる。いろんなドラマが起きるのは、ハブ・シティとサーキット・マーチだ。とくにマーチ中は、この競技の知性に訴える部分が強く出る」

　エミリーは目をしばたたいてスクリーンに向き直った。リコはまだ仮想の敵と戦っている。右下と左下に表示された小さなウィンドウに、ほかの二台のHMCの映像が表示されていた。左の一台はクイーンのテント内にあり、主にサーウォーの表情をとらえているが、ときおりアングルを変えてスタックスを映すのを忘れなかった。とくにスタックスが何か言った瞬間は絶対に逃さない。右下のウィンドウのカメラはキャンプの中心に静止し、陽光を浴びながらその場で回転していた。ランディ・マックとアイス・アイス・ジ・エレファントが食事をしながらしゃべっているのが見える。チェーンギャングの番組を観ていてもあまりとらわれることがなくなっていた感覚がいま、エミリーの胸のなかでふくらみ始めた。

エミリーは、ハード・アクションスポーツ実現の道を開いたロバート・バーチャー大統領に票を投じてさえいないし、有色人種、なかでもアフリカ系の黒人がこの番組の登場人物の大半を占めているのは偶然ではないと思っている。投獄されている人数に占める黒人はじめマイノリティの割合が不釣り合いに高いこと*はエミリーも知っていた。サーウォー、スタックス、サイ・アイ・アイはアフリカ系のアメリカ人だ。親の一方がフィリピン系のランディ・マックも、やはりアフリカ系の黒人だ。リコ・ムエルテはドミニカ系で、エミリーは別のドキュメンタリー番組でドミニカ系も黒人と見なされることを知った。

それでもU対応の配信専用コンソールに映し出される彼ら犯罪者の生活ぶりに、エミリーは偽りのない関心を抱いている。悪趣味な大金持ちのファンタジーをそのまま現実にした番組に、交通事故の現場を通りかかったときのように惹きつけられている。どういうわけか、惨劇の予感と可能性を察知すると、人はもっとよく見ようと首を伸ばす。その労力が血にまみれた褒美で報いられたとして――いったい何が残る？　誰かに話せる物語。自分の心についた傷。

昔、ハイウェイを走っていて、オートバイから男性が投げ出される現場を目撃したことがある。そのときエミリーは手動運転で快調に飛ばしていた。乗っていた車は旧式で、自分の体を使って運転したほうが安全だったからだ。ふいに小刻みな動きが掌に伝わってきた。ハンドルが左右に揺れている。速度の出る直線道路を走っているのに、不自然な動きだった。次の瞬間、オートバイに乗っていた男性が宙を飛んでいくのが見えた。エミリーは速度を落としてその光景を見つめた。男性の体はおそろしい勢いで路肩を転がった。通り過ぎざまに最後に見えたのは、ネオンイエローの長袖シャツをべたりと濡らした赤い色だった。エミリーはハンドルを握り締めた。何かしたほうがいいのだろうか。だめだ、もう五百メートルくらい離れてしまっていた。それでも、目撃者の奇妙な興奮を感じた。死との距離の近さを電気ショックのように意識した。現場から一キロ近く離れた。いまさらできることは何もない。あの男性が無事でいるといいが。肩から背中にかけての皮膚は擦り傷だらけだろうが、それだけですんでいるかもしれない。やがてエミリーは現実を受け入れた。自分はこうして安全に走り続けているが、彼は違う。目を閉じ、音声コマンドで自動運転に切り替えた。手動で何かする気にはとてもなれなかった。

ウィルは〝チェーンの安定〟の概念について説明していた。これでもう四度目だ。チェーンが動揺していないとき、リンク同士の関係に明らかな緊張がないとき、〝安定〟していると見なされる。安定していれば、チェーンの全リンクがその日のマーチをトラブルなく終えられる。初めてウィルから説明される前からエミリーはその概念を知っていた。職場のパソコンでストリーミング配信や解説番組をさんざん観ている。数時間分を観ただけで、この競技独特の用語も無限だが、複雑さも無限なのだと理解した。

「そうなのね。よくわかった」エミリーは言った。ウィルの息継ぎのタイミングで当たり障りのない相槌(あいづち)を打っておけば、ウィルはそのまま延々と説明を続ける。エミリーがまともに聞いていない

＊二〇一八年の統計によると――州または連邦の刑務所に収容されている人数は、黒人男性では一〇万人当たり二二七二人、白人男性では同三九二人。黒人女性は一〇万人当たり八八人、白人女性は同四九人。

ことには気づかない。サーウォーみたいな女性に自分がなったらと想像してみる。あれだけの権力を振るい、大勢から崇拝されるのは、どんな気分だろう。エミリーはサーウォーの目をのぞきこんだ。サーウォーはどことなく愉快そうにリコ・ムエルテを見つめていた。

「だけど、いまこのチェーンは安定してると言える？」エミリーはウィルのほうを向いた。

「どういうこと？　サンセットの件があるからって話？」

「そう。サーウォーが大きな変更を宣言したばかりだけど、スタックスはチェーンのリーダーを文字どおり殺しちゃったわけじゃない？　とすると、しばらくは落ち着かない状態が続きそうだけど」

　エミリーが観たアーカイブ映像では、互いに危害を加えないことを公然と全メンバーに徹底したチェーンは一つもなかった。安定しているとされるチェーンの大半に〝安定〟という言葉は当てはまらないらしいこともわかった。誰の人生も安定とは無縁だとエミリーは思う。サーキットに参加している人々の人生となれば、なおさらだ。

「たとえば、ゆうべ別のチェーンのアーカイブ映像を観たんだけど」エミリーは言った。「あの金髪のリンクのあいだでとくにトラブルがあったようには見えないのに、それでも〝イレイサー・ボーイズ〟は彼を殺しちゃったじゃない？」あの感覚が、良心のとがめが、ふたたび胸のなかでふくらんだ。昨日エミリーは、一人の男が殺される場面を手をつかねて見守った。法的な観点から厳密に言えば、何とかいう名前の金髪の男の死刑を執行したのはイレイサー・ボーイズではなくて国家であるわけだが、それでも複数の男が実際に彼を殴り殺す場面をベッドに入る前に観たのはエミリーだ。おなじみになったあの興奮を味わいながら、同じものを感じている世界中の人々と一緒にその場面を観た。そのあともう一度初めから観た。

「そうだな。けど、トラブルはあったんだよ、ベイビー」ウィルは子供を相手にするように話した。

「傍からは見えなかっただけで。イレイサー・ボーイズがフィル・ザ・ピルを嫌ったのは、レーザーとかベルズとか、チェーンの対立派閥ともうまくやってたフィルのことを人種の裏切り者だと思ってたからだ」

「だけど、同じチェーンのなかに派閥があるとしたら、それだけでもう、そのチェーンは不安定だってことになるんじゃない？」

「どこのチェーンにも仲よしグループはできる。どこの職場にもあるだろ？　けどイレイサー・ボーイズみたいな連中は、ほかの派閥の奴らを殺してやりたいとこっそり思ってたりする。それが本当の〝不安定な状態〟だ。Ａハムだって、ガニー・パドルズが生きてるかぎり、厳密には安定しないだろうが、Ａハムの場合は、サーウォーって偉大な存在がいるおかげで、何かあっても丸く収まる。スタックスの件は――言いたいことはわかるよ。けど、Ａハムならきっとうまく切り抜けるさ」

「どうかな」エミリーは言った。

「ほんとさ、ベイビー。サーウォーならうまくまとめられる。大丈夫だって」

「ほんとにほんとにサーウォーが好きなのね」

「好きなんじゃない。サーウォーを愛してるんだ。たぶんあの世代の最強のアスリートだよ」

「みんなそう言うね」エミリーは小さく微笑んだ。喜ばしい良心のとがめと言うべきことがもう一つある。わかりやすくサーウォーにのぼせ上がっている夫を見ていると、この番組にますます興味が湧いてくることだ。自分とはまるで正反対の女性に夫が夢中になっている。ウィルが過去に交際していたどの女性ともまるで異なるタイプの女性。もちろん、肌の色はわかりやすい違いではあるが、サーウォーが黒人だからというだけではない。サーウォーは何事にも動じない暴力の権化なのに、畏敬の念といらだちを同時に抱かせるような冷静さをどんな局面でも示すからだ。

「まさか、アンチ・サーウォーだとか言いださないでくれよな、ベイビー」ウィルが顔からはみ出しそうな大きな笑みを浮かべた。次の瞬間、彼女をカウチに押し倒すようにしてのしかかってきた。

「サーウォーのよさがまだ完全にはわからない。もうちょっと様子を見ないと。だってこのあいだ私が見たとき、サーウォーは子供みたいな相手を殺したのよ」ウィルがキスの雨を降らし、エミリーは声を立てて笑った。

「言葉に気をつけたほうがいいぞ。史上最高のアスリートの悪口は許さない。それに、あのガキが初戦で勝ってたらと想像してみろよ、マジで。サーウォーのチェーンギャング・デビューがまさにそれだった」

「だめね。まだ納得できない。あたしを説き伏せられる？」ウィルは彼女の手首をつかんでカウチに釘付けにしていた。「説き伏せられる？」エミリーは繰り返した。

ウィルはエミリーを見つめ、エミリーは彼を見上げた。エミリーがハード・アクションスポーツに興味を持ったことは、二人にとって、そう、二人の結婚生活にとってすばらしい変化であることは否定できない。少なくとも、ウィルは彼女をこれまで以上に深く豊かに愛するようになった。

「わかった。納得させてやる。デビュー戦はまだ観たことなかったよな。女王の名を冒瀆(ぼうとく)できるのは、そのせいだ」ウィルが彼女の上から下りた。二人のあいだに築かれかけたエネルギーも持っていかれ、そのへんに放り捨てられた。「いまから再生しよう。観るよな？」ウィルは歓喜が滴るような声で言った。エミリーは答えなかったが、ウィルの指はすでに欲望を操作端末に打ちこんでいた。「何シーズンも前の試合だから、いろいろ違う点もあるよ」

「何シーズン前？」エミリーは訊いた。自分で計算するか、検索してもいいのだが、自分が嫌らしく思えるとはいえ、夫の望みどおりにするほうが――ウィルに専門家の気分、知識の要塞の気分を味わわせておいたほうが——得策だ。

「そうだな、ここ二年くらいは一年に三シーズンのペースだ」

「どうしてそんなに短いの？」

「ほかのスポーツに比べると短く思える」ウィルはまたも考えにふけるような顔をした。きっと嘘ではないのだろう。ウィルはこの競技のことを絶えず考えている。「ハード・アクションスポーツはどれも始まってまもないスポーツだ。シーズンごとにランキング制度が変わるし、上位リストの顔ぶれもしょっちゅう変わる」

「参加者が死ぬから」

「そう、そういうこと。参加者は死ぬし、競技そのものがつねに進化してるせいもあって、シーズンが変わるたびに新しいルールが導入される。競技として成熟するにつれて変更の幅は小さくなるけど、それでもシーズンごとに何かしら変わる。チェーンギャングが開始された当初なんか、みんな大自然に放り出されて、食料も自分で集めなくちゃならなかった」

「それでよくやっていけたね」

「シーズン9くらいからそのルールも変わってきた」ウィルは言った。

「そうなんだ」

「いまから観るシーズンでもルールが変わって、倒した相手の武器をもらえることになった。自分より二ランク以上上の相手に限られるけどね」

「〝ビショップする〟ね」エミリーは心得顔に言った。

「そう、それだよ！　この対戦を観たら、どうしてそう呼ばれることになったかわかる」ウィルは端末の操作を終えた。スクリーンが点滅し、時をさかのぼった。

# 第2部

# サイモン・クラフト

「おめでとう、クラフト。三桁達成だな」お祝いのケーキでも持っていそうな調子で看守のローレンスが言う。「楽園暮らし百日目だ」

シー、アール、エー、エフ、ティー。CRAFT。朝一番にすることはそれだ。違うな。朝一番にするのは、ブザーの前に起きることだ。ここでは男たちの絶叫くらいしか聞こえない。ローレンスじゃないなら、ブザーの音だ。その音は人を震わせる。甲高くて、のこぎりみたいにぎざぎざした音だ。

ベッドが一つと大便用のバケツが一つ。一日の大半は暗い。だけど僕の脳内ではぼんやり光っている。穴ぐらは黒い。見えるのは、扉が開いたときだけだ。扉は一日に一度開く。僕はここで座り、眠り、歌い、屈伸運動をし、息をし、ストレッチをし、震え、咳をし、糞をする。ここで、僕は崩壊する。*

百日前、彼らはまた僕を殺し始めた。もう何度も死んでいる僕はきっと、殺せないんだ。不死身なんだ。苦しいけど、素晴らしい人生だ。

百十七日前、一人の男に嫌われた。僕は百十七日前に一人の男を殺した。

ここでは何もかも血にまみれている。** なかでも床。なかでも壁。これは詩じゃない。見たままを述べている。誰にだって見える。ネズミどもが床から血を飲む。やつらの血が空気にさらされる。人を病気にする。僕は病気にならない。僕は不死身だ。僕は病気をしない。二十日前、少しくらい

＊独房監禁は次のような症状を引き起こすことがアメリカ国内のみならず世界各国で一貫して確認されている。不安、妄想、幻覚、鬱病、パニック発作、記憶障害、そのほかの認知障害。

＊＊アメリカ合衆国法典第一八編第二三四〇条A——拷問

（a）罪状——

合衆国外において拷問を行なった者または拷問を試みた者は、本編のもとで罰金もしくは二十年以下の懲役またはその両方を科される。この項で禁止される行為によって人を死に至らしめた場合、死刑または有期刑もしくは終身刑に処される。

（b）管轄権——

以下の場合に、本項（a）で禁じられる行為について管轄権を有する。

（1）容疑者がアメリカ合衆国の市民である場合、または

（2）被害者または容疑者の国籍にかかわらず、容疑者がアメリカ合衆国内にいる場合。

（c）共謀——

本編が禁じる行為に共謀した者は、共謀の対象となった行為に定められた罰則と同じ罰則を科される。

アメリカ合衆国法典第一八編第二三四〇条——定義

（1）「拷問」とは、法の外観のもとで行動する者が、拘留または物理的管理下にある他人に対し、過酷な肉体的・精神的苦しみまたは苦痛を意図的に与える行為をいう（合法的な処罰に伴う苦しみまたは苦痛を除く）。

（2）「過酷な精神的苦しみまたは苦痛」とは、以下によって引き起こされる、またはそれにより生じる長期にわたる精神的危害をいう。

（A）過酷な肉体的苦しみまたは苦痛を故意に科すこと、または科すという脅迫をすること、

（B）向精神作用剤または感覚もしくは人格を深刻に崩壊させることが予期されるようなほかの手段を実施もしくは使用すること、または実施もしくは使用するという脅迫をすること、

（C）死が迫っていると脅すこと、

（D）別の者に死が差し迫っていること、過酷な肉体的苦しみまたは苦痛を受けること、向精神作用もしくは感覚もしくは人格を深刻に崩壊させることが予期されるようなほかの手段を実施もしくは使用すること、または実施もしくは使用するという脅迫をすること。

（3）「アメリカ合衆国」とは、アメリカ合衆国の諸州、ワシントンDC、およびアメリカ合衆国の自治領、準州、および領土をいう。

死ぬかと思って、床を舐めてみた。熱さえ出なかった。僕が自分の宿命を悟ったのはそのときだ。僕は永遠に生きる宿命にある。僕はヨブだ。いや違う。ヨブは僕を哀れむ。僕は神の拳の下で生きている。一日二十三時間、僕は目を奪われてきた。この穴ぐらの外で過ごす一時間は、一日のうち最低の時間だ。そのうちの五十九分を僕は、穴ぐらに戻されることに怯えて過ごす。

　そいつは柄をナイフみたいに尖らせた歯ブラシで襲ってきた。そいつは逃げたが、僕はそいつを見た。ときどきいろんなものが見える。尖ったものが僕を狙って突き出されたことは何度もある。そいつはC棟のシャワーのそばから現れた。頭が禿げた、取るに足らない男。このあたりの出身だ。大半の連中と同じで、田舎者だ。僕はこのあたりの出身じゃない。僕はのろのろしゃべらないし、回りくどい表現も使わない。僕は沈黙で話す。いまいましい顔の肉に拳固(げんこ)の指関節をめりこませてしゃべる。ここからの出口はそれしかない。そいつが襲ってきたのは、だからだ。僕がまだ一度も負けていないから。へたに手を出すとやばい無口な北部人(ヤンキー)を殺(や)ったら、自分は大した人間だって証明できると思いついたんだ。しかし、そいつの手首の骨ははじけ、持っていた手製のナイフが落ちた。次の瞬間、歯ブラシの尖った先端は、そいつの目に、目に、首に、首に刺さっていた。僕はそいつにつばを吐きかけて深呼吸をした。もう一度つばを吐いたが、これはよけいだったなと思った。そいつの一部分、僕に襲いかかってきた部分は、そのときにはもう、僕の頭上に漂っていたからだ。僕は歯ブラシを手放してその場に座った。穴ぐらに放りこまれる前に、あまりこっぴどく殴られないですむように。でも、こっぴどくやられた。またしても死ぬ前の最後の数日、顔の腫れ上がったところが視野を埋めていた。

　それから、ここに放りこまれた。

数えちゃいけない。だが、数えずにはいられない。穴ぐらで、地獄で、長く続くものはない。次の何かまでの時間をつぶすのに床を舐めると、自分の汗の味がする。この肉体は殺せない。この肉体は、以前より強靭になっている。毎朝、僕は地面を押す。初めは二百回押した。いまは数がわからなくなるまで押す。大きな数はもう数えられない。二十四まで数えると、次が何だかわからなくなる。だからまた一から始める。何度も繰り返す。何度も、何度も繰り返す。Jから始まる単語を思いつくのは難しい。どっちが先にこの世から消えるかわからない。〝正義〟。僕はまだ生きている。〝ジェリー〟。

「今日の予定は、クラフト?」週に四度、ローレンスは言う。笑い、警棒で鉄扉を叩く。

「いつもどおりですよ」僕は答える。僕は笑う。

「俺を笑うんじゃない」ローレンスは言う。

ジャングル。

　脚と腕で押して体を上下させていないとき、僕がするのはこれだ。壁をなぞって文字を書き、何も見えない暗闇のなかぼんやりと光を放っているところを想像する。指で文字を書く。硬いコンクリートの上で安手の塗料が波打っているのが指先に伝わってくる。なんの役にも立っていない塗料。この隔離房は暗い。穴ぐらに明かりはない。一日二十三時間、僕は目を持たない。残りの一時間は、僕には理解できないものだ。知らないし、人に話すようなことではないもの。外でめしを食う。体が震える。僕は壁をなぞり、ぼくの指は壁を輝かせる。指で文字を一つ書く。次に絵を描く。僕の光を使って壁に焼きつけたその文字から始まるものだけを使うこともある。右手の人さし指と左手の小指が、壁に明かりを灯す。僕は地獄に行ってアーティストになった。僕がするのはそれだ。空気を殴り、壁を殴り、大地を押し、自分の体を押し上げ、胸の熱さを感じ、鼻から息を吸い、口から吐いて、肉体が集まってくるのを感じる。体をかき集める。ジャンプ。周囲の地獄をかき集める。

連中がここから僕を出すとき、僕がただのアーティストじゃなく、非情で偉大な悪魔になっているように。何が起きているか、僕はわかっていないと連中は思っている。僕は連中よりずっとよくわかっている。サイモン・J・クラフト。僕はまだここにいる。時間がたつといなくなる。僕はそれを知っている。僕が知らないと連中は思っている。

「よう、クラフト」ローレンスが扉の向こう側から言う。

「はい」

「おまえは胸クソ悪くなるような男だ。知ってるよな」

「よくそう言われます」

「ここにいてラッキーだ。それも知ってるよな。ここじゃなきゃ八つ裂きにされてる。レイプ魔め」

「一般棟にいたことがあります。でもまだ手も脚もそろってます」

「いずれわかるだろうさ」ローレンスが言う。

「そうですね」

ローレンスはちょっと笑う。失うものは何もないと悟ったのはこのときだった。だけど下には下がある。まだ想像できないどん底がかならずある。そのときはそれを知らなかった。

やがてある日、奴に訊かれた。「インフルエンス・ロッドのことは知ってるか」そこから地獄が噴き出し、僕はその真の顔を見た。

## 親が収監されている子供

埃と、シナモン。

主要なオーガナイザーのうち十五人が集会に顔をそろえた。水とお茶が用意されていて、金属容器に入ったタマーレ［トウモロコシの粉を蒸した料理］もあった。マルタのおばさんは、手作りのタマーレを販売して、地元の酪農場で過酷な労働を続けている労働者を支援している。先に食事をすることになった。マリは湯気を立てているバナナの皮をゆっくり時間をかけて剝がし、皿の上にこんもりと盛り上がる愛情のこもった料理を見つめた。きつね色に輝いている。熱を逃がそうと、ナイフの先で小さな穴を開けた。こうして集まっている理由を思い出すと吐き気がしたし、これからするつもりでいることを思うと不安でたまらなくなったが、食事はせめて楽しもうと決めた。

トレーシー・ラッサーが番組中にＣＡＰＥプログラム反対を表明して以来、〈新しい奴隷制の撤廃を目指す連合〉の集会はこれが初めてだ。今日はサーウォーの次の試合当日に、オールド・テーパーヴィル郊外にある試合会場レンシャー・スタジアム周辺で計画されているデモ行進について話し合う予定だった。オールド・テーパーヴィル出身のトレーシー・ラッサーの発言が全国ニュースで取り上げられたこともあって、今度のデモ行進はＣＡＰＥプログラムの廃止を訴えるものとして過去最大規模になるだろうと予想されている。〈新しい奴隷制の撤廃を目指す連合〉も、ますます数が増える一方のハード・アクションスポーツ反対を掲げる市民グループや廃止論者とともにデモ行進への参加を打診されていた。トレーシーの人間味あふれる言動は、抗議活動に新しい命を吹きこんだ。世間は、国家が市民を殺害するなど、手法はどうあれ常軌を逸しているという認識を新たにした。果たして武装警察はチェーンギャング・オールスターズ関連のすべてのイベントの警備を大幅に強化し、大勢の政治家がすかさずホロ=ストリーム番組に出演して非暴力を訴えた。市民を殺害する国家が非暴力を訴えるなんて茶番でしかないが、例によって、国家による大規模な暴力は〝正義〟かつ〝法と秩序〟であり、永続する暴力に抵抗する運動はテロ行為なのだ。どこもかしこも血にまみれていなければ、その滑稽さを笑えただろう。

しかし、マリは目の前のことに集中しようとしていた。いったん始めたことを最後までやり通すのがとにかく重要だと思えた。これから起きることを記したメモをサーウォーに手渡したのはマリだ。父親を知っていただけでなく、一緒に人を殺していた女。その女に触れた。サンセット・ハークレスと呼ばれていた男のことでマリが覚えているのは、埃とシナモンのにおいがしたことだけだ。それと、まだ靴紐も一人で結べない年齢だったマリをときどき空中に投げ上げてはキャッチしたことくらいだ。マリがほとんど知らない父親は、人を殺した。性暴力を働いた。その男の娘であることをマリは恥じている。そして事実とはいえ受け入れがたいのは、この活動を、自分では正しいと信じているこの活動を続けながらも、自由の身になって社会に戻った父と会いたいとは思わなかったことだ。自分の人生に関わってもらいたいとは思わなかった。自分が父の娘であることを世間に知られたくなかった。

しかし父は死に、マリに残されたのは、埃とシナモンと、空を飛んだあと墜落するような感覚だけだった。

マリはサーウォーの目を見た。自分も見られたとはっきり感じた。並々ならぬ害をなしたマリの父親を愛し、大切に思っていた女が、マリを見た。そしていまマリは、その女を——マリ自身は何らの被害を受けていないとはいえ、やはりおそろしく大きな害をなした女を――助けたいと思っている。これほど何かを望むのは初めてだ。

吐き気がして、マリはタマーレにナイフを刺した。そこにナイルがやってきた。弱々しい笑みを浮かべ、マリの足もとの床に腰を下ろす。ソファにはもうケンドラとプレイシーが座っている。集会はまもなく始まる。ナイルは自分の分のタマーレを開き、さっそく一口頬張った。が、口のなかの熱い塊を冷まそうとせわしなく息を吸いこむのを見て、マリはナイル本人に聞こえるくらいの声で笑ってしまった。ナイルといるといらいらさせられることも多いが、ときどきこういう笑えることもする。しかし何より肝心なのは、まじめな人だということだ。マリの知り合いの男性にまじめな人はあまりいない。

やはりソファに座っているジェスの向こう側からカイが身を乗り出し、マリの膝にそっと手を置いた。「そろそろいい?」〈連合〉には明確なリーダーが存在せず、その代わりにいくつかの委員会とその委員長で運営されている。それでも、全体を統括する運営委員会はあって、カイが事実上のリーダーと目されていた。他人の恐怖や悲しみはときに困難なことに取り組む邪魔をするものだが、カイはいつも自分の感情をのみこみ、変化につながりそうな行動を起こし続けてきた。地域図書館と学校との提携を推し進め、学校と警察との関係を断ち切るために何年も力を尽くしてきた。大学で教える仕事は休んでいる時期もあるが、この三十年、それらの活動を休んだことはない。

カイはマリのおばであるが、マリを育てたのはカイと言ってもいい。マリの実母サンドラは、十年の刑期の六年目をつとめていた。刑期は厳格に定められている。法律の恣意的な性質を――ほかの事情はいっさい考慮されずに薬物の量だけで母親の人生が決められた理不尽を考えだすと、マリは夜も眠れなくなる。親が収監されている子供にまつわる統計にすっかり詳しくなった。刑事司法制度と、それが家族に及ぼす長期的な影響という問題のエキスパートになった。『親世代ほど悪くない』というタイトルの研究を思い出すと、いまも腹が立つ。その論文は、収監された人々の子供が〝司法の世話になる（justice involved）〟確率は六倍高いとしていた。その婉曲（えんきょく）表現を苦々しく思った。だって、いまのマリはどうだ？　司法の世話になってはいない。正義に取り組んでいる（justice involved）。さらに言えば、さらに大勢の人々をまとめて正義に巻きこむ心の準備ができている。

　現在の刑期の前にもたびたび刑務所を出入りしていたサンドラは、それがマリのためというかのように、マリとの接触を避けている。だから、たまに顔を合わせても、マリは冷ややかに接してきた。よそよそしく、他人行儀に。それでも、サンドラがまたもマリの前から消えてしまう前に固い抱擁を交わしているあいだだけは、もしかしたら別の人生もあったかもしれないと想像したりもした。

　刑務所までは車で六時間かかる。マリは季節ごとに二度、面会に行くようにしていた。マリは大学で政治学を専攻し、三年前に卒業した。カイは祝福の花束を抱えて卒業式に来てくれた。基調講演に招かれたのはヴァーチャル・リアリティ会社を創業したIT長者で、〝困難にめげずに最後までがんばれば〟何かのリーダーになれると励ますスピーチをした。何かのリーダーになることが人生の第一義であるとでもいうように。講演を聞きながら、マリは母親のことばかり考えていた。母親は刑務所に何年も閉じこめられている。母親のような人々が拷問された結果——母親が〝司法の世話に〟なってばかりの半生を送った結果——どこかのCEO、どこかのリーダーが億万長者になっている。民営の刑務所の多くは、収容人数に応じた契約を政府と結んでいる。つまり収容する受刑者が多ければ、それだけ利益が増えるのだ。

マリの母親はいつか出所する。父親は二度と戻らない。

葬儀にはありえないほどの数の参列者が集まった。その全員がサンセット・ハークレスを悼みに来た人々だった。ポスターを掲げていた。泣いていた。数千人はいた。

大学の卒業式で講演を行なったIT長者は、スピーチの最後に拳を天に突き上げた。「自分自身のCEOになろう。次に世界のCEOになろう！」そう叫んだ。聴衆も感激したが、本人も同じくらい感激しているのがわかった。マリは冷静に観察した。じっと動かず、歓声をただ聞いていた。クラスメイトたちは自分もリーダーになれるかもしれないと心を躍らせ、その場で飛び上がった。「ありがとう！　卒業おめでとう！」緑と青の紙吹雪が舞った。タッセルつきの帽子が高々と投げ上げられ、雨のように降り注いだ。マリは椅子に座ったまま帽子を取り、鼻の高さくらいに投げた。帽子は膝に落ちた。


いまマリはカイのほうを向き、食べ物を頰張ったままうなずいた。飲み下す。「いいよ、始めて」

カイは何が起きようといつも準備万端に見えた。マリはカイを愛しているが、それでも自分の母親ではないカイに腹が立つこともある。他人にすぐ気づかれるようなものにカイが依存することはない。つねに自分を律している。ほかの誰よりも自分を信用している。カイの茶色の肌は皺一つなく、マリより二十歳上なのに、姉妹なのかとよく訊かれた。それはカイに対するお世辞ではなく、純粋な疑問だった。マリが緊急連絡先として届け出るのは決まってカイだ。マリの母親といえばカイだ。

「みんな聞いて」室内が瞬時に静かになり、マリの喉もとに熱いものがこみ上げた。グラスの水を口に含んだ。「今日の議題は、次回、エンターテインメントの名を借りたリンチが行なわれる会場での直接行動についてです。

その前に、私たちのシスター、トレーシー・ラッサーがテレビ番組を意見表明の場に利用して私たちの主張を全国に向けて発信してくれたことは、みんな知っていると思います」室内に短いが心のこもった拍手が沸き起こった。

ナイルも手を叩いていた。

「エンターテインメント・リンチに反対する運動がふたたび国民的議論の的になっています。これは制度内外の多種多様な人々との連帯を示す絶好のチャンスです。この機会をとらえて、そのようなことは容認できないだけでなく、継続を許してはならないと訴えていきましょう。

ヴルーム・ヴルームで起きたことにも触れておきたいと思います。殺人見物は自分たちの権利だと考え、反対の声を上げ続けている私たちに憎悪を向ける人々が現に存在します。それを目の当たりにして悔しく思う気持ちはわかります。私もあの現場にいましたから。ようやく足を引きずらずに歩けるようになりましたよ」カイはおどけた表情をして腰のあたりを拳で叩いた。ヴルーム・ヴルームの乱闘騒ぎで腰を痛めていた。

「これは私たちが何度も繰り返し言ってきていることですが、あのような事態は私たちが目指しているものではありません。自衛は暴力ではない。それはわかっています。けれど、心のどこかで少し疑問に思っている人もいるかもしれません。だから、ここではっきり言っておきます。私たちに暴力を向けてくるお馬鹿さんたちがいたとして、それに応戦したからといって私たちの主張がいま以上に多くの人に届くわけではありません。それどころか、本当ならあの日やれたはずのことが、乱闘騒ぎでできなくなってしまいました。あの日、トラブルの種がたくさんあったことは事実です。とくに、私の姉の夫でマリッサの父親だったシャリーフが亡くなった直後というタイミングでしたから。けれども、忘れてはならないのは、私たちは運動を支持し、戦っているということです。私たちは奴隷制度に、そして制度化された拷問と殺人に反対しているのです。

さて、次の大規模な行動が決まりました。今回の主催者は、トレーシー・ラッサーその人と、ロス・キエロスのオーガナイザーたちです。いまから短いホロビデオをお見せします。トレーシーが公開した、デモへの参加を広く呼びかける映像です。もう見たという人も多いかと思いますが——この数日で一気に拡散しましたからね。ナイル、再生してもらえる?」

ナイルがノートパソコンを開き、そのとなりに金属製のプロジェクターリングを置いてボタンを押した。カイが明かりを消す。トレーシー・ラッサーのホログラムが暗がりに浮かび上がった。

「私の名前はトレーシー・ラッサー。こうしてみなさんの前にいる理由は、うんざりしているからです。今日はスポーツアナリストではなく、社会に関心を持つ市民として、そして死刑廃止論者としてお話ししたいと思います。私たちは袋小路にいます。アメリカは世界一、収監率の高い国です。世界を見渡せば、すでに死刑そのものを廃止した国が大半を占めているというのに、この国はいまも旧弊で有害な慣行にしがみつき、刑罰に死を利用しています。世界の国々の先例にならうどころか、正反対の道を歩んでいるのです。経済の活性化や刑罰による犯罪予防といった口実のもと、公開処刑を娯楽として運営することを国家に許してしまいました。私たちは道を誤りました。チェーンギャング・オールスターズのようなハード・アクションスポーツが登場するはるか以前から、すでに道を誤っていたのです。

この制度に反対の声を上げるまでに、これだけの時間がかかってしまったことを恥ずかしく思っています。ハード・アクションスポーツは、変えなくてはならないことがらの一つにすぎません。私はスポーツに精通していますが、殺人はスポーツではありません。殺人は正義ではない。投獄は正義ではありません。この国の刑事司法制度は悪です。すべてのハード・アクションスポーツは、事態をなおも悪化させただけでした。先ほど、私は死刑廃止論者であると言いました。死刑廃止とは何を指すのか、ここで刑務所廃止論者である偉大なルース・ウィルソン・ギルモアの言葉を引用したいと思います。廃止論の目的とは、〝刑務所や刑罰を社会、経済、政治、行動、人間関係のあらゆる問題の解決策と見なす考え方、やり方を改めること〟。チェーンギャング・オールスターズとCAPEプログラムは終わらせなくてはなりません。しかし、現在の制度そのものも再構築する必要があります。私たちの運動が目指しているのはそれです。まず古い制度を解体しなくては、新しい制度、市民の命を積極的に奪ったりしない新しい制度は築けません。

あなたがもし、人が殺されているのに何もせずにいる自分に飽き飽きしているなら、私と一緒に声を上げましょう。〈プロジェクト・アンドゥイング〉はこれからたくさんの活動を行なっていきますが、オールド・テーパーヴィルで予定されている最初のデモ行進にぜひ参加してください。多数の人が集まります。〝撤廃(アンドゥイング)〟の日は近いと世間に知らせましょう」

トレーシーの声は明瞭で聞き取りやすかった。放送局での訓練のたまものだろうが、ニュース番組のキャスターの声にはあまり感じたことのない人間味があった。

「日時など詳細については、プロジェクト・アンドゥイングの公式ウェブサイトでお知らせしていきます。私たちと一緒に世界をよりよい場所に変えていきましょう」

カイが明かりをつけた。トレーシーはさらに何秒かそこに立っていた。それまでよりいっそう亡霊のように見えた。まもなく完全に消えた。

「〈新しい奴隷制の撤廃を目指す連合〉のオールド・テーパーヴィルのデモ行進への参加について、多数決を取りたいと思います」カイが言った。

「賛成」マリは言った。

「参加に賛成の人は？」カイが問いかける。全員の手が一斉に挙がった。

# ヴェガ

三日間のマーチと平和な夜を経て、サーウォーの膝はうずいていた。その痛みに黙って耐えるようになる前、サーウォーが史上最強のリンクであると世界が知る前のことを思い返した。この高みに到達した者はごく一握りしかいない。実力でここまで来た者に限れば、その数はさらに少なくなる。ノヴァ・ケイン・ウォーカーがハイ・フリードを達成したのは、番組側の意向だったことは誰でも知っている。自由の身になれる可能性は本当にあると視聴者に思わせるためのやらせだった。

そう、サンセットはサーウォーと同じく実力でハイ・フリード目前まで駒を進めた。サンセットにとって二つめの思いがけない幸運は、チェーンの合併により、サーウォーと同じチェーンになったことだった。以降、二人は力を合わせてチェーンを率い、互いの命を守った。サンセットは率直な人物で、二人で協力しようとサーウォーを誘った。なのに彼は、サーウォーの指のあいだからこぼれ落ちてしまった。

だからいま頂点にいるのはサーウォー一人だ。ビショップを倒したのはサーウォーなのに、ビショップのほうが強かったと依然として信じているファンも多いことは知っている。それに、サーウォーの伝説を確立したのは、ビショップではなかった。それは、レディ・レクラス、サーウォーが倒した二人目のコロサルだ。

レクラス*は、サーウォーの膝が痛む原因でもあった。レクラスにとどめを刺そうとハンマーを振るったとき、レクラスは地面に膝をついて肩で息をしていた。それなのに、その瞬間、生命力を振り絞って槌鉾(メイス)〝ヴェガ〟——かつてビショップのものだった武器——をサーウォーの左膝に叩きつけた。強烈な一撃だった。レクラスは強かったのだ。ハイ・フリードまで数試合を残すところまで来ていたし、ビショップと違って、レクラスはなんとしても生きたいと願っていた。サーウォーもそれを知っていた。試合が始まる前、サーウォーはフィールドの逆サイドのキープで待機しているレディ・レクラスを見た。レクラスは優しさと激しさが入り交じった視線をサーウォーに向けていた。サーウォーを値踏みしていたのではない。評点をつけようとしていたのでもない。サーウォーをありのままに受け入れようとしていた。それは一種の愛だ。サーウォーは驚いた。彼女はレクラスを嫌っていたからだ。その試合に備えて相手を研究するなかで、サーウォーは槌鉾〝ヴェガ〟に注目していた。サーウォーがビショップを倒したあと、レクラスはそれを手に入れた。人気のあるリンクがロー・フリードされると、使用していた武器はブラッド・ポイント市場に出される。レディ・レクラスがヴェガを選んだと知ったとき、サーウォーはそれを自分に対する攻撃と受け止めた。メランコリアはサーウォーの夢につきまとうだけでは飽き足らず、現実の世界でもふたたびヴェガで殴りかかってこようとしているのだと。

その試合を境に、サーウォーは数少ない有望な新人のなかのスターと目されるようになった。それでもまだしばらくのあいだ、スタジアムの観衆はサーウォーを〝まぐれ当たり〟と罵った。最上段席の観客から、自動車ローンの支払い数カ月分の値段がついた特等席に座った観客まで。あのころが懐かしい。観客から投げつけられる言葉がそのまま闘争心の燃料になっていたころ。そのころのサーウォーは、観客の敵意を利用して自分を現実世界につなぎ止めていた。彼らの怒りという敵

＊ロー・フリードされたリンク。レイチェル・〝レディ・レクラス〟・ネイプ。最終ランクはコロサル。

に自分の憎しみの照準を合わせた。そうしていれば、ほんの短時間であっても自分の罪を忘れられた。

彼らは間違っていると証明したかった。そして実際に証明した。すると彼らはサーウォーの兵士になった。サーウォーは、自分が軽蔑する軍を率いる将軍になった。それから長いあいだ、期待に応え続けた。自分に求められている役割を演じた。自慢話ばかりの演説をぶち、派手に頭蓋骨を粉砕した。ファンは彼女の試合を観たくて遠路はるばるやってきた。そんな彼らを失望させてはいけないと本気で思っていた。彼らの声援に、そののしかかってくるようなエネルギーに力を与えられ、バトルグラウンドで精神的に優位に立った。それがサーウォーに競技を続けさせた。自分はファンが思っているとおりの人間なのだと信じられる瞬間もあった。

その欺瞞の連鎖を断ち切ったのは、スタックスだった。スタックスは現実だ。実際に焦点を合わせられる何かを与えてくれる。スタックスが人生の一部になって、サーウォーはそれまで作り上げてきたペルソナをあっさりと脱ぎ捨てた。試合前に話す時間はどんどん短くなっていった。ファンのメールに返事をしなくなった。自分自身を生かし、ひいては自分のチェーンを生かしておくための殺戮以外のものを世間に与えるのをやめた。スタックスは、生きるための新たな理由をサーウォーに与えたのだ。

サーウォーはリンクたちの様子を確かめた。リコはさっきの話し合いの興奮の余韻でまだにやついている。サイ・アイ・アイとアイス・アイス・ジ・エレファント、ランディ・マックは、かつてプレーしていたスポーツの話、別の種類のアスリートだったころの話で盛り上がっていた。ガニーはむっつり顔を、ウォルター・バッド・ウォーターは例によって途方に暮れたような、怯えたような顔をしていた。スタックスはとなりで彼に話しかけ、笑わせようとしている。美しいスタックス。サーウォーの愛する女。サーウォーの親友を殺した女。

マーチが始まった。

サーウォーを先頭に、チェーンは大きな円陣を組んで歩き続けた。アンカーはサーウォーのすぐ後ろをゆっくりと移動している。みなでゲームを始めた。マーチのあいだよく遊ぶゲーム。このメンバーでもう長い距離を歩いてきたが、いまはチェーン全体にそれまでなかった和気あいあいとした雰囲気が流れていた。

ふいにアンカーが速度を上げ、サーウォーを追い越していった。リンクたちはそれに引っ張られて走りだした。

「くそ」ランディ・マックがつぶやいた。

「みんな、戦闘の準備」サーウォーは言った。アドレナリンが全身にあふれ出して膝の痛みを覆い隠した。「余裕があれば、となりの奴の様子に目を配って。ただし、自分を守ることを最優先するように。解放と同時に突撃する」裂けた倒木のあいだをすり抜け、濡れた地面を強く蹴って足を取られないようにする。足もとによく気をつけないと危ない。

彼らが引っ張られていく先には乱闘(メイレー)が、暴力がある。サーウォーの準備はできていた。

## 重役会

会議室に男と女が集まっている。総勢十二名。アークテックの広報担当副社長一人を除く全員が白人だ。この一人はまた、会議室にいる四十歳以下の三人のなかの一人でもある。彼の名前はカイリーン。フォレストの黒人の友人で、連れ立って飲みに出かけたり、フォレストのヨットでパーティを開いたりしたとき、二人はそのことをジョークにする。三人いる若手のもう一人はルーカス・ウェスプラットで、フォレストのもっとも古い友人の一人にして、アークテックの跡取りだ。

会議テーブルについたフォレストは、飲み物のカップを口もとに運んだ。左どなりに座っている父親のジョージ・ウォーリーは、おべっか使いの配信ディレクターが言ったことに笑っている。ウェスプラット家の息子の一人ヘンリーは議長だ。そこで議長らしい発言をした。

「議題の承認の動議を出したいと思います」

会議テーブル内蔵のプロジェクターが、出席者の前の空中に議題を映し出す。

フォレストはそれに目を走らせた。父親の顔をつぶさない程度に真剣な顔で、かつこんな話し合いは時間の無駄だと思っていることがカイリーンには伝わる程度に面倒くさそうに。

**チェーンギャング・アンリミテッド重役会議題**

**現在のトレンドと契約者数の報告と質疑**

**予算明細**

**チェーンギャング・オールスターズ・シーズン33におけるルール変更の確認**

## ほかの連絡事項

「支持する」フォレストの父親が言った。

「では、賛成の方は挙手を」ヘンリーが言った。いつだったかフォレストは、ヘンリーが三人の汗まみれの肌からコカインを鼻や口で吸って短時間の快楽にふけるところを目撃したことがある。

　数人がさっと手を挙げた。ジョージも挙手した。父親のすることはフォレストもする。しかしカイリーンが手を挙げていないことに気づいて、興味をそそられた。同時に、ばつの悪い思いが胸をよぎった。

「トレーシー・ラッサーの件についても話し合うべきかと思いますが」カイリーンが言った。カイリーンとフォレストは大学時代からの友人だ。カイリーンの出世にはフォレストとの友人関係が多大な影響を及ぼしたと言って差し支えない。

　ルーカスがしかめ面をしてカイリーンのほうを見た。ルーカスはカイリーンの直属の上司だ。フォレストはルーカスの父親をロッジおじさんと呼んでいる。

「その件はもちろん話し合う予定ですよ。目下取り組んでいるほかの事項に比べると重要度はさほど高くないので、議題には載っていないというだけで」配信ディレクターのミッチェル・ガーミンが言った。「Aハムのオールド・テーパーヴィルでのハブ・シティ滞在に関する手配で手いっぱいでしてね。農作物直売市(ファーマーズマーケット)で開催するイベントのプランニングや何やかやで」

　ヘンリーが室内に視線をめぐらせ、カイリーンの手が挙がったことを確かめた。「賛成多数で動議は可決されました」

「しかし、カイリーンがラッサーの話題を出してくれてちょうどよかった」ガーミンが続けた。「こちらでも綿密な調査を続けていまして、トレーシー・ラッサーとしては自分の発言に大きな影響力があると思ったのかもしれませんが、人口統計を反映した初期のリサーチの結果を見るかぎり、視聴者数や潜在的な視聴者数にはほとんど変化がありません。それどころか、契約済みの視聴者にしぼれば、ラッサーの発言を機に関心を深め、ハード・アクションスポーツ番組の視聴意欲が高まったとする回答が多く見られます。定期的に視聴していると答えた回答者の多くは、トレーシー・ラッサーはハマラ・スタッカーと友人関係にあるせいで強い偏見を抱いていると感じていて……」

フォレストは父親の顔色をうかがった。父親はガーミンをじっと見つめていた。この会議ではきわめて珍しいことだとフォレストは思った。ここでは、彼らや彼らがやっていることを嫌悪している人々の存在が話題になることはめったにない。ここで話し合われるのはトレンドや成果だ。試合そのものや、この事業を可能にしているリンクたちの名に触れられることはほとんどない。

少なくともその面で、フォレストは父親と違う。フォレストはありのままを把握している。リンクたちに名前があることを知っている。トレーシー・ラッサーがなぜあのようなことをしたのか、その理由を知っている。自分がなぜこの仕事をしているのか、その理由も知っている。トレーシー・ラッサーは、社会復帰の可能性を持つ刑罰エンターテインメントは悪だと信じ、殺人者やレイプ犯に甘い対応をするほうがいいと信じている。フォレストは、正義は誰にとっても美しいものにはなりえないと思っていた。法の両手はそもそも血で汚れていると思っている。

「ジェラルドに言ったんだがな。あの女をキャスターになどするなと」ジョージ・ウォーリーが言った。スポーツヴューネットのCEOジェラルド・ハスキンソンは、ジョージのゴルフ仲間の一人だ。

フォレストは同情を伝えようとカイリーンを見たが、カイリーンは歯を食いしばってジョージを凝視していた。その目を見て、フォレストは体が熱くなるのを感じた。ルーカスは議題を見つめている。

「フォーカスグループ調査の回答がどうであろうと」カイリーンが口を開いた。さっきよりさらに真剣な口調だった。「シーズン33開始時期についてよく検討したほうがいいように思います。スタックスとサーウォーに焦点が当たりすぎています。その二人の対決となると——この状況で世の中によい印象を持たれるとは思えません」少し落ち着きを取り戻したらしく、何よりも論理に訴えかけた。

「実を言いますとね、私も同意見です……趣味のいい話とは思えない。新たなルール導入も検討し直すべきでしょう」発言の主は、意外にもミッキー・ライト、自称〝アクションスポーツ界一の煽りボイス〟だった。世間の目には、この会議室に集まった誰よりもチェーンギャングとそれに関連するあらゆることがらと強く結びついている人物。話題はこの会議がめったに漕ぎ出したことのない水域をまださまよっていた。フォレストの父親は、ハード・アクションスポーツは自分の事業——矯正施設の運営、一家はその事業で財をなした——の自然かつ当然の延長線上にあるとつねづね言っている。そしてジョージ・ウォーリーは、矯正施設の運営は、市民の安全を守るという、神から授かった使命であるとも言った。世の中のネガティブなものを引き受け、ポジティブなものが見えやすいようにしたいのだとも。少し前に会社で行なったスピーチではこう話した。「首もとにいつもナイフを突きつけられているようなものです。悪意ある者が、あなた方のお子さんを、お嬢さんや息子さんを、つねにつけ狙っているのです」ジョージ・ウォーリーは、ハード・アクションスポーツについても同じように考えている。

「趣味？」ジョージが当惑顔で訊いた。

「ええ、趣味です。趣味のよしあしを見極める力は大事です」ミッキー・ライトは軽い調子でさらりと言った。

すべての目がジョージに集まった。すぐとなりに座っていたフォレストも、しかるべき対応を求める圧力を感じた。

「スポーツヴューネットの女キャスターの発言一つで予定を変更するなどありえん。あの女にはクソ食らえと言っておけ」

ミッキー・ライトは首を振って笑った。カイリーンはフォレストをじっと見つめた。

「何らかの妥協は可能かもしれませんよ」フォレストは弱々しく言った。父親ががっかりしているのがわかる。〝妥協〟はジョージ・ウォーリーが何よりも嫌っている言葉だった。

「妥協、ね」ルーカスが言った。

父親が何か言おうとして思いとどまったのがわかった。チェーンギャングの世界の方向性を決めるのは、この重役会の面々だ。その世界は成長を続け、何百万ドルという利益をもたらしてはいるが、ジョージ・ウォーリーにとってはもっと大きな産業のちょっとしたおまけにすぎない。とはいえ、フォレストは父親とは別の人間だ。これは世界一と言ってもよい規模を誇る娯楽プロダクトだ。フォレストはそれを目指している。何か大きなもの、新しいもの、自分の手で育てていけるものに関わりたい。これぞ自分のものと言えるような事業。趣味のよしあしを気にするのは、父親の影響下を脱してからでいい。しかし、いまのところ父がいてくれるのはありがたかった。この重役会はフォレストの〝孵卵器(ふらんき)〟であり、父ジョージは将来に備えてフォレストを成長させるためにここにいる。

「えーと、新シーズン開始前に敗退させるチャンスもあるのではという意味でしたら、その」――そこで口ごもり、言葉を探した――「現状を踏まえて、サーウォーの勝利を妨げるような何かを用意するやり方もあるかと」

フォレストは微笑んだ。それならば、重役会は少なくとも努力したことになる。自分の勝利を確かめたくてカイリーンを見やったが、カイリーンのなめらかな茶色の肌と口角を下げた豊かな唇は、嫌悪を絵に描いたような表情を浮かべていた。

フォレストは目をそらし、父親に目を向けた。父親はうなずいた。

ここは孵卵器だ。フォレストはここで成長する。カイリーンはたしかに友人だ。だが、本当にそうだろうか。違う。同僚の一人にすぎない。元クラスメイトの一人。同じ職場で働く一人、いつでも入れ替え可能な人間にすぎない。

# メイレー

「心配しないで、ベイビー。敵にはあなたの髪一本触れさせないから」スタックスがサーウォーと並んで走りながら言った。リンクの描く輪は崩れて一本線に変わっていた。全リンクが横一列に並んでいる。あの若い女性から教えられたことをスタックスに話す前に、スタックスを失うことになったら。そう考えたとたん、サーウォーの思考は研ぎ澄まされた。自分の肉体に戻ろうとした。膝の痛みが復活しかけている。地面を力強く蹴っているせいで。両手で持ったウォーハンマーの重さのせいで。スタックスを失うわけにはいかない。その前にやれることは何だってやる。

「何だこれ？」リコ・ムエルテが言った。

サーウォーは、マックが説明するかと思って彼を見た。リコも似た場面を配信で何度も観ているはずだが、実際に自分がそれに放りこまれるとなると、また別の話だ。平和でのんびりしたハイキングがふいにランニングに変わる。行きついた先で待っているのは、死だ。自分の死、あるいは誰かの死。

「この話はしたね。本番が来たってことだ」サーウォーはリコに向けて言った。

リコとゴルフクラブを見た。彼もやはり彼女のチェーンの一員だ。これまでのところ実力は未知数で、飛び抜けた才能があるようにも見えないが、正直な人間ではある。サーウォーと並んで木々のあいだをすり抜けて走っているほかの全員と変わらず、リコもチェーンの一員だ。そして全員がいま、突然に、死の危険に直面している。リコ・ムエルテであっても、ロー・フリードの運命をたどらせるわけにはいかない。

「誰か一人が死ねば終わる」マックがリコに言った。

マックが次に何を言うか、予想がついた。乱闘(メイレー)が始まるのだと言うだろう。別のチェーンがいまこちらに向かって走っているはずだと。メイレーの開始前に、これから殺し合う相手と対面する時間があって、それぞれ自分のターゲットをコールすることになると。サーウォーとスタックスは、確実に一人殺してメイレーを終わらせるために、二人で誰か一人を狙うだろうと。逃走を試みれば、急ごしらえのバトルグラウンドの真ん中で待機している二機のアンカーの真下に引き戻されると。マックはリコにこう念を押すだろう。逃げようとしてみろ、確実に死ぬことになるぞ。相手チェーンに殺されるのではなく、この俺が手を下すからだ。

「ねえ、あたしたちの初めてのメイレー、覚えてる?」サーウォーの少し前を走っているスタックスが訊く。サーウォーの膝はあいかわらず痛んだが、肉体が死を生み出す準備に忙しくしているおかげで、意識の表面をかすめる程度ですんでいた。閃(ひらめ)いたとたんに忘却の彼方に去る記憶のようだ。

前方を凝視していたサーウォーは答えなかったが、微笑んだ。

「忘れたの? あら残念。まあいいわ、記念日おめでとう」スタックスは思いきり眉をひそめてそう言ったが、やがてにっこりと微笑んだ。

「初めてのメイレーか」サーウォーは言った。「何か重要なことが起きたっけ?」体力を温存したいところだったが、スタックスに調子を合わせた。どんなに強いリンクでも、メイレーに向けてこれだけの距離をこの速度で走れば、さすがに消耗する。ただ走るのと、バトルに向けた緊張と高ぶりを背負って走るのとはまるで別物なのだ。

「ほらやっぱり」スタックスが言った。大きな笑み。「あたしに関心がない証拠だよ」

アンゴラ＝ハモンド・チェーン発足後初めてのメイレーで、サーウォーは巨大なレンチを持った男の頭をハンマーで叩きつぶすつもりが空振りした。レンチがサーウォーの左眼窩（ひだりがんか）の骨に振り下ろされる寸前、レンチとそれを握った手の両方が地面に落ちた。大鎌が男の喉を切り裂いたのだ。サーウォーはその記憶をたどりながら、自分の最高の思い出はどれも血にまみれているとつくづく思った。

チェーン合併から六日目にしてサーウォーは、その最初のメイレーでスタックスと恋に落ちた。スタックスの強さに、生き延びるために作られたような彼女の肉体に、恋をした。

その日、サーウォーの前にスタックスが現れ、同時に命の借りができた。それに腹が立った。だが、生き延びられたのは彼女のおかげだ。初めは借りを返すためだった。借りは何倍にもして返した。そこからは、スタックスがスタックスらしくあるために、自分も生きていなくてはならないという思いがサーウォーを支えた。いまもこうして生きている理由の少なくとも一つはそれだと思う。

「そうだよ、関心はない」サーウォーは言った。「愛してるんだ」

スタックスの足がもつれた。ラヴガイルを地面についてバランスを取り戻す。

サーウォーはひそかにほくそ笑んだ。スタックスの不意をついた。サーウォーはめったに〝愛している〟と口にしない。それでも言ったのは、いまを逃したら二度とチャンスがなくなるのではと不安になったからではないことを祈った。

スタックスが微笑む。他人の心を読めるのだろうか。そうならいいのにとサーウォーは思った。そうしたら、ヴルーム・ヴルーム以来、サーウォーの頭のなかをぐるぐる回り続けている考えを口に出さずとも伝えられる。

サーウォーにとってこれは二十回目のメイレーだった。十九回目から二カ月の空白のあいだ、二十回目が近づいていることを思って、何度か良心のとがめを感じた。〝ゲームマスター〟たち――リンクたちの鎖（チェーン）に縛られた生活を陰で操っている人間たち、試合を通じて筋書きをつなぎ合わせ、偶然を演出している人々――は、わかりやすさを好む。マイルストーンが大好きだ。サーウォーにとっての切りのよい数字は、チェーンのメンバーにいっそう大きな危険をもたらしかねない。

　そのゲームマスターたちはサーウォーをえこひいきしていると考える人々が一部にいることも、サーウォーは知っていた。楽に倒せそうなリンクをあえてサーウォーの対戦相手に選んでいると彼らは考えている。たとえば前回のクエスチョン・マッチの子供みたいな少年がそうだ。サーキット生活に楽なことなど何一つないというのに。命がけの乱闘に突然放りこまれるのは、これで二十回目だ。ここまでの十九回は無事に生き延びた。回数が話題になって、自己弁護の必要に駆られたときはいつも、ほかのチェーンのリンクをロー・フリードにするのは自分のチェーンからロー・フリードを出したくないからだと話している。サーウォーのウォーハンマーはこれまでに八度、メイレーを終わらせてきた。八度だ。メランコリア・ビショップは全期間を通じてたった十回しかメイレーを経験しなかった。

　呼吸のリズムを一定に保って走る。息を切らして死を早めた者を何度も見てきた。Ａハムのリンクには、アンカーを漫然と追いかけてはいけないと教えてきた。深い呼吸を心がけ、足もとや前方をよく見ることが大切だと説いた。足首の捻挫（ねんざ）は死に直結する。サーウォーこそ史上最強のリンクだ。サーウォーはこの世でもっとも困難なことをやり遂げてきたのだから――ここまで生き延びてきたのだから。それでも人は疑問を呈する。サーウォーは誰それよりも偉大なのか。その答えはイエスだ。答えはいつだってイエスだ。新たな地獄で史上最強になることが自分の使命だとサーウォーは考えている。それがなぜなのかを理解しようと、いまもがき続けている。

サーウォーはスタックスにペース配分をまかせ、チェーンはそれに従って走った。ようやく相手のチェーンが彼方に見えてきた。人は他者を尊重するよう生まれついているが、これから自分が殺すか、自分を殺すかするはずの相手が視野に入った瞬間、その敬意は振り捨てなくてはならない。サーキットでの経験が長いサーウォーは、もはや意識せずともそれができた。サーウォーとチェーンの仲間は人間だ。これから戦う相手は、解決すべき問題にすぎない。

ざっと数えたところ、相手チェーンは九人のようだ。サーウォーは走る速度を上げた。自分が最初に相手の視界に映りたかった。ハス・オマハで自分の頭が叩きつぶされる場面を彼らに想像させたかった。サーウォーの試合のハイライトはみなが見ているはずだ。相手がどのチェーンなのかまだわからないが、サーウォーがどれほど多彩なやり方で人の命を粉砕するか、向こうは知っているはずだ。スタックスとペースを合わせて走った。まもなく、アンカーの反発を感じた。リンクたちはアンカーに押されて立ち止まった。そこは森のなかの開けた場所で、一帯の木々はつい最近払われたばかりのようだ。地表は緑で覆われ、降り注ぐ陽光を遮る、あるいは敵の姿を隠す木の枝や葉はどこにもない。彼らはUブロッカーズ・チェーンと正面から向かい合った。表情から察するに、Uブロッカーズのほうからもサーウォーの姿がはっきり見えている。

目という目が大きく見開かれる。驚きを表情に出すまいとしているのがわかる。口もとにかすかな笑みが浮かんでいるのが見えるようだった。距離は三十メートルほどだろうか。

サーウォーは二十歳にもなっていなさそうな若い女に視線を定めた。ここから見るかぎり、メイン武器がないようだ。代わりに、はさみか何か、小ぶりで先の尖ったものをジーンズのポケットに持っているのだろう。

「デニム」サーウォーはスタックスに言った。

「かわいそうなお嬢ちゃん」スタックスが応じる。それだけだ。サーウォーとスタックスはそれだけのやりとりで、いかにも弱そうな女に対して死を宣告した。

「私たちはデニムのジャケットの女を引き受ける」サーウォーは言った。マックとガニー・パドルズがサーウォーの視線をとらえてうなずく。サイ・アイ・アイは親指を立ててみせた。アイス・アイス・ジ・エレファントは、うなるような声で自分は列の真ん中の金髪の男を狙うと言った。

「了解」サーウォーは言った。

**メイレー開始六十秒前。**

サーウォーがAハムのリーダーになる前、メイレー開始前のこの短い時間をどのチェーンも無駄にしていた。どのリンクも、メイレーを終わらせたという栄光とブラッド・ポイントほしさに、敵を自分の手で倒すことしか考えていなかった。だが、組織の力こそ命だ。

「緑のスウェット」サイが言い、警棒らしき武器を持った太鼓腹の男を指さした。

「イグルーか。了解」

一人ずつ自分の相手を指名していき、サーウォーは承認する前に相手を観察した。分が悪いと思えば却下し、別のターゲットを選び直すよう促した。

サーウォー自身はデニムジャケットの女以外の候補を検討しなかった。ほかのリンクが誰に狙いを定めようと、あの女が死んだ時点で関係がなくなるからだ。それに、デニムジャケットはどのみちサーキットで長く持たないだろう。手の置きどころに困って、ポケットに押しこもうとしているのがわかった。ランクはせいぜいサバイバーか。サーウォーは、Uブロッカーズ・チェーンのリンクのうち四人を知っていた。カスプのローガン・イグルー。リーパーのキリアン・スティルズ。キーシャ・ハウラーはまだカスプだが、格上リンクを次々倒して注目を集めており、サーウォーのレーダーにもとらえられていた。

侮れない相手とサーウォーが唯一警戒しているのは最後の一人、レイヴン・ウェイズだ。ランクはコロサル。体重は先月の時点で九十キロあり、黒っぽい髪をシーザーカットにして、ピラミッドのロゴがついたバンダナを頭に巻いている。首には同じトライアングル・キープ銀行のピラミッドのタトゥーがある。サーウォーと同じくボルトレザーを使っていた。いまは鎖骨から首にかけて巻いてあるようだ。左利きだが、両手で武器を扱えるよう訓練中らしい。ちなみにサーウォーはすでに両手使いをマスターしていた。レイヴンのメイン武器は〝チ・チ〟と呼ばれる斧槍(ハルバード)だ。いまそれを右手に持ち、刃の黄金色に輝く切っ先をAハムのリンクたちに――サーウォーにまっすぐ向けていた。言葉を交わしたことはまだ一度もないが、サーウォーはレイヴンをまるで兄や弟のように知り尽くしていた。

「よう、サーウォー」サーウォーはその声を知っていた。レイヴンは試合のたびにスタジアムで勝利の雄叫びを上げる。

「みんな、気を取られるな」サーウォーはAハムに向けて言った。メイレー開始直前に声で挑発するチェーンは珍しくない。

「いや、マジで聞いてくれ、サーウォー」レイヴンが言った。「あんたに聞いてもらいたい話があるんだよ、ブラッド・ママ」サーウォーはスタックスを見た。スタックスはレイヴンから目を離さずにいた。「あとどのくらいでフリードだって?」レイヴンが訊く。

　メイレー開始はまもなくだとアンカーが告げた。

「あとたったの二週間だよ、小鳥ちゃん［「レイヴン」はカラスの意］」スタックスが代わって答えた。

「そりゃすげえな、もうじきじゃんか」レイヴンが言った。

サーウォーはその社交辞令にいやな予感を抱いた。メイレーはこんな風に始まるものではない。メイレーは、脅しや、皮肉めいたジョークのふりをした脅しから始まるものだ。

「まあね」サーウォーは言った。

「とすると、これは餞別(せんべつ)ってことになりそうだな」レイヴンはあとはこいつが話をするからというように別の男のほうに顔を向けた。自分の手のやり場にさえ困っているようなデニムジャケットの女をとっさに選んでいなかったら、サーウォーはこの男を指名していたかもしれない。

「あとはまかせた」レイヴンが言った。

**メイレー開始十五秒前**――アンカー二機が警告のように言った。完璧にタイミングが合っていて、まるで一つの声のように聞こえた。

レイヴン・ウェイズが前に呼び寄せた男は、明るい茶色の肌をした上半身に黒いダウンベストをじかに着ていた。下はショートパンツに紐なしのスニーカーだ。ランクはサバイバーより上ということはないだろう。あの目。サーウォーのように長いあいだチェーン生活を続けている者には、その目が意味するものは明白だ。

「あんたを知ってる」ダウンベストの男は言った。「サーウォー、ずっとあんたを見てきたよ。俺にもやれると思った。あんたに助けられた。あんたを見て、俺も出られるかもしれないと思った。ここも悪くないかもしれないと思えた」

「誰か一人が死ぬ十秒前」サーウォーはアンカーの口調を真似て叫んだ。

「俺は死にたくなかった。かといって、あそこにいるのも嫌だった。檻のなかにはいられなかった。いまも死にたくないよ、でも――こんな風には生きられない」

サーウォーは一定のリズムで鼻から息を吸い、口から吐き出した。

「そんなことしなくていいんだよ！」デニムジャケットの女が金切り声を上げた。ダウンベストの男を見ている。声の感じからすると、泣いているのかもしれない。

「死にたくない。でもいまは、生きていたくもない」ダウンベストが言った。

**メイレー開始**。アンカー二台が声を合わせて宣言した。

「待ってくれ、サーウォー」レイヴン・ウェイズが叫んだ。チ・チを地面に放り出して両手を高々と上げる。斧槍が重量感のある音を立てた。ＨＭＣ六機のうち二機がレイヴンの周囲を跳ね回っている。「最後まで聞いてくれ。頼む」サーウォーは腕を真横に伸ばして自分のリンクたちに待機を命じた。

「死にたくない。でも、こんな風には生きられない。あんたには生きてもらいたいんだよ、サーウォー。いま、あんたが目の前にいる。それも何かのしるしだ。そうとしか思えない。あんたには感謝してるんだ。あんたは俺に嘘をついたけどね。大丈夫だと思わせた。実際には地獄だった。やっぱり地獄だった」ダウンベストはナイフを握っていた。数歩前に進み出る。サーウォーはウォーハンマーを握り締めた。男から目を離さずに考えた――頭のなかに存在している自分の一部が、いまダウンベストが言っているのと同じことを日々おのれに言い聞かせてくる。

「こんな風には生きられない。でも、あんたにはできるんだな。いまならわかるよ」ダウンベストはぼろぼろと涙を流し、肩で大きな息を繰り返した。枯れ葉の上に膝をつき、首に深い傷を刻んだ。血が滴り、小さな川になって伝い落ちた。男は前のめりに倒れて身をよじらせた。レイヴンが前に出て、とどめを刺そうとした。しかし、デニムジャケットの女がレイヴンを押しのけた。静かに泣いていた。女は、男の首を切り裂いた。

**メイレー終了**。アンカーが宣言し、それぞれのチェーンのそばに戻った。サーウォーは死んだ男を見た。Uブロッカーズを見た。デニムジャケットの女の肌やジャケットに、血のしぶきが飛んでいた。

「こんなのありかよ」リコ・ムエルテが言った。

「いや驚いたね」バッド・ウォーターがつぶやく。

サーウォーはダウンベストの男のことを考えた。この世界で生きていくには弱すぎた男。サーウォーに贈り物をするつもりでいた男。その男は、人生の最後の最後に、彼女を嘘つきと呼んだ。

「会えて光栄だよ」レイヴンはそう言って手を振った。それからランディ・マックを見た。「次の勝負は残念だな」

「まだわからないぞ」マックが言う。マックの次の試合の相手はレイヴン・ウェイズに決まっていた。

「それはどうかな。しかしまあ、俺たち全員がハイ・フリーダムを達成できるわけじゃないしな」レイヴンはチ・チを拾い上げ、Uブロッカーズは自分たちのアンカーに導かれて移動を始めた。

「彼の名前は?」サーウォーはレイヴンの背中に問いかけた。

「アリー・バイバイ」レイヴンが大きな声で答える。

「本名を知りたいんだ、レイヴン」サーウォーは聞いた。

「アルビンだか何だったか。俺も知らないんだよ、LT」レイヴンは言った。[*]「いずれ自殺する気

＊アルビン・〝アリー・バイバイ〟・ロフグレン。アルビンは、頭は悪くないが詰めの甘い奴だった。口先で人をだまして大金を巻き上げる程度には利口だった。稼いだ金でママに一軒家を買ってやろうとする程度には親孝行だったが、実際に買ってやるには届かなかった。この世界に多くを期待した。世界はその期待に応えなかった。何度も彼を落胆させた。何度も。ロー・フリード。二十二歳。

でいた。さっきメイレーに向かって走り始めたとき、自分が死んで終わらせると言いだした。まさかあんなに長くしゃべるとは思わなかった」

サーウォーは思いに沈んだ。アリー・バイバイは最後の言葉をサーウォーに費やした。この世での最後の瞬間にサーウォーのことを考えた者は、いったいこれで何人になるだろう。

レイヴンが続けた。「あんたのファンだった。最後に会えてよかったんじゃないか。俺もあんたのファンだよ」

「こっちもだ」サーウォーは後ずさりながら言った。「自分のチェーンなんだ、全員の本名くらい覚えておきなよ、レイヴン殿」

レイヴンは歩をゆるめた。二つのチェーンのあいだに緊張が走った。レイヴンは他人に指図されて黙っているような人間ではない。

「そうだな、ＬＴ」レイヴンが言った。「たしかにそのとおりだ」そして向きを変えた。

Ａハムのアンカーは沈みかけた西日の方角にリンクたちを誘導し、Ｕブロッカーズはサーウォーたちがいま来た方角へと遠ざかっていった。

サーウォーは何も言わなかった。穏やかに呼吸を繰り返そうとしても、全身の神経がささくれだっていて落ち着かない。だから黙ったまま歩いた。チェーンのメンバーがそれに続く。サーウォーは歩いた。感謝と恐怖がないまぜになっていた。歩き、自分のチェーンを、自分のおかげで命を落とさずにすんだリンクたちを見た。自分から生まれ出たすべての不幸や苦悩を思った。重荷がのしかかるようだったが、顔には出さなかった。

# インフルエンス

「Jはジェレマイアの J」

「あ？」

「Jはジェレマイアの——」

「黙ってろ、クラフト」看守のローレンスが言う。

「お願いだから」

「お願いだから、何だ？」

「お願いだから、行動矯正(インフルエンス)は勘弁してください」これほど本心から人に何か頼むのは初めてだった。

インフルエンサーはテーザー銃みたいなものだと思っている馬鹿もいる。全然違う。インフルエンスを受けるのは、人間の脳が一度に生み出せる最大レベルの痛みを感じることだ。インフルエンスされるのは、神経経路が一から書き替わって、体が物理的な痛みをもっとたくさん受け入れられる器になることだ。脳は本来の限界を超えた量の痛みを受け入れてしまう。人は根底から変わる。どう変わるか、僕は知りたくな——

黒い棒の先が首に押し当てられて——

次の瞬間、看守に肩を殴られる。

肩が爆発する。

骨が砕け散る。腱という腱が炎を噴き上げる。

＊

僕は——僕は——

「ごめんなさい！」僕は叫ぶ。

僕は叫ぶ。

僕はおそるおそる自分の肩を見る。まだちゃんとあった。血は出ていない。どういうわけか、どうしてか。黒い針はまだ首に刺さったままだ。インフルエンサー。首に刺さったこの物体は、万物の主だ。それははっきりとわかる。

ここは黒い棒の地獄だ。僕は地獄にいる。醜い天使だらけの地獄。

「それくらいでいいんじゃないか、ローレンス」天使1が扉の外から言う。黒い棒は、先端の針は、まだ僕の首に刺さったままで、何もかもがもう元には戻らないと請け合っている。

「おまえは口を出すな」天使2が言う。〝天使2〟は、ローレンスの本当の呼び名だと僕は知っている。いまならわかる。天使2は黒い棒を持っている。天使2は、僕が毎日死なないために仕えなくてはならない相手だ。僕は天使2が知りたがることを何だって話す。それで少しは光を与えてもらえるかもしれないから。でも天使2は今日、光を与えないほうを選んだ。

「一日分としてはもう十分だろう」

「くそレイプ野郎どもがそんなに好きなのか、ぇ？」天使2が言う。

〝くそレイプ野郎〟は僕の名前の一つだ。もう一つの名前は、サイモン・J・クラフトで、Jは——

「飛べよ、クラフト」天使2が言う。

だから僕は空を飛ぼうとする。できない。手首は金属の手錠でベッドに固定されている。ジャンプしようとすると、手錠が手首を引き止め、手首はこの世界のあらゆる苦痛を知ることになる。僕は悲鳴を上げる。それで楽になるわけじゃない。僕の悲鳴に癒やす力があるなら、この世に病気も争いもいっさい存在しないだろう。ここでは、天使たちは、人の悲鳴を聞いて喜ぶ。

「おまえの名前は、レイプ野郎？」天使2が言う。

「くそレイプ野郎です」僕は言う。手首から溶岩があふれ出しているみたいだ。唇から垂れたよだれは、顔を鉤爪で引き裂かれているみたいだ。

「静かにしろ。黙らねえとぶん殴ってやる」

天使たちは、悲鳴をまるで聞きたがらないこともある。

僕はもっと静かに叫ぼうとする。部屋に小便と僕の暴走する痛みのにおいが充満する。天使2が笑う。

「彼女も叫んだんじゃねえのか？　それでもおまえはやめなかった。だろ？　そうだよな？」

「ごめんなさい」僕は言う。

僕の名前はサイモン・J・クラフトです。

「なんでそういつも自分の名前を言うんだ？　笑える冗談のつもりか？」

僕の首に刺さっている棒にはコードがつながっていて、そのコードは天使2の腰のケースにつながっている。頭で考えたことのどの部分が口から出ていっているのか、自分でも判然としない。天使たちはもしかしたら、僕の頭のなかの声が聞こえるのかもしれない。抵抗の一環として、もっと静かに考えようとする。

「いったい何の話をしてるんだ、おまえは」

「違います。冗談で言ってるんじゃありません」

＊目を伏せないで。助けて。頼む。助けてくれ。

「だろうな」天使2は言い、インフルエンサーを僕の首から引き抜く。

「ありがとう」ありがとう。「ありがとう」ありがとう。「ありがとう」ありがとう。「ありがとう」

「わかったよ、レイプ野郎。今度は媚びる気か」

「ありがとう」ありがとう。「ありがとう」ありがとう。僕の体はもうガラスじゃない。そのことに感謝しかない。インフルエンスの直後は自分がどこの誰だかわからなくなる。どうしてここにいるのか、なんで地獄に来ることになったのか、思い出せない。それでも地獄が終わったことがありがたい。心の底からありがたい。ありがたすぎる。

「せいぜい感謝しろよ。俺はおまえのためを思ってやってるんだから」

「ありがとう、ありがとう」

天使1が扉のすぐ向こうから見ている。

「いまのに比べりゃ、ルイスに何をされたって痛くもかゆくもないはずだ」天使2が言う。「だろ?」

「ありがとう、ありがとう」

「今度の試合に備えて鍛えてやったんだ。この先一生、俺に感謝するだろうよ」

黒い棒は天使2の手に握られている。天使がボタンを押す。棒はケースに吸いこまれる。

「ありがとう」ありがとう。

「先週はルイスにこてんぱんにやられたな。二週間後に再試合だ。それで三連戦が完了する。二週間後の試合で勝てば——ま、負けるとどうなるかはわかるな」

天使2は僕の肩をぽんと叩く。僕は叫ぼうとするが、肩に触れた手は鈍いふつうの感触で、地獄じゃなかった。天使2がその手に力をこめる。

「いい筋肉だ。毎日のトレーニングを欠かすんじゃないぞ。腕立て伏せに腹筋、シャドーボクシングを二時間。二週間後の試合で勝てば、最低四時間は穴ぐらから出られるようにしてやる」

「ありがとう」

「生きてるかぎり毎日、俺に感謝してもらいたいな、レイプ野郎」天使2は笑う。

「ありがとう」僕は言う。笑顔を作る。そうしたいからじゃない。インフルエンスのあとしばらくはいつも、顔の筋肉が僕の意思と無関係に勝手に動くせいだ。

「そう、その言葉を聞きたいんだよ、病んだレイプ野郎」そして天使2、ローレンスは出ていく。笑い声が通路を遠ざかっていく。

天使1、看守のグレッグスは扉の向こうに身じろぎもせずに立っている。いったんどこかに消え、また戻ってくる。戻ってきたのを感じる。グレッグスが入ってくる。手錠の鍵を開けて僕をベッドの端から解放する。これで動ける。好きなようにできる。

すでに本来の自分が帰ってこようとしているのがわかる。いつもこうだ。二カ月前、僕は連中が創設した刑務所内の格闘リーグにエントリーされた。本人の希望で参加したり脱退したりするシステムにはなっていない。

グレッグスが僕の顔を見る。僕は両肩を回す。体が戻ってこようとしている。また僕のものになる。グレッグスがタオルを差し出す。僕はそれをベッドに置く。いまは誰にも、何にも触れられたくない。

「一度のインフルエンスのあと、自分の目をえぐり出した奴らが何人もいる」グレッグスが言う。「知ってたか」

「気持ちはわかります」本当だ。すごくよくわかる。

「あいつに何度やられたか覚えてるか」

僕は首を振る。よく思い出せない。いまはもうあの痛みは消えていても、あの棒が首に刺さっていないことにどれだけ感謝してもしたりないから。一度でもインフルエンスを受けたら、それから永遠に逃れられない。一度でもインフルエンスを受けたら、いつもインフルエンスを受けているようなものだ。少なくとも一部の人間にとってはそうだ。僕はそのうちの一人だ。次が来るのをつねに待っている。

「さっきので六回目だ」グレッグスが言う。「苦情を申し立てる十分な理由になる。申し立てる相手が誰だかわかるか」

ときどき、僕は不死身だと確信することがある。ときどき、とっくに死んでいるのかもしれないと思うことがある。

「ローレンス」僕は答える。

「そのとおりだ」グレッグスは言う。「つまりどういうことか。死ぬまでこれが続くということだ。俺にはそれ以上のことは言えない」グレッグスはほかに新しい灰色の服をひとそろい持っている。天使たちが手のなかに何を隠しているか、僕にはかならずわかる。「それにもう一つ、二週間後の試合に勝てとローレンスに言われたら、勝ったほうが身のためだということだよ。二、三日ごとにこんなのを見せられてたら、こっちの胃がひっくり返りそうになる。俺が何を言いたいかわかるか」

「ありがとう」

「礼など言うな。おまえのために何かしてやれるわけじゃない。事実を話してるだけだ」

僕は黙っている。

「事実はもう一つあるか。あんな目に遭ってもまだ受け答えやら何やらちゃんとできるんだから、大したもんだよ……」グレッグスは僕に拳を差し出す。僕も腕を持ち上げて拳と拳を打ち合わせる。

「おまえの名前はサイモン・クラフト」グレッグスは言う。「自分の名前を覚えていられれば、きっと何とかなる」着替えを僕のベッドに置く。

「サイモン・J・クラフト」僕は言う。グレッグスがうなずく。

グレッグスが行ってしまうと、僕は壁という壁に〝サイモン・J・クラフト〟と書く。何度も、何度も。横になって、まぶたの裏にも書く。悪夢を見る。体が何度も破裂する夢、いろんな方法で破裂する夢を見る。そのすべてを感じる。目が覚めると、顎の筋肉が痛い。笑ったり、しかめ面をしたり、苦痛が僕の顔をいろんな風に形作った名残だ。


リングはない。Fブロックの集会室があるだけだ。ローレンスが先に立って、僕をそこに連れていく。一般棟の住人の半数くらいが集まっていそうなところを通り抜けなくちゃいけない。大勢が目的もなく歩き回っている。自由というのがどんなものだったか、つい忘れてしまう。僕がいるところと比べたら、これは自由だ。地獄のうちでも上のほうの層だ。

「あの白人の奴、頭おかしそうだよな」ルイスって奴を殺す予定の場所にローレンスと向かう僕を見て、奴らがそう言うのが聞こえる。

何かが死んで腐りかけてるみたいに、悪臭と鉄のにおいがこもっている。

喧騒のなか、ローレンスが体をのけぞらせて僕の耳もとで言う。ローレンスは黒い棒を持っていない。僕を殺すつもりで待っている奴がいるところにこうして向かっていても、これから感じる痛みはこの世のもので、地獄の苦痛じゃないとわかっているから、不安はない。不安はかけらもない。それどころか胸がわくわくしている。「今夜勝ったら、一週間はインフルエンスはしないと約束してやる。だが、負けてみろ、どんなにぼろぼろの状態だろうと、長い夜を過ごすことになる。わかったな？」

「ありがとう」僕は言う。

「殺す気で向かっていけよ。相手がどうなろうと気にするな。向こうも同じことを考えてるんだから。今日、勝たないと――わかってるな？」

「ありがとう。わかってます」

ローレンスが前に向き直り、僕はこの世の何よりも固く心に決める。絶対にあの黒い棒のところには戻らない。

「その意気だ」

「何をにやにや笑ってんだろうな」男どもの一人、灰色のシャツとパンツの奴が言う。

「ありゃ笑ってんじゃねえよ」別の一人が言った。「あれはほら、あれだ」

「そっか」子供みたいに背が低い男が言った。「悪いな、あんた」そいつは僕に、僕の抜け殻に向けて言う。

僕は奴らを見る。奴らは目をそらして床を見る。または、ずっと見てみたかった動物はこれかみたいな顔で僕をじろじろ見る。こうなっちゃいけないって手本を見るみたいな目でじろじろ見る。

「あれだよ、〝チーズ症候群〟ってやつだ。インフルエンスのあとは、あんな風に笑ったままになるんだよ。写真撮るときみたいに」顔が見えない別の誰かが言う。

「黙らねえと、次はおまえだぞ」天使2が言い、その声はたちまち消える。このブロックの突き当たりに、オレンジ色の三角コーンが四つ置いてある。その四角を囲んで人が集まっている。リングは同じ色を着たいろんな色の男たちでできている。それぞれの三角コーンのすぐ横に薄茶色と黒の制服の胸にぴかぴか光るバッジを着け、腰に巻いたベルトに武器を下げた看守が立っている。

〝リング〟のなか、上下逆さに置いたオレンジ色のバケツに、ルイスが座っている。一カ月半前に初めて対戦したとき、ルイスは僕の鼻の形を永遠に変えた。目が覚めたらローレンスがいて、本当に痛いのは次の日になってからだろうと言った。そのとおりだった。黒い棒を持っている奴の言うことはいつだって正しい。ほかの何を忘れても、それだけは覚えておくべきだ。自分の名前を思い出すより先にそれを思い出したほうがいい。

集まった連中が二つに分かれ、ドアみたいに僕の背後でまた閉じる。僕の前にも上下逆さのバケツがある。色は緑。ローレンスが僕の肩を押す。ただ肩に手を置かれているようにしか感じない。黒い棒があるときは、溶岩みたいに熱い力が筋肉の内側までめりこんでくるように感じる。黒い棒が離れれば、何もかもがおそろしく簡単に思える。だから、あの感覚を二度と食らわないように、ルイスを殺そうと僕は固く心に決める。

「三ラウンド制だ。おまえが勝てば」ローレンスが耳もとで言う。「今週いっぱい刺激はなしにしてやる。さあ、やっつけてこい、チャンプ」

「ごめんなさい」僕はローレンスに言う。ルイスにも。ここや世界中にいるあらゆる悪魔と、僕のなかにいて僕をここに連れてきた悪魔にも。

「謝ることはない。ルイスの野郎に後悔させてやればそれでいい。ほら立て。始まるぞ」

僕が穴ぐらに放りこまれる前、すぐ向かいの房にいた男が、ルイスの左肩のとなり、三角コーンの近くに立っている。僕に気づいて、小さくうなずく。僕は立ち上がる。ルイスも立ち上がる。

看守が一人、人間が作るリングの中央に進み出る。

「いいか、観てる奴はいまいるところから一センチたりとも動くんじゃないぞ。左右を三メートルくらい空けておけ。二人が自由に戦えるスペースを確保したい」〝戦う〟という言葉に反応して歓声が上がった。意味不明の〝イェ――〟という声。期待して待っていたものがついに始まろうとしているからだ。

ローレンスがシャツを脱ぐのに手を貸してくれる。ルイスも同じようにシャツを脱ぐ。来たときからずっと僕を見ている。僕はたぶん、奴に大きな笑顔を向けている。

「おい、静かに」リング中央の看守が言う。禿げ頭で、小柄だ。眉の上に汗の粒が盛り上がる。「試合は三ラウンド。一ラウンド三分ずつだ。朝から晩までここにいるほど暇じゃないからな。おまえらは馬鹿ぞろいだから算数は苦手だろうが、試合は合計で九分ってことだ。ラウンドとラウンドのあいだの休憩は一分半だ。

スタイルは限定しない。ボクシングでも、空手でも、何だってかまわない。降参したいときは、掌で叩くだけじゃ足りない。〝俺は負け犬だ！〟と叫べ」

観客がどっと笑う。大きな笑い声。禿げ頭の看守は自分の冴えたユーモアににやりとする。地獄でも、天使たちは自分にはユーモアのセンスがあると思いたがる。

「いまのは冗談だ。降参はない。試合時間は十分もないんだ。降参も何もない。準備はいいか」看守は僕とルイスを見る。

「忘れるな。拳を絶対に下ろすんじゃないぞ」ローレンスが言う。

僕はうなずき、拳を胸の前に上げる。

「よし、始め」禿げ頭の看守が言う。人々のなかに消える。ここは暑い。ここの空気の大半は、集まった飢えた男たちが吐く息だ。

「行け」ローレンスが言う。僕は行く。

一歩踏み出す。

ルイスはすり足で前に出て、ジャブで僕のガードを探る。素手で握った左の拳をもう一度すばやく放つ。僕はまったく動かない。奴のパンチはまったく届かない。ルイスは前に出ながらストレートをよこす。右手に彫られた〈CAPO〉の文字が読み取れそうだ。最初の試合で僕の鼻をつぶしたのと同じパンチなのに、今回は、ルイスが目に見えない紐で拘束されているみたいに見える。どの動きも前よりゆっくりに見える。

僕は奴のパンチをかわし、レバーを狙ってパンチを繰り出す。手を大きく引き、奴の体を突き抜けるイメージで拳を叩きつける。

ルイスは、思いがけない場所から小さな動物に飛びつかれて驚いたみたいな声を漏らす。

奴の体はみっちりと硬いが、壊せないことはない。僕は拳で貫こうとする。

ルイスがあえぎ、後ろによろめく。歓声とざわめき。観衆さえスローモーションの映画みたいだ。ルイスの目に恐怖が浮かぶ。初めてでも見ればそうとわかる表情。その表情が、一瞬、忘れかける。それしか存在しないみたいな気分にさせる。黒い棒が人の体にどんな影響を及ぼすか、一瞬、この世にその忘れる感覚が気持ちいい。その瞬間のルイスは、速くて浅い呼吸を繰り返している。ルイスが大きなフックを試みる。今度のはさっきのストレートよりさらに遅いように見える。僕はかがんでそれをよけ、ありとあらゆるものをアッパー一発にこめる。ルイスの顎が折れるはずだ。

観客が奴の痛みと同調する。一斉に〝おおーぅ〟とどよめく。

もう一度、いま折れたばかりの顎にフックを入れる。ルイスがふらつく。目の焦点が合っていない。肉体が意思と無関係に反応して、またすばやいストレートを繰り出す。僕はそれを予想して、わざと顔を打たせる。目を閉じ、その感覚を味わう。それは痛みだとわかっているが、黒い棒の痛み比べたら、何も感じないも同然だ。

ルイスのパンチは、痛みにちょっと似た何かにすぎない。本当の痛みにはほど遠い。パンチが当たった瞬間のルイスの顔の表情を見て、僕の胸にさっきと同じ感覚が、僕の一番のお気に入りになった感覚が満ちる。ルイスの恐怖は、僕がいつも感じている恐怖を忘れさせる。ルイスを押し倒し、その体にまたがって、奴の顔を何度もパンチして壊すとき、僕の頭を満たしているのはその歓喜だ。やがてローレンスたちが僕を奴から引きはがす。僕は落胆する。そのときにはもう、ルイスの顔は壊れていて、恐怖も何も見て取れなかったから。


「えらいことをしてくれたじゃないか、クラフト」ローレンスが言う。「このせいでクビになったら……おい、何の真似だ」

「ごめんなさい」僕は言う。僕の地獄で、僕はローレンスの足もとにひれ伏す。頭を下げる。額を床にすりつける。僕が床を汚す染みになるまでローレンスがブーツで踏みつけてくれるといいと全身全霊で願う。頼む、黒い棒を取りに行かないで。

「おまえを後悔させてやる。もしあいつが死んだりしたら、おまえを一生後悔させてやる」*

ルイスは死んだと僕にはわかっている。**

グレッグスが言う。「おまえのシフトはそろそろ終わりだろう、ローレンス。今日はこのくらいにしようじゃないか」僕は小さな地獄の隅っこへと走る。コンクリートを通り抜けて逃げたい。

「ふん、誰が勘弁などしてやるか」ローレンスが言う。僕は歳月が刻んだひっかき傷だらけの角っこに体を押しこめる。さらに強く押しこめる。そこの壁に顔を押し当てて泣き、懇願する。

ローレンスが出ていく。待っている時間は、これから始まることに負けないくらいおそろしい。

同じくらいおそろしいが、絶対に同じではない。ローレンスがいないあいだにグレッグスが扉を抜けて僕の地獄に入ってきて、僕の寝床に腰を下ろす。ひどく疲れたように目をこする。これから引き裂かれるのは自分だというみたいに。

「出口は一つだけある」

僕はグレッグスを見る。僕の全身のあらゆる細胞が、グレッグスがほのめかした自由について、喉から手が出るほど知りたがっている。僕は角っこに縮こまって泣く。

「大のおとなをそんな風にするなんて、あいつは常軌を逸している。おまえのような奴のための出口がある。少なくとも、ここじゃない場所に行ける」

「お願いします」僕は頼む。

天使2がいないあいだの一秒も、ふつうの一秒と変わらない。だから僕は、少しでも引き伸ばそうとする。時間の進みをゆっくりにしようとする。ルイスを殴り殺したときと同じように。

「行く先はある。きっと死ぬことになるだろうが、これよりは楽だ」天使1が言う。

「お願いします。何だってします」僕は言う。

「まともな判断力があるふりはできるか？　書類にサインする前に、ちゃんとした判断力があるか試される。いくつか質問されて、イエスと答えなくちゃいけない。自分の名前をちゃんとわかっていて、そのとおりにサインできなくちゃいけない。どうだ、できそうか」

---

＊そのとおりになった。

＊＊彼の名はアンジェロ・ルイス。彼にとっての家族は、彼に食べ物を与え、危険から守り、育ててくれた人々だ。彼らはルイスをタフにし、喧嘩を教えた。彼らは金を稼いだ。彼らにはライバルがいて、自分たちの縄張りを守った。ルイスは無罪にだってなれただろうが、家族は裏切れない。

「僕の名前はサイモン・J・クラフトです」僕は言う。

通路の先から天使2の荒い足音が聞こえる。いつもどおり男たちがわめき、扉をがんがん叩く。しかし僕の耳には奴のブーツの足音がはっきりと聞こえる。

「もう一度」天使1が言う。

「サイモン・J・クラフト」僕は言う。

「それを明日まで覚えておければ、ここを出られるかもしれない」

「いやだ」明日までってことは、天使2にもう一度耐えなくちゃならないってことだ。お願いだから、と僕は考える。「お願いだからやめ——」

「おい、何してる?」天使2が言い、天使1は自分のももを掌で押すようにして立ち上がる。

「あんたを待ってるあいだ、こいつが頭を壁に打ちつけたりしないように見張ってた」

「そんな心配はないさ」天使2が言う。唇がつばでぬらぬらしている。「こいつは闘士だからな」

そしてそれからの三時間、僕はまたしても——

# インフルエンスの科学

ちっちゃな脚はどれも折れていた。みな、ちっちゃな心臓が力を使い果たして停止するまで酷使した。ラットたち。みな死ぬまで走り続けた。何度試しても同じ結果になって、ドクター・パトリシア・セントジョンはこれまでにない重圧を感じた。感覚は彼女の専門分野だ。五感を専門に研究してきた。だがこの結果は、想定していたものとは違っていた。途方もない苦痛に耐えかね、同じものを二度と感じずにすむよう自ら命を終わらせたラットたちを見つめ、パトリシアは、自分は強力だが邪悪としか言いようのない何かを発見してしまったと確信した。始めたときに思い描いていたのとはかけ離れた場所にたどりついてしまった。

まだトリニダードトバゴに住んでいた十一歳のとき、パトリシアは父親が衰弱していく様子を見守った。骨の癌だった。父の体の硬い部分の奥の奥で、何かが父をむしばんでいた。のちにパネルディスカッションで進行役を務めるたび、パトリシアはこう冗談めかして聴衆を沸かせることになった——「水を持ってきて飲ませたり、父のうめき声をじっと聞いたりしたおかげで、十一歳の子供のくせに、大人顔負けのベッドサイドマナーを身につけていました」聴衆は笑いと同情が入り交じった声を漏らし、パトリシアは聴衆を味方につけたと確信した。

まだ子供だったころ、パトリシアは父が衰えていく様子を日々そばで見守った。グラスに水を汲んで持っていったのに、父が自分ではグラスから飲めなくなった日のことをよく覚えている。「パティ、パティ・ガール、落としてしまったよ」父は言った。

パトリシアは板張りの床に散ったガラスの破片をほうきで片づけた。くずかごに入れたとき、破片はまだ水で濡れていた。一番大きなかけらを拾い、台所用のふきんにくるんだ。それから父のベッドに戻った。父は枕を背に当てて上半身を起こしていた。パトリシアは父の手に自分の手を添え、新しく汲んできた水を飲ませた。水は渇きを癒やしはしたが、父が絶えず感じていた痛みには何の効果もなかった。

「ありがとう、パティ・ガール」父は言った。水を二口(ふたくち)飲み、嘔吐(おうと)して、パトリシアと父の手と、父の胸を汚した。パトリシアは胸を拭いてやり、もう二口水を飲ませた。それから父は、もう休むから行っていいよと言った。

手を洗い、自分の部屋に戻った。汚れたふきんにくるんだガラスの破片が、ベッドの上で手招きしていた。それはこう言っていた。〝痛みには痛みを〟。感覚の教会への入信を誘っていた。父のうめき声がまた聞こえた。パトリシアは右足を引き上げて左の膝に載せた。脚にしようと思ったのは、臥(ふ)せっている父からはっきりと見えるのは二つだけ——食べさせ、着替えさせ、入浴させるパトリシアの両手と両腕だけだからだ。パトリシアはすでに腕立て伏せを日課にしていた。週に四度、大のほうを催す父に肩を貸してトイレに連れていき、またベッドに連れ戻すのが少しでも楽になるように。

父がまた低くうめき、それから、絞り出すようではあるがはっきりした声で「ああ、痛い」と言った。パトリシアは、自分を気遣って痛みを隠されるほうがいやだった。父が痛みを隠しているとわかると、本当はどれほどの苦痛を感じているのかと勘ぐってしまう。そうでなくても人間には耐えきれないほどの痛みに苦しんでいるようなのに、娘に心配させまいと、そのほんの一部であれ、ないもののように装っていると思うと——

「あああ、痛い」父の声が聞こえた。それと同時に、最初の切り傷をつけた。ガラスの破片で右のふくらはぎをまっすぐに切る。メスで切開するように、ためらいなく。無理にでも一部始終を見ようとした。目を閉じないようにした。父の苦痛の歌が廊下に響き渡った。パトリシアは幼いころから知っていた。痛みはこだまする。痛みは肉体の内にあるが、痛みは壁に染みこむ。痛みは体の内から始まり、魂に取りつき、乗っ取ろうとする。痛みは人を消し去ることがある。たとえば父の痛みは、パトリシアの母を消し去った。パトリシアはその感覚を吸いこみ、奥へと押しこめた。痛みには痛みを。父の痛みには、反響する相手が要る。父一人の痛みが、二人の両方をのみこもうとしていた。

ガラスの切っ先をふくらはぎに十センチほどすべらせた。皮膚が開き、その下のピンク色が一瞬閃いたあと赤の洪水に沈むまでの一部始終を凝視した。パニックを起こしたりはしなかった。破片を、メス代わりのガラスを元どおりふきんでくるみ、にわかに聖性を帯びた包みをベッドの下に置いた。あふれ出す血を掌で受け止め、新しい傷を覆う清潔なタオルを取りに行った。一歩ごとに、その感覚に注意を払った。足を動かすたびに痛みは大きく広がった。リビングルームの前、いまは父の病室となっている部屋を過ぎて、新しいタオルを取りに向かった。血が足首を伝い落ちるのを感じながら、リビングルームをのぞいて父の様子を確かめた。

「何かほしいものはある、パパ」そう訊くのはつらい。長く父を冒している痛みに毒されていない、新しい体が、新しい心が、新しい魂が、ほしいに決まっている。あらゆるものがほしいに決まっている。

「ありがとう、パティ・ガール」父は歯を食いしばって答えた。「いまは大丈夫だよ」

パトリシアは足もとを見た。浅い血だまりができていた。ドア口に顔だけを残して脚を隠し、床を踏む爪先に力を入れた。たったいま刻んだばかりの切り傷が引っ張られ、ふたたび口を開けた。

「ありがとうなんて言わなくていいんだからね、パパ」

父はこちらを見なかった。目を閉じたままだった。それでも、大きく息を吸いこんだ。それはこちらの心の奥底を見透かす視線のように感じられた。

「わかった」父は言った。

パトリシアは乾いた足跡をスタンプのように捺しながら歩いた。タオルを取って傷口を覆い、それから床を掃除した。父は浅い眠りに落ちた。本当の眠りに落ちたあとも、父の低いうめき声が、ときにはすすり泣く声が、聞こえていた。


父は一時的な小康期にあると医師は言った。

それは喜ぶべきことだとパトリシアにもわかったが、父を見れば、痛みはまだそこらじゅうにあった。それは部屋を完全に占領し、祝う気持ちが入りこむ余地は残されていなかった。パトリシアとおばのロティ、そして父は、新しい看護師が来るのを待ち続けていた。週に合計で二十六時間分、ホームケアに来てもらえることになっていた。もちろん、それではとうてい足りなかったが、保険会社からはそれが上限だとはっきり通告されていた。父の健康を管理する重責が十三歳のパトリシアにのしかかっていた。

「調子はいかがですか」看護師が訊いた。

パトリシアは父のとなりの椅子に座っていた。父は痛みをこらえて泣いていた。パトリシアは自分の部屋にあるガラスの破片を思い浮かべ、大きく息を吸った。

「いかがですかって」パトリシアは小さな声でつぶやき、大きな声で言い直した。「元気そうに見えます？」

　週に二度、様子を見に来ているおばはパトリシアの腕をつねり、治療が功を奏して骨癌は消えた一方で、残念ながら副作用として父の健康状態は急速に悪化してしまっているのだと説明する看護師の話をうなずきながら聞いた。

「神経障害です」看護師は話しながらパトリシアの父に優しげな視線を向け、パトリシアは看護師を絞め殺したくなった。「神経系へのダメージが痛みを引き起こしています」

　言葉と、それが意味するものとのあいだには大きな溝があった。その看護師は穏やかな人だった。継続中の問題に与えられた新たな顔。医学用語とはいえパトリシアも聞いたことのある言葉だったが、その日の何かが――看護師がその言葉をさらりと口にしたこと、すぐ目の前でパトリシアの父が死にかけているというのにまるで動じていないように見えたことが――焼けるような痛みとして感じられた。その日のパトリシアは知らずにいたものの、このとき、パトリシアは人生を開く鍵を渡された。

「ありがとうございます、先生」ロティおばが言った。

　パトリシアは言いたかった。**違うよ、この人はお医者さんじゃない**。だが、おばがくれるお金がなければ食べるものも日用品も買えない。それからも週に二度来てもらえるよう、口をつぐんだ。

「燃えるみたいに痛いって言ってます」代わりにそう言った。「神経障害だというのは知ってます。でも、何かしてあげられませんか」

　看護師は黙ってパトリシアを見た。自分の部屋に行っていなさいとおばに促された。ほっとして、走っていきたいくらいだった。自分の質問に対する答えはわかりきっていた。できることは何もない。世界中の科学も、医師も、どうすれば父を救えるかわからないのだ。パトリシアは学校の制服の靴下を脱いだ。その下から現れた脚には、シマウマのような縞模様がついていた。切るときはいつも落ち着いてすばやくすませた。その感覚を吸いこむ。それを感じ、それを知り、それが全身を流れるにまかせた。切り開かれる感覚は、パトリシアが何よりよく知っているものだった。切り開かれる感覚は、パトリシアの親友だった。切り開かれる感覚は、生きている実感だった。切り開かれる感覚は――

父が死んだとき、最初にそのことに気づいたのは、もちろんパトリシアだった。熱と、恐怖と、切り開かれる感覚に続いて感じたのは、安堵だった。安堵が一気に胸に広がって、やましさに襲われた。その感覚はこの先一生続くだろう。

解剖学ラボの最初の集まり、まだ死体が目の前にないときに、ラボの指導教師は学生たちに質問をした。その質問は、学校で学ぶ数年間に、たくさんの医師から繰り返し訊かれることになる質問だった。緊張をほぐすための質問。パトリシアは早くに学んでいた。たいがいの場合、物おじしない彼女が最初に質問に答えることになる。

「苦しみを終わらせたいからです。感じ方を変えたいんです。人が痛みを感じずにすむようにしたいんです」

六十代の白人男性の教授は優しい笑みを浮かべた。上から見下ろす種類の優しさではあったが、温もりと父性にあふれていた。

「一つ確実に言えるのは、この先もつねに痛みは存在するだろうということだ。この先も苦しみはなくならない。しかし、それを和らげるために最大限の努力をしようじゃないか。人を救うために全力を尽くそう。どう思うね？」

　パトリシアは当惑して目をしばたたいた。


「きみの答えに感心したよ」彼から初めて聞いた言葉は、それだった。

　彼は一つか二つ年上で、緑がかった色をした目は誠実そうだった。「ルーカスだ」そう言って手を差し出した。「ルーカス・ウェスプラット」

　二人は、進むべきと誰からも言われた道に足を踏み出したばかりだった。まだ人体の基礎を学び始めたところだ。真の医療は、創造する仕事だ。誰かに自分を誇らしく思ってもらいたい。誰かを救いたい。

「初めまして」彼女は言った。

「出身はどこ？」彼は訊いた。あいかわらず微笑んだままだ。あいかわらず親しげな物腰を崩さずにいる。「アクセントがすてきだね」

　アメリカ風のアクセントをとうにマスターしていた彼女は、探るように彼を見つめた。

「トリニ」彼女は答えた。〝簡潔で要を得た〟が彼女の流儀だ。ロティおばに言わせると〝簡潔でそっけない〟だが。

「トリニダード島か、いいところだね。家族旅行で何度か行ったことがある」

「ほんとに？」彼女はそう訊き返して微笑んだ。彼女だって人間だ。

　終わったあと、ルーカスは彼女の体に手をすべらせた。掌と唇で彼女の肌をすみずみまで崇（あが）める。彼女はそれを受け入れた。彼がももをたどって膝を越えたとき、彼が描き出す彼女自身のイメージに浸りきっていた彼女は、脛骨を下っていく彼の手を止めなかった。

「これはどうして？」彼が言った。流れるようだった彼の手の動きは、診察をするようにスタッカートのリズムを刻んだ。無神経と受け取られないよう用心しているのがわかる。その気遣いは本物らしく聞こえ、それが彼女の怒りに火をつけた。

「もう帰って」彼女は言った。

「え？　どうして？　どうしたの？　どういうこと？」

彼女は何も言わなかった。部屋で凍りついたように動かなかった。そこに行くだけでいいのにと思った。ついさっきルーカスが連れていってくれたその場所に行くだけでいいのに。

「人生にはいろいろあるの」彼女は言った。

この脚は、まだ道のなかばであることを自分に思い出させるためのものなのだと言いたかった。世の中にはいまも痛みがはびこっていて、こんなに遠くまで来たとはいえ、やはり現実を変えるようなことはまだ何一つできていないことを思い出させるもの。

「そんなの誰だって同じだ」ルーカスは言った。声を立てて笑ったりはしなかったが、微笑んでいるのは目を閉じていてもわかった。


彼女は首席で卒業した。ルーカスも卒業した。それでも次のような会話が交わされた。

「僕らには何かすごいことをやれる可能性がある」ルーカスは言った。二人はEダイナーで一緒に昼食をとっていた。彼女が生まれる前からあったようなタイヤつきの珍妙な装置がアメリカン・ブレックファストのトレーを運んできた。卵料理にパンケーキ、ベーコン。医学部在学中、二人はくっついたり離れたりを繰り返し、いまはそれぞれ別の州で研修中だった。ルーカスは自分の研修先と彼女の研修先とを飛行機で往復した。カーボンフットプリントが平均的な市民の十倍を超えようと気に留めなかった。彼女を抱き寄せてこう言った。「きみに会うためだ、その価値はあるさ」二人は、世の中の人々と同じように、迫り来る大災害をジョークの種にした。やがて大災害が彼らの人生をのみこむときがきたら、同じジョークをもう笑えなくなっていても、なぜか前よりもおもしろく思えるだろう。

「想像してごらんよ」彼はパンケーキを頬張りながら続けた。「自分のラボが持てるし、研究資金は無尽蔵だ。願ってもない研究環境が手に入る」

「あなたの機嫌をそこねないかぎりってことよね」彼女は言った。料理には手をつけていなかったが、頭のなかでは早くもステーション1の間取り図を描いていた。自分が軸索刺激の手順を標準化し、世界中のラボで再現できるようにする――そんな未来が見えるようだった。そう、自分が世界を変えるのが見えるようだった。

「僕の機嫌なんか取らなくたって、きみのためなら何だってするよ」彼はオレンジジュースのグラスの横から手を伸ばして彼女の手に触れた。「僕のことはもうわかってるだろう」

パトリシアは水を一口飲んだ。

自分が人体を知り尽くしていても、脳はやはりそれ自身に抵抗しがちだという事実はすでに受け入れていた。ここまできたらセラピーを試してみようと思い立った。研究室の技術者から、それで人生が変わったと聞いたからだ。初回のセッションには微笑みながら臨んだ。四度目のセッションで、これまで誰にも打ち明けていなかったことをセラピストという他人に打ち明けていた。「そうやって自分を罰し続けるのはどうして？」女性セラピストは穏やかに尋ねた。パトリシアはふかふかの椅子の上で泣き崩れた。しばらくは自傷行為もやんだ。やがてまた自分の脚を切った。そのあとはずいぶん長いあいだ一度もやらなかった。

血まみれのラットを前に、本来目指していたのとは遠くかけ離れたものを作ってしまったという認識がじわりと広がった。彼女は哺乳動物の末梢神経系を分離した。微細な線維、身体の侵害受容器を刺激し、同時にその信号を脳が受け取る能力を増大させた。それが可能なことはしばらく前からわかっていて、白と灰色の無機質なラボにいると、自分は知覚性神経線維をほかの誰よりも理解していると思え、そのことに安らぎを見いだしたりもした。このラボの研究はパーキンソン病をほぼ撲滅したし、トゥレット症候群の激しい症状を抑える道筋もつけた。だが、そのいずれも彼女の研究プロジェクトではなかった。それは彼女が目指すゴールではなく、どんな賞をもらおうと、ガラス片でしか埋められないむなしさは広がる一方だった。


白衣を着ず、マスクを着けただけで入室するのはラボの規則に違反しているのに、ルーカスと父親のロジャー・ウェスプラットは、ともにその状態で入ってきた。パトリシアは大きく息を吸った。彼女の顔もマスクで覆われていたが、二人に向けて笑顔を作り、目だけで偽りの歓迎の意を伝えた。

「こんにちは、ロジャー」

「やあ、パティ」ロジャーは年齢がいっているのにルーカスより体格がよく、肩幅が広かった。しかし、顎が角張っているところは父子そっくりだし、余裕を感じさせる立ち居振る舞いは、先祖伝来の富の産物だろう。

「やあ、パトリシア」ルーカスが言った。彼女と目を合わせたくないのに無理にそうしているように見えた。「元気かい？」

状況が状況だ。パトリシアはその質問には答えなかった。機器の作動音が彼女の沈黙をいっそう際立たせた。

ようやくロジャーが口を開いた。彼のスーツは、何年も前の研修医時代、パトリシアが眠るためだけに帰っていたアパートの家賃数カ月分に匹敵する値段のものだった。「パティ、きみは革新的な研究を続けているそうだね」

「ええ、みんなのがんばりのおかげです」

「成果にも表れている。私の理解が正しければ、きみの大発見のいくつかはすでに実用段階にある」

パトリシアは微笑んだ。「いいえ、ロジャー。いまの状態で実用に足ると思っていらっしゃるなら、その理解はまったく正しくありません」

パトリシアはゴーグルを額の上に押し上げた。

「ほう？　ならば、理解を助けてもらえないか。謙遜はしないでくれよ。きみが重要な成果を挙げているのは確かなのだからね。聞くところによれば、強力な非致死性抑止力が完成しているそうだ。いままでにない行動矯正法だとか。その種の製品には巨大なマーケットがある」

どんなに説明してもあなたには理解できないでしょうねと言いたかった。

「今回のカンバス・プロジェクトでは、末梢神経系、つまり脳と脊髄（せきずい）と体のほかの部分とをつないでいる神経を模倣しようと試みました。それを通じて、感覚や感覚反応にどこまで刺激を与えられるかが確かめられました。まだ動物実験を始めたばかりで、ある種の協調的神経反応が得られることは確認できていますが、いまの時点では」――パトリシアは適切な言葉を探した――「特定の種類の反応を選択的に起こさせることはできません」

「彼女が言ってるのは、父さん、体を感覚のカンバスとして考えてみようとしてるってことだ。そのカンバスの境界線は理解できたが、絵の具はまだ制御できない。何が起きるかをコントロールできないんだよ。いまの時点ではまだ」

「彼女の言いたいことはちゃんとわかっている。いまの段階ですでに目覚ましい進展だと言っているんだよ、私は。いまのところ制御が不完全であっても、再現可能な反応を引き出せている。そうだね？」

「実用にはほど遠い段階です」

「偉大な問題は、もともとの発想と同じレベルにいては解決できない。きみはすでに強力で有益なものを創り出した」

「実用に堪えません」

「重役会に見てもらって検討しようじゃないか」

「お見せできるものはありません。神経系に致命的な損傷を与えるだけです。想像を絶する痛みをもたらしてしまう。私の話をちっとも理解していらっしゃいませんね。これは私たちが目指しているものと正反対で、これ以上の深追いは――私が許しません。強引にやると、痛みが先に来てしまいます。想像を絶する痛みです。安らぎや快楽には、ニュアンスと時間と理解が必要なんです。そのプロセスを中途半端にするわけにはいきません」パトリシアは平静を失い、気づくと大きな声でわめき立てていた。真実をはっきり言いすぎたと後悔した。

「パティ、きみはここで素晴らしい働きをしてくれた」ロジャーは向きを変えながら言った。「しかし忘れるな。きみの研究の成果をいつ、どうやって世に紹介するかを決めるのは、アークテック社だ」それから背中を向けて出ていった。パトリシアはモーターつき解剖アームからメスを取ってロジャーの首に突き立ててやろうかと思った。

「心配するなよ、パティ」ルーカスはそう言い置くと、ラボを出ていった。これまでずっとしてきたように、父のあとを追って。心配するなだって？　彼女が人生を賭けた研究が盗まれようとしているときに？　この世から痛みをなくすのとは正反対の目的のために、利用されようとしているときに？


武装警察が訪れたとき、パトリシアは支度をすませていた。動きやすい服に着替えて、座っていた。スウェットパンツとクルーネックのシャツ。化粧はせず、髪は編んでおいた。警察隊は荒っぽくノックしたあと、玄関ドアを打ち壊した。パトリシアは椅子に座って彼らを待っていた。

「パトリシア・セントジョンだな？」先頭の警察官は彼女の顔にライフルを向け、大声で言った。ほかに三人がアパートになだれこんできた。

「そうです」彼女は答えた。

「オリア・ストリート一〇〇番地の研究所の放火および殺人未遂の容疑で逮捕状が出ている。連行する」

罪を認めよう。自分のキャリアでもっとも輝かしい業績の種子に火をつけて燃やした罪を。破壊の度合いが十分ならいいが。

彼女は自分の感覚に注意を向けた。沈んでいくような感覚。もっと深く沈んでいくような感覚。恐怖。正しいと信じたことを存分にやったという確かな感覚。

立ち上がった。かちゃかちゃと鳴る金属の手錠がすかさずかけられた。

「おい、きみ」警官の一人が言った。「その脚。血が出ていないか？」

## シン＝アッティカ＝シン

**安らぐだろう……**
**この太陽が沈むとき……**
**安らぐだろう……**
**この太陽が沈むとき……**

「よう、ニガ、あんたの奴隷労働歌なんか、今日は誰も聞きたくねえんだよ。勘弁しろよ」

**太陽が沈む……**

「マジでさ、ニガ、あんたは奴隷船に乗ってる気分かもしんねえけどさ、そのイカれた歌、聞き飽きてんだよ。あんたはいまここにいるんだぜ。そんな歌、いつの時代の話だよ。いつまでも歌ってんじゃねえよ、ニガ。腕が一本しかねえからって、クンタ・キンテ気取りかよ、やってらんねえな」

レーザー・エジャリンって名前の若い奴だ。若くて、タフで、利口だが、誰が相手であろうとかならず上に立とうとする。自分に自信がないせいだ。俺は自分に満足している。それにずっと沈黙していたから、声が聞こえてきても、それが自分の声とは気づかないくらいだ。いつだって聞くほうに意識が向いているせいだろう。

いまはマーチ中だ。アンカーが——看守の大ボスみたいな物体、宙に浮かぶ〝絶対に逃がさないぞ〟の万能スティックが——俺たちを先導している。

みなで横に並んで歩いている。俺たちの肉体の列が描きだす口の形は、不機嫌に歪んでいるとも見えるかもしれないし、笑みを作っているとも見えるかもしれない。不機嫌な顔、あるいは笑顔。俺たちが描く巨大な顔の目の表情は、俺たちが歩かなくちゃいけない何キロも何キロもの距離を表ている。

俺は誰かと並ぶことに慣れているが、自分が何かしないとその近さを切り離せないことにも慣れている。マーチの期間中は、空から食い物が降ってきたあと立ち上がり、横一列にずらりと並んで、草や土や泥や岩を踏んで歩く。俺は自分で持っていきたい服を選ぶ。いまは数組に増えている。彼らが送ってよこす。死のコインを使う場面はめったにない。置き去りにした荷物は、次のキャンプ地で待っている。毎日、彼らは荷物を拾って次に届け、また拾って次に届け、俺たちはそのあいだの距離を歩く。殺し合いのゲームは、また別だ。

「よく言った」イレイサー・エド1が言う。〝イレイサーズ〟はスキンヘッドの三つ子だ。本当の三つ子――兄、兄、弟で、一緒に犯罪をやらかして投獄された。白人じゃない相手とはほとんど口をきかないが、何を考えているかは白い肌がそのまま大声で叫んでいる。鉤十字のタトゥーを神みたいに崇めている。万物のシェフが憎悪をほんの少々振ろうとしたら、蓋がぱっくり開いちまったせいで、三人とも全身が憎悪まみれになっている。

「おまえもうるせえよ」レーザーが言い返す。レーザーも俺と同じで黒人だ。「やってらんねえよ」

レーザーが笑顔で俺を見る。あんたに向かってわめいちまったが、根っから嫌な人間ってわけじゃないんだぜと言いたげだ。事実、こいつは嫌な奴じゃない。俺の味方だが、何キロも歩いて疲れたせいで腹を立てているだけだと伝えようとしている。俺を見ていると、自分の根っこにある何かよくないものを思い出しちまうんだと言おうとしている。

これはシン＝アッティカ＝シン・チェーンだ。いまは正式にはシン＝オーバーン＝アッティカ＝シン・

チェーンだが、それだと雰囲気が違って聞こえる。
名前にシン（sing）が入っている。ぴったりじゃないか。

俺がこのチェーンに合流したのは何カ月か前の話だ。その日の夜のキャンプ地でほかのメンバーが来るのを待った。海に近い乾いた土地で、俺は本物の焚き火と一緒にほかのメンバーの到着を待った。俺の額のすぐそばに浮かんだ目が俺の顔に恐怖を探していたが、かすかに聞こえる波の音が俺の気持ちを穏やかにした。

俺を乗せた車は沈みかけた夕日に向かって走り、キャンプ地で俺を降ろした。俺はシン＝アッティカ＝シン・チェーンの連中が到着して俺を見つけるのを待った。ソーヤーは、彼らが俺の新しい家族だと言った。白人のメンバーは俺を見て——最初に俺に気づいたのはそいつらだった——がっかりしていた。また黒人（ニガー）かよ、と思ったんだろう。俺は三人を見て、もう一度よく見直した。同じ顔だが、別々の人間だよなと確かめた。差別的なタトゥーの位置が違うだけだった。俺はいまだに三人を見分けられない。三人ともエドと呼んでおけばすむことだ。

アンカーの下に俺たちが描くスマイル形の列のなかで、〝クー・クラックス・クラン〟の三つ子は右端を歩いている。ここでは横並びで歩く。いつ誰かが誰かを殺さないともかぎらないからだ。心に余裕があるとき、俺は彼らを哀れに思う。

「黙ってろよ」今度はイレイサー2がレーザーに言い返す。

ここでは、これより小さなトラブルがもとで人が殺されるのを見たことがある。神に誓って言うが、こいつらは道を見失っている。三日前の晩、スマイリー・ラフって奴は天国で目を覚ました。絞め殺された。それに関して何か言った奴はいなかった。レーザーは、イレイサーズのしわざだと言っていた。死んだ奴がいつもにこにこしてるのが気に入らなかったんだと。〝スマイリー〟はイレイサーズと同じ白人だった。

俺は槍をゆるく、だがいつでも使えるように握っている。「いつも準備しておくんだよ。準備しなくてすむように」母ヤングの書、第一章第一節。

レーザーは俺のとなりにいて、その右どなりにはベルズがいる。ベルズは心優しい。どうしてこんなところにいるのか不思議だ。とはいえ、過去に人を殺しているし、いまも殺し続けている。となると、ここはまさに彼女向きの場所ということになるのかもしれない。親は黒人と白人だから、彼女は黒人だ。ベルズはおそろしげな鉈(マチェーテ)を持っている。ランクはレーザーと同じリーパー。俺ももうじきリーパーになる。ベルズの右どなりにはエイティがいる。レーザーとダブルス・マッチを二度戦っていて、仲がいい。エイティは俺より年長だが、いい体をしている。肩がでかい。笑顔もでかい。世の中をよく知っているから、悪いことはひょいとまたぎ越えるし、何があっても笑い飛ばす。連接棍(フレイル)が武器だ。棍棒の先端にスパイクつきの球が鎖でぶら下がっている。重い(ヘヴィ)フレイルだから、奴は〝ヘヴィ・フレイル〟という名前をつけた。そう聞いて、俺は思わずにやりとした。エイティと呼ばれているのは、本人の説明によれば、ベルズが生まれる前から刑務所にいたから、そしてこの競技には年を取りすぎているからだ。しかし、刑務所にいたころ喧嘩で倒した人数が八十だったからエイティなんだって説もある。誰もが別名を持っている。真実と嘘がまじった物語がある。

俺の左側、列の左端にはルーボブがいる。みなにルーボブと呼ばれている。そう長くは持たないだろう。そのあたりを見分ける力は短期間で身につく。

俺たちは砂と草の谷をマーチする。両側にそびえる山は空に届いていて、頂上の天気は、俺たちの足もとのそれとはまったく違う。ここがどのあたりなのか、俺には見当もつかない。空気はひんやりとしてさわやかだ。肉を切る作業からは遠く離れたが、そうでもないときもある。第一章第一節。

「なあ、シンガー」レーザーが言う。「頭痛が消えた。いろいろ吐き出したくなったら、例のあれ、歌えよ」

「いまはいい」俺はそうしたいときだけ歌う。

「ちょっと言っときたかっただけだよ、歌ってもかまわないって。てか、聞いていたいんだよ。俺の先祖の歌だもんな。だから歌っていいよ。な？」レーザーが言う。

「あんたの声、ホリデイっぽいよな」エイティが言う。「もう一つの歌はどんなだっけ」

「ビー・バ・ブーム・ビー・バップみたいな歌」ベルズが歌い、笑う。「あんた、レディ・デイ［ビリー・ホリデイのニックネーム］の何を知ってるつもり？　労働歌なんだよ。あたしたち黒人の歌」

俺は微笑む。いやはや。

「おい、シンガーが笑ってるぞ」レーザーが言った。「見てみろって」

「俺だってふつうに笑うさ」俺は言う。

「どこ？」ベルズが言い、前に身を乗り出して俺の目をのぞきこむ。

俺は微笑む。それ以上は何も言わない。

「無口なくせに、同時にやかましいってどういうことだよ、シンガー」レーザーが言う。

「声の使い道は一つだけってか？　歌うときしか使わない」

「誰の声も使い道は一つだ」俺は言う。

「そりゃどういう意味だよ、シンガー」エイティが訊く。

「マジでさ」ベルズも横から言う。

「言葉のとおりの意味だ」俺は言う。みなそれ以上は追及しない。

そろって歩き続ける。しばらくは誰も口をきかない。やがてルーボブが言う。「難解な言葉は、ときに隠れる手段になる」

ベルズがルーボブを見て言う。「いいから黙ってなよ、ルールー」

するとルーボブは、俺たちの前に果てしなく続く距離を見つめる。

「からかっただけだってば、ルー」


俺たちと、イレイサーズ。そういう構図だ。チェーンは二つのグループに分かれている。ルーボブはどっちにも属していない。どうせ長くは持たないからだ。アンカーを初めて目にするまで生きていた奴は、すでに誰かを殺している。一度誰かを殺した奴は、次もまた殺せる。一度も殺していない奴もそうかもしれない。


黒い槍をもらったあと、その晩はちゃんとしたホテルのちゃんとしたベッドで寝た。背中に彫られた巨大なMはまだ皮が剝ける途中だった。俺の皮膚に描かれた新しい絵。ホテルでは、好きなものを食べられた。夜になると、ベッドの横から足を出して、足首でシルクのシーツの感触を楽しめた。ビーフウェリントンと、鴨脂でローストした野菜の盛り合わせを食べた。言っておくが、これは死刑囚棟と同じだ。ほとんどの奴は一戦目で死ぬと俺は知っていた。オーバーンの病院を出て四日目だった。俺の腕が鋸の捧げ物になってからだと数カ月。俺は料理を見た。肉の焼き具合は完璧で、流れ出た肉汁がパイ皮に染みていた。リッチな人間のための食い物だ。

食前の祈りを捧げようとしてから、馬鹿みたいだと思って笑った。が、結局は祈りを捧げた。食い物と声に祈りを捧げ、人を殺める人間と自分は別の人間だと思っていられますようにと祈った。だが、俺は別の人間じゃない。俺はヘンドリックス・ヤング、最悪の人間だ。命を奪う者。嫉妬深い人間。救いがたい臆病者。もうじきまた人を殺すことになる。ナイフを使って肉を切り分けようとした。片方しか手がないのは不便だ。肉がすべる。俺はつけあわせの野菜に涙をこぼすまいとした。それから、妙なことを思いついた。役立たずのナイフを床の柔らかなカーペットに放り出した。黒い槍を手に取った。焼き目がついた肉に切っ先を向けた。立ち上がり、肉を切った。これがこの槍の初めての食事になる。喜ばしい食事の一つ。楽しい食事の一つ。槍は楽々と肉を切った。刃はおそろしく鋭い。〝スピニファー・ブラック〟の切れ味は最高だ。俺は槍を床にそっと下ろし、フォークで肉を突き刺した。きれいに平らげた。皿に残ったぬめりは、俺の舌が残した湿り気だ。オイルでも脂肪でもない。俺だけだ。それから目を閉じて朝日を待った。

翌日、俺はバトルグラウンドに出場した。ドアが開いて、護送官が俺の背を押した。「一発ぶちかましてこい」

誰かの名前を呼ぶ大勢の声をしばしその場で聞いていた。いざバトルグラウンドに出ていくと、観客が息をのみ、俺は空中に吸い上げられたような心地がした。地面はアスファルト敷きで、無意味な線が描いてあった。観客席から、槍を持った隻腕の黒人の男を初めて見たのかと思うような叫び声が上がった。

十字形のタイヤレバーを持った男が正面に立っていた。タイヤレバーの奴はまだそう大勢を殺してはいなかった。その前に試合を一つ経験しただけだ。背中のMは一つだけ。だが、人殺しのゲームでは、二人倒せば大したものと言われる。三人となれば猛者(もさ)だ。

そいつがレバーを手に走りだした。目に死を浮かべて俺に突進してくる奴を見たのはそれが初めてじゃなかった。あの目は、見ればそうとわかる。あれは特別だ。心臓みたいに鼓動しながら一点に集中する目。それは、その人間が奮い起こそうとしている怒りだ。鎖につながれていると、その怒りはあっというまに入りこんでくる。それは至るところにある。何にでも宿っている。俺の場合、歌うとその怒りをいくらか頭から追い払える。だから、声を取り戻して、俺は歌った。アリーナでも歌った。俺を紹介するアナウンスが流れたとき、場内のスピーカーから俺が歌う「安らぐだろう」の声が聞こえた。沈黙から、世界一大きな声へ。ママ、やったぞ。そう思って笑いそうになった。次の瞬間、うちの母親はこれを本当に観ているかもしれないと思い出して、死ぬほど恥ずかしくなった。俺はタンクトップにパンツって格好だったから、なぜ自分がここにいるのか忘れないよう背中に刻まれたタトゥー、巨大なMの文字もたぶん、映っている。

相手の男は、俺の脳天を砕く勢いを稼ごうと、高々とジャンプした。その瞬間、驚いたことに、俺は自分がこの人殺しゲームのために生まれてきたらしいことを知った。とっさに槍を突き出した。柄の真ん中あたりを握って突き出した。がらん。尖った切っ先がタイヤレバーにぶつかって、金属同士がぶつかり合う乾いた音が鳴った。興奮と歓声が押し寄せた。奴がまたレバーを振る。このときも俺は槍でそれを払いのけた。

「この野郎、おまえなんか怖くないぞ！」そいつは叫んだ。なんでそんなことを言うのかと不思議だった。が、理由はわかっていた。この人殺しゲームのまっただなかに放りこまれて心底怯えると、人間はどんなことだって言うからだ。俺は自分の体に備わったサバイバル本能に身をゆだねた。俺と、俺を殺す気でいるそいつは、がらんがらんと音を立てて命をぶつけ合いながら、同時に何かに向かって一緒に全力疾走していた。次に何が起きるか二人とも正確に予想できて、それに瞬時に対応しているみたいだった。相手はすでに二人殺している。二人で十分だ。

奴が三度目にレバーを振り下ろしたとき——これは全然届きそうになかったから、ブロックするまでもなかった——俺は一歩下がって右に走った。大きな舞台で闘う俺たち。暴力に満ちた瞬間が連なる長い旅。

俺たちは二人とも塀の中を経験している。刑務所にいるからといって、間違ったことをしたとはかぎらないが、大半はそうだ。俺は、意中の女が愛していた男を殺した。そいつが俺じゃなかったからだ。タイヤレバーの男が何をやったのか、俺は知らない。だが、不運な人間なんだろうと想像した。俺たちが参加して、このゲームの目的は果たされた。悪と悪は打ち消し合うのか。一人いなくなれば、世界はそのぶん清らかになるのか。俺は危険な奴らを大勢見てきたが、そいつらだってもっとましな待遇を与えられていいはずだ。俺が改善を望むのはけしからぬことなんだろうが、やってやれないことはないと知っている。血を流している心を癒やす魔法の薬はない。傷だらけの建物では大衆を守れない。

それでも、彼らは正しいのかもしれない。俺たちにはこれがふさわしいのかもしれない。

俺はアリーナのなかの坂を駆け上がった。なぜそうしたのか、そのときはわからなかったが、いま振り返ると、人間の体というのは意外なほど多くを知っているものだ。そこには〈一時停止〉の標識があった。バトルグラウンドごとに見知らぬ自分がいる。何より驚かされたのは、自分の息の荒さだ。どれほど短時間で、どれほど疲れるものか。

〈一時停止〉を背にした俺に、タイヤレバーが突進してくる。何か叫んでいるが、その場の全員が何か叫んでいたから、よく聞こえない。自分の体がこう言うのは聞こえた――「高い場所へ」。新しい角度。

俺は一方に体をかたむける。かーんと甲高い音がした。奴の金属の手が〈一時停止〉にぶつかる。そのとき俺はもう手を後ろに引いていた。槍は、俺の手に握られた黒く鋭い武器は、何をすべきか知っている。奴が目を見開く。俺は――生きてきて二度目だ――命を奪う。心がおののく。自分が汚れた行為をしたと即座に知って、おののく。観衆は歓喜する。

**二度ともう、ああ神よ**

もうしばらくマーチを続ける。止まったときには午後になっていた。停止はいつも突然だ。アンカーは休憩を予告しないが、予想はできる。三時間から四時間歩いたら、休憩だ。用便をすませ、次の行軍に備える。男どもは必要なら交代で用を足し、ベルズはしゃがむ。どのみちレーザーがベルズの前に立ち、見ちゃいけないものを盗み見する奴がいた場合に備える。

休憩は愛憎相なかばする時間だ。その時間が来たということは、過ぎ去ったものが過ぎ去ったことを意味するが、これから来るものはこれから来るということも意味する。今日の休憩時間、レーザーとエイティとベルズは、用をすませたあと、一つところに集まる。アンカーのそばに戻ってきて、草の上に寝転がって待つ。たいがいの奴は持ち歩く荷物を最低限にし、それ以外はキャンプ地に置いてくる。俺は何か背負っているほうが落ち着くから、いつもバックパックを背負っている。そこには防寒着と、みんなが持っているのと同じ水筒と、ノート一冊とペン一本が入っている。

昼すぎの休憩では、アンカーが手綱をゆるめ、俺たちは半径三百メートル内を自由に移動できる。朝晩はもっと遠くまで行ける。完全に一人きりになれる距離ではない。休憩はだいたい一時間だ。**マーチ再開四十五分前**。アンカーの声は人間らしすぎてかえって人間のものには聞こえない。休憩地点は、いつもどおり、どことも知れぬ土地の谷だ。ただ、今回はほんの数キロ先に道路が走っている。

チェーンとは無縁の一般市民として暮らしていると、世界の大半は自分のものでないことをつい忘れてしまう。どれほどの部分が自分の都市や町でないか。どれほどの部分が誰にも属していないか。そこに住んでもいなければ、マーチを強制されることもなく、人によっては〝無〟と呼びそうなものをじかに体験することもない。マーチは背の高い草、手入れされ刈り取られた草のあいだを抜ける。乾いて枯れた土地を行く。まばらな木のあいだを進む。開けた斜面を登る。俺たちはその全部を歩く。その全部を経験する。それぞれを違ったものとして見る。視聴者が、そこに塗りたくられた血ではなく、カンバスのほうにもっと注意を払えば、『リンクライフ』はネイチャー番組にもなる。俺たちはそこで、成長を続ける沈黙の大自然で、ほとんどの時間を過ごす。大地と一体の殺人者集団。

　例によって、俺たちはグループに分かれる。ヒトラーを敬愛する三人組は、道路の音がかすかに聞こえている東側に。レーザーは愛用の刀(カタナ)を鞘(さや)ごと置いて腹筋運動を何度かこなしてから、ベルズの腹を枕代わりにして寝そべった。俺はアンカーのそばに立ち、上に向けて末広がりになっている黒い金属の全能の棒を見つめた。ここが地球だって認識がなければ、異星の物体と思える。その場に座ろうとしたら、レーザーが指だけを動かして、こっちに来なと伝えてきた。奴の誘いはさりげないながらも、だんだんとわかりやすくなってきていた。俺のことを、手を差し伸べる価値のある人間だと認めたんだろう。恐れを知らない人間だと。

　ここでの初日、チェーンのメンバー全員が、イレイサーズの三人を除く全員が、手首を同じようにほのかに光らせて――同じようにといっても俺の手首は一つしかないが――みなの到着を待っていた俺を見たとき、それが俺の最初のテストだった。俺は一つ大きく息を吸い、誰かが何か言うのを待った。ベルズとレーザー、エイティは、俺をじっと見た。イレイサーズの三人は、俺に気づいて目をしばたたいた。三人の誰かが言った。「おまえの余生にようこそ」ほかの二人が笑った。

笑い声がやむ前に、ベルズが言った。「名前は？」

これは試験だと俺にわからせようとしているのが見て取れた。

「ヘンドリックス・ヤング」俺は言った。

ベルズもほかの連中も、その名前を聞いてもこれといった反応を示さなかった。そのときもまだ寄り集まって立ち、キャンプの中央あたりを、小さくまとめられた自分たちの荷物が置いてあるところをただ見つめていた。俺はみなの荷物のど真ん中に立っていた。炎のぬくもりが俺のすねを舐めていた。ほかのものはすべて冷気の薄膜でくるまれていた。俺たちがいるのは、水音に囲まれた野原だった。

「どうしてここに？」ベルズが訊いた。

ソーヤーから聞いていた。いまみたいな最初の対面の数分間に旅を終えることになるリンクは少なくない。きみらしさを存分に押し出せとソーヤーは言った。きみなら愛されるさ、と。

「いままでいたところにはいられなかったから」俺は言った。

「誰かを殺したの？」ベルズが言った。

「殺した」俺は答えた。「バトルグラウンドにも出たから、揺るぎない事実だ」俺はベルズから目をそらすまいとした。ベルズは、ほかには何をしたかとは訊かなかったが、おそらく、俺の罪は殺人で、それ以上の悪ではなさそうだと思ったんだろう。もう空はだいぶ暗くなっていたのに、彼女の茶色の瞳はきらきらと輝いていた。ベルズは俺にうなずいた。俺はほかにいくらでもいる奴らの一人にすぎない。

レーザーは険しい目で俺を見た。エイティは優しい目で俺を見た。ルーボブはまだチェーンに加わっていなかったが、もしあのときいたら、きっと黙っていただろう。

俺は俺を値踏みしている彼らを見た。俺の腕が片方ないことに気づくのを見た。

「腕はどうした?」レーザーが訊いた。傷はもうほとんど癒えていたから、初戦でなくしたのではありえない。この競技ではふつう、腕をなくすような大怪我をして生き残ることはない。

「鋸で」俺は答える。

イレイサーズは興味をなくし、俺のそばを通り抜けて、今夜の寝床と定めた場所に向かった。イレイサーズの一人が兄弟たちに向けてではあるが、自分は言いたいことを言えるんだと俺に見せつけるためだろう、俺にも聞こえる声でこう言った。「また黒人（ニガー）だよ、ありがたや（ハレルヤ）」三人は笑った。「そりゃしかたないよな、連中の大半は犯罪者なんだから」別の一人が言った。俺は三人のほうを向いた。槍は足もとの地面で待っていた。それを拾った。三人は以前にもその槍を見たことがあるはずだが、武器を単体で目にするのと、誰かの命を奪う経験を経てその使い手に握られているのを目にするのとでは、話は変わってくる。イレイサーズの一人は輪に巻いた鞭を腰に下げていた。別の一人は、畑仕事に使うような鍬（くわ）を持っていた。三人目の武器は見えなかった。俺は〝農民〟のイレイサーを見た。口をきいたのはそいつだったからだ。

「ここに来るような人間が、〝ニガー〟と呼ばれて黙ってると思うか」俺は言った。

ベルズとレーザーとエイティが成り行きを見守っているのがわかった。俺はスピニファー・ブラックをすぐに使える状態で握った。低い位置に向けてはいるが、切っ先は白人三人組を指している。

「口がすべっただけだ、ヘンドリックス」鍬を持ったイレイサーが言った。

「今後は気をつけるんだな」俺は言った。奴は微笑んだ。それから歩いていって腰を下ろした。俺にはテントはなかったが、自由に歩き回るスペース、持ち物があればそれを置くスペースはいくらでもあった。俺は木の切り株に座った。そのときも、いつでも、闘う準備はできていた。

ほかの奴らは二つのグループに分かれたままだった。俺はそのどちらからもはずれていた。ピーナツバターのサンドイッチが空から俺のところに降ってきた。俺のために。世界はその気になればどんな場所にだってなれるだろうに、こんな場所なんだから悲しいもんだなと思った。夕飯のサンドイッチが歯にくっついて閉口しているところに、レーザーが話をしにきた。奴は立っていて、俺は座っていた。立ち上がりたい衝動を押さえつけた。本当は何もしないで休んでいたいのに、挑戦を受けて立とうとしているように思われるだろう。

「鋸で切られたって、どうして?」レーザーは訊いた。

「食肉加工場で作業をしていた。別の奴を助けようとした」

レーザーは俺の目をまっすぐに見た。真っ赤な鞘に納めた刀を持っていて、鍔をわずかに押し上げた。鞘の内側で眠っている鋼がちらりと見えた。正真正銘のサムライの刀だ。

「そいつは不運だったたな。俺もあんたと同じ理由でここに来た。けど、あいつらは俺の味方だ。俺の家族だ。あんたを歓迎するよと言いにきた。それと、ここには切るのに向いたものが山ほどあるのを忘れるなって。用心するに越したことはない」レーザーは言った。

「だな」俺は答えた。レーザーが行ってしまうと、俺はサンドイッチの残りを飲み下した。

最初のテストは、イレイサーズにどう対処するかだった。ここにいるのは、自分を殺そうとする奴らか、自分を殺そうとしかねない奴らか、自分で選んだ家族か、その三種類だ。エイティ、レーザー、ベルズは家族になった。俺を仲間に入れるように、レーザーがベルズに頼んだんだろう。

目的地を知らされることはない。それに、夜、キャンプ地に、まるで土から生まれてきたみたいに新しいリンクが現れることがある。マーチそのものは、たいがいそれほどきつくない。連中から見れば、俺たちの肉体には殺すための物体としての価値があるんだろうな。急斜面を転げ落ちたりヘビに咬まれたりして死なせるのはもったいないってわけだ。連中は、俺たちを殺すこと自体に抵抗を感じていない。こだわるのは、どうやって殺すかだ。だから、どこであれ目的地までのルートは、ほどほどの難度に抑えている。

まだ休憩が続いていた。俺はほかの奴らに近い場所を選んで草のベッドに寝転がる。着ている服は質素だが清潔だ。殺人ポイントを使い、聞いたこともないブランドの業者に週に一度、服の洗濯を頼んでいる。人の死は洗濯になる。食べ物になる。死が何でも買える通貨になるのを許せば、そのとおりになる。そして連中はそれを許す。通貨があるから、俺はトレーニング用の黒いシャツとパンツを持っていて、サイズの合うスニーカーとソックスと下着も持っている。そのどれもがいま、松葉と石鹼とマーチの汗のにおいをさせている。

俺たちは、一日の旅路のちょうど真ん中で休憩する。

「今日はもう歌はおしまいか」レーザーが訊く。「俺のせいでやめるなよな」俺は奴を見る。ベルズを見る。ベルズは空を見上げている。

「歌ってないことに気づかなかった。頭のなかで歌ってたから」

「え？」エイティが訊く。奴の声はみっちりとしていて重い。肩幅の広い体つきに似合っている。

「安らぐだろう……この太陽が沈むとき」俺は歌う。

「前にいたところでよほどの目に遭ったんだな、シンガー」レーザーが言う。俺はベルズを見る。ベルズはずっと空を見上げている。ベルズの呼吸に合わせてレーザーの頭がゆっくりと上下するのを見る。レーザーの目は閉じている。エイティは起き上がって俺を、イレイサーズを、すべてを見ている。いつでも誰かが警戒役を務めている。

「安らぐだろう」俺は歌う。困難を経験していない者は、本当の意味で生きてはいない。

「オーバーンにいたんだよな。例の実験施設。二十四時間、一言もしゃべれない」ルーボブが言う。

「マジか」レーザーが言い、自分の手首のランプを見る。

「誰にだって過去はあるんだよ」ベルズが言って起き上がる。レーザーもしかたなく頭を起こす。

「ここにいるなかに、幸せな人生を歩んできた奴なんかいない」

「太陽が沈むとき」俺は歌う。

「おっと、壊れちまったみたいだぞ」エイティが言い、少し笑う。ベルズがまじめに言っているとわかったからだ。「壊れた音楽ストリーミングサービスだ」

ベルズは立ち上がって伸びをした。レーザーの頭は土の上に置き去りだ。ベルズはマチェーテを素振りする。

それから歌う。「そんなに眠いわけじゃないけど、横になりたいんだ」

俺はそれを引き継ぐ。「そんなに眠いわけじゃないけど、横になりたいんだ」

**マーチ再開一分前**――アンカーが言う。

全員が立ち上がる。俺は歌い続ける。また一列に並ぶ前に、俺を助け起こそうと、ベルズが近づいてくる。俺は地べたに座っている。彼女が俺の手を取る。硬いたこの手触り。

「誰だっていろんなことを乗り越えてきてる。他人からかわいそうに思ってもらう必要なんてないよね、シンガー」ベルズは俺のために、俺だけのためにそう言う。「いまはもうここにいるんだから」

「横になりたいんだ」俺は歌う。ジョークではないジョーク。懇願ではない懇願。俺は彼女に感謝する。彼女が手を引いて俺を立ち上がらせる。真顔で俺を見る。俺たちは散らばり、だが同時に寄り添って、マーチを再開する。

# 休暇旅行

巡業トーナメント（サーキット）に参加して最初の一年が過ぎ、悪夢を見なくなったわけではないが、回数は減っていた。不安がつねに心につきまとってはいたが、それは絶えず聞こえている環境音のようなもので、スタックスはその存在を日常の一部として受け入れられるようになっている。今夜、せまい寝台に横たわったスタックスを現実につなぎ止めているのは、ランディ・マックのひどいいびきと、ムスクに似たぴりりと刺激のある体臭だけだ。うとうとしかけたスタックスの意識は漂い始めた。彼をここにつなぎ止めているのは自分なのだ、スタックスなのだということを忘れまいとした。彼は彼女の胸に背中を預けて眠っている。すぐ下で穏やかに休んでいるラヴガイルを思い描く。彼を殺したらどうなる？　今日、ついに実行してしまったとしたら？　朝起きてから夜寝るまで、周囲の人々を殺すこと以外に何も考えられないような日がたまにある。たびたび侵入してくるその考えは、サンセットを殺す以前からスタックスの人生の一部ではあったが、サンセットから自分を殺してくれと頼まれたとき、そういった考えの一つがついに現実になったかのように感じた。友人を失うのはつらかった。その友人の死に手を貸すのもつらかった。それでも、つらいながらもサンセットの最期を見届けたことを誇らしく思ってもいる。

サンセットは言った。「俺を赦せと他人に強要したくない。俺は赦しに値する人間なのか、自分でもわからない」悪夢のなかでその言葉が何度もこだました。スタックスは正反対のことをしてきた。多くの人に赦しを強いた。赦す心は誰にでもあるとわからせたくて、そう迫った。

人を殺した。だから、彼女は殺人者だ。ほかの何者であるより先に、殺人者なのだ。スタックスの心の奥深くにある声はそう告げている。初めて人を殺したとき、高校の教師にレイプされかけ、とっさにナイフを握って教師の喉を切り裂いたときでさえ、なぜか同時に自分の人生まで切り裂かれてしまった。何度同じ立場に置かれたことだろう。他人の暴力を赦せと求められた。同じ悪夢を生きてきた人は、ほかにも大勢いる。[*]それもスタックスの使命の一つだ。あんな経験をしても声高に生き、存在感を発揮すること。傷ついていろ、あのことは黙っていろと世間に求められようとも。世の中は彼女の物語を、最初の殺人の背景を知っている。家族から縁を切られたことも知っている。家族は彼女を恐れているかのようだった。刑務所に面会に来るのをいやがり、やがては来なくなり、遠くへ引っ越していった。彼女を見捨てた。それはすべての災難を巻きこんだ嵐だった。彼女は吹き飛ばされた。彼女の人生はハリケーンだ。

しかし、ハリケーンとハマラの境界線はどこにある？　自分がこの競技に加わる前のハマラより、ハリケーンのほうをよほどよく理解していることがおそろしい。ハリケーンは闘う。ハリケーンはどんな困難にも立ち向かう。ハリケーンなら、どれほどの重荷を負わされても立ち上がる。ハリケーンは愛する者たちを守る。しかし、ハマラは？　ハマラは見知らぬ他人も同然だった。眠ったまま二度と目覚めなければいいのに。

彼女は次々と割りこんでくる考えの連なりだ。静かなとき、何より怖いのは自分の心だ。殺せと、

＊シントイア・ブラウンは売春を強要され、身を守るために四十三歳の男を殺した罪で、当初、十六歳にして終身刑を言い渡された。シントイア、シントイア、シントイア。
世界中で、自分をレイプした相手を殺した女性が投獄される事例は多い。

あるいは率いよと言われたときは落ち着いていられる。楽しめる。しかし何もないとき、ただそこに存在しているだけでいい瞬間には——

おまえは殺人者だ。

その考えが流れていくにまかせた。抗わない。彼女は愛の器だ。彼女を定義するのは、彼女を傷つけた男どもではない。自分を見捨てた家族でも、彼女を鎖につなぎ、快適な自宅から彼女を観ている何千万もの人々でもない。目を閉じたが、ＨＭＣの青みがかった光がまぶたの裏に亡霊のように映ったままだった。

彼女にできるのは人殺しだけで、彼女が口にすることはどれも飾りにすぎないのだとしたら。そうありたいと願っている自分とは正反対の人間なのだとしたら。すべての人はダイヤモンドの原石などではなくて、美しい器に無価値なものが詰まっているだけなのだとしたら。ダイヤモンドでうわべだけ飾られた無価値なものなのだとしたら。ランディを殺したらどうなる？　スタックスはありのままのランディを愛している。しかし、彼女が生まれてきたのは愛する人々を殺すためなのだとしたら？　自分が愛する人を、自分を愛してくれる人を殺す人生なのだとしたら。ときどき、そうとしか思えなくなることがある。

声を立てて笑った。二人が眠っている寝台が揺れた。寝台が軋み、たわむ。二人はすでに何度も壊しかけていた。安っぽい作りの寝台だ。サーウォーが使っているもの、スタックスのテントにあるものとは大違いだ。

ランディが寝返りを打つ。スタックスの首筋に息が吹きかかった。

なかば眠ったままランディが言った。「何がおかしい？」寝ぼけているせいでふだん以上に低い彼の声を聞いて、彼女は自分の肉体との結びつきをいくらか取り戻す。

「ちょっと思ったの。あなたを殺したら、事故だって言い訳しなくちゃいけないなって。〃またやっちゃった。お願いだから怒らないで。仲間を殺すなんて、あたしが悪いんです〃」

ランディが体をすり寄せた。より豊かな酸素を彼女の肌に求めるように。彼女こそ新鮮な空気であるというように。

「笑えるな」それだけ言って、ランディはまた眠ってしまった。

スタックスは彼の額のてっぺんにキスをした。不安にがんじがらめにされていた心がほぐれるのを感じ、静かな感謝が胸に広がった。

「サンセットを殺したあたしを憎いと思う？」ランディにそうささやく。だが自分でもわかっていた。眠っているランディに訊いているのではない。彼女は世間の人々に問いかけている。「あたしは壊れてるんだと思う？　あたしは世の中に出ていい人間だと思う？　文字どおりの意味で。あたしは社会でうまくやっていけると思う？」

上下する彼の胸を見つめた。筋肉に力は入っていなくても、やはり彼の皮膚に凹凸を作っている。

「世間はおまえの写真をシリアルの箱にプリントするだろうな」

彼女は黙っていた。セミとキリギリスの大合唱のなかでも彼女の沈黙は耳を聾するように響き、ランディは少し体を起こして彼女と目の高さを合わせた。まぶたが震えながら開く。彼女を見る。彼女はその視線を受け止めた。自分の体のなかにいたいのに、体を抜け出して漂っていくような感覚があった。

「おまえは壊れてるよな。けど、目の前に置かれたものに一つひとつちゃんと対処してきた。だから完璧でもある。しかもおそろしくタフだ。病んだ世界に健やかさはなじまない。だから、そうだな、おまえはいくらか壊れてる。けど、おまえならサーキットで俺たちの誰よりうまくやれるさ。

おまえを救世主と見る身勝手なリンクの立場からそう言ってるだけじゃない。本物とまがい物を区別できる人間として言ってる」

「うれしくて、ちょっとくらくらしてきた」目に涙がにじんでいた。

「だろうよ。話なら聞くぞ。何を話したい？　昔の話か、それともいまの話をするか？」

　スタックスは思案した。どんな話ならできるだろう。自分の心は何なら受け入れられるだろう。

「昔の話」

「おっと困ったな」ランディは言った。「おまえに会う以前の俺の人生に、話すようなことは何もない」ランディは目を閉じ、ふたたび体をすり寄せ、彼女の鎖骨に唇を押し当てたまま眠りこんだ。

　スタックスは笑った。寝台も一緒に笑うかのように軋んだ。それからスタックスはまた笑って言った。「ばかね」

　マックを愛おしく思った。

　一般市民でいたころの名残なのだろうか。何かと無理をするような男を選ぶのは。だが、いまの過酷な環境ではその一所懸命さを楽しんでいる。

　こういうひとときを、週に一度か二度ランディと過ごす時間を、彼女は楽しんでいる。数カ月前なら、複数のものを同時に手に入れようとすれば、手のつけられない不安定さを招いていただろう。サーウォーがいるのに、ランディ・マックとも時間と体を分かち合う自由を望んだのだから。マスコミは戦争を煽った。少なくとも誰か一人が死んで終わることを期待した。ところが、そうはならなかった。サーウォーの成熟と良識のおかげ、そしてランディが不本意ながらもサーウォーに誠実であり続けているおかげだ。それはある種の合意だ。そのおかげでスタックスは好きにふるまえる。二人はそれぞれ別のものを彼女に与え、別の欲求を満たした。サーウォーが家なら、ランディ・マックは休暇旅行だ。どこか別の場所。スタックスのバランスを整え、自分の体に引き止め、安定させるような、気分転換。

ここで、全世界が見つめるなかで、自分らしくいられることが誇らしい。このために生まれてきたのだ。いやな考えが押し入ってこようと、どれほど難しかろうと、愛を恐れない。愛を武器のように振るい、愛を育み、愛を受け取ることを知っている。

自分にできるのは死をもたらすことだけなのだとしたら。

その考えが通り過ぎていくのを見送った。

自分は愛になろうとしているが、その愛はどれも偽りだとしたら。

その考えを見つめた。それが彼女の呼吸に乗って出入りするにまかせた。そう、サーキットに来て自分自身を発見したとも言える。だが、ここでなくてもいつかは発見しただろう。彼女がここで学んだのは、人生は、あらゆる人生は、死と再生、死と再生の繰り返しであることだ。万物はつねに変化を続けている。

夜明けまで数時間を残してスタックスは目覚め、テントを見つめていた。換気と蚊よけのネットを透かして暗い空が見える。ランディは彼女の脇腹に掌をすべらせ、もう少しだけ引き止めようとしているかのように抱き寄せた。まだ眠っているが、そろそろ目を覚ましそうだ。スタックスは、夜をランディと過ごした日でも、朝はサーウォーとともに迎えるようにしている。だから、彼女がまもなく出ていくことをランディは知っている。朝ももう少し一緒にいてほしいと懇願して泣くランディを、彼女も、アメリカ中の人々も見たことがある。スタックスは習慣を譲らなかったが、彼を優しく抱き締め、額にキスをしてからサーウォーのところに行った。最近ではランディはたいがい、彼女がいなくなるまで目を閉じている。しかし今日スタックスは、彼が目を覚ますのを待った。

キャンプが朝の光に包まれていくのを見守った。もうじきサーウォーはフリードに達する。もうじきスタックスはコロサルに昇格する。人生は死と再生、死と再生だ。今日のスタックスは、サンセットを殺した夜以前のスタックスとは別の人間だ。いまはまだ、この新しい自分になじもうとしている最中だった。

サーウォーはもうじき自由の身になる。二人でたくさんの愛とたくさんの死を生み出してきた。この星のどこを探しても、ロレッタ・サーウォーのようにスタックスと釣り合う相手はいないだろう。そう考えながら、ランディ・マックの額を指先でそっとなぞった。歯を食いしばっている。苦しい夢を見ているような表情だった。太い眉をそっと親指で押す。とげとげしい表情が消えた。彼はどこに行っているのだろう。目を覚ますまでこうして待っていよう。この男はサーウォーとは違うが、それでもスタックスの一部であることは変わらない。どんな夢を見たのか訊いてみようと思った。またしばらく目を閉じて待った。

彼が眠りの底から浮かび上がってきたとき、スタックスは彼を見つめていた。彼は戸惑ったような顔であたりを見回した。目が覚めたら見知らぬ場所にいたとでもいう風だ。もちろん、サーキット中は毎朝別の場所で目を覚ますわけだが。

「どんな夢見てた？」スタックスは静かに訊いた。ランディは寝台からはみ出すくらい大きく体を伸ばした。朝の口臭が漂った。

それから急に起き上がった。相手が誰であれ、異性が唐突に動くと、スタックスはラヴガイルに手を伸ばしたくなる。しかしラヴガイルは地面に置いたまま、答えを待った。ランディは寝台のすぐ横の地面から何かを拾い上げた。

また寝台に横たわった。手にノートを持っている。そこにすばやくペンを走らせた。

「ねえ、何の夢見てたの？」スタックスはもう一度尋ねた。彼にまたがり、上半身をもモで締めつけた。ノートがスタックスの腹に押し当てられた。

「ヤギ」ランディ・マックは言った。「ヤギの夢を見た」

「あら、うれしい。いまもあたしの夢を見てくれるなんて、知らなかった」

「ほかの夢なんか見ないさ」

スタックスは身を乗り出してキスをした。ランディは喜んでキスに応えた。

「何かあったのか？」ランディが訊いた。

スタックスは微笑んだ。「今日、ハブ・シティに着く。遅くとも明日には」

マーチがいつ終わるか、リンクには決して知らされない。何日か歩き続けたころ、唐突に合流地点に着く。迎えの車がそこで待っている。先が見通せない心もとなさ、ハブ・シティを待ち望む気持ちに押しつぶされ、神経を参らせてしまうリンクも多いが、ハブ・シティ到着の不安も同じように負担になる。ハブ・シティはバトルグラウンドを意味し、バトルグラウンドは死を意味する。

「偉大なるハリケーンは千里眼でもあるってことか。それともただのあてずっぽうか」

「あてずっぽうで言ったりしないよ。こういうことはわかるの。空気の違いで感じるっていうか。あなたにはわからない？」

「びしびし感じるよ」ランディは言い、ノートを置いてスタックスの腰に両手を伸ばした。スタックスは彼の手首をつかみ、彼の耳の両側に押さえつけた。しばらくそのままでいた。やがて彼の上から下りた。ＨＭＣがすっと動いて彼女の頭をかわす。スタックスは服を着た。

「なんでまだここいる？」ランディが訊いた。

「あたしはあらゆる場所にいるの」スタックスは言った。

「こんな時間までいたことないだろ」

「今朝は一日をゆっくり始めたい気分なの」スタックスはスウェットパンツを穿いた。「それに、さっきも言ったとおり、そろそろハブ・シティに着く。もし……」スタックスはいつも頭のなかに聞こえているその質問を口には出さなかった——〝次の試合であたしが負けたら？〟

「今度のダブルス・マッチが心配なのか」ランディが訊く。

サーウォーとスタックスは、次の試合でダブルスを組むことになっている。対戦相手は、過去に対戦した誰より強く、しかも予想不能という触れこみの二人組だ。

スタックスは眉をひそめた。

「だよな、違うと思った。おまえら二人が組むんだ。何も心配することはないものな。今日にかぎっていつもと違う気分でいるのはなんでかと思っただけだ」

「大した理由じゃないときもあるんだよ、マック」

「で、どうして？」

「大した理由じゃない」スタックスはそう言い、彼のスペースを出て〝家〟に戻った。

# 心も体も

　スタックスが夜をランディ・マックと過ごしたことをサーウォーが心の底からうれしく思ったのは、この日が初めてだった。一晩、一人きりで嘆きたかった。前夜は早めにテントに引き上げ、ハンマーの練習に励んだ。次回はスタックスと組むダブルス・マッチの予定なのに、ハス・オマハの素振りをする瞬間、サーウォーの心の目に映る敵はスタックスだった。

　最悪の考えばかりがあふれ出してクイーンのテントを満たした。様子見しすぎたとか。ルール変更を知っていて隠していたとわかったら、スタックスは絶対にサーウォーを許さないだろうとか。スタックスがサンセットを殺した理由がまるでわからないとか。スタックスについて自分が知っているつもりだったことはすべて嘘だったとか。

　問題の試合はまだ先なのに、早くも正気を失いかけているのかもしれない。いや、もしかしたら正気そのもので、解放の当日、スタックスに自分を殺させるのかもしれない。なぜなら、そうするしかないからだ。ほかの結末は考えられなかった。ハス・オマハをスタックスに叩きつけるなんて――それは一度ならず見た悪夢そのままだった。いまのサーウォーはもう、愛する相手を殺すような人間ではない。絶対に違う。ありえない。ヴァネッサにしたことは、サーウォーの人生で最大の過ちだ。彼女を殺すと同時に、自分は生きる権利を放棄したのだといまでも信じているが、それでもいまのサーウォーは彼女を殺したサーウォーとは別人だ。

　あの紙片に記されていた情報は誤りなのだ――そんな考えにしばしふけった。つかのま救済を感じた。だってそうだろう、事実だという保証は何一つないのだ。シーズン33のルール変更を教える紙片をよこしたあの女性は、心ない噂話、根拠のない願望を伝えてきただけのことかもしれない。

しかしサーウォーは、情報は本物だと確信していた。この競技を創り出した連中がいかにも考えつきそうなことだ。次のダブルス・マッチの直後、シーズン33の開始時点で、スタックスはコロサルに昇格する。そのタイミングで新しい非情なルールが発動し、その一週間後、世界が夢見てきた対戦で新シーズンが幕を開ける——サーウォー対スタックスという夢の対戦で。

生きる原動力だった人物が、いまは彼女の行く手に立ちふさがっている。現在のサーウォーならどうする？　自分を殺させようと思う。そもそもの計画、この競技に参加した目的は、それだったではないか。死ぬことだったではないか。ついに勇気を示すのだ。Uブロッカーズ・チェーンのあの若者と同じ勇気を。次の試合ではスタックスとともに勝利を挙げる。ダブルス・マッチに勝ち、サーウォーの解放の日を迎える。結局、自分もメランコリアと同じ道をたどるのだ。


サーウォーはスタックスの影を目で追った。朝はまだ早い。

もはや嫉妬心に人生を左右させない自分を心の片隅で誇らしく思った。いまも心の隅に残っている狭量な部分は、ランディの不幸を願うこともある。しかし、さまざまな苦難をともに乗り越えてきたランディは、サーウォーを真に理解しているごく少数の一人でもあった。運命を分かち合う間柄でなかったら、よき友人になっていただろう。

ランディがいるおかげで、スタックスはスタックスらしくいられる。ランディがいるからこそ、スタックスは崩壊を免れている。ランディは負担を分かち合ってくれているわけで、その点でサーウォーは感謝している。

しかし、スタックスが朝食の時間までランディといることはこれまで一度もなかった。ほかのリンクがそれぞれ自分の食事を受け取る気配が伝わってくる。スタックスの姿がテントのすぐ外に見えたとき、サーウォーは体から緊張が抜けるのを感じ、自分が気を張っていたことに初めて気づいた。スタックスはラヴガイルを小脇にはさみ、二人分の特注の朝食を持ち上げた。

「おはよう、美人さん」スタックスが言った。

サーウォーはスタックスを、微笑みを浮かべた口もとを見つめた。

「何かあった?」サーウォーは訊いた。ベッドの自分のとなりにスペースを空けた。シーズン33のことは頭から追い払おうとした。それが頭のなかにあれば、スタックスに読まれてしまうとでもいうように。スタックスは食事が入った大きな箱を二つ慎重に地面に下ろしたあと、流れるような動きでバックパックを下ろした。サーウォーは左手をもにこすりつけ、すぐとなりの空間をそっと手で叩いた。スタックスはそこに座ってサーウォーの膝に頭を預けた。

「今日はマーチの最終日だよ」スタックスが言った。

「大丈夫。心配はいらない」サーウォーはスタックスの頰を横切って伝い落ちる涙を拭った。「二人なら」

「二人なら大丈夫」スタックスが言った。「あたしは試合が心配なわけじゃないの」

メイレー以来の数日、スタックスとサーウォーは綿密なトレーニングを重ねてきた。今度のバトルの相手は、サーウォー以来のスピードでランキングを駆け上がっている二人組だ。まったく異なるスタイルで闘う男の二人組。向こうも準備を万全に整えてくるだろう。スタックスは心配していないとしても、それはスタックスだからだ。サーウォーは心配でたまらなかった。二人のどちらにとっても過去最大の試練になるだろう。

「なんだか――そうね、ハヤブサになった気分。鳥にとって大地は別物なんだよ」スタックスは言った。

それはリンクたちに特有のサバイバル手段だ。暗号や謎々めいたフレーズを多用し、真のメッセージを視聴者から隠す。決して遊びではないが、ときにそう感じられることがある。番組のファンはリンクが暗号を使うことに気づいていて、それを解読しようと試みる。視聴者をやりとりから排除するのが本来の目的であるにもかかわらず。

「二人なら大丈夫」サーウォーは言った。スタックスの肌からランディ・マックのにおいがした。

「でも、話してよ」ＨＭＣが近づいてくる。サーウォーは心にのしかかっている重荷のことを考えた。ダブルス・マッチに勝てば、その次の試合では互いと戦わなくてはならないことをまだ知らないのに、それでもスタックスはこうして思い悩んでいる。だめだ。スタックスには本当のことを言えない。二人の運命をめぐる秘密を秘密のままにしておくことだって、スタックスを守る一つの手段だ。

「ハヤブサはね、時速三百キロで降下するの。まさにそんな感じがしてる。急降下して、地面から食べ物を拾って、また空に舞い上がる」スタックスは頭を起こして涙を拭った。「冬の終わりを一番に告げるのは鳥なんだよ」

サーウォーはスタックスを抱き寄せて額にキスをした。

「飛ぶときは私も一緒だ」

スタックスは並外れて感受性が鋭い。歌で、詩で、暗号で話す。ふだんならサーウォーにも理解できた。スタックスと同じものを感じているからだ。しかしときおり、考えていることをストレートに言葉にしてくれたらいいのにと思うことがある。誰にでもわかるように。いや違う、〝誰にでもわかるように〟ではない。サーウォーター以外の誰も聞いていないかのように、だ。

一方でサーウォーターは、長いサーキット生活を経て、スタックスの一部が本人にさえ解析不可能な感情のカオスになってしまっているのではと心配していた。リンクたちはそういう状態を〝崩壊〟と呼んでいる。サーウォーターはときおり不安になる――自分は崩壊を食い止めてやれるだろうか。

「武器なしのトレーニングでもしようか」サーウォーターは提案した。

スタックスがサーウォーターを見た。その目に自信が戻っていた。「やろう」

誰かの助けになりたいとき、彼女はいつもそうした。体を使うのだ。サーウォーターは、スタックスを現実につなぎ止める確かな方法を一つ知っている。それはスタックスに体を使わせることだ。

スタックスはすでにトレーニング向きの服装をしていた。コンプレッションタイツ、その上にショートパンツ、Tシャツ。サーウォーターは自分もタイツと長袖のコンプレッションシャツで身支度をした。外に出て、テント裏の空きスペースでスパーリングを始めることにした。

「三本勝負というのはどう？」サーウォーターはスタックスの周囲を回った。トレーニングを楽しみたい。今日は膝の調子がよかった。

スタックスは首を伸ばしながら言った。「いいね」一瞬思案げな顔をしてから言った。「ねえ、バッド・ウォーター。ちょっと来てくれる？」

サーウォーターは片方の眉を吊り上げた。スタックスは黙って微笑んだ。

「何だ？」クイーンのテントの向こう側のどこかからバッド・ウォーターの声が聞こえた。

「いいからちょっと来てよ、ウォルター」スタックスが叫ぶ。

まもなくバッド・ウォーターが来て、草の上に並んで立っている二人を見た。青白い肌が赤く染まっていく。

「ありがとう、バッド・ウォーター」スタックスが言った。

「〝始め〟って言う役をやってほしい。いまから軽く練習したいから」サーウォーは説明した。「武器なしのテイクダウン練習。前にも見たことはあるね」

「あるよ」バッド・ウォーターが言った。

「技の一つや二つ、盗めるかもよ」スタックスが言った。「〝始め〟って言ってくれるだけでいいの。あとは、あたしに倒されちゃったかわいそうなサーウォーを励ましてくれれば」

「三本勝負だ」サーウォーは言った。「スコアをつけるのはさほどたいへんじゃないと思うよ」サーウォーはバッド・ウォーターに片目をつぶってみせた。バッド・ウォーターが肩を揺らして笑う。サーウォーはここぞというときを選んでちょっとした軽口を叩き、自分もみなと同じ人間なのだ、ジョークだって言えるのだとほかのリンクたちに示すようにしている。

「場外ポイントはなしでいいか?」バッド・ウォーターが言った。「うちの息子がレスリングをやってたことがあってさ」

「息子さんがいるのか」サーウォーは言った。

「知らなかったな」スタックスが言う。

「あんたら俺とは話そうとしないだろ」バッド・ウォーターが言った。

「だからって、さっそくおしゃべりしようってことにはなりそうにないけどね」スタックスがにっこり笑う。「あたしたちが腰を落としてかまえたところで、〝始め〟って言ってくれるだけでいいから」

「わかった」バッド・ウォーターが言った。さっきより朗らかな表情になっていた。何か役割を与えられたのがうれしいのだろう。

「よし、やろう」サーウォーは言った。スタックスとはレスリングの練習を何百回もしてきている。サーウォーはほかのリンクたちの練習ローテーションにもレスリングを組みこんでいた。まず自分の体を武器として理解することが戦闘力を究極まで高める第一歩であると、経験から学んでいるからだ。バトルグラウンドで武器を使えない状況に陥ったことが何度もある。それでも勝利した事実は、統計上のめざましいはずれ値だ。武器を失うのは、ふつうなら死を意味するのだから。

サーウォーとスタックスは向かい合って重心を落とした。サーウォーはスタックスの茶色い瞳をまっすぐに見た。一点に集中し、鋭く、しっかりと現実を見据える目。スタックスの心と体のすべてがここにそろっている。

「位置について」バッド・ウォーターが言った。

彼は二人から少し離れたところに立っていた。テントとほかのリンクたちに背を向けていて、いかにも無防備だ。バッド・ウォーターのすべてが〝新参者〟と叫んでいるなとサーウォーは思ったが、すぐにスタックスに意識を集中した。スタックスは競争心が旺盛だが、三本勝負はもちろん、五本や九本に増やしても、サーウォーには一度も勝ったことがない。スタックスはかならず「もう一度」と言いだすから、本数も必然的に増える。

サーウォーは低めに、だが低すぎない程度に腰を落とし、太ももの筋肉に最大限のエネルギーをためた。スタックスも同じようにした。

「よし」二人はそれぞれに言った。

「始め」

両者の腕がさっと伸びた。腰を落としたまま、互いの肩をつかむ。サーウォーはスタックスの瞬発力をよく知っていた。自分はどう動くべきかを考え、相手がどう動いてくるかを考える。両脚を広げようとしたとき、スタックスが左に動きながら腰を大きく落とし、なかばしゃがんだ状態でサーウォーの脚を抱えこんだ。頭をサーウォーの脇腹に押しつけてくる。サーウォーは、このポイントは取られたと思った。スタックスがサーウォーの内ももをつかんで地面に押し倒す。サーウォーは尻餅をつき、スタックスが勝ち誇った表情でその上に倒れこんだ。

「テイクダウン。ハリケーン・スタックスに一ポイント」バッド・ウォーターが言った。

「〝始め〟だけでいいって」サーウォーは立ち上がりながら言った。土ぼこりを払った。一本取られたことにではなく、スタックスがサーウォーの痛むほうの膝を迷わず攻めたことに動揺していた。スタックスに心配をかけたくなくて、膝の件も秘密にしていたつもりだった。ふたたび腰を落としながら、どの秘密をどこまでスタックスに知られているのだろうと思った。たとえばスタックスは、ヴァネッサの名を知らない。サーウォーが起こした事件を詳細に知っているわけではない。ヴァネッサにたびたび暴力を振るっていたことは話していなかった。ヴァネッサが反撃してきたとき何が起きたかも話していない。自分には赦される資格がないとわかっていても、毎晩、赦しを願っているということも話していなかった。そして決して詮索しないスタックスを愛していた。

「あら。グランド・コロサルが負け惜しみなんか言っちゃって」スタックスがからかう。

「言うね」リコ・ムエルテが言った。リコのほかに、サイ・アイ・アイとランディ・マックも来て二人のスパーリングを見物していた。

「まだ負けたわけじゃない」サーウォーは言った。「勝負は終わるまでわからない」

「位置について」バッド・ウォーターが言った。「始め！」

今度もまた両者の腕がさっと伸びた。サーウォーは即座にスタックスの肩を下に向けて引いた。額から地面に引き倒してやろうという動きだ。スタックスは抵抗した。それを予想していたサーウォーは、相手にかけていた体重をふっと引いた。スタックスの頭がわずかに持ち上がる。サーウォーは思いきり腰を落とすと、スタックスのみぞおちに頭をつけ、両手でスタックスの膝をつかんだ。頭でスタックスの体の芯をとらえて押す。いっそう体重をかけて押し、スタックスを持ち上げるようにした。スタックスが後ろざまに倒れた。サーウォーは地面に横たわったスタックスを見下ろした。両手がハス・オマハを呼んでいた。そんな衝動を感じた自分を嫌悪した。

「決まったね！」リコが言った。

「ダブルレッグ・テイクダウンか」サイが言った。「定番の技だ」

「ありがとね、二人とも。見てくれるのはうれしいけど、ほかにやることはないわけ？」スタックスは立ち上がりながら言った。

「さあ、次」サーウォーは言った。リンクたちが声援を送った。

本当のことを打ち明けられればいいのに——サーウォーは思った。二人は位置につき、互いの目を見て腰を落とした。リーダーであれば、ときに一人で重荷を背負わなくてはならない。サーウォーはこの競技の歴史上もっとも偉大なリーダーだ。いや、もしかしたらサーウォーは、重荷を、責任を誰かと分かち合うことを恐れているだけなのかもしれない。ロレッタ・サーウォーは何をも恐れないと信じる人が存在することが信じられなかった。

「位置について……始め」

そんなのは間違いなのに。

スタックスが前方に跳び出す。サーウォーはそれを予期していた。衝撃を受け止めて吸収し、低めのインサイドステップのフェイントをかけ、上から覆いかぶさるようにしてスタックスの首をつかんだ。スタックスの背中に自分の胸を当ててのしかかる。スタックスは体を起こそうとしたが、サーウォーはその場で向きを変えてスタックスのももをつかまえた。体重をかけてスタックスを仰向けにする。

わずかな観客が拍手した。

「さすが史上最強」リコ・ムエルテが言う。

「でしょ?」サーウォーは言った。これがロレッタ・サーウォーだ。

「全戦全勝は無理だけど」サイが言った。

「全戦全勝はさすがにありえない」サーウォーは言った。これを、この瞬間を心から楽しもうとした。ほんのひとときでいい、このあとのことを忘れたい。

「実際のバトルグラウンドが武器ありで、あたしにはラッキーだな」地べたにあぐらをかいたスタックスが言った。

サーウォーは思わず訊き返しかけた――「いま何て言った?」そのかわりに、両手を天に突き上げて観客の歓声に応えた。

「私も愛してるよ、ベイビー」サーウォーはそう言って傷に塩を塗りこみ、スタックスの顔をうかがった。スタックスが知っているはずがない。

「ファック・ユー」スタックスが言った。彼女は完璧だとサーウォーは思った。胸のなかで、すべての喜びが一気にしぼんだ。

# サイモン・J・クラフト

跳べよ、ジェイ。何も考えずに跳べ（Just jump）。

# 追悼の歌

喪失感で、俺たちの足は重い。チェーンの二つの派閥はバトルグラウンドでそれぞれ一人を失った。イレイサーズの三つ子は双子になった。三人目は、かのレイヴン・ウェイズに敗北した。まるきり歯が立たなかった。三つ子はひとまとめに子宮に押しこめられ、監房に押しこめられ、最後にこの人殺しゲームの開けた世界に押しこめられていた。それがいま、初めて別れわかれになった。残った二人は首の鉤十字を涙で濡らしている。もう一人は、よりによって黒人に殺された。

俺たちの側はエイティを失った。はるか昔に悪事をしでかした善良な男。何もかもが血にまみれてたのに、不思議なくらい快活だった大男。悪いバトルじゃなかった。だが、いいバトルでもなかった。エイティはほんの一瞬だけ躊躇した。その一瞬に奴の体に小さな穴が開いた。継ぎを当ててもふさげない穴が。

敗北のあとのマーチで、春の雪解けの証拠をざくざくと踏んで歩きながら、レーザーが俺を見る。何か歌ってくれと言う。

「追悼の歌はあまり知らないんだ」俺は言う。

「何だよそれ」レーザーは言う。「おまえが歌う歌はどれも葬式の歌に聞こえるぜ。いいから歌ってくれよ」

俺はベルズを見る。ベルズは背筋を伸ばして歩きながら、静かに泣いている。

「おまえが歌えないなら俺が歌うよ。一年もずっと歌いまくったくせに、いま歌う歌を思いつかないんだとよ。マジかよ。どうかしてるぜ、ブラザー。せめてメロディをくれよ。俺のブラザーのためだ、今回は俺が即興(フリースタイル)のラップをやる」

短いメロディが即座に浮かんだ。**んー、ふー、んー。**俺はハミングする。「**んー、ふー、んー**」

レーザーがそのメロディを体のなかに取りこむ。目を閉じ、刀の柄(つか)を握っている。レーザーは愛用の刀を〝サンスプリーター〟と呼んでいる。まだエイティが生きていたとき、エイティとレーザーとベルズは、短いラップを順番に歌い継ぎながら何キロも何キロも歩き続けたものだ。俺の歌にラップをからませてくることもたびたびだった。今日、レーザーは息を吸うように俺のハミングを取りこむ。俺たちはアンカーに率いられて川沿いを歩く。俺がその川の名を知ることはない。

**んー、ふー、んー。んー、ふー、んー**

**俺はファット・マンを愛した**

それを聞いてベルズが笑う。〝エイティ〟というニックネームの由来にはもう一つ説がある。初めは〝エイトハンドレッド〟だったって説だ。しかし最初の二戦にかろうじて勝ったあと、肉体の鍛練に励み、話によれば、人間二人分の贅肉を減らした。それで体重に見合ったニックネームに変えた。〝エイティ〟。

**痩せても愛したよ**

**んー、ふー、んー**

**罪を犯したのは知ってるけど、神よ、あいつは死んだ**

**だから天国に入れてやってくれ**

**んー、ふー、んー**

**んー、ふー、んー**

ベルズがあとを引き取って続ける。

**レジーは伝説だった**
**どんなときも、そうどんなときも**
**あたしの味方だった、いま彼は自由**
**だから神様、天国に入れてあげて**
**んー、ふー、んー**

俺の体のなかをそれが通り抜けていくのを感じる。俺は霊魂を拒まない。

**彼のママは息子に王様の名前をつけた**
**彼の強さを知ってたから**
**たった一つの罪は、人間らしい感情を持っていたこと**
**だから神よ、天国に入れてやってくれ**
**だからお願いだ、天国に入れてやってくれ**

それから数キロ歩くあいだ、エイティの物語が歌で綴（つづ）られ、宙を飛び回る目がそれをせっせととらえた。どこかの誰かがこいつは泣ける番組だと判断しているのだ。そのとおりだ。俺の心の一部は、エイティの家族がこれを観てくれていればと願う。別の一部は、彼らにこれを観るだけの強さはありませんようにと願う。

「このチェーンの名前がシン（sing）てのも伊達（だて）じゃないよな、みんな」レーザーが宙に浮かぶ目をまっすぐ見上げて言う。「少なくとも俺らはそう呼ばれる資格がある」そう言って笑う。涙は乾きかけている。

イレイサーズの双子は無言を貫く。マーチのあいだずっと、黙って聴いている。二人の心だって、自分たちの失われた一部を称える歌を歌っているはずだ。

雑木林の奥の明かりが俺たちを迎える。この悲しいマーチはそろそろ終わりだ。ベルズとレーザーはこのまま歩きたがっているのがわかる。足取りを、二人の目を見ればわかる。夜の闇はすべてを隠し、心の傷だけをまざまざと見せる。

　俺たちを率いるアンカーが、焚き火の真上の停止地点へと向かう。権威を見せつけるみたいに、アンカーはかならず焚き火の上で止まる。火あぶりにされても死なない魔女。アンカーはまだ俺たちを引っ張っているのに、俺たちの足並みはゆっくりになる。人殺しゲーム。斃（たお）れる者があれば、加わる者がある。

　今回のアリーナでは、エイティとルーボブとイレイサーが死んだ。塀のなかに消える大勢と同じように、ルーボブは忘れられている。明日の朝の歌には忘れずにルーボブを含めよう。

　シン＝アッティカ＝シン・チェーンは三人を失ったが、焚き火のそばに立っているのは一人だけだ。俺たちはその一人を見つめる。チェーンは速度を落とし、俺たちが作る列は、その男を囲むように笑みを描く。昆虫と風の合唱が聞こえる。炎のぱちぱちという音は、しばらく聞いているうちに意識から遠ざかる。この焚き火のぱちぱちという音はふつうと違う。炎は不自然に暗い色をしている。

キャンプ地に入ると手首のランプが緑に輝き、俺たちはようやく止まる。チェーンの新しいメンバーから二メートルと離れていないところに立つ。焚き火のすぐ前に立っているその男は、まともとは思えない特大の笑みを浮かべている。歯は鈍い薄茶色で、体はたくましい。つねに上下に動いているような、何度も延々と上下に動いているような種類の体だ。脂肪がなくて筋肉質の体。皮膚がぴたりと張りついている。亜麻布のズボンの裾をハイトップスニーカーに入れ、シャツは高伸縮の圧着生地で、筋肉の動きに合わせて影が踊るのがくっきりと見て取れる。

「やあ」男はにこやかに手を振る。同時に、俺たちは心の傷に当てた手に力をこめる。そいつの手には長いナイフが二本ずつくくりつけられているからだ。刃は指関節のすぐ下にストラップで固定されていて、まるでやつの一部みたいに見える。右手に金のナイフを二本。左手は金と黒曜石だ。

　レーザーが最初にそいつに近づいた。

「よう、ブラザー。何て名前だ？」

　俺たちは見守る。黙ることを知らない大自然の音が、いっそう大きく鮮やかに聞こえだす。ベルズが一歩前に出る。「こんばんは、ブラザー。前にいたところでは何て呼ばれてたか教えて」

「名前はサイモン・J・クラフト」男は言った。それから、ナイフと一体化した右手をレーザーの喉もとに向けてさっと振る。

　レーザーは飛びのく。サンスプリータが抜かれ、ぎらりと光を放つ。バトルグラウンドをあまり観戦したことのない者には、まばたきする間もない早業だ。レーザーが刀を鞘から抜いたときにはもう、ベルズが加勢に駆けつけている。レーザーの刀がミスター・クラフトの頭があった薄暗がりを切り裂く。クラフトは体をそらしてかわす。

「僕の名前はサイモン・J・クラフト」奴はありえない角度に体をひねり、ベルズが振り下ろしたマチェーテをよける。次の刹那、ベルズは地面に倒れて血を噴いている。次の攻撃に備えてマチェーテを引く暇さえない*。レーザーが悲鳴のような声を上げ、刀を奴に向ける。俺は介抱しようとベルズに駆け寄る。

「サイモン・J――」刃と刃がぶつかり合う。人を殺すための金属同士がぶつかって火花を散らす。レーザーの刀（レーザー）が地面に落ち、彼の体がそれに続く**。首をざっくりと切り裂かれ、地面に倒れて一分とたたずに彼のまぶたは閉じて、それきり二度と開かない。

俺はベルズを抱き寄せる。ベルズは落胆の目で俺を見る。それからまぶたを震わせ、喉をごぼご
ぼ鳴らして息絶えた。俺は両手を濡らした血を見、顔を上げて双子を見る。二人ともたったいま目
にしたものを理解しきれずにいる。

サーキットに参加している奴は誰だって何かしらの恐怖を目撃している。しかしレーザーとベル
ズの名は世界に知られていた。レーザーとベルズはこの競技の強豪だった。リーパーと呼ばれてい
た。なのに、いまはもう動かない。

「おまえは俺たちの一員なんだよな、ブラザー？」イレイサー1がそう言いながら男に近づく。一
方の手に鞭を持ち、もう一方は握手を求めるみたいに前に差し出されている。男の肌の色がやや濃
く見えるのは影のせい、あるいは日焼けのせいで、遺伝ではないことを願っている。

サイモン・J・クラフトはやはり手を差し出しながら近づく。打って変わって穏やかな様子だ。
従順で、他人の言いなり。イレイサー1の顔に喜びの表情がよぎる。天に召された一人の埋め合わ
せにこの男が遣わされたと思っている。自分の正しさが示されたというみたいに。しかし握手の寸
前に、またも暴力が一閃(いっせん)して、イレイサーの手は地面に落ちている。

＊ジョージナ・〝リング・ヤ・ベルズ〟・ヒッコリー。多くを見た。多くを経験した。地獄に家を見つけた。子供に薬物を売ったことは一度もないが、結局は子供の手に渡ったのだから、同じことだ。家族のために戦い、毅然とした態度を貫き、可能なかぎり正しいことをする。当人は、愛とは無縁だと思っていた。それは間違っていた。地獄で愛を見つけた。愛と歌にあふれた家を見つけた。

＊＊エジャリン・〝レーザー〟・ボアトンは、いつか負ける運命にあった。挑んできた者たちを殺した。家族がいて、利口だった。だが、すべきことをするしかない場面はいつか訪れる。血は血を求めた。掟を作ったのは彼じゃない。掟が彼を作った。それでも彼は、よいことを数え上げた。彼女のなかに、帰る場所を見つけた。はるばるここまで来て、それまで感じたことのない安らぎを得た。ベルズ。彼は彼女を得た。彼女は彼を得た。彼は彼女を永遠に抱き締めていたいと願った。

「おい――」そこまで言ったところで、サイモン・J・クラフトが彼の顔と喉を滅多斬りにする。

最後のイレイサーは向きを変えて走る。鍬を持っていることを思うと、ものすごい速さだ。俺の腕のなかのベルズはまだ温かい。かつて三つ子だった男、そのあと短時間だけ双子だった男は、走る。どこまでも走る。俺はベルズを横たえる。俺自身にあとどれくらい時間が残されているかわからないから、レーザーの死体をすばやくベルズのとなりに並べ、手と手をつながせる。せめて俺に残された数分を使って、できるかぎり安らかに眠らせてやりたい。ずいぶん遠くまで走ったイレイサーは、目に見えない壁に、アンカーに戻ろうとする自分の手首の引力でできた分厚い壁にぶつかる。それでもまだがむしゃらに走る。速度は落ち、どんどん落ちる。疲れたせいじゃない。奴の体の力は機械の引力にとうていかなわないからだ。それでも奴はもがくのをやめない。奴が手足をまだじたばたさせているところに、サイモン・J・クラフトが地面を蹴って跳ぶ。二人は砂をかきわけるかのように一緒に動く。拘束する力に抗って動く。そのゆっくりとした動きのなかで、鍬のイレイサーは背中を刺される。何度も。何度も。奴は土に顔をうずめ、背中から血を流して息絶える。三つ子は、本人たちの想像していた以上に短時間で再会した。

そしてサイモン・J・クラフトは、俺のいるほうに悠然と歩いてくる。


歌は一つも思い浮かばない。感じるのは、とうに失われた腕の脈打つ感覚だけだ。その感覚は、腕がまだあったときよりよほど鮮明だ。

すぐとなりで死んでいる者たちを見やる。俺に最後に残されたよき友人たち。そして俺は思う。怒りはどこだ？　報復の欲求はどこだ？　今度は俺のどの部分が失われたのだ？　いま失われたのでないなら、いつ？

丸太に腰を下ろし、焚き火を見つめる。サイモン・J・クラフトが戻ってくる。背後に長い影が伸びている。俺は槍を握る。切っ先を空に向けておく。なくなった腕が伸びるのがわかる。絞め殺そうとするみたいに、奴の首にからみつく。いや、もしかしたら、奴の肩をそっと抱いて、落ち着けと言い聞かせたのかもしれない。

「サイモン・J・クラフト」俺は言う。「こんなことはもうよせ」

するとサイモン・J・クラフトは笑顔になって言う。「イエス・サー」

## ベイビー？

「いま何が起きたの、ベイビー？　いま何が起きた？　うわ、信じられない」エミリーは録画配信をまたも一気見していた。この場面を観るときは一緒にいたいとウィルが言い張ったから、一緒に観た。

　ウィルは早くもホロフォンを手に取り、エミリーの反応を動画に収めている。エミリーが感じている衝撃は、同じ強さを保ったまま波のように世界中に広がることになるのだろう。

　エミリーはウィルを見つめたあと、スクリーンに視線を戻した。スクリーン上のヘンドリックスは、新しく来た男を——ほんの数分で四人を殺した男がベルズのテントに入っていき、そこの寝台に気持ちよさそうに横たわるのを目で追っていた。

「さすがに疲れたのね！」エミリーは言った。自分が何か言うのを夫が期待しているのがわかったからだ。

「ベイビー。過去の話だ。一年くらい前の録画なんだよ」

「わかってる」エミリーは言った。動揺を隠す必要はない。いま観たのは過去に起きたこと、ずっと前に起きたことだと頭ではわかっているが、彼女にとってはいまここで起きていることなのだ。いま生まれたばかりの悲しみが胸を満たしている。「わかってる」そう繰り返した。

　その自分の声を聞いたとたん、涙があふれた。

　エミリーは、アンゴラ＝ハモンドのものより、シン＝アッティカ＝シン・チェーンのストリームキャストの録画を気に入って観ていた。過去にさかのぼり、ストリームキャストとバトルグラウンドのハイライトを一気に観た。メンバー一人ひとりを覚えて愛した。レーザーとベルズが愛し合う様子を愛した。その二人がダブルスを組んで勝利を収めて実力どおりリーパーに昇格した瞬間、ベルズがマチェーテを放り出してレーザーの唇にキスをした。その足もとで、プレンティ・ペイン・パーシーとハーク・ミス・ワンダーが血を流して死んでいった。それは恐ろしくも美しい光景だった。チェーンギャングのあらゆるものと同じように。

ウィルは自分も同じように感じたと言っていた。エミリーは、こんなことで意見が一致するなんていやだった。自分がチェーンギャングに惹かれる理由の一つが、いまのＡハムとは違い、シン＝アッティカ＝シンには非暴力の取り決めがない点だというのもいやだった。自分は暴力の脅威に、どのリンクがいつ何時死ぬかわからないスリルにやみつきになっている。たとえばイレイサー・ボーイズは、弱いリンクを気まぐれで、良心の呵責もなく何人も殺した。先週観た配信では、レーザーとエイティがイレイサーズのうちの二人と口論になり、殴り合いの喧嘩に発展したが、ベルズが〝ナチ〟の三人目の背後に忍び寄り、マチェーテで刺し殺すと脅すと、二人ずつ取っ組み合っていた男たちは離れ、翌日はまるで何もなかったかのようにふるまった。

エミリーは三つ子にブーイングする自分を誇らしく思う。そして心の奥底では、誰が悪役なのかわかりやすいところを気に入っていた。ヒーローたち――レーザーとベルズ、その仲間のエイティと隻腕の黒人のシンガー――が、三つ子という問題を解決する。イレイサー・ボーイズは人種差別主義の殺人者で、この罰を与えられるのは当然だ、チェーンに送られたのは当然だと考えてもやましく思わずにすむ。そう考えると三つ子の存在、明白で単純な悪とエミリーが考えるものの存在は、この番組そのものを正当化している。

「わかってるよ、ベイビー。わかってる」

いまやウィルも泣いていた。それに気づいて、エミリーの夫への愛はますます強まった。共通の友人を亡くしたかのようだった。人を殺した者たちであるのは事実だ。それでも、友人のようによく知るようになっていた。その彼らはいまどこにいる?

「頭がおかしいんだよ、そいつは。サイモン・J・クラフトは」

「サイモン・クラフト」エミリーは言った。「サイモン・J・クラフト」その名前は永遠に忘れられないだろう。忘れるなんて考えられない。スクリーンを見ると、そいつは眠っていた。カメラが近づいていく。エミリーはその寝顔をまじまじと観察した。「熟睡してる。信じられない。どういう神経してるわけ?」

動画に目を走らせる。ヘンドリックス・シンガー、エミリーが愛するようになったグループの唯一の生き残りを見て、はらわたが煮えくり返る思いにとらわれた。

「いますぐあいつの喉を掻き切ってやればいいのに」エミリーは言った。「だって、あんな風にいきなり寝るような奴だよ。喉を掻き切ってやればいいのに」

ウィルがホロフォンから顔を上げた。撮影はやめていた。ウィルが何を考えているのか、とっさにわからなかった。やがて思い当たった。チェーンギャングを視聴するようになって以来、リンクの誰かのことを死ねばいいのにとエミリーが言ったことは一度もなかった。これまでのところ、道義をわきまえた傍観者を装っていた。強い関心を持っていて、依存気味ではあるかもしれないが、人の死を願うところまでのめりこんではいなかった。通り過ぎざまにチェーンギャングを見ているだけ、そこで少しぐずぐずしたりはしても、基本的には通り過ぎざまに見物しているだけだった。ところがいまはどうだ。目を涙で濡らし、声を震わせ、たったいま初めて存在を知った男を殺せと叫んでいる。

「よく言った、ベイビー」

報復を渇望するあまり、この正義のサーカスで誰かが死ぬシーンを目撃したあとかならず感じる後ろめたさは薄れていた。もっとよく見ようと、顔に落ちてきた髪を払いのけた。人はもう死なないとわかって落胆した。方程式は釣り合っていないのに、臆病なシンガーが釣り合いを取り戻すために動く気配すらない。エミリーはこれまで味わったことのない欲望を感じた。大きく息を吸い、吐き出す。その息は怒りで燃えていた。うまく呼吸ができない。

「彼は何してるわけ？　信じられない。いましかチャンスがないのに」

「わかってるよ、ベイビー。落ち着けよ」

「落ち着いてなんかいられないよ、あたし――あたしは――」何でもいいからものを投げたかった。

「あなたにはわからないんだよ、だって――」息ができない。

「わかるよ、ベイビー。初めて観たとき俺も同じ気持ちだった」ウィルがエミリーに腕を回す。オークとビネガーと、もう一つ、嗅いだことのないにおいがした。

「触らないで」エミリーは言い、身をよじってウィルの腕から逃れようとした。ウィルはますます強くエミリーを抱き締めた。エミリーは拳を握った。彼の胸に体が押しつけられた。前腕が二人の胸のあいだにはさまれた。腕を引いて彼を殴りたかった。何度もそうしようとしてできないとわかるたび、ますます彼を痛めつけたくなった。

「平気か」ウィルが訊いた。いったいどういう質問なのか。彼女があれほど多くの時間を一緒に過ごした人々が殺されたのだ。それもこの家のリビングルームで殺されたも同然なのだ。

「平気かって？」エミリーは言った。体の震えを止めようとした。彼の腕がゆるむのを感じて、自分の口調も同じようにゆるめた。「放して」

ウィルが腕を放す。その手が彼の脇に下ろされる前に、エミリーは拳を振りかぶって彼の胸に思いきり叩きつけた。ウィルは咳きこみ、半歩後ろに下がった。また咳をする。リビングルームはいまもまだ、さっきまでと同じ音に包まれていた――シン＝アッティカ＝シンの生き残り、たった二人の生き残りがいる、森の奥のどこかに広がった血の海を包んでいたのと同じ音。エミリーは立ち上がった。激しい怒りが全身を沸き立たせていた。ウィルが用心しながら一歩近づき、彼女の手首をつかむ。エミリーはまだ両手で拳を握っていた。一拍置いて彼の手を振り払い、逆に彼の手首をつかんだ。床に引き倒し、彼の鎖骨の出っ張りにキスをした。もう一度キスをしたあと、塩の味のする首に歯を立てた。ウィルはうなり声を漏らしたが、その声はまもなく低くなった。エミリーはさらに強く嚙んだ。新たな絶望と憤怒の下で歓喜が渦を巻く。その憤怒の勢いはすさまじく、エミリーはもどかしい思いでウィルのベルトをはずし、パンツを最低限だけ引き下ろした。

「愛してる――」ウィルが言いかけた。

しかしエミリーは両手で彼の口をふさいだ。

「黙ってて」エミリーは言った。自分のショートパンツもすでにカウチの足もとに放り出されている。そのあいだも動画から目を離さなかった。彼女が願った死が現実になることはなかった。シンガーはじっと座ったままで、クラフトはベルズのものだった寝台で眠っていた。エミリーはまた泣いた。そしてどこか遠い夜に鳴くコオロギの声を聞きながら、ウィルをファックした。

# 移動

　マーチの終わりを予告するのは、決まって車の往来の音だ。彼らは到着した。道路を見つけた。目的地まで運ばれるあいだ、仮眠を取っているか、ニュース速報をながめているかする人々を乗せた車両が行き来するハイパー・ハイウェイを。

　護送バンが路肩に停まって待っていた。アンカーはアンゴラ＝ハモンド・チェーンのすぐ前方、彼らを運ぶ車の近くの空中でぴたりと静止した。

「ありがたや」ランディ・マックが言った。

「おまえら、武器を地面に置け」ジェリーが言った。その顔に珍しく軽蔑するような表情が浮かんでいた。両手で持った黒い鏡のようなスレートを見せつける。おまえたちの生死は自分が握っているのだと脅すようだった。

「何かあったの、ジェリー？」スタックスが訊いた。

「武器を地面に置けと言ってるだろう。面倒をかけるな」

　リンクたちは武器を下ろし、一列に並んで立った。ＨＭＣが彼らの全身を舐めるように映す。週に一度の『リンクライフ』の配信は、マーチ後の顔見せで終わる。視聴者が無料で観られるのはここまでだ。このあとのリンクたちの様子、バトルグラウンドや、次のハブ・シティでの特別イベントの様子を観たければ、料金を支払わなくてはならない。

「悩み事があるなら、出発してから、バンのなかでみんなで聞くけど」スタックスが言った。

「俺の心配はいらない。俺は大丈夫だ」ジェリーは言った。カメラがリンクの全身の撮影を終えてアンカーの上部へと飛んでいく。

「そう。ちょっと言ってみただけ。大丈夫には見えないから。もし――」

「黙れ。最初の五百メートル、テーザーを食らい続けたいか」ジェリーが嚙みつくように言った。

スタックスは目を丸くしてジェリーを見つめた。それから大きな笑みを浮かべると、唇にファスナーをかける真似をし、目に見えない鍵をスポーツブラに押しこんだ。

アンカーがゆっくりと移動を始め、ジェリーとバンにまっすぐに近づいた。HMCがアンカーの収納部にかちりとはまる。アンカーは空中で九十度回転し、ベッドに横たわるようにバンの底部の貨物スペースに入った。このあとジェリーがリンクたちの武器を積みこむのと同じスペースだ。

HMCが収納され、アンカーが貨物スペースに入ってしまうと、ジェリーの緊張がほどけたように見えた。奇妙だとサーウォーは思った。護送官がもっとも危険なのは、マーチが終わってハブ・シティに出発するまでの隙間時間や、退屈だが必要な移動中なのだから。ここでジェリーの命を奪うのは簡単だ。リンクたちがその気で動けば、スレートを操作する暇もなくジェリーの首は折れるだろう。

「悪いな、邪険にしちまって。いろいろプレッシャーがあってさ。ボス連中に見られてるんだよ。抗議デモやら何やらのせいだ。さっさと乗ってくれ」ジェリーは言い、サーウォーはジェリーの死を思い描くのをやめた。あまりにもあっけない死だった。「いまからブルーに切り替えるぞ。いいな？」

「いいに決まってんだろ、ジェリー。最高だよ」ランディ・マックがわざとらしく甘ったるい声で言った。

「手順はわかってる」バッド・ウォーターが言った。「早く座らせてくれ」その場に立ったまま、肩をバンのほうに動かす。

　サーウォーはふだん、バッド・ウォーターの存在をつい忘れてしまう。彼には珍しくみなの前で発言したのは、その朝、会話の輪に招き入れられたからだろう。いったん築かれた人間関係には惰性が働く。

「そのとおりだ、やれよ、運転手」ガニー・パドルズが言った。サーウォーやスタックスと一緒に過ごしたバッド・ウォーターに腹を立てているに違いないとサーウォーは思った。

「よし、だんまりゲームを始めるぞ」ジェリーが手早く画面をタップした。午前中の陽射しのもと、サーウォーの手首がブルーに輝いた。

「さ、乗ってくれ」ジェリーが言う。「おまえたちが乗ったら、荷物を積みこむ」リンクたちは従順に車に乗りこんだ。全員がまだサーウォーに従っている。サーウォーは、最後にもう一度振り向いてハス・オマハを見てから足を踏み出し、バンに乗った。左奥の角のシートに座り、肩甲骨を背もたれに預けた。バンの後部で全員が向かい合って座った。後部は長方形の空間で、ドアが開く箇所だけを空けて壁沿いにベンチが設(しつら)えられている。バッド・ウォーターが最後に乗りこんだ。

　足もとの送風口から不自然に冷たい空気が吹き出して足首をくすぐった。外の朝のさわやかな風とは対照的だ。サーウォーはスタックスを見やった。スタックスは自分の殻に閉じこもってじっと動かずにいた。目の前の虚空を凝視している。サーウォーは肩をスタックスに押し当てた。ぬくもりが伝わってきた。スタックスはまっすぐ前を見たままだった。

　サーウォーはまた肩を押し当てた。スタックスは、リンクたちと運転席を隔てている金属プレートに背中を預けたまま、わずかに向こうへかたむいたあと、またまっすぐに戻った。バンのドアはまだ開いたままだ。ジェリーはみなの武器を車体の下側の貨物スペースに積みこんでいる。サーウォーは他人にハス・オマハをいじられると思うだけでいやな気持ちになるし、ジェリーにしても、ハス・オマハの持ち手に手を触れるだけで虫酸（むしず）が走るに違いない。まもなく、からん、がしゃんと音がして、貨物スペースが閉じた。スタックスは前方の道路をぼんやりと見つめている。これまでにないほど現実と乖離（かいり）しているようだ。完全にどこかに行ってしまっている。

サーウォーはスタックスの胸もとを見た。Xが二つ刻まれている。一つはデイム・キロワットの分、もう一つはハーダー・ヨートの分。いずれもサーウォーと組んだダブルス・マッチで倒した相手だ。スタックスは、サーウォーとともに倒した死者を悼むためにその二つのタトゥーを入れた。「心臓のそばに入れたよ」スタックスは血のタトゥーを刻んで戻ってきたとき、サーウォーの腕のなかでそう言っていた。

サーウォーはスタックスの脇腹をつついた。もう一度、今度は肋骨（ろっこつ）のあいだに指をめりこませるようにした。ジェリーがバンの後部に来た。「すぐそこだからな。ちょっと騒ぎがあって、大勢が集まってる。だから、馬鹿なことをするなよ」ジェリーはそう言ったあと、付け加えた。「悪いな」

胸ポケットに入れたスレートを叩いてみせたりはしなかったが、彼の口調は、まるでそうしたかのように思わせた。サーウォーはジェリーに早く消えてもらいたかった。だから、ジェリーがドアを閉めるまでじっと動かずにいた。

ジェリーが運転席に乗りこむ気配が伝わってくるのを待って、スタックスの脇腹をつまんでくすぐった。スタックスのなかではつねに熱さと冷たさがせめぎ合っている。二つの前線がぶつかり合っている。しかしサーウォーは、地に足のついた朗らかなスタックスを何としても呼び戻したかった。マーチのあとハブ・シティに到着すると、マスコミの取材や記者会見に対応しなくてはならないが、すぐに意識を切り替えるのは難しい。到着前に心の準備をしておいたほうがいい。サーウォーは一本指でスタックスの顎を二度そっと叩いたあと、別の指をスタックスの鼻の穴にすっと入れた。すばやく何度か出し入れする。サイ・アイ・アイが笑いを噛み殺しているのが見えた。ランディも歯を食いしばっている。ガニー・パドルズは、いつもどおり怒ったような悲しんでいるような顔でながめていた。サーウォーは体を少し引いて、スタックスから完全に離れた。スタックスが当惑顔でサーウォーを見た。自分がどこにいるのかとっさに思い出せないといった風だ。不思議そうに目を見開く。

「愛してる――」サーウォーはできるだけ早口で言ったが、検知されて電気ショックに体を貫かれた。熱に締めつけられたような衝撃で、息ができない。バンの床に倒れこんだ。痛みは最短距離を駆け抜けていき、あっけなく消えた。サーウォーはすぐには動かなかった。呼吸を繰り返し、体がまた言うことを聞くようになるのを待つ。それからスタックスのとなりに座り直した。スタックスはサーウォーの膝に頭を載せ、目的地までそのままでいた。

## マクレスキー

何が嫌いって、文句の多い奴らだね。俺は歴史を勉強したから言えるが、この世でいちばん文句の多い奴は誰かって、それは黒人だ。ガキのころ、親父からそう教えこまれた。親父には感謝してるよ、おかげさまでこうしていまも忘れずにいるからな。
「歴史を知れ！」学校に黒人の友達が何人もいると話したら、パパ・フレデリック・パドルローからそう叱られた。ちゃんと覚えておけと教科書で口をはたかれた。それから、俺が世の中を渡っていけるよう、自分の名前と知恵を授けてくれた。歴史を教え、純真な子供の俺に喧嘩のしかたを叩きこんだ。

護送バンの外から、俺らの名前を繰り返す声がもう聞こえている。俺ら、じゃねえか。ミス・ハンマーとミス・ハリケーンの名前だ。ジュリエットと至高のジュリエット。外は猛烈にやかましい。うちの親父が見たら、墓のなかで腰を抜かすだろうよ。人殺しの女どもに悲鳴と歓声だぜ。俺はその女が、男や女やガキの顔をハンマーで叩きつぶすのをこの目で見た。その女がブタみたいな男たちを切り裂くのを見た。その女どもが、まるで聖人扱いだぜ。黒人の才能だな。どんなにあくどい人間でも、善良で正直な人間として扱われる。

サーウォーは、例のビショップって女のハンマーと財産をデビューと同時に授かった。甘やかされてここまで来たわけだが、本人はそう認めない。でもって、あのハリケーンってイカレ女は、どう生きるべきかなんて話を他人に押しつけようとする。俺がこの生き方を選んだのは、そういう話を金輪際聞かずにすむからだってのにな。俺は十六まで、何かといえば顔をひっぱたかれて育った。家のなかで足音を立てるなとか、出されたものを全部食うなとか、出されたものは残すなとか。このゲームを選んだのは、規則なんかクソくらえだってとうの昔に決めたからだ。

車の速度が落ち、バンのすぐ外から声が聞こえるようになって、気分が上がる。ハブ・シティこそ、この人生を人生たらしめるものってやつだ。このぶっ壊れた国のあちこちをマーチで引っ張り回されたあとの一服。ハブ・シティに来ると、この生き方を選んだ甲斐があったと思える。ふかふかのベッドで寝られる。室温も好きに設定できる。温かい食い物が出る。世界一偉大な国の大都市の暮らしに触れられる。この選択の恩恵を享受しながら文句を垂れるとしたらどうかしている。言っておくが、これは選択だ。

俺ら全員がなした選択だ。黒い肌をしたシバの女王の二人組を見てるだけじゃ気づかない事実だ。俺と同じ人殺しなのに、お互いの恋人、アメリカの恋人なんだとさ。何より許しがたいのは、自分たちはひどい目に遭ってきたと思いこんでるところだ。二人の一方は、金を払って来てくれてる観客に自分の話を聞かせるなんざもったいないと思ってる。もう一人は、自分こそ何かの特効薬だと信じてるみたいに、愛を語りまくる。あいつらは最悪の経験なんかしていない。本物の最悪の経験がおっぱいにまともにぶつかってきたって気づかないだろうよ。パパ・パドルローは手加減しなかった。俺にも。ママ・パドルローにも。親父は警察官だった。世の中ってのはそんなものさ。[*]ママ

＊警察官の家族は、警察官ではない者の家族と比較して、家庭内暴力を経験する確率が高いことが判明している。一九九六年、家庭内暴力加害者銃所持禁止法が成立し、家庭内暴力で有罪判決を受けた者の銃器所持が禁止された。この禁止法は、警察官と軍人にも例外なく適用される。

はいなくなった。無理もないよな。いつか頭に弾をぶちこまれてただろうから。親父はそう何度も脅してた。けど、親父は俺にもその頭に弾をぶちこんでやるって言ってたのに、俺はまだこうして生きてるわけで、母親を少々恨んでるかもしれない。

集まった連中のシュプレヒコールがいよいよ大きく聞こえてきて、二人はがぜん元気になって、熱狂するファンの歓声に応える準備を始めた。クイーン・サーウォーの肌が土の色をしていなくても、世間はやっぱりサーウォーを愛するのか？　ミス・ハリケーンが長いドレッドフルロックスを振り乱していなかったら、イカレた言動をそこまでクールに受け止めたか？　俺にはそう思えない。この世界じゃ黒人のほうが楽に生きられる。何年も前からずっとそうだ。あらんかぎりの自由を与えられておいて、それでもまだ公平な扱いを受けてないって言い張るなんて、どうかしてるだろ。クイーンとかってもてはやされてるくせに、自己嫌悪を感じるべきはおまえだみたいな目で俺を見るのだって、どうかしてる。

世の中にうまくなじめない奴もいる。チェーンにいるのはそんな奴ばかりだ。それに文句を言うつもりはない。そこに薄っぺらで上っ面だけの愛を足してみようとも思わない。歴史は正しいと俺は知っている。何もかもが公平だ。連中はマクレスキーの裁判で不公平を訴えようとしたが、裁判所はうるせえ失(う)せやがれとはねつけた。*合衆国最高裁判所の九人の判事閣下がはっきりそう言ったのに、それでも連中は黙らない。**まだ文句を言い続けている。うちの親父はおまわりだったが、歴史学者になりたがってた。俺も歴史学者になりたかったよ。規則なんかクソ食らえと言う前まではな。けど、それでも歴史について知るべきことはちゃんと知ってる。

バンのスピードが落ちて、集まった連中の声がますます大きくなる。いつもの声援とか叫び声とはでかさが違う。スタジアムのなかにいるみたいな大合唱だ。台本を読み上げてるみたいな。何を言ってるのかよく聞き取れないが、聞いてると、首筋を毛虫が這ってるみたいな感覚になる。ほかの奴らも同じもんを感じてる。ミス・ハリケーンは、やけに背筋をぴんと伸ばして座ってる。俺はにっこり笑ってウィンクする。外のやかましいのはミス・ハリケーンのファンに決まってる。歴史はミス・ハリケーンをかならず記憶に残すだろう。悔しいが、それは俺ら全員に与えられる恵みじゃない。

---

＊一九七八年、黒人男性ウォーレン・マクレスキーは、白人の警察官を殺害した罪で死刑を言い渡された。マクレスキーは、三人の共犯者と家具店に武装強盗に入った際に警察官を殺害した。彼は死刑を、血塗られた約束を与えられた。

マクレスキーは上訴した。アメリカ合衆国憲法修正第八条（残酷で異常な刑罰の禁止）と第一四条（法の下の平等な保護）の両方を根拠として挙げ、白人を殺害した被告人は黒人を殺害した人々に比べ四倍以上も死刑を宣告されやすいというデヴィッド・C・バルダス教授による研究を引用した。

ウォーレン・マクレスキーの主張は退けられた。この判決により、信頼に足る統計的研究で示された人種差別さえ、アメリカ合衆国憲法に反するものとはされないという先例が確立した。

＊＊最高裁判所は、提出されたデータは司法の場ではなく立法府に示すべきものであるとして、五対四でマクレスキーの上訴を棄却した。ルイス・F・パウエル・ジュニア判事が多数意見を執筆した。

九人の判事は全員が白人だった。

引退後、過去の判決をいまから変更できるとしたら変えたいものはあるかと問われたパウエル判事は、あると答え、マクレスキー対ケンプ裁判を挙げた。

そこにいる衝撃が全方位から迫ってくる。彼女はそこにいるが、自分自身から離れていきかけてもいる。

「今日は車のなかで口輪をはずすぞ。外に騒々しい団体がいるからな」

場所は留められた一本のピンだ。時空の特定の一点。地図上の線。

「よし、これで自由だ——いや、自由じゃないか——まあいい、言いたいことはわかるな」

家は始まりの物語だ。家は持ち歩くもの。家はエネルギーの荒野、洪水のようにあふれ続けるエネルギーの荒野だ。さあ呼んで。私を家と呼んで。

ジェリーがタブレット端末を見ながら読み上げる。

「いいか、よく聞いてくれ。〝みなさんのハブ・シティのホスト都市、オールド・テーパーヴィルへようこそ〟。滞在中、定められた社会奉仕の義務を果たしてもらうことになる。人によって出場予定の有無はあるが、バトルグラウンドは二日後に開催される。予定は確定しており、えーと」

——ジェリーは画面をスクロールし、目を細めて文字を追った——「ああ、あった、ここだ。社会奉仕の義務から故意にかつ大幅に逸脱した場合、CAPEプログラムから即時終了処分となる。さんざん聞いた話だろうが、全部読めと言われてるから、我慢して聞いてくれよ」ジェリーは運転台に設置されたリアビューカメラのモニターの隙間から前方を見やった。「社会奉仕活動は、護送車両から降りた時点で開始する。このあとすぐ、あらかじめ近隣で選定された公に開かれた会場に移動して、記者会見に臨む」

ジェリーは一瞬だけ目を上げた——「今回はよさそうな会場だぞ。高校だ」——それからまた読み上げを再開した。「……えーと、記者会見の終了後、社会奉仕の活動場所に移動する。今日は、オールド・テーパーヴィル・パークサイド広場で開催される農作物直売市（ファーマーズマーケット）で、地域社会のメンバーの手伝いをすることになってる。

社会奉仕終了後、定められたハブ・シティ宿泊施設に移動する。そこが主要な待機場所になる。ハブ・シティ宿泊施設内では、定められた範囲内で自由に移動できる。定められた範囲外に出ると、即時終了となる。ブラッド・ポイントで購入可能なリンク・マーケットの商品も自由に入手できる。トレーニングに必要な物品は自由に使える。宿泊施設内の各自の部屋にパーソナルコンピューターが一台ずつ備えられている。四十八時間の経過後、バトルグラウンド出場予定のリンクと、割り当てられたブラッド・ポイントを使って観戦を希望するリンクは、あらかじめ選定されたバトルグラウンドのアリーナに移動し、そこで競技拘置下に置かれる。ここに記載された指示に従わない場合、即時終了となることがある」

すべて耳に聞こえてはいたが、スタックスはろくに聞いていなかった。

こう思った。家とは人。探していた片割れ。

「二人なら」サーウォーが言った。

片割れがもう一つ、やっと完全。二つで一つ、そう悟る。

「二人なら」サーウォーがもう一度言った。それがスタックスを現実に引き戻した。

「二人なら大丈夫」スタックスは言った。顔を上げると、ガニー・パドルズがこちらをじっと見ていた。彼が笑い、尖った歯が軽蔑を示しているようで、それがなおいっそう強くスタックスを現実に引き戻した。スタックスは彼の目をまっすぐに見て笑みを返した。

「いま読み上げたことを理解したと承認してもらえるか」ジェリーが言った。リンクたちは理解したと答えた。

スタックスは自分の手首を見た。いつのまにか、通常の手錠をかけられたように左右の手首がくっついていた。集まった人々がバンのすぐ近くまで来て、彼女の名前を繰り返し叫んでいた。

「ご静聴ありがとう、みんな。よし、ドアを開けるぞ。あとはおまえたちにまかせた。いつまでもここでぐずぐずしていたくない。今日はいろいろ騒がしいからね」

外の陽射しにすぐには目が慣れなかった。ほかのリンクたちが静かにバンを降りていく。いつもは最後に降りるサーウォーも立ち上がった。リンクとして生きていると、ある種のショーマンシップが自然と身につく。外の人々がリンクのなかの特定の一人を待っていることはわかりきっている。バンを降りて人々の前に姿を現すというこのささやかなイベントのグランドフィナーレを、待望されている者が飾るのは当然だ。

スタックスはバンに一人残された。外の光が車内にあふれていた。人々が口々に叫んでいるのは、世界がこの体に焼き印のように押した名前ではなく、この世に生まれたとき授けられたほうの名前だ。

**ハマラ**

**ハマラ**

**ハマラ**

**スタッカー**

耳を聾するようなシュプレヒコール。人々のその声が、スタックスにエネルギーを注ぎこみ、思考を明瞭にする。何度か深呼吸した。自分の手を見下ろす。手は、ふいに祈りを捧げたい衝動に駆られて、いまにも組み合わさろうとしていた。スタックスはそれを拒んだ。

**ハマラ**
**ハマラ**
**ハマラ**
**スタッカー**

スタックスが幼かったころ、まだ頭がはっきりしていた母親はよくこう言った。「やたらに名前を人に教えてはだめよ。どう使われるかわからないから」自分の名前を誰かが口にした瞬間、それに続けて言われることに力が宿ると教えられた。自分について言われたことが力を持つ。

いま、彼女の名前は全国に知れ渡っており、自分ではコントロールできない。大勢に呼ばれると、こんな風に呼ばれると、それは大きな力を持つ。ハリケーン・スタックスを求めて叫ばれるのとは違う。それとはまったく別物だ。

「なんてこと」スタックスは一人つぶやいた。まだ座ったままでいた。ほかのリンクたちが彼女を待っている。

「おい、早くしろ」武装警察の護送官がドアロから顔をのぞかせた。「臣民が待ってるぞ」

「そうだね」スタックスは言い、前に進んだ。人工的に冷やされた空気が自然の暖かな屋外の空気に変わる。バンのステップに立って人々に姿を見せた。人々は、ずっと追い求めてきたものをようやく手に入れたとでもいうように叫んだ。スタックスを見ること、両手を見えない手錠で拘束されて立っている彼女を見ることこそ、ずっと探し求めていた故郷に帰ることだとでもいうように。スタックスは両腕を頭上に上げた。人々の歓声がいっそう大きくなった。その声が衝撃となってぶつかってきて、スタックスはバランスを崩しかけた。そこでステップから高々と飛び上がって地面に下りた。両手は上げたままだ。マグカフはわずかのゆとりも与えなかったが、スタックスは左右の人さし指を交差させてどうにかXを作ると、両手をできるだけ高く持ち上げた。Xの海が、腕や拳が作るXの海原が人々をのみこんだ。そこから母校であるザビエル高校までは百メートルと離れていなかった。ザビエル高校は、人々が初めて彼女の名前を叫んだ場所だ。スタックスの胸に温かな郷愁があふれた。そこには囚われの身であることの苦さもほんの少し混じっていた。一秒ごとに引き裂かれては元に戻されているかのようだった。歩きだしながら泣いた。

**ハマラ**

**ハマラ**

**ハマラ**

**スタッカー**

両手を高々と突き上げたまま、Aハムのしんがりを歩いた。彼らを先導する武装警察は、群衆に向け、ここぞとばかりにすばやく、そして力強く警棒を振り回していた。

旗竿のコンクリートの土台のそばに、女性が一人立っていた。メガホンを持っている。頭上のアメリカ国旗は力なく垂れ下がっていた。

「私のシスターの解放まで、私たちはあきらめない！　あなたが見えるわ、ハミー。私たちが一緒よ。あなたが解放されるまで、私たちは休まない」

人々が大きな歓声を上げた。

「みんなが一緒よ！」女性が叫んだ。

その声を聞いて、スタックスの足が止まった。もう一つの人生で恵まれた、親友の一人の声。

「トレーシー」トレーシーには絶対に聞こえないとわかってはいても、スタックスは言った。両手を高く上げたままトレーシーの目をまっすぐに見た。トレーシーはその視線をとらえ、一つうなずいたあと、またメガホンを口に当てて叫んだ。

**ハマラ**

**ハマラ**

**ハマラ**

# 記者会見

陽射しと、歓声を上げる数千の群衆の息遣いで、空気は熱かった。リンクたちは車道に降り、次に小さな芝生を横切った。そのすぐ向こうに、学校の敷地の幅いっぱいを占める道路がある。毎朝、スクールバスがそこに停まって地域社会のもっとも貴重な貨物を降ろし、積みこむのだろう。

リンクたちは、制服姿の男たちが人を払って確保した通り道を進んだ。番組プロデューサーや、リンクたちの生活を陰で操っている〝ゲームマスター〟たちは、これほどの数のオールド・テーパーヴィル市民が行動を起こすとは予想していなかったのだろう。抗議活動の参加者は競技のファンの数をはるかに上回っていた。彼らはそろって黒い服を着ていて、ただ楽しむために来た人々と簡単に見分けがつく。それでも、何も知らずに群衆のなかにいたら、スタックスを見たがっている人々と、自由の身になったスタックスを見たがっている人々とはほとんど区別がつかないだろう。

**ハマラ**

**ハマラ**

**ハマラ**

サーウォーは振り返ってスタックスを見た。スタックスは両手を高く掲げ、うなずきながらにこやかに歓声に応えていた。ここ数週間、二人は筋力トレーニングに重点を置き、日課の腕立て伏せの回数を増やしていた。その成果がスタックスの上腕三頭筋に表れている。

こうして歩けるのはうれしかった。バンに揺られているあいだじっと座っていなくてはならなかったせいで、マーチで一週間歩き通しだったときに比べても短時間で膝の痛みが悪化した。他人の前では脚を伸ばしたり、膝をマッサージしたりしないようにしている。サーウォーの痛みはサーウォーだけが知っていればいい。バンに続けて何時間も乗っていなくてはならないことがたまにあるが、どれだけ長時間になっても、脚を動かすのは一時間に一度にとどめている。スタックスがこの膝のことを知っているのではないかとまた思ったが、すぐに打ち消した。それは考えすぎだ。そもそも膝を痛めていることをスタックスに隠しているのも、そういう過剰な恐怖のせいかもしれない。心のどこかで、今回のような事態を前々から予想していたのかもしれない。膝の痛みが我慢ならないほどひどくなると、サーウォーは自分の内面と静寂に深く沈み、刑務所ではこれよりもっとひどい痛みを経験したではないかと自分に言い聞かせた。サーウォーの心のなかで、行動矯正（インフルエンス）の苦痛の亡霊は、ものごとがどこまで悪化するかの基準点になっていた。生きるためにその記憶は封印したが、そのものさしはずっと変わらない。まだインフルエンス・ロッドで撃たれていないなら、状況はいつだっていまより悪化する可能性がある。

## スタッカー

観衆がはっきりとサーウォー以外の誰かに声援を送るのを耳にしたのは、メランコリア・ビショップとの試合以来初めてだ。そう考えてサーウォーは一人微笑み、歩く速度を少し落としてスタックスと並ぶと、スタックスに体をすり寄せた。肩がスタックスのあらわになった腋にこすれた。そのしぐさを見た観衆の声がいっそう高くなる。何人かが「ＬＴ」と叫んだ。どんな場面であれ、集まった人々の注目を集めようと努めたことはここ何カ月か一度もなかったが、いま、彼女が愛する者に向けて叫ぶ人々のむき出しの情熱に囲まれていると、正体のわからない欲求が湧き上がってきた。

背の高いガラス扉の前まで来た。スタックスが手を下ろした。

「どう、故郷に帰った気分は」サーウォーは訊いた。

「エネルギーが洪水みたいにあふれ続ける荒野の気分」

「いかにもスタックスらしい返事だ」サーウォーは言った。たしかに強烈なエネルギーがあふれている。空気に、肌に感じられる。

建物は硬いタイル張りで、床に薄茶色の模様が描かれている。なかに入る。なかは彼らを拘束するものだ。彼らは大半の時間を空の下で過ごしているから、天井がある場所に来るたびに天井を痛烈に意識した。この建物は、たまった埃と洗剤のつんとくるにおいがした。空気は外よりもひんやりして心地よく、建物の奥へと進むにつれてさらに冷たく感じられた。

ロビーの突き当たりで、武装警察が二人、大きな木の扉を押さえて待っていた。リンクたちはその奥の講堂へと進んだ。彼らが入っていくと話し声がやみ、カメラのフラッシュライトが炸裂した。

よかったとサーウォーは思った。多くの苦しみを経験し、自分も他人に多くの苦しみを与えてきたが、リンクとして故郷に帰らされるという経験はしたことがない。スタックスにこれほど大きな笑顔を作らせるような、複雑に交じり合った感情を経験せずにすんでいる。

彼らは長いテーブルが用意されたステージに向かって歩いた。二人の前で、リコ・ムエルテが記者や職員、記者会見の観覧チケットを手に入れた地元住民と拳を打ち合わせていた。

「参上したぜ！」リコは言った。

サイ・アイ・アイはしばし両手を挙げてから下ろし、通路を歩きだした。サーウォーは、高校の講堂の小さな座席におとなたちがちんまりと座っている光景をながめた。スタックスはフラッシュを焚くカメラに投げキスをした。

サーウォーは、こういったイベントの浮ついた雰囲気を馬鹿にしないことにしていた。チェーンギャングですることの一つひとつは、この世で最後にすることになるかもしれない。だから生還してふたたび記者会見に出るたび、世間に自分を記憶してもらうことが大事だ。それは、世間に改めて思い出させるチャンス、世界に向けてこう叫ぶチャンスだ――私はまだ生きている。

「そうだ、参上したぞ！」ガニー・パドルズが高い天井に向けて大声で叫んだ。

「愛してる」スタックスがその場の全員に叫ぶ。

Ａハムのリンクの何人かはすでに席につこうとしていた。サーウォーはステージに上がる階段の下に来たところだった。すべての出入口に武装警察が待機しており、ステージの左右には四人いた。

ステージに上がった。客席の照明が落とされた。テーブルに歩み寄り、〈ロレッタ・サーウォー〉と書かれたカードが置かれた席を探す。中央の席の右どなりだった。中央の席にはスタックスがちょうど腰を下ろしたところだ。サーウォーも席についた。座ったとたん、両手の拘束が解かれた。テーブルの下、薄茶色のテーブルクロスの陰で、誰にも見られないよう痛む膝をさすった。まず膝頭を、次に痛みの元凶である半月板(はんげつばん)をマッサージした。もう一方の手でグラスの水を飲んだ。ガニー・パドルズがすぐ右の椅子に座った。彼の視線を感じた。

「あんたの彼女、人気者じゃねえか」ガニーが言った。

「だね」サーウォーは水を飲む合間に答えた。膝をさするのをやめた。講堂の最後部に並んだ大型カメラに目が吸い寄せられた。まもなく記者会見が始まった。

「H2スポーツのカイル・ロバートソンです。スタックスに質問です。あなたを一目見ようと大勢が集まっているのを見て、晴れがましいお気持ちでいると思います。ご感想を」

「ふるさとは電界ね。びりびり来てる。昔の友達を何人か見かけて、うれしくなったわ。あたしが最初にアスリートになったのは、この建物なの」

**カメラが引いて、全員を映す。ふたたび寄って、スタックスとLTのクローズアップ。**

「ここではいろんなことがあった。みんな知ってると思うけど、あたしが犯罪者になったのはここよ[*]」

**大きな笑顔にズームイン。スタックスを……手首のXを指しているスタックスをとらえる。Xがアップになる。**

「いまのお答えについて一つだけ。つまり、今週のデスマッチを前に、ふだん以上に気合いが入っているということですか。対戦相手の犯罪歴を考えると」

**スタックスの笑う口もとに寄る。笑いが収まって完全に消えるまでそのまま。**

「レイプ犯を殺したいかって質問？　いいえ全然。あたしの本質は愛なの。人殺しが好きなのはみんなのほうでしょ」

**カメラ、引く。上半身とX。**

「レイプ犯をロー・フリードしたことは以前にもある。別に何も感じなかった。それで救われたりなんてまるでしなかった。でも、そのこともう知ってるわよね。そんなに簡単なことなら、この世界は別物になってるはず」

「チャンネル・プレックスのメガン・メレンデスです。サーウォーに質問です」

**カメラが引き、サーウォーに寄る。**

「盟友のサンセット・ハークレスを失ってどんな気持ちですか。あなたのハリケーン・スタックスが彼を殺したという事実、殺した理由を言うのを拒んでいる事実をどう思いますか」

**サーウォーにクローズアップ。さらに寄る。スタックスのほうに視線をやったところで静止。そのまま。そのまま。カメラ、引く。笑みの消えたスタックスの顔、サーウォーを一瞥するスタックスの表情。**

「まず言っておきたいのは、スタックスは独立した一人の人間であることです」

「いえ、所有物という意味で言ったわけでは――」

「その件はチェーンとして話し合いました。これ以上の話し合いの予定はありません」

「この何年か、あなたとサンセットを見守ってきた人たちに、またはサンセットの遺族に、何か伝えたいことは？」

**引いて、テーブルに並んだ全員がサーウォーを見ている様子を映す。しばらくそのまま。**

「サンセットは私の一番の友人でした。何か一つのものが彼を殺したのではありません。救いの手が必要だったとき、彼に与えられたのはいっそうの苦難でした。そう考えると、何度も殺されてきた彼の、これが最後の死と言えると思います。私が言いたいことはそれだけです。これからの日々、ほかに考えなくてはいけないことが山ほどありますし」

「オールド・テーパーヴィル・ストリームライトのヴィハーン・パテルです。いまはどんなことを考えていますか」

＊服役中の女性の八六パーセントに性的暴行を受けた経験がある。信じがたい現実だ。服役中の女性の大半に性的暴行の経験があるのだ。

**テーブルの右手側に振ってから、サーウォーの顔に戻る。そのまま。サーウォーがフレームの中央に。**

「いまから二日後に、すばらしい闘士の二人組があなたと、私のとなりにいるこの美しい女性を殺そうと試みるとわかっているとしたら、あなたなら何を考えますか」

「わかりました」

「クロスヘア・キャピタルのイーファ・テランドです。次があなた方がペアで挑む最後の試合になります。お二人はチェーンギャングのダブルス・マッチ史上もっとも多くの勝利を挙げてきました。試合を間近に控えたいまのお気持ちを聞かせてください。勝算（チャンス）はどの程度あるでしょう」

**ガニー・パドルズ、サーウォー、スタックス、ランディ・マックを順に映す。ゆっくりと戻って、スタックスとサーウォーだけを映す。**

「あたしたちくらいになるとね、チャンスに頼る必要なんてないのよ、ハニー。ハリケーンがマザー・オブ・ブラッドと出会ったのは決して偶然じゃない」

「二人で準備を進めてきました。万全の状態で試合に臨みます」

「スタックス、今度の試合のあと、あなたもコロサルに昇格しますね。楽しみですか」

**サーウォーの顔。張り詰めた表情を映し出す。引いて、二人が並んで映る距離に。**

「あたしはもうコロサルだから。日曜の試合を観たら、ずっとそうだったんだなってみんなも納得すると思う。まぶしくてよく見えないとしても」——**スタックスの顔に限界まで寄る**——「真実がずっとそこになかったっていうことにはならない」

「つまり、前向きな気分でいるということですね？」

「降下中のハヤブサの気持ちよ」

**スタックスの顔をフレームいっぱいに。フレームを埋め尽くすように。そのまま。そのまま。その顔を視聴者にじっくりと見せる。顎に届きそうな首のタトゥー。前方を見据える鋭い目。もっと寄る。彼女の目。鮮明に。そのまま。そのまま。**

「どういう気分かわかる？　いいえ、想像もつかないでしょうね」

**カメラ、引く。顔全体を映す。そこに浮かんだ笑み。少し和らいだ目の表情。**

「でも、そうね。前向きな気分でいるかな。当日は二人とも万全の状態で臨む。あたしたちは、この競技で過去誰より成功したコンビよ。運頼みでここまでは来られない」

「サーウォー、いまのお話を踏まえて、あなたの意見は」

「付け加えることはありません」

「オックス・ニュースのグレッチェン・エブです。サーウォーに質問です――いえ、答えられる人ならどなたでもけっこうです。この一週間で、あなたはアンゴラ＝ハモンド・チェーンに根本的な変化をもたらしました。Ａハムのリンクが同じＡハムのリンクを殺してブラッド・ポイントを稼ぐことは許さない、殺さないまでも将来の攻撃を防ぐために暴力を使うことは許さないと、一方的に通告しました。なぜこのタイミングなんでしょう。今後、何らかの形でマイナスの影響が表れると思いますか。たとえば、フィールド外では仲よしタイムとなったせいで、Ａハムのバトルグラウンドでの成績が振るわなくなるというような」

**リンク全員の顔を一つひとつ映す。ガニーのにやにや笑いをやや長めに。サイ・アイ・アイの吊り上げた眉。スタックスのしかめ面は、すぐに消えて笑みに変わる。最後にサーウォーの無表情な顔をアップで。**

「なぜこのタイミングなのか。このタイミングでなくてはならなかったからです。私はまもなくいなくなる。だから、このタイミングを逃すわけにはいかなかった」

「しかし――」

「それから、あなたの言う〝ブラッド・ポイントを稼ぐ〟は、サーキットに参加している全チェーンであまりにも長いあいだ横行してきた卑劣な行為を指しています。信頼していた仲間に殺されるということです。うちのチェーンではもうそういうことはしない。それはよいことです。みなさんは、本当ならヘリコプター・クインの試合をもっと観られたはずです。大勢の素晴らしいリンクが、彼らよりも弱いリンクがサーキット中にした臆病な行為のせいで、バトルグラウンドに出られなくなっている。あなたの質問に答えると、今回のようなことを私がしたのは、それが正しいことだからです。バトルグラウンドでのAハムの成績に影響が及ぶかもしれないとはまったく心配していません」

「そんなのはたわごとだが、まあ、それはおいておく」

**カメラ、向きを変えてガニー・パドルズを映す。引いて、ガニーとサーウォーの二人を映す。**

「俺は立場をわきまえてる。それはこのテーブルに座ってる全員がそうだ。俺らは聖人でも何でもない。外でわあわあ騒いでる連中が俺らを何だと思っていようが、それも関係ない。俺がこれに参加してるのは、食ってくため、もらえるもんをもらうためだ。それだけだよ。だがさしあたっては、女王陛下が規則を作る」

「とすると」**サーウォーは客席で立ち上がっているグレッチェン・エブを見た。二列目の右端、淡い緑色のジャケット。**「あなた自身や仲間のリンクの安全を不安に思っていたということですか。自分のチェーンに新しい指針を押しつけた理由はそれですか。それとも、文明的な考えを持ちこもうとしたとか？　両立はありえないように思いますが」

「その二つはもちろん両立できます。私には自分の心配をする必要はありません。もうじき自由ですから」

**カメラ、スタックスに戻る。テーブルに身を乗り出している。いまにも立ち上がろうとしているかのようだ。まもなくスタックスは椅子にもたれ、大きな声で笑いだす。絞りを開放へ。スタックスの背景をぼかす。まるで絵画のように。目にピントを固定。茶色の目。生き生きと輝く目。**

「あなたもAハムに参加すれば、グレッチェン。実感としてわかるんじゃない？」

**カメラ、ゆっくりと引いて、全体にピントを合わせる。**

「公正を期して言えば、私は犯罪者ではないので――」

「だったら余計な口出しはやめてよ。犯罪者のことは犯罪者が決めるから」

**サーウォーの顔。無表情で中立的な顔。**

「メガヴォルト・ストリームズ3のジーナ・プリーアンです。サーウォー、リンクとしてのあなたの輝かしいキャリアはまもなく終わります。キャリアを振り返って、一番誇りに思うことは何でしょう。あなたが自由の身になる可能性が濃くなったいま、犯罪の被害者の遺族はどう感じていらっしゃると思いますか」

**サーウォーは戸惑った顔をする。目は、濡れたように輝いている。そこに映った光を見よ。**

「このチェーンには、この週末の試合に向けて厳しいトレーニングを積んできたメンバーがほかに何人もいます。彼らにいまの気持ちを訊いてみては？」サーウォーは椅子に背中を預け、水を飲む。

「そうだよ、訊いてよ」リコ・ムエルテが言った。

**カメラ、彼を探す。**

「俺だってトレーニングしてるんだ」――**カメラ、テーブルの端のほうに座ったリコ・ムエルテを**

見つける——

「強敵と当たるしさ。歴史に残る一戦になるよ。で、何が訊きたい?」

薄暗い客席で、記者たちの手が一斉に挙がる。

## 現代の奴隷制度

もっとも誇りに思うことは何かと質問されるたび、頭に浮かぶのは飢えだった。まだ刑務所にいたころ、サーウォーはハンガーストライキを計画した。食べるのをやめた。無意味な刑務作業もやめた。収容されていた刑務所の環境は、人としての品位と威厳をそこなうものだったからだ。ハンガーストライキを決行したのは、同じ刑務所の受刑者のためだけではない。ほかにも数えきれないほど存在する似たような刑務所の受刑者と、生きようとした以外の罪を何一つ犯していないのに移民収容センターに拘束されている人々のためでもあった。遠く離れた刑務所同士でも、連絡を取る手段はある。サーウォーたちはほかの刑務所の惨状を知ってすぐに行動を起こした。サーウォーが声明の草稿を作り、紙片に書きつけて、女性受刑者の生活ぶりに関心を持って取材に訪れた記者にひそかに預けた。

### 良心と正義感を持つすべての人へ

GEODが運営するフォースライト収容施設の奴隷制度下にある私たちは、投獄中の身ではあるが、ニュー・ホーリーの受刑者と団結して立ち上がり、罪のない難民に対する非人道的な暴力と家族の分離を拒絶する。私たちは、いわゆる外国人(エイリアン)が、非アメリカ市民であるというだけの理由で、移民収容センターの劣悪な環境下で非人道的な扱いを受けなければならないとの考えを拒絶する。加えて、それらの施設でレイプや性的暴行が広く行なわれている現状、人身売買された子供たちがおぞましい事態に直面している現状を厳しく非難する。＊私たちは、いわゆる移民収容センターを廃止し、行き場のない人々を我が国に受け入れる人道的な制度を整備することを要求する。この国における奴隷制の無情な炎を長年にわたり絶やさず守り続けてきた、ＧＥＯＤが運営する施設および国内のすべての収容施設における現代の奴隷制に終止符を打つことを要求する。私たちは、人々が公正と正義の名のもとで他者を平然と拷問するような現状を嫌悪し、私たちの要求が満たされるまで自らの命を懸ける覚悟がある。

賛同者署名
ドクター・パトリシア・セントジョン
マーシャ・バンウィッテン
ロレッタ・サーウォー
レーシー・コラーレ
ほかフォースライト人権活動団体全メンバー

それはサーウォーの声明だったが、同じブロックの女性受刑者から成る小さなグループのメンバーはそれに賛同し、承諾した。全員がストライキに参加した。

ストライキ六日目、看守たちが来てサーウォーを隔離房に放りこみ、これからインフルエンスを受けさせると言った。インフルエンスを受けた者の顔に貼りついた笑みをサーウォーは見たことがあった。自分で目玉をえぐり出した者がいるという話も聞いていた。だからやめてくれと懇願した。

すると看守たちは言った。「覚悟とやらが本物なのか、確かめようじゃないか」そしてワイヤに接続された黒い棒を首に、コントローラーをもに押し当てた。

その晩、サーウォーは出された食事を残さず食べた。インフルエンスを受けてわかった――すでにどん底のはずだった自分の人生には、想像していたものをはるかに超える苦痛の余地をまだ残していた。彼らがどれほどの苦痛を自分から引きだせるのか、確かめたいとは思わなかった。翌日、サーウォーはＣＡＰＥプログラム参加契約書に署名した。

＊二〇一〇年から二〇一六年の七年間にアメリカ合衆国移民関税執行局（ＩＣＥ）に訴えのあった性的・身体的暴行の件数は一万四七〇〇件に上る。数千人、数万人が被害に遭っている。ＩＣＥは、９・11同時多発テロを受けて二〇〇三年に創設された。

白シャツの男性がいた。バスドラムをベルトで胸に固定していた。年齢はおそらく六十代。三音節ごとに、どん、と太鼓の太い音を轟かせた。その男性が全員を一つにまとめ、みなの原動力になっていた。数ある原動力の一つ。リンクたちが待機している高校を目指してデモ行進を続けるなか、ナイルがその男性に目をとめたとき、男性のシャツの背中は汗で透き通っていた。

**団結すれば人は不屈**

〈新しい奴隷制の撤廃を目指す連合〉から二十四人がはるばる参加していた。到着は予定より遅れてしまったが、とにかく現地に来た。抗議活動の参加者の大半と同じように、そろって黒い服を着ていた。ここはハリケーンの出身地だ。サーウォーの最後から二番めの試合を数日後に控えている。ヴルーム・ヴルームのときと同じく、この抗議デモはずいぶん前から計画されていた。ただ、数千人が集まるとは予想外だった。おかげで抗議活動にいままでとは違うエネルギーがあふれている。自分は津波のなかの一滴だ――ナイルはそう思った。自分たちは行動を起こした。それは確かだ。マリを見た。赤い活字体で〈いますぐ廃絶〉と書かれた黒いシャツを着ている。まっすぐ前、二人を取り巻く大勢の人々を見つめてはいるが、その目には何も映っていないかのようだった。

**団結すれば人は不屈**

動くスペースはあるが、前に進むことしかできない。車道も路肩も彼らの体で埋め尽くされている。黒いワンピースを着た女性カップルが香草のセージを焚いていて、その煙が、使命を帯びてぴりぴりと張り詰めた空気に心地よいぬくもりを添えていた。ここに彼らがいるという事実が、これだけの人数が集まったことそのものが、声明のようなものだ。とはいえ、言いたいことはまだまだあった。これだけの人数がそろって道路を西に向かって歩いている——目指す先は、よりによってファーマーズマーケットだ。マリは世界の不合理を思い、自分が属しているものの困難と美しさを思った。ここにはいたくない。疲れていた。というより、アメリカの文化にはびこる残虐さにほとほと疲れ果てていた。取材の記者が一人、小型のカメラを肩にかついだカメラマンを従えて、黒ずくめの女性たちを押しのけるようにして追い越していった。セージの束が地面に落ちた。それを拾おうとした二人が人の波にのまれる。ふたたび起き上がった二人は、どちらも笑みを浮かべていた。一人がポケットからライターを取り出し、もう一人が香草を炎に掲げた。

**団結すれば人は不屈**

別の記者——頭をきれいに剃り上げた女性——がマリに近づいてきた。

とっさにインタビューに同意してしまった。マリは、これからの計画を思って自分の愚かさを呪った。

「お名前のつづりを教えていただけますか」

マリは記者を見つめて迷った。それから心のなかで言った。いいわ。

マリッサ・ロリーンダは名前のつづりを教えた。

記者は笑顔で質問をした。「あなたはレイプ犯や殺人犯の解放を要求しているわけですよね。それをどう正当化しますか」結局、話の行きつく先はそこなのだ。不安だ。

**団結すれば人は不屈**

マリは記者をまっすぐに見た。一つ大きく息を吸う。

「私はアボリション運動［刑務所、死刑、警察、移民収容施設など、レイシズムの構造をかかえた制度の廃止を求めるアメリカの社会運動］に賛同しています。つまり、問題そのものの解決に取り組むために地域社会に投資することに関心を持っています――刑罰という地域社会に何の利益ももたらさない解決策にではなく。殺人犯やレイプ犯は、たしかに大きな害を与えます」マリは言った。「でも、この国の刑務所はその害を減らす役には立っていません。それどころか、個人や地域社会により大きな害をもたらしています。刑罰国家は、無罪と有罪、善と悪の二元論に依存しています。そうすることで、正義の名のもとに何が〝害〟であるかを定義し、巨大な規模でその害を加えることにより、資本主義的で、暴力的で、本質的に不公正な制度を支えています」それはマリが口にしたことであり、これまで何度も同じ意見を口にしてきてもいるが、このときすでに、記者の狙いを心のどこかで察していた。この記者の頭のなかには、釈放すべきではないと彼女が思う具体的な名前がすでにあるのだ。少し前まではマリの父親もその一人だったはずだ。

「よく勉強なさっているようですね。しかし、その制度が地域社会を暴力から守っているという事実は変わりません。殺人犯やレイプ犯が通りを自由に歩いていても心配はない。あなたはそうおっしゃりたいのですか」女性記者は、ここからようやく大事な話を始めるとでもいうように声をひそめてそう訊いた。

「私が言っているのは、死刑という刑罰は、ＣＡＰＥプログラム開始以前から忌まわしいものだったということです。いまの形式の刑務所もそうです。いまの時点では、人々はまさにあなたがおっしゃったような形の害をなしています。刑務所は、本来それが防止すべき害を防止していません。実験は失敗したんです」

「それはどういう意味でしょう。街をうろついている犯罪者の数は減ったのでは？」

「私が言いたいのは、あなたがおっしゃっているような問題はすべて現状の制度の症状だということとです。貧困が蔓延し、依存症やメンタルヘルスの問題で苦しむ人々に予算が割けない——どれも困難な問題ですが、解決できないわけではありません。なのに、解決していない。なぜなら犯罪化は、個人の人間性を奪い、困窮している人を見捨てるような社会を問題視するのではなく、犯罪をおかす彼ら個人に問題があると示唆するからです」

「あなたが忌み嫌うチェーンギャング・オールスターズや刑務所が創出している雇用についてはどう思われますか。刑罰制度のプラスの側面を考えたことはありますか」

この質問に、マリは弱々しい笑みを浮かべた。雇用の問題にすり替えるような、あるいは雇用を創出しているから大勢の死も正当化できるというような、あまりにばかばかしい言い草に対する無意識の反応だった。女性記者の顔はそれまで、悪意を含みつつも温かな表情を浮かべていたが、この瞬間、石板のような冷たい怒りの表情に一変した。

「私、何か笑われるようなことを言いました？」

**ほしいのは何？**

「いいえ」

**正義！**

「男が女を食い物にしない時代はありませんでした。強い者が弱い者を餌食にしない時代も。アボリショニストのあなたは、自分の命、子供や家族の命を案じている人々にどう答えますか。他人に損害を与えた者たちを街に放とうと言うんですか」記者の声が震えた。「また同じことを繰り返すとわかっていて、釈放しろと？」

マリは、父が釈放されて自分のところに戻ってきたらいいのにと願ったことはなかった。それでも、子供のころの父が社会にもっと愛されていたらと思うことはある。父がいたら自分の人生はどう変わるだろうと不安だったが、父はあのように殺されるべきだったのだろうかと疑問に思う。父の選択がマリの人生を左右したことに長年怒りを抱えていたし、父がいたらマリの人生はどんな風だったかと想像すると怖かった。自分のところに戻ってきてくれたらいいとは思わなかった。それでも少なくとも、社会に復帰してほしいとは思っていた。父が死んだとき、どこかほっとしたのは事実だ。長い旅がこれで終わったのだと感じた。しかし、心のより大きな部分では、現状の刑罰制度は廃止されるべきだという思いを新たにした。

女性記者はマリをまっすぐに見た。カメラマンはファインダーの陰からちらりとこちらを見たあと、驚いたように同僚の記者のほうに向き直った。

マリは女性記者を見た。怒っている。取り乱しかけている。しかし、マリが闘うべき敵ではない。

**ほしいのはいつ？**

**いま！**

「答えられないということですか。私の姉は——姉がいまも生きていたら、あなたが姉に何と言うか知りたいの」

マリが歩きながら女性記者と話している様子を見つめていたナイルが、話の内容が聞こえるところまで近づいていた。

「お姉さんを亡くされたのはお気の毒です。お姉さんが生きるチャンスを奪われたこと、あなたが喪失感に苦しまなくてはならなかったことをお気の毒に思います」

「この国の司法制度を〝お気の毒〟に押しこめようとしているように聞こえます」

マリは口を閉じた。これまで存在していなかった新しい言葉を作り出そうとするかのように。「私たちは、なかったことにしようと呼びかけているわけではありません。被害者の苦痛を忘れようとしているわけではないんです。私たちから見ると、死刑やいまの刑務所の廃止は前向きなプロセスです。新しいインフラの刷新、被害をどう減らすかについての考え方のバージョンアップ。私たちが訴えているのはそこです。不安に思う必要はないとは言っていません。私たちが言っているのは、不安はすでにあるのだから、改善の努力をしないのは間違っているということです。どうしたらいいのか、完璧な答えを持っている人がいるとは言えませんけど、みんなで知恵を出し合えば、何らかの解決策が見つかるかもしれません」

**ほしいのは何？**

**正義！**

インタビューはデモの流れに沿うように進み、撮影しているカメラマンは何歩か後ろに下がった。

「それを別としたって、そうでなくても世の中は人の苦しみに驚くほど無関心なのに、チェーンギャングはそれをいっそう悪化させただけです。今日、私たちはそこに抗議しているのです」

「そうは言っても、二度と元の人生を取り戻せない人が現に大勢いるのに、あなたはその人たちに対する答え､心に負った傷のせいで人生を変えられてしまった人たちに対する答えを持っていない」

「私は――」

**ほしいのはいつ？**

カイが割って入った。「もう十分でしょう」

**いま！**

「そうかもしれません」マリはカイではなく記者に向けて言った。「でも、私はそうは思いません」

「もうよしなさい、マリ」カイが言った。

「お姉さんのこと、お気の毒です」マリは言った。「あなたもお気の毒だと思います」ナイルがさらに近づいてきた。

「〝お気の毒〟ね」記者は吐き捨てるように言った。「何を言っても姉が生き返るわけじゃない。あなたの〝お気の毒〟が何の役に立つの？」

**ほしいのはいつ？**

**いま！**

「行きましょう」カイがマリの肩に手を置いた。

# カイ

**ほしいのは何？**

「取材なんか受けることなかったのに」カイは言った。群衆のなかのあちこちに大勢の記者が見える。大半の記者の所属はわからない。マリが誤ったメッセージを発信するとは思わないが、マリの顔が大々的に公開されることに一抹の不安を感じた。**正義！**

「わかってる」マリは言った。「でも、話したかったの」マリがまたどこか遠い場所に閉じこもってしまうのがわかった。このところ、マリはずっとそんな調子だった。**ほしいのはいつ？**

理解したいと思って努力はした。**いま！**　カイはマリの好物をテーブルに用意してマリを引っ張り出そうとしたが、マリは自分の部屋で一人、世捨て人の沈黙のなかで食べた。孤独の殻に閉じこもってしまうなんて、マリらしくないことだった。ナイルでさえ——カイの娘に恋をしているのは明らかだった——あまり訪ねてこなかった。マリは父親を亡くした。マリはほとんど知ることのなかった父親、しかし世界にはよく知られていた父親。マリが大学を卒業して以来、カイはマリをできるだけ近くに置いておこうとした。離れて暮らしていたあいだも、マリの苦悩を敏感に察した。マリ本人はそれをほとんど打ち明けようとしなかったが。カイはマリに安心を与えてやりたかった。**ほしいのは何？**　結局、考えた末に一つだけ思いついた方法、一つだけ正しいと思えた方法は、世話を焼き続けること、これまでどおりマリを近くに置いて守ってやることだった。**正義。**

だからこのときも、娘に何も言わないことにした。そういう人間だからだ。物心ついて以来マリが頼りにしてきたのはカイだった。いまは刑務所にいるカイの姉ではなかったし、世間からサンセットと呼ばれていた男でもない。いつもマリに寄り添っていたのはカイだ。小さな道路の一車線を占領して行進している無数の人々と声を合わせて抗議を叫ぶマリを、カイは見守った。**ほしいのはいつ？**

最終目的地であるファーマーズマーケットの近くに設定された集合地点、高校にもまだ着いていないというのに、すでに数千人は集まっていた。デモ行進に参加するのはすばらしいことだ。娘と一緒に何かできるのは、すばらしいことだ。数千の人々と歩き、その場に居合わせ、大きな滝のなかの一滴となること。それでも、感情が——ある感情が全力で参加する邪魔をしていた。守ってやらなくてはという切迫した気持ちが。マリと連合が心配だった。大規模なデモ活動に参加するときはいつも心配だが、ヴルーム・ヴルームの乱闘からまもない今回はとりわけ不安が強かった。その不安がいまこの瞬間に没頭するのを邪魔している。**いま！**

ナイルがマルタを追い越していき、マリのとなりに並ぶのが見えた。マリに微笑みかけた。マリが笑顔を見せる。口もとに浮かんだ笑みは、心からのものというより、ナイルを思ってのものと見えた。**ほしいのは何？**

カイはマリの父親シャリーフのことを考えた。父親がマリの人生にかかわっていたらと想像する。それは思考実験の連鎖、セラピストからやめるようにとはっきり言われている行為だ。それでも、みなと一緒に高校に向けて歩みを進めるカイの頭を占めていたのは、その可能性だった。数メートル先でバスドラムを叩いていた男性を一瞥する。両腕を体の脇に下ろし、背筋をぴんと伸ばしている。編み込みにしたところだけ髪を緑色に染めている女性がバチを持ち、一休みしている男性に代わって太鼓を叩いていた。**正義。**

最初の目的地はもうまもなくだ。メガホンを介して、何人かが指示や命令を飛ばし、激励しながらシュプレヒコールを先導している。**ほしいのはいつ？**　人々が集中するにつれ、それまで静かに流れていたエネルギーが脈打ちながらふくらんでいった。いくつもの団体が願いを叫ぶ声が溶け合う。そう簡単には得られない連帯感があった。地面を踏み鳴らし、リアルにその場に参加している連帯感。**いま！**　特別な、そして必要なことだ。デモ行進がどんな場面でも一番効果のある抗議行動であるとはかぎらないし、一部にとっては退屈でしかない。しかし、カイにとっては活力の源だった。自分はひとりきりではない、大勢が集まった一つの力なのだと改めて確認できる。行進していると、もはやほかからは得られなくなった力を感じた。**ほしいのは何？**　多様な色合いを帯びた人生を生きている多様な人々と一緒にいること。娘と一緒にそこにいること。娘は、幼いころ心に深い傷を負ったのに、そして心に多くの不安を抱えてきたのに、明確な目標を持った才気あふれる女性に成長した。カイは、〈新しい奴隷制の撤廃を目指す連合〉の運営を事実上任されている委員会の一員ではあるが、連合の中心人物は、明らかにマリだ。**正義**。参考図書を頻繁に推薦するのはマリだ。自由とそれに関連する難しい疑問に答えようとするのもマリだ。たとえば、暴力的な傾向が顕著で、今後も何かあるたびに暴力を行使しようとするような受刑者をどう扱うべきかといった、ありがちだができれば避けて通りたい問題であろうと、マリは逃げない。カイは幸運にも、自分がもっとも強い関心を抱いていることがらに娘と取り組んでいる。**ほしいのはいつ？**　カイは、社会について考え、主義主張を積極的に唱える人生、死刑や現状の刑罰の廃止を訴える生き方をマリに押しつけることはなかったが、両手を広げてマリを歓迎した。**正義**。それでもときどき、マリのような子、親がともに刑務所に入っている境遇で人生の大半を過ごしてきた子供にとって、歓迎と強要は同じことではないかと思うことがある。

**いま！**

ナイルがすぐ前を歩いている人に軽くぶつかった。デモ隊は何の前触れもなく停止した。

「すみません。ごめんなさい」ナイルが謝った。

「気にしないで」ぶつかられた女性が言った。**ほしいのは何？**

カイは顔を上げ、まずは娘を見た。それから娘の視線を追った。**正義**。来るのが遅かったようだ──あるいは、ちょうどよかったのか？　**ほしいのはいつ？**　抗議運動の焦点となっている女性二人がすぐそこを歩いていた。**いま！**　デモ隊がいるのと同じ横断歩道を渡ろうとしている。二人と、おぞましい人殺しゲームへの出場を余儀なくされているほかの哀れな人たち。武装警察が一団を取り囲んでいた。

高校を出てファーマーズマーケットに移動しようとしている。デモ参加者が声援を送った。マリはサーウォーにじっと目を注いでいた。サーウォーのほうも、マリの視線をとらえただけでなく、マリをまっすぐに見つめ返しているようだった。**ほしいのは何？**

## 風船のアーチ

群衆には慣れている。ただし、この規模となると話は別だ。とはいえ、サーウォーに現実を突きつけたのは、群衆が発するエネルギー、群衆が名前を呼ぶ声のトーンだった。リンクたちのために本気になってくれる人々がこれほどの規模で集まったのは初めてだった。その光景を目にしたら、自分たちはおぞましい悪意を向けられる対象であるという事実を忘れられなくなる。その人数に圧倒された。そしてその人々を目の当たりにして、サーウォーは、よいものを産み落とす可能性を秘めた途方もなく大きな何か、恐るべき何かの一員になったような気がした。

武装警察が群衆を押しのけ、ファーマーズマーケットに向かうリンクたちの通り道を確保した。黒い服を着た人々は誰もサーウォーに触れようとしなかったし、大半は写真も撮らなかった。ただ名を呼び続けた。サーウォーの名前を、スタックスの名前を、チェーンの全員の名前を、聞いているほうがつらくなるほどの愛情をこめて呼び続けた。サーウォーは、遠い昔の自分を思い出した。自分の名前が、自分という人間をそのまま表していたころ。いまのように商品として扱われるようになる前の自分。それを思い出すと同時に、メランコリア・ビショップをはじめ、バトル中に自分の命を終わらせるしかなかった多くのリンクたちの心情を深く理解した。ふだんのサーウォーは、自分の死を思うとき、それも当然の罰のうちと考えた。しかしいまここに集まっている人々、この人々は、死んで当然などということはないと大きな声で叫んでいるだけではない。いま受けている仕打ちの何一つ受けて当然ではないのだと声高に言っている。

自殺はＣＡＰＥプログラム文化につきものだ。しかし、公には〝自殺〟とは呼ばれていない。[*] マーチ期間中にはほとんど起きない。野外にいれば、天気のよい日に恵まれたり、平穏な時間があったりする。アドレナリンが全身にあふれ返っているデスマッチのさなかに自殺するリンクもほとんどいない。といっても、ゼロというわけではない。アーソン・ジョンソンやメランコリア・ビショップのような例はほかにもあった。アーソン・ジョンソンは、メランコリアがバトルグラウンドで初めて殺した相手だった。その場にひざまずき、歓喜の表情でハス・オマハの一撃を受け入れた。その数年後、メランコリアはサーウォーの前でまったく同じことをした。

しかしマーチの過酷さと対照的に、バトルグラウンドを控えたハブ・シティでは家庭的な数日を過ごすことになる。リンクが自分を自分自身から切り離す決断をしやすいのは、ハブ・シティ滞在中だ。この間(かん)、リンクたちはふつうの市民のそれに近い生活に戻る。生き延びるのが困難な状況では、自分の内側にある何かが、生き延びる努力をせよと懇願してくる。ところが安楽な環境では話は変わってくる。サーウォーは高校をあとにし、スタックスのすぐ後ろから離れないようにしつつ、スタックスを先に歩かせようと気遣いながら、そんなことを考えた。

**ハマラに自由を！　ロレッタに自由を！**　群衆は叫んだ。

サーウォーは、湧き上がってくる興奮を抑えきれず、拳を高々と突き上げた。群衆の声がいっそう高くなった。サーウォーができるだけ遠ざけておこうと心がけている真実が、それでまた裏づけられた――サーウォーは責め苦を受けている一人の人間なのだ。ＣＡＰＥプログラムに参加する前からそうだった。この三年で、それは日を追うごとに確かな真実になっていった。一瞬たりとも忘れられないことである一方で、真実を認めるのはつらかった。しかし、自分が抱えて生きてきた真実がチェーン外の人々によってまぶしいほど明らかに裏づけられたのは、初めてだ。

そしていま、拷問だけでは足りないとでも言うかのように、制度はサーウォーに、この世の誰より愛している人物を殺せと迫ろうとしている。生きる原動力になっていた人物を殺せと。サーウォーは群衆の声を力にして歩き続けた。人々の希望が血流に染み入るにまかせた。

護送の武装警察は八名いる。先導しているのが四人、後ろに四人。きびきびと迷うことなく歩いていく。ハブ・シティのありがたいことの一つは、プライバシーに似たものが確保される点だ。都市に滞在中、HMCはめったに見かけない。ハブ・シティが特別なのは、〝そこにいなくては見られない〟からなのだ。したがって、サーキットとバトルグラウンドのあいだのこの期間、リンクたちは画面上から消える。

街の中心部にある公園に向けて歩いた。サーウォーは、愛される喜びをスタックスに味わってもらいたかった。スタックスに愛してもらいたい。サーウォーもスタックスを愛し続けたい。そして、まもなく殺し合わなくてはならないのだと話したかった。このうちのどれを一番強く求めているのか、自分でもわからない。

やがてサーウォーはあの女性を見つけた。この感情とエネルギーの渦の真ん中に、彼女はいた。あのときの女性だ。目に見えない力によって召喚されたかのように。サーウォーに行動を起こさせるために、真実が実体を持って現れたかのように。サーウォーを取り巻く人々のむき出しのエネルギーが、あの若い女性の姿を借りたかのように。横断歩道の白線の上に立っていた。サーウォーに紙片を手渡し、経験したことのない孤独な恐怖に突き落としたあの女性。まるで予兆のようにそこ

＊自殺は受刑者の予防可能な死因の第一位だ。二〇〇一年から二〇一九年にかけ、刑務所内での自殺者数は急増した。この間に、州刑務所では八五パーセント、連邦刑務所で六一パーセント、地方刑務所で一三パーセント増加した。

に立っていた。サーウォーは歩く速度を一定に保ったまま、女性に向けてうなずいた。サーウォーが感謝と憎悪の両方を感じている女性。彼女はサーウォーから無知の幸せを奪い去った。

　振り返ったりして、自分にとって重要な意味を持つ人物がそこにいることを周囲に悟られないよう用心した。知り合いと言うには奇妙で注意が必要な関係にある人物。ＨＭＣがそのへんを漂っていなくても、誰がどこで見ているかわからない。つねに誰かに見られている。

　サーウォーはその女性を、自分に真実を伝えた女性を見つめた。この一週間、サーウォーの夢にたびたび入りこんできたあの輝きは彼女から消えていた。彼女を憎悪していることは否定できない一方で、自分は彼女を愛しているのだと思った。彼女がいままた現れたことには理由があるはずだ。サーウォー自身も真実のキュレーターだった。真実を展示し、光を当て、必要なとき手に取れるようにする。ときにはすべてをしまいこむこともある。心の奥の奥にまとめて押しこむ。だが、真実を隠滅することはできない。そう知っていても、サーウォーは真実を収集整理した。それが得意でもある。彼女の人生がその証（あかし）だ。生き続けるために生き続けてきた。同じ立場にある者なら機を見て自分を自分自身から排除するだろうが、彼女はそうしなかった。

　ファーマーズマーケットのある街の中心部には大勢が詰めかけていて、しかも人数はまだまだ増えようとしていた。そこに設えられた風船のアーチは見上げるばかりに大きく、そこに歓迎の気持ちが集約されているようで、サーウォーはいくぶん居心地が悪くなった。淡い青や緑、白や金色がそよ風に揺られ、スタックスの登場曲として誰もが知っている歌をＤＪが鳴らしていた。電子音を多用して派手な印象だが、旋律が美しくて深みを感じさせる曲。

　〝古風な趣のある〟と評されそうな街並みをそのまま歩き続けた。サーウォーはスタックスに意識を集中した。目に映るすべてをいっぺんに心に詰めこもうとしているように見えた。あっちを見ていたかと思うと、こっちの木を見て、幹を伝って上っていくリスに気づいて小さく笑う。まるで昔飼っていたリスを見つけて喜んでいるかのようだった。二人の後ろを歩いているランディとサイ・アイ・アイも、スタックスの弾んだ気持ちが伝染したかのように笑っていた。バッド・ウォーターも笑顔だ。他者との関わりに浮き立っている。リンクたちの後ろには巨大な集団が黒い波となって付き従っている。その声は大きくて、聞きたくなくても聞こえてしまう。

リンクたちの日常はいつだって奇妙だ。毎日が残酷で、常人のそれとはまったく違っている。しかし、背後で揺れ動く彼らの解放を訴える声や、前方のファーマーズマーケットから漂ってくるポップコーンの香ばしいにおいは、新しい種類の恐怖をサーウォーに与えた。当然のものとして受け入れてきた日常が、まもなく終わろうとしている。

「受刑者サーウォー、受刑者スタッカー。おまえたち二人の派遣先はステーション1、ディーンのアイスクリームだ」金属プレートのアーマーを着けた武装警察の一人が言った。武装警察は、いつものように、綿飴(わたあめ)の屋台ではなく戦争を連想させるような装備で任務に当たっていた。似たような装備の警察官グループがふいに反旗を翻して襲撃してくると予期しているような装備。ここまで付き添ってきたほかの四人の武装警察は、ファーマーズマーケット全体を囲んで立てられた金網のバリケードの外で待機していた。ファーマーズマーケットには立ち入れないと悟ったデモ隊は――この日に設定された入場料金はかなり高額で、しかも前払い制だった――敷地周辺を取り囲むように広がった。金属のバリケードの外側に、黒ずくめの人々の第二の壁が築かれていく。一方、チェーンギャングのファンはファーマーズマーケット内で、もっともらしい顔で綿飴を買ったり、トマトの品定めをしたりして、ほんの数メートル離れたところにふだんはいない数千人が集まり、抗議の声を上げたりなどしていないふりを装っていた。

「了解」サーウォーはそう応じてからスタックスを見た。

「あたしたち二人」スタックスが言い、サーウォーの胸は小さく躍った。それからスタックスは、行き先を指示した武装警察のほうを向いて言った。「ヴィーガン向けのフレーバーはある？　あたし、乳糖（ラクトース）不耐症なのよね」

「知ってるよ」警察官はにやりと笑った。「乳製品をとらない魚菜食主義者（ペスカタリアン）だってことは、この世のほぼ全員が知ってる」

「ちょっと訊いてみただけ。だって、いくら社会奉仕だからって、あたしが食べられるものを何一つ置いてないアイスクリーム屋さんを丸一日手伝えなんて」

「腹のおかげで命拾いしたとも言うんじゃねえの。きっと出たての新鮮な牛のうんこも混じってるぜ」リコが言った。

「バトルグラウンド前に〝おなか頼み〟なんてだめだよ」スタックスは言った。天気の話でもしているような調子だった。「これはプロのアドバイス」それから、おそろしい早業で、振り返ると同時にリコの腹にパンチを叩きこんだ。といっても腹に触れる直前にその勢いを殺したから、拳はリコの腹部を軽く押しただけだった。スタックスはすぐにまた前に向き直った。「バッド・ウォーターは一度、おなかが丈夫なおかげで救われたよね。前の日のツナを食べちゃったのに」

「ああ、そんなこともあったな」バッド・ウォーターが頬を紅潮させて言った。

　サーウォーはそのやりとりを一つとして聞き逃すまいとした。スタックスらしいやりとり。その物腰。上機嫌なときのスタックス以上に一緒にいて楽しい相手はいない。虫の居所が悪くても、スタックスはやはり特別だ。何にも縛られることがない。スタックスに会うという幸運に恵まれた人はみな、人間の特定の部分は絶対に鎖につなぐことはできないのだと改めて思い知る。

「よし、それくらいにしろ」武装警察が大きな声で言った。いまここを仕切っているのは自分だとリンクたちに思い出させたつもりなのだろうが、そうしなくてはならないことがかえって正反対の印象を与えた。武装警察の面々は、まだ周辺にあふれているデモ隊の監視するような視線を意識して、自分たちは善良な人間であり、敵ではないと示そうと躍起になっているようだが、彼ら以外にどんな敵がいるというのか。銃を持っているのは彼らなのだ。武装警察の装甲車が二台、通りの反対側を通り過ぎた。ユニットを率いる警察官の口もとは、装甲車の音が聞こえたとたん、中立な直線を描いた。

「スタッカーとサーウォー。いますぐステーション1に行け。そっちの方角だ。付き添いが必要か？」

「いや、見つけられると思う」サーウォーは言った。二人はほかのリンクたちと離れ、布をかけたテーブルにアイスクリームの大きな容器が六つ並んだスタンドの方角に歩きだした。派手な赤い文字で〈ディーンのアイスクリーム〉と書かれた大きなA型看板が出ていた。テーブルの前で、男女と子供二人がすでに販売開始を待っていた。

**B3を廃止せよ。B3を廃止せよ。B3を廃止せよ。**

シュプレヒコールがあらゆる音をかき消していた。

サーウォーはスタックスと二人きりだ。本当に二人きりではないにせよ、それに限りなく近い状態だ。サーウォーはスタックスの手を一瞬握ってから放した。

柔らかな芝の上を歩く。武装警察たちから少し離れただけで、呪縛が解け、代わりに二人の体がよく知っている重力が復活したかのように感じた。手首のランプはあいかわらずグリーンだったが、移動が許される半径は厳密に設定されている。

幼い男の子がどたどたと走ってきた。すぐ後ろから両親が追ってくる。二人は温かくてどこかはにかんだ笑みを浮かべていた。

「一番強い人だ」男の子はサーウォーをまっすぐに見て言った。それから、ついでのようにスタックスのほうを向いて言った。「おねえさんは三番めに強い」

「ジミー」父親がたしなめるように言った。

「あら、あたしはここの出身なのに、その仕打ち？」スタックスはそう言い、両親に向けてウィンクした。周囲に人が集まり始めていた。逃げ場をふさがれるような感覚には二人とも慣れている。スタックスはわざとらしく大きなため息をついた。「でもね、それでいいんだよ。自分の意見を持つ権利は誰にだってあるんだから」スタックスは笑った。男の子の両親が感謝のまなざしを向けた。

「みんな――家族みんなであなたの大ファンです。ずっと昔からそうでした。ザビエル高校の陸上選手でしたよね、覚えています。あなたを本気で応援しています」母親のほうが言った。サーウォーはこういったよくある状況の奇妙さを思った。二人を取り巻くすさまじい数の群衆がその奇妙さをいっそう際立たせていた。

「ぼくのハンマーにサインしてくれない？」男の子がサーウォーに言い、ライフデポ™ブランドのハンマーを差し出した。どこの家の工具箱にも一つは入っていそうな種類のハンマーだ。これとハス・オマハを同列に見ているとしたら失礼千万だが、サーウォーはそれを笑顔で受け止めた。これまでにも無数のゴム製グリップにサインをしてきている。

「もちろん。油性ペンを持ってる？」

「ありますよ！」行列の先頭に並んだ家族ではない別の人物が声を上げた。サーウォーたち目当ての人々が道をふさいでいて、当のスタンドにたどりつくだけで一苦労しそうだ。「頼みますよ、みなさん。このお嬢さんたちに本来の仕事をさせてやってくれませんかね」声を上げた男性が言った。胸に〈ディーンのアイスクリーム〉と書かれた栗色のエプロンを着けている。「ジミー坊やにサインをしたら、ほかのお客さんの相手をしましょうか」

「いいね」サーウォーは応じた。油性ペンを受け取り、ハンマーのグリップに〈ＬＴ〉と書いたあと、スタンドの出店者に先導され、人のあいだを縫って歩きだした。

# ファーマーズマーケット

ランディ・マックは、アーミッシュ［キリスト教メノナイト派の一派。自動車や電気を使わない独特の生活様式を維持している］の一家が所有する農場で作られたオーガニック・チーズを販売するスタンドのレジ前に立っていた。

「こういうイベント、掟だか何だかに軽く違反しそうな気がするけど」マックはそう言ってチーズのにおいを嗅いだ。スタンドの前にはすでに行列ができている。みな動画を撮影しようとホロフォンを手にしていた。ランディは、一家が参加している理由に見当がついた。金だ。

「ええ、違反します」髭をたくわえた男性は言い、微笑んだ。

「あれを言ってくれよ。あんたがいつも言うやつ」行列の先頭の男が言った。おそらくランディの父親と同年代だろう。ホロフォンをランディに向けた。

**毎日が破壊**

「断る」ランディは言い、丸いチーズを差し出した。

「くそったれ」男はそう毒づいたものの、動画は笑顔で撮影した。

出店者の奥さんがスタンドの陰からヤギを連れて現れた。ヤギはいかにも寝起きといった顔をしていた。

「うわ、本物かよ」ランディはヤギをまじまじと眺め回した。

**毎日が破壊**

ヤギはかわいらしかった。ランディはしゃがんで頭をなでた。「美人さんだな」

サイ・アイ・アイはレモネードを作った。レモンとライムの小山に腰まで埋もれそうになりながら作業をした。レモネードのスタンドの出店者は、中年というには若すぎる年代の男女で、白い肌と茶色い髪をしていた。よく似ているから、きょうだいかもしれない。

「売り物を知っておかないと」サイ・アイ・アイは言い、紙コップを一つ取って味見をした。「いいね、いいね。これはうまいよ」

「ありがとう」二人が同時に言った。

**毎日が破壊**

スタンドの前にはすでに二十人ほど並んでいた。いわゆる社会奉仕活動を何度も経験しているサイ・アイ・アイには、このあと起きることの予想がついた。クィアであるサイ・アイ・アイのアイデンティティについて、それぞれが思っていること、思っていないことを聞かされるのだ。誰も意見など求めていないのに、山ほどの意見を聞かされる。みな自分の意見を贈り物のようにサイ・アイ・アイに差し出す。サイ・アイ・アイはそれにすっかり慣れていた。はるか以前から、一般の人々の無神経さを笑って受け取ることに決めている。[*]
「始める前に、来てくれてありがとうとお伝えしたくて。二人ともあなたを支持しています。その、全面的に」女性のほうが言った。
「じゃあ何、今日、脱走を手伝ってくれるってこと？　全面的に支持って、そういう意味？」サイ・

＊アメリカでは、トランスジェンダーの人々が投獄される割合はシスジェンダーの人々の二倍を超える。二倍超だ。また、同じトランスジェンダーでも、有色人種は白人より投獄されやすい。ここでもやはり、社会的弱者がターゲットにされている。

アイ・アイは真顔で言った。

「いや、それは」男性は柔らかな芝の上でぴょんと前に跳ねた。「あなたやあなたのアイデンティティを支持しているというだけで」

「ふうん、脱走は手伝ってもらえないんだ」サイ・アイ・アイは言った。それから笑って、二人を窮地から救い出してやった。「冗談だってば。さ、レモネードを売ろう」

　群衆のシュプレヒコールは一瞬たりともとぎれない。その声が、すべてを――ファーマーズマーケットそのものを、そこにリンクたちが来ている事実を――いっそうちぐはぐに感じさせている。ジョークを言いやすい雰囲気だった。

　サイ・アイ・アイは片手を真ん中に差し出し、二人に合図して手を出させた。まるで試合直前の高校のバスケットボール・チームだ。「1、2の3で〝レモネード〟な」サイ・アイ・アイは言った。


ウォルター・〝バッド・ウォーター〟・クラウジーは、いつものことではあるが、自分がまだ生きていることに驚いていた。これまで数えきれないほどの不運に見舞われてきたのに、それでも命はバッド・ウォーターにしがみついて離れずにいる。

　水のボトルから一口大きくあおった。「それか。俺がバッド・ウォーターだからだな」

「ご名答。ただし、うちの水はうまい(グッド)ですけどね」出店者の若者が言った。

グッド・ウォーター。それを簡単には手に入れられない人々のなんと多いことか。〝バッド・ウォーター〟の由来は、彼自身の生まれ故郷を含め、生存に最低限必要な量の飲用水を手に入れるのにたいへんな労力を払わなくてはならない地域がいまも存在している現実を忘れないでもらいたいという思いだ。それと、ミッキー・ライトがその響きを気に入ったからだ。

「だな」バッド・ウォーターは言った。そして待った。いまのところ、水のスタンドにいるのはバッド・ウォーターと出店者の若者だけだ。若者は十八歳くらいと見える。ウォルター・クラウジーが投獄されたのとだいたい同じ年ごろだ。

十年前、彼は罪のない人間だった。[*] いまの彼は違う。あれから人を殺した。人生なんてわからないものだ。バッド・ウォーターは、無実の罪で投獄されたことを忘れようとしている。貧しかったせいで、弁護士が雇えなかったせいで、馬鹿なせいで、刑務所に入るはめになった。殺人の罪で投獄された。彼はそんな人間ではない、そんなことはできないと、彼らはわかっていたのだと思う。それでもやはり、彼はここにいる。


武装警察に連れられて、リコは自分の担当スタンドに来た。さまざまなサイズと色合いのつやつやしたトマトが山のように積まれていた。数分後には、客から一緒に写真を撮ってくれとせがまれるだろう。怯えていることを見抜かれてしまうだろうか。それは昔からリコにつきまとっている疑問だった。リコの人生のあまりにも多くが、それを考えることに費やされてきた。ランディを見た。ヤギをなでて笑っている。サイ・アイ・アイはレモネードを飲んでいる。バッド・ウォーターでさえ——ふむ、バッド・ウォーターは何もしていないが、怯えてはいない。途方に暮れているか、驚いているか、そのどちらかだ。

なんで俺はこう臆病なんだ? リコはグレーのスウェットシャツで掌を拭いながら考えた。周囲

*アメリカ国内で収監されている人々の二・三パーセントから五パーセントは無実であると推計されている。人数に換算すれば一〇万人を超える。ジョージ・スティニー・ジュニアの身に起きたのと同じことがいまも繰り返されている。

を取り巻いた集団が発散するエネルギーを感じる。それがリコを心底怯えさせた。その怯えをあの全員に見透かされているかもしれない——怯えてなどいないと証明してみせないかぎり。

リコは笑みを浮かべた。「よう、調子はどうよ?」老齢の白人女性とその娘に言った。

二人はリコを見つめた。

「調子はどう?」リコは言い直した。

**毎日が破壊**
群衆が叫ぶ。一音一音に圧力をかけて空中に押し出す。リコはトマト売りの母娘の背後の群衆に視線を向けた。ゲートのすぐ近くに集まってプラカードを掲げている一団がリコをじっと見ていた。デモ隊とファーマーズマーケットに来ている人々の不協和音を感じて、リコは自分の体から抜け出して逃げたくなった。その不協和音を骨の髄で感じた。みな人間であることに変わりはないのに、人間はどうあるべきかについて、まるきり違った考えを持っている。

「元気ですよ、おかげさまで」母親のほうが言った。

「今日はいいトマトが入ってるの」娘が言う。何か言うたびに二人の目が光を帯びる。二人の声が震えかけていることに気づいて、リコは安堵の波に包まれた。

**毎日が破壊**
リコが怯えていることに、この二人は気づいていない。それどころか、二人はリコを怖がっている。

「どれどれ、見せてよ」リコは言った。そして微笑んだ。リコが気づいていることに、二人も気づいてくれるといい。

## 毎日が破壊

アイス・アイス・ジ・エレファント。男、戦士、偉大なる剣闘士、そして賢き味方。チェーンギャング・オールスターズのリンクだ。そのいずれも真実だ。

「今日は楽勝だ」手で持つ側が細くなった紙の棒に、マシンが吐き出すピンク色の綿飴をからませながら、独り言をつぶやいた。

「アイス・アイスがいた。綿飴作ってる」若い男が携帯電話に話している。自分の生配信を視聴している五人くらいに向かって言っているのだろう。

「よう」アイス・アイスは若者に声をかけた。

「うわ、アイス・アイス・ジ・ファッキン・エレファントが俺に話しかけてきた。信じられない」若者が言った。アイス・アイスのほうはちらちら見るだけで、ホロフォンとそこに映っている自分に向かって話し続けている。

アイス・アイスは綿飴を女性客に渡した。女性客は必要もないのに彼の手に触れた。

「ありがとう」女性客が言った。「これが終わったら、一緒にどこか行ければいいのに」

それは本心のはずがない。妄想、賄賂、ジョークがひとまとめにされているだけだ。

アイス・アイスは黙っていた。

綿飴スタンドの出店者の女性を肩越しに振り返った。女性はレジを担当している。

「その調子」女性は言った。

本気でそう思っているなら、プラカードだのシュプレヒコールだの、まどろっこしいことをする理由がわからない。

「ひでえ話だよな」ガニーはロッキングチェアの向きを微調整している出店者の老人に言った。ガニーが割り当てられた木彫り製品のスタンドのすぐ後ろにはサトウカエデがそびえていて、老人はその木漏れ日が一番よく当たる向きを探している。

「え、何だって?」老人はガニーを見上げた。真っ白な顎髭はふさふさで、青い目は鋭い。笑ってしまうほどサンタクロースそっくりだ。

「あんな連中が集まってきたせいで、楽しいはずの午後をぶち壊しにされるなんて、ひでえ話だって言ったんだ」

ガニーはデモ隊のほうを指さした。一番近い一団はガニーの左手にいて、距離は十メートルほどしかない。

「うるせんだよ!」ガニーはそっちに向かって叫んだ。

**毎日が破壊**

サンタがガニーを見た。その青い目の奥で、計算がゆっくりと行なわれているのが見て取れた。ガニーは先回りして手間を省いてやった。

「あんたを試そうってんじゃねえよ。自分にふさわしい場所がどこなのか俺はちゃんとわかってるしさ、あの知ったかぶりのクソったれ連中があんたたちに迷惑かけてるのはけしからんと思ってる」

老人は無言でロッキングチェアから立ち上がった。

「客が来たら、そういう汚い言葉は慎んでくれたまえ」

ガニーは老人を見つめた。まったく怖がられていないことがかえって不愉快だった。老人の態度はまるで見習い店員か何かを扱うようだ。このクソったれな国を股にかけ、こわもて連中のはらわたを抜いてきた男ではなく。

ガニーは頭をのけぞらせて笑った。

そのときだ。ゲート前に集まっていた黒ずくめの集団がなだれこんできた。叫び声やシュプレヒコールが変化した。ガニー・パドルズは思った。来たか。やっとおもしろくなってきたぞ。

「おやまあ」サンタが言った。

「ああ、おやまあ、クソどものおでましだぜ」

## ディーンのアイスクリーム

彼は見ていた。

「ラクトースフリーのアイスクリームはある？」スタックスは両腕を広げ、メラニー・ディーンをハグしながら訊いた。メラニーは微笑み、スタックスを抱き締めた。小柄なメラニーはスタックスのなかにすっぽりと収まった。スタックスが腕をほどいたときもまだ微笑んでいた。スタックスは次に八歳の男の子の前でしゃがんで握手を交わした。

「ぼく、ジム」ジミーが言った。

「ビッグ・ジム」スタックスは即座に言った。「あたしを三位だと思ってるビッグ・ジム」

ジミーの全身が笑っているように見えた。

サーウォーはジミーの母親と挨拶の言葉を交わしたあと、スタックスとともにスタンドの奥にいる年長の少年のほうを向いた。少年はにこりともせずにいる。「よろしくね、ハンサムさん」スタックスは言い、サーウォーは少年に笑みを向けて手を差し出した。少年は喜ぶ様子もなくその手を握った。

その様子を大勢が見ていた。実際、報告によれば、八千人を超える想定外のゲストがファーマーズマーケットの外周に詰めかけているらしい。ほかにファーマーズマーケット内には、金を払った来場者が九百三十一人いて、これから四時間にわたって各スタンドを見て回るはずだ。

しかしこの社会奉仕イベント開始時点で、会場に来ているのは四百人に満たなかった。憂慮すべき数字だ。彼がここに来ているのは、それゆえだった。大勢が見ているのは確かだ。しかし、観察しているのは彼だけだった。今日の彼のいでたちは、長年、番組のホスト役の衣装を担当しているスタイリストがそろえたものではあるが、試合中継に出演するホストのそれに比べれば、はるかにカジュアルで無個性だった。テレビ画面で映えそうにない地味さが肝心なのだ。彼はひとり口もとをゆるめた。目はラップアラウンド形のサングラスのつややかな黒いレンズ奥に隠されている。そっくりなサングラスをかけた来場者をすでに三人も見かけた。ちょうどいま、四人目がすぐそこを通り過ぎようとしている。「大成功だな」

「はい？」武装警察のバンの陰に配置されたレベッカが訊き返した。

「何でもない」彼はサングラスに手をやった。このサングラスは、アークテックの新製品の見本として渡された双方向通信デバイスだ。その時点では、抗議デモに集まる人数はこの四分の一程度と見込まれていた。トラブルの心配はないと重役会に請け合ったのに、いざこうしてサングラスの奥から様子をうかがってみると、その報告はとんでもない嘘だったとわかる。

　そよ風がふくらはぎをくすぐる。サングラスに合わせ、ブラウンカーキ色の短パンにきっちりアイロンをかけた濃い青緑色のポロシャツを着て、仕上げに〈thurWAR（サーウォー）〉の文字が入ったヘッドバンドを巻いていた。群衆の端のほうにまぎれ、ディーンのアイスクリームの決まりごとについて説明を聞いているサーウォーとスタックスを観察しているうち、ある言葉が頭に浮かんだ。この仕事に取り組む彼の姿勢の基礎をなしている一語、世界中にリアルタイムで届けられるこの芸術を象徴する一語——エレガンス。

　彼の名はミッチェル・ガーミン。コンテンツ配信運営ディレクターだ。それが彼の肩書きではあるが、チームのメンバー、なかでもレベッカのようなアシスタント・ディレクターにとっては、エレガントでサステナブルなエンターテインメント・エコシステムの創造主だ。ときどき——いまのように、稼ぎ頭の牝馬二頭が不機嫌そうな十代の少年を相手に愛想よくふるまおうとし、数千人の金を払っていない頭のおかしな連中がやかましく叫び立てているようなときには——彼の職務にスパイ活動という項目が追加される。

しかし、場の温度を肌で感じるため、商品が損なわれていないことを確かめるために現地に偵察に出ているときを除けば、彼はまだ誰も見たことがないような素晴らしくエレガントなスポーツ番組をまとめ上げる男だ。それはただのスポーツ番組を超越していた——もっともリアルなリアリティ番組なのだ。この番組の杭はおそろしく深く打ちこまれていて、視聴者はいまや文字どおり番組の中毒になっている。だが、それは配信開始当初からそうだった。そこに彼が追加した要素は二つある。通貨であるブラッド・ポイントを導入したのは彼だ。いまではそれが何に使用されたかを追うポッドキャスト番組まである。また、チェーンギャングに参加している全員が犯罪者である点を強調すると、企業広告が集まりやすいことに目をつけたのも彼だ。リンクとそれぞれが犯した罪を強固に結びつけるようにした時点から、視聴者が感じるリンクの死の重みは変わった。各種刑罰スポーツのいずれにおいても、一番の難題は、犯罪者をいかに人間と切り離すかだ。人は、その週に切り裂かれた者だって自分と同じ人間なのだと意識すると、〝後ろめたさ〟を感じる。ところが、死んだのが犯罪者だと、そうは感じない。

「本物だよ！　思ったより背が高いな」ミッチェルのとなりに立っている男が感激したような声で言った。ミッチェルは体をわずかにその男のほうにかたむけて言った。

「百八十三センチと百七十八センチ。ブーツの分があるから、もっと高い」

「いや、かっこいいな」男が言った。身長はミッチェルとほとんど変わらない。ということは、二人ともスタックスやサーウォーよりだいぶ低いことになる。

この男は、大勢のなかの一人だ。そこにもエレガンスがある。スタックスとサーウォーに畏怖と敬意を抱く反面、その二人がつねに死ととなり合わせでいる事実を気に留めてはいない。二人が黒人の女であることがおそらくその理由であることをミッチェルは知っている。マーケットリサーチの結果にも、世の人々は概して黒人の女の生死を気にしないという現実が表れていた。崇拝と憎悪が入り組みながら交差する地点に立つもの、憧れの対象ではあるが殺される場面を見てもさほど胸が痛まない相手は、黒人の女でなくてはならないのだ。全リンクに対して視聴者に抱いてもらいたいとミッチェルが考えている感情、それをサーウォーが、そしてその前にはメランコリア・ビショップが視聴者に教えた。

「誰を重要人物と見るべきか、こちらから視聴者に教えることが可能です」五年前、初めて正式メンバーとして重役会に参加したとき、ミッチェルはそう言った。その日の議題は、アクションスポーツ全般に対する抗議の高まりだった。そのころは抗議デモが各地で毎日のように行なわれていた。しかしミッチェルが雇い入れられたころを境に、デモは沈静化した。もちろん、それは先月までの話だ。先月、ミッチェルが築き上げてきたものの大半を女のニュースキャスターが帳消しにした。

しかし、解決できない問題はない。あの女は、ミッチェルが何年ものあいだ清潔に保ち続けてきた部屋でクソをした。だが、それだけのことだ。いまミッチェルは部屋を高圧洗浄して、女が残した悪臭を消し去ろうとしている。すべてを元どおりに、彼が大切に育ててきた新たな真実に戻そうとしている。

ミッチェルはアイスクリーム・スタンドに注意を戻した。ディーン夫妻、ウィリアムとメラニーは、困惑顔を長男に向けていた。一家の身元調査をした際、長男のウィリアム・ジュニアはチェーンギャングの公式コンテンツをほとんど閲覧せず、サブスク契約もしていないことにミッチェルは目を留め、長男、ひいては一家全員が社会奉仕活動の引き受け先として望ましくないと確信した。しかし、申込書に添えられたウィリアム・シニアの手紙を読んで、考えが変わった。手紙には、長男の教育費を満足に確保できそうにないこと、リンクたちに来てもらえれば一日で一月分以上の売り上げが見込め、息子の可能性を引き出す資金の足しにできそうなことが綴られていた。ミッチェルは自分を善良な心の持ち主と思って生きてきた。そこでスタックスとサーウォーを一家のスタンドに割り当てることにした。その報いがこれだ。

「手伝ってくれなくていいんだ。あなたたちにこんなことをやらせるなんて、どうかしてる」ウィリアム・ジュニアは、ちょうどミッチェルに聞こえる声で言った。ディーン一家からわずか五メートルほどのところ、バリケードの際で、デモ隊がうごめいている。

スタックスとサーウォーは顔を見合わせたあと、少年に向き直った。サーウォーが身を乗り出して何か言ったが、ミッチェルには聞き取れなかった。社会奉仕活動中は録音も録画もしないというゲームマスター重役会の決定が恨めしい。ミッチェルはサングラスの右側にそっと触れた。

「おい、レベッカ」ミッチェルは言った。

「はい」

「社会奉仕中はリンクの録音・録画を中断する件について再検討を求めるメモを書いてくれ」

「了解。ほかには?」

「何かあったらまた連絡する」ミッチェルはさりげなく手を下ろしてポケットに入れた。

「ジュニア、二人を困らせるようなことを言わないでくれ。二人とも罪を償うために来ているんだよ。そのことを忘れてはいけない」父親のウィリアム・ディーンが言った。詫(わ)びるような視線をサーウォーに向ける。サーウォーはその視線を受け止めた。父親のウィリアムをどう思っているのか、サーウォーの表情からは読み取れない。一連のやりとりはたしかに好ましくないものではあるかもしれないが、ミッチェル自身が気づいた重層的なエコシステムと、いまや文化を支える主要な柱に育った番組が持つ相乗作用を目の当たりにできた気がした。

それからの数分は穏やかに過ぎた。サーウォーとスタックスは売り物の種類を説明され、専用のエプロンを渡された。スタンドの前に行列ができた。マーケットのどのスタンドよりも長い行列だった。

**ハマラの命を守れ！　ロレッタ・サーウォーの命を守れ！**

サーウォーこそ彼の理想を体現するリンクだ。サーウォーは競技のレベルを底上げした。勝利は夢や幻ではないことを視聴者に知ってもらう必要があると、当初からミッチェルは考えていた。勝利すること以上の喜びはない。応援しているリンクが勝利し、ハイ・フリーダムを達成する可能性は十分にあると視聴者に知っておいてもらう必要があるとわかっていた。だから人気者を創り出した。もと殺人者で、いよいよ有能な殺人者に成長し、最後には自由を与えられて社会に復帰する人物。それがノヴァ・ケイン・ウォーカーだった。殺人犯だったウォーカーは、〝アメリカでもっともセクシーな男〟リストの第七位にランクインするまでになった。しかしサーウォーは、実力で同じことを成し遂げようとしている。サーウォーにはリアリティがある。本物だからだ。

エレガンスが鍵だ。

それが最終目標だからだ。黒子に徹することが。刑務所はセクシーでもクールでもない。チェーンギャングはその両方を兼ね備えている。チェーンギャングは冒険だ。あらゆる可能性に満ちている。美しい女たちがいる。その女たちは、人を殺すこともあれば、アイスクリームを手売りすることもある。それが人を惹きつける。気軽に見られる一方で、本能を刺激するかつてない視聴体験でもあるからだ。だから、ミッチェルはここにいる。裏で操る者の一人として、自分は誰からも見られないまま、彼が生み出したものを見に集まってきた人々、ついでにアイスクリームを買おうとしている人々を、観察している。

「ぼくは関わりたくない」ウィリアム・ジュニアが言った。両親の顔が頰から耳まで真っ赤に染まった。ウィリアム・ジュニアは家族から離れた。ミッチェルは思った——まあいい、勝ちは勝ちだ。

ところが、ウィリアム・ジュニアは進路を変え、背後のバリケードに向けて歩きだした。ブーイングと「くたばれ！」の声が浴びせられた。ウィリアム・ジュニアはそれでも立ち止まらなかった。胸いっぱいに息を吸いこみ、黒ずくめの群衆に向かって叫んだ。「B3を廃止せよ！」

デモ隊から歓声が沸き起こった。

ウィリアム・ジュニアはバリケードをよじ登った。外側の人々が手を貸した。ウィリアム・ディーン・シニアは青ざめていた。

「くそ」ミッチェルは言った。

「何ておっしゃいました？」耳のなかでレベッカが言う。

「くそ」

ディーン家の長男は、バリケードを乗り越えようとしていた。少年が近くにいた人々に何か叫び、その人々が手を貸して少年を引っ張った。何もかもがリアルタイムで進行した。

ディーン家の父親は、怒りに満ちた顔で息子に突進した。勢い余って手練りの〝ドリームクリーム〟入りの円筒形の容器を倒しながら、長男を捕まえようとした。息子は寸前で父親の手から逃れ、バリケードをよじ登った。腹が金属のバリケードのてっぺんに押しつけられた。

父親も息子も、動作に合わせて低いうめき声を漏らすだけで、言葉らしい言葉を発しない。父親はまたも手を伸ばして息子を捕まえようとした。少年は群衆のほうに大きく身を乗り出し、手を伸ばした。「助けて」デモ隊のメンバーがその手を引いて、父親の目の前でバリケードを乗り越えさせた。初めは息子を心配するような色をしていた父親の目は、あっという間に怒りの色を帯びた。

息子のスニーカーの片方だけを握り締め、全身の力を絞り出すようにして叫んだ。

「いますぐ戻ってきなさい。さもないと――」

「知るか！」少年がバリケードの反対側から怒鳴り返す。群衆が勝ち誇ったように少年と一緒にいっそう大きな声で叫んだ。しかし、デモ隊とファーマーズマーケットの来場者とのあいだで新たな火花が散り始めていた。争いはどれほど小さかろうと、心配の種ではある。何がどうなっているのかはっきりわからない場合はなおさらだ。

「いいからさっさと戻ってきなさい」父親は言った。怒りといらだちときまり悪さから、握った拳をバリケードの向こう側に振り下ろした。拳はセージの束を持った女性のこめかみを直撃した。そのパンチは、絶え間ないざわめきを打ち抜いた。突然割りこんだ、ほかと種類の異なる音。それが引き金になった。

拳が飛び交った。女性が一人飛び出してディーン家の父親の顎にパンチをお見舞いした拍子に、金網のバリケードが倒れた。デモ隊がファーマーズマーケットになだれこんだ。父ディーンにつかみかかる者、後続に踏みつぶされまいとがむしゃらに前に進む者。ファーマーズマーケット内にいた買い物客は、不安からか怒りからか、あるいは何らかの目的意識からか、拳を振り回し始め、当然のことながら暴力は激しさを増して一気に広がった。人から人にうつるウイルスとしか呼びようがないものが瞬時に蔓延する。暴力が場を支配した。

親は自分の子供を守ろうと端のほうへ、出口へと走った。だが、出口はもはや出口ではなく、外の人々が流れこむ隙間でしかなかった。さっきまで秩序があった場所に、いまは走り、手足を振り回し、立ちふさがる人の体がある。デモ隊は仲間同士で助け合おうとした。マーケットの買い物客は逃げ道を探し、目の前に来た者と誰彼かまわず闘った。落ち着けと呼びかける者、暴力はよせと周囲をいさめる者もなかにはいたが、心を一つにしたシュプレヒコールはもはや聞かれなかった。誰が何を言おうと騒音にのみこまれた。カオスのなかで聞き取れるのは、装甲車のスピーカーから流れる武装警察の命令くらいのものだった。「先導した者は全員、逮捕する。いますぐ静かに退去しなさい」

マーケット内でもみ合いに巻きこまれた武装警察が男性を蹴り倒した。男性は叫んだ。「いったい何のつもりだ？　私はＣＡＰＥの職員だぞ」

武装警察は男性を助け起こした。男性はよろめきながら出口へと走った。武装警察は次に黒ずくめの女性の一人に武器を向け、ゴム弾を発射した。弾は女性の鎖骨に当たった。[*] 衝撃で鎖骨が折れた。女性は悲鳴を上げて倒れた。デモ隊の数人が彼女を守ろうと取り囲んだ。「私たちの家族を守ろう！」彼らは叫んだ。デモ隊はほかにも自分たちの体で防護壁を作り、まるでこれからフィールドに出て試合を始めようとしているキャプテンを囲むように、輪の内側にAハムのリンクを引き入れて保護した。鎖骨を砕かれた女性はサイ・アイ・アイの足もとで泣き声を上げ、サイ・アイ・アイは、二人を守る腕と脚が作る防護壁の内側で地面に膝をついた。

「ね、落ち着いて息をしよう。そうすれば大丈夫だから」サイ・アイ・アイは女性をそう励ましたが、本当に大丈夫なのかどうかはわからない。

混乱から身を守る間に合わせの防護壁、混乱に抗う小さな空白地帯があちこちに作られていった。そういった一つで、サーウォーとスタックスは、周囲に築かれた直径一メートルほどの空間の真ん中でうずくまっていた。ナイル、マリ、カイのほか連合のメンバー二人や数人の男女が腕を組んで輪を作っている。サーウォーは数秒に一度立ち上がっては周囲に視線を走らせ、自分の家族――Aハムのリンクたちの姿を探した。

「二人は身を低くしてて。騒ぎが落ち着いたら、ほかの人たちと合流できるから」ときおり静けさが訪れかけても即座に武器の発射音にかき消されたが、それでもカイの言葉は二人の耳に届いた。サーウォーは片膝をついてしゃがんだ。スタックスは地面にあぐらをかいて座った。

「ねえ、みんなはこのあとどんな予定？」スタックスが言った。防護壁の外側で続いている混乱が

＊キネティックインパクト発射体――ゴム弾あるいはラバーバトン弾などとも呼ばれる――は、多くの場合、金属のコアを持つ。構成比率で見るとゴムはごく一部だ。〝群衆整理〟に使用される〝ゴム弾〟は、永久障害や死の原因になることも多い。

騒々しくて、大声で叫ばなくては誰にも聞こえない。

サーウォーが見上げると、二人を囲む面々はこわばった笑みを浮かべていた。蛮行と死の恐れに包囲されていようと、スタックスは冗談を言って笑わせようとする。Aハムだからこそだ。いま二人を囲んでいる人たちは、この場に居合わせていなければ絶対にできない経験をしている。ヴルーム・ヴルームにもいた若い女性に気を取られていなかったら、サーウォーも笑っているところだ。サーウォーは真実を伝えた女性を見つめた。

「一休みして、また少しデモ行進かな。そっちはどう？」ナイルが大きな笑みを浮かべて言った。その笑顔は嘘だとわかっていても、誰もがそれをありがたく受け入れた。このときになってサーウォーは、この若い男性も若い女性がサーウォーに手渡したあの情報のことは誰も知らないようだ。この男性とほかのメンバーの表情から察するに、若い女性がサーウォーに手渡したあの情報のことは誰も知らないようだ。

「楽しそう」スタックスは言った。「あたしはたぶん、この美しい人と一緒に過ごすことになると思う。試合の戦術を相談したりとか。装備の管理をしてくれてる人たちとも打ち合わせしないと。最後の微調整を頼んだり。まあ、ふだんどおりだね」

「そっか」ナイルが言った。大きな破裂音がした。防護壁が右に大きくひしゃげたが、すぐに立ち直った。真ん中にいるサーウォーとスタックスにはなんの影響もなかった。マリが肩越しに後ろを確かめた。白い煙が広がり、こちらに流れてこようとしていた。

「もうしばらくこうしていよう」マリが言い、一同がうなずいた。サーウォーは若い女性を見た。次にスタックスを見て、自分自身とハス・オマハ以外の誰かに守られていると感じたのはいつ以来だろうと考えた。あるいはスタックスとラヴガイルに、サンセットとあの幸運の剣以外のものに。いまマリが目の前にいなかったら、自分は何も言わずにいるだろうと思った。知らないふりを続けただろう。こうしてマリと再会することがなかったら、まもなく何が起きるかなど知らないかのように残りの日々をやり過ごしただろう。しかし、マリを見ているうちに、どんな欲望よりも深い恐怖がサーウォーの全身に広がった。バトルグラウンドで闘うことになることが、自分以外の女からスタックスに伝わるなんて絶対に許せない。サーウォーは、スタックスを引き寄せて耳もとに唇を押しつけた。自分が裂けていくような感覚があった。何でもいいから何かにつかまっていたくて、芝の上の滑稽なエプロンをつかんだ。そしてスタックスに、スタックスだけに話した。それで自分の人生のいちばん幸せな一部が終わるとわかっていても、話した。

「次の試合、今度のダブルスの次の試合。彼らは私たちに互いを殺させようとしてる。ルールを変えようとしてる」サーウォーは言った。「あんたがコロサルに昇格した時点でおしまいだ。ルールが変わる。同じチェーンにコロサルが二人いる場合、その二人がバトルグラウンドで対戦しなくてはならなくなる。次のシーズン33からそういうルールになる」

自分がスタックスの耳もとでささやいている内容が、二人を囲んでいる人たちに聞こえていなくてよかったと思った。だが、真実を伝えた若い女性だけは、サーウォーの話の内容を察しているのではという気がした。

サーウォーは泣いていた。自分がいまもこんな風に泣けるとは知らなかった。泣いているのは、何かが終わろうとしているからだけではなかった。愛する女に、過酷な新しい世界の到来を告げているからだ。だから、スタックスがこちらを向いたとき、その目に、唇に、怒りも悲観も浮かんでおらず、ただ誠実さだけがあるのを見て、サーウォーの胸をよぎったのは、困惑だった。スタックスは両手を丸めてサーウォーの耳に当て、サーウォーにだけその物語が聞こえる声で言った。「サンセットに何が起きたか、話すね」

# 第3部

## サンセット・ハークレス

人生に別れを告げた日、サンセット・ハークレスが目を上げると、ＨＭＣがアンカーの収納部に向けて飛んでいくところだった。

**ブラックアウトを開始します。**アンカーが宣言し、Ａハムは歓声を上げた。ブラックアウトの夜は、全員で焚き火を囲むのがチェーンの伝統だった。ふだんはできない話を披露してみなで盛り上がる。自分が何者であるか、そうやって確かめ合う。その夜も同じだった。長い時間、焚き火を囲んでいた。サンセットのリンクとしてのキャリア最後のブラックアウト・ナイトになるのはほぼ確実だったから、サンセットが何らかのスピーチをするに違いないとみな期待していた。サンセット・ハークレスは話し好きだ。昔からそうだった。

「だいぶ遅い時間になったな」夜が更けたころサンセットはそう言い、歯を見せて笑った。茶色い肌を背景に、太いもみ上げにまじった白髪がきらきら光った。ボルトレザーは着けていなかった。シャツと茶色の革ベスト、ポケットがたくさんあるから〝何でもパンツ〟と呼んでいたカーゴパンツという格好だった。アンゴラ＝ハモンドの全員がサンセットの周りに集まっていた。

「そろそろ寝るかな」ガニー・パドルズが立ち上がろうとした。

「ちょっと待て。まだ座ってろ」サンセットは言った。ガニーが腰を下ろす。

さわやかな夜だった。闇と、炎の明かりと、第三者の視線のない時間。

「みな知ってるよな。俺は来たるべきものに備えている」

「ハイ・フリード」サーウォーが声に出して言った。

「ハイ・フリード」チェーンの全員が繰り返す。

「ついに自由だ」サンセットは笑った。「長い年月だった。そこにいる俺の親友に初めて会ったときのことを思い出すよ。ウォーハンマーを持たせたら右に出る者のない、最強の闘士。さすがのミス・ビショップもかなわないと俺は思ってる」

サーウォーはサンセットをまっすぐに見ると、感謝をこめてうなずいた。

「おまえたちの何人かは、チェーンの合併を経験していないだろう。言っておくが、俺のときは簡単にはいかなかった」

スタックスはサーウォーを見た。目はまだサンセットを見つめていた。笑みは消えた。サンセットは両手で剣を持ち、炎の明かりを映している刃をほれぼれとながめたあと、足もとの地面に突き立てた。

「俺たちが——俺と、ハリケーンと、ランディが合流した時点で、そのチェーンではすでに序列が確立していた。たとえ新入り(ピーナッツ)でも何人か集まればぶっ壊せるような序列だ。ただ、俺たちみたいなグループが加わるとなれば、脅威だ。当時の俺は、もう少しでリーパーに昇格するところだった。一悶着(ひともんちゃく)あるだろうと覚悟はしてたよ。そのとおりになった。俺とランディとハリケーンの三人だけじゃなかったからだ。覚えてるだろう、もう一人、ジョーイ・デイズって奴がいた」

チェーンの沈黙がいっそう深くなった。サンセットは微笑んだが、声を出して笑いはしなかった。

「ジョーイ・デイズは、一目でルーキーとわかるような奴だった。そこにいる俺のひよっこよりもっと青かった」サンセットはリコを指さした。ふいに名指しされて、リコは背筋を伸ばした。「もっと痩せてたしな。ジョーイ・デイズを覚えてるか？　そのニックネームをつけたのはミッキーじゃない。俺だ。いつもそんな表情を浮かべてたから。まだ生きてることに驚いてるみたいな顔。いつ見ても焦点(デイズ)の合わない顔をしてた。ジョーイ・デイズ――みんな覚えてるよな？」

誰も答えなかった。スタックスはサーウォーを見た。サーウォーは地面を見つめていた。

「覚えてるだろ。忘れてなんかいないはずだ」

「覚えてる」ランディ・マックが言った。

「だよな」サンセットが言った。「俺たちと一緒に来た。ルーキーもいいところで、いつだってあの困ったみたいな顔をしてた。デイズはそういう奴だった。俺はよくしゃべる人間だからな、あいつのことも多少は知ってた。実家はアンドロウンド・ラニア。南部育ちだ。ときおり南部訛(なまり)が出たが、本人は隠そうとしてたんだろう。南部訛がないほうがタフに見えると思ってた。それはともかく、合併の時点ではジョーイ・デイズがいた。奴に何が起きたか、誰か覚えてるか。あのときまだいなかった奴もいるだろうが、覚えてるかどうか訊きたい」

炎が揺らめいた。誰も何も言わなかった。だが、スタックスは覚えていた。

サンセットは空を見上げて笑った。「おいおい、誰も覚えてないのか？　平たい顔にいつも困ったみたいな表情を浮かべてた奴だぞ」

みな誰かが何か言うのを待っていた。

「ジョーイ・デイズ、ジョーイ・デイズ。まさか忘れたなんて――」

「私が殺した」サーウォーが言った。サーウォーは顔を上げて続けた。「私が殺した」

サンセットは勢いよく立ち上がった。剣はまだ足もとの地面に突き立てられたままだ。「そうだ、ロレッタ。おまえが殺した。おまえが殺した。おまえが殺した。その理由を覚えてるか」

サーウォーはサンセットを見上げた。その目は悲しみをたたえてきらめいていた。ハス・オマハはすぐとなりの地面に置いてある。アンゴラ＝ハモンド・チェーンは長いことこの二つの強大な力に——サーウォーとサンセットに支えられてきた。その二人の安らいだ友情に。二人の穏やかな対話に。

「理由を覚えているか、ロレッタ？」

「私は——」サーウォーはいったん口をつぐんだ。スタックスはサーウォーの膝に触れた。しかしサーウォーは、〝これは自分一人でやり遂げる〟とでも言うかのように、その手をそっと払いのけた。

「私が殺したのは、四だったから」

「四だったから、か」サンセットは笑った。リコ・ムエルテとガニーもおずおずと笑った。アイス・アイス・ジ・エレファントとサイ・アイ・アイ、ランディほか残りのメンバーは黙っていた。「四というのは？」

「四は多すぎたから」サーウォーは言った。大きな声だったが、震えていた。「あんたたちが来たとき、四人は多すぎると思った。だから、三人なら受け入れると言った」

「そうだったな。で、俺は何と言った？」

「それは許さない、俺がリーダーであるあいだは許さない、と」

「で、それから——？」

「それから——私はジョーイに駆け寄って打った。突っ立ってるジョーイのこめかみを。その一撃で死んでた。でも、その場に倒れたジョーイを、私は何度も打った」

「それからおまえは言ったね……」

「〝ここのリーダーは私だ〟」

「つまり、あんなことをしたのは〝四〟が理由というわけだ」

「私にはやれたからやった。苦労して築き上げたものを、新参者に壊されたくなかったからやった。私がどういう人間か、見せつけたかった。私がどういう人間かわからせたかった。このチェーンの流儀を示したかった」

「それだけか？」

「不安になりたくなかったから」サーウォーは言った。「自分のチェーンが私以外の人間を恐れるのがいやだったから」

「つまり、不安からしたことだった。おまえが似たようなことをしたのは、あのときが最初じゃなかったよな。何の理由もなく他人を叩きつぶした。そうする必要があると自分は思ったというだけで」

「そう、初めてではなかった」

サーウォーは立ち上がったが、その場から動かなかった。

「サーキットだから、人が死ぬのは珍しくも何ともない。私たちはそれに慣れてる。死んだのが自分じゃなければ、黙って先に進む」

「落ち着けよ、ロレッタ。俺はただ話してるだけだ。しかしいまこの話を持ち出した理由、俺の最後のブラックアウトの今日、昔の話を蒸し返した理由は——見ろよ、おまえたちの目の前にいる人間を。いまのは誰かサーウォーとは別の人間の話に聞こえないか。俺が話してるのがロレッタのことだなんて、誰も思わないよな。だが、俺はこの目で見た。デイズは、困ったみたいな表情を引っこめる暇もなく死んだ。ロレッタはじきにグランド・コロサルになるし、あんなことはもう二度としないだろう。ロレッタを変えたのは俺じゃない。俺だってこいつが怖くて仕方なかった。ロレッタは変わった。俺も変わった。俺はそのことをむちゃくちゃ誇りに思ってるんだよ」

反対側に立っていたサンセット・ハークレスはサーウォーに近づき、二人は向かい合った。

「ロレッタ。おまえはおぞましいことをした。だが、俺はいまのおまえを誇りに思う。自分がしてきたことを認めたうえで、おまえ自身を赦してやってほしい」サンセットはサーウォーを抱き締めた。サーウォーの腕は力なく下ろされていた。目をきつく閉じた。「自分を赦せるなら、ここにいるあいだも、ハイ・フリードのあとも、おまえがすべきことをやれるはずだ」サンセットはサーウォーを離した。

「それこそ本当のハイ・フリードだよ。くそ、さんざん他人から奪ったり、人を殺したりしていなかったら、俺は説教師になれそうだ」サンセットは低い笑いを漏らし、チェーンの面々を見回した。「自分を赦せ。それがハイ・フリードだ。俺はおまえたち全員に自分を赦してやってほしいと思う。自分を赦せ。他人に赦しを求めるのはそれからだ。いいな、俺がいなくなっても、それを忘れるな」

リンクたちは何も言わなかった。それから長いあいだ黙って座っていた。

「寝るかな」しばらくして、ランディ・マックがそう言った。スタックスを見る。スタックスはうなずき、あとから行くと無言で伝えた。サーウォーはそれを見て自分のテントに向かい、あっという間になかに消えた。ほかのリンクたちもテントに戻り、あるいは寝袋にもぐりこんで眠りについた。焚き火のそばに残ったのは、サンセットとスタックスだけになった。

「ちょっと来てくれないか、ハマラ」サンセットは立ち上がり、剣を地面から抜いた。バケツの水をかけて火を消す。たちまち暗闇が押し寄せてきた。それからサンセットはキャンプを離れて歩きだした。

スタックスは大鎌を持った。二人で暗闇の奥へと歩く。スタックスはサンセットのすぐ後ろをついていった。いつもスタックスを守り続けたサンセット。その庇護は立場が逆転し、スタックスがサンセットを守るようになるまで続いた。許しがたい罪を犯したとされるサンセット。それでもスタックスは彼の友人だ。二人は設定された移動範囲の端まで来た。暗黙の束縛が物理的な引力に変わる地点。スタックスは目に見えない壁に背中からもたれた。壁ごと地面に向かってゆっくりと倒れていき、ぎりぎりのところで足を後ろに踏み出して体を支えた。サンセットがにやりとした。

「それを忘れるなよ。お楽しみを」

「あたしはそのお楽しみそのものなんだよ」スタックスは言った。心の底からそう思った。だが、同時に不安を感じた。サンセットの目をのぞきこんだとき、これまで見たことのなかったサンセットの一面を初めて見た気がした。装飾されていない本物の穏やかさ。ふだんのサンセットは陽気で活力に満ちているが、それは意図して作られた仮面なのではと前々から感じていた。スタックスはラヴガイルの柄を持つ手に力をこめ、またゆるめた。大鎌を地面に置く。

「話しておきたいことがある。大事な話だ。俺には情報を手に入れるルートがあることは知ってるよな」

「どんなルート？」たしかに、サンセットはいつもほかの誰も知らないことを知っているように思えた。

「もう隠す必要がないから言うが、数カ月前からうちの護送バンの運転手をしてる男は俺の元義弟でね。あいつから、おまえが知っておいたほうがよさそうな話を聞いた」

「何なの？」知りたくないという気がした。だが、知らずにはいられない。

「教えてもいいが、その前に頼みごとを引き受けると約束してほしい」サンセットが言った。

「ねえ、焦らさないでよ、サンセット、不安になるじゃない――」

「これは冗談でも何でもないんだ、ハマラ。大事な話だよ。おまえとロレッタに関することだ。俺の頼みごとを引き受けると約束してくれ。いいな？」

スタックスとサンセットは、荒野に設けられた拘束エリアの境界に立っている。世の人々にはこれを観る特権が与えられていない。

「わかった。引き受ける」

「一度聞いたら、聞かなかったことにはできないぞ。覚悟はあるな？」

「いいから話して」

サンセットはたこのできた大きな手をスタックスの肩に置いた。「残念な話だ」スタックスは、聞く前からもう泣いていた。「おまえがコロサルに昇格したら、ルールが変わる。次のシーズンが始まると——おまえとロレッタの次のダブルス・マッチのあとだな——チェーン一つにつきコロサルは一人しかいられない」

とうとう来た。とうとう最悪の事態が訪れようとしているのだ。これ以上の苦しみはほかに見つからないというような苦しみが。スタックスは話の先を待った。

「複数いる場合は、バトルグラウンドで闘わなくてはならない。この話をおまえに伝えようと思ったのは、おまえはふつうではないから、きっと耐えられると思ったからだ。ロレッタは——あいつに話したら、何をするかわからない。もともと何でもかんでも一人で抱えこむタイプだろう。この件をしまっておけるようなスペースはもうなさそうだ」

目の前で人生が粉々に砕け散っていき、スタックスは静かな恐怖を感じた——自分が切り離されていく恐怖、自分が漂い始める恐怖。

サンセットがスタックスの頭に手を置いた。そのまま抱き寄せられた。指先がドレッドロックスのあいだにもぐりこんで頭皮に触れた。

「ありがとう、教えてくれて」スタックスは言った。サンセットを押しのけようとした。サーウォーのところに戻りたかった。しかしサンセットは離そうとしなかった。

「待てよ、ハマラ。頼む。いまおまえが必要なんだ」

スタックスは体をよじった。唐突に訪れた真実から生まれた新しい人生がからみついてくる。

「ロレッタと闘うなんてそんなの無理。できないよ」

「ありえない話だよな。だが、わかりきった話だ。そういう連中なんだよ。なりゆきにまかせるようなことはしない。おまえら二人はすでにすばらしいことをなしとげた。俺たちも連中と同じだってことを証明した。俺たちもただの人間だと連中に気づかせた。だから連中は、つぶさなくちゃならないと考えた。どうするのか、決断をおまえたちに押しつけた」

「もうやめて」

「こんな話をして悪かった。俺もちょいと身勝手だよな。俺はもうずっと長いこと身勝手にやってきた」

「あたしの家族はあなたたち二人しかいないのに」スタックスは言った。消えてしまいたかった。消えようと思えばできる。永い眠りにつけばいい。そうだ、そうしよう。

スタックスが考えているのと同じことをサンセットが言った。ただし、サンセット自身のこととして。

「俺を殺してほしい」

スタックスはまたサンセットを押しのけた。

サンセットは腕をほどいた。手を体の脇に下ろし、小さな笑みを浮かべ、目を伏せて地面を見つめた。

「頼むよ。手を貸してほしい。ガニーがやったと言えば、異議は出ないだろう」

「断る」スタックスは言った。

「きっと断られるだろうと思った。ごめんよ。だが、ハマラ、俺はぎりぎりのところにいる。次のバトルグラウンドで、俺は自由の身になる。次のシーズンが始まるとき、もうここにはいない。社会に出ていくつもりもない」

「だって、みんなにどう言えばいい？　どう説明しろって？　いやだ、断る」スタックスは言った。

「おまえが必要なんだよ。俺は──手を貸してもらうだけでいいんだ。大勢を殺してきたっていうのに、なぜか自分を殺す勇気がない」

「さっき、自分を赦せとか言ってなかった？　あんな説教垂れておいて、どう言い訳するのよ？」

答えを聞くまでもなくすべて理解できた。それでも、本人の口から聞かなくてはいられなかった。

「どうしていまそんなことを頼むの？」

「やるべきことは全部やったからだよ。思い残すことはない」

そんな説明では納得できない。その不満が顔に大書されていたのだろう。

「〝俺の言うとおりにしろ、俺のやるとおりにではなく〟？」サンセットはそう言って笑った。サンセットは、どんな場面でも笑えた。「社会に戻る気はない。俺が何をしてきたか、知ってるよな。俺はあまりにも大勢を傷つけてきた。俺は世間の記憶している人間とはもう違う。しかし、それを証明する気力はない。自分の娘に、昔の俺がどんな人間だったかなんて話せない。いまの俺がどんな人間か、説明できない。ごめんよ。俺は自分を赦さない。俺を赦せと他人に強要したくない。俺は赦しに値する人間なのか、自分でもわからない。だが、娑婆（しゃば）には戻れない。おまえたちにはもっといい人生を知ってもらいたい。だが、自分の限界はわきまえている。だから、この剣を取って、俺の手を導いてほしい。俺も力を貸すよ。だが、俺にも力を貸してほしい」

「バトルグラウンドでやればいいじゃない」スタックスは懇願した。

「それには勇気が足りない」サンセットは言った。「こんなことを頼むなんて間違ってるよな。しかし、バトルグラウンドでその勇気を奮う自信がないんだ。いつもどおりのことをしちまうんじゃないか、これまでと同じように相手を殺しちまうんじゃないかと怖い。頼むよ、ハマラ。考え抜いて出した結論だ」

それがスタックスの人生だ。使命だ。世の中に困難な種類の愛の種を蒔くこと。人が自分一人ではできないことに手を貸すために生きている。

「俺の手を導いてくれるだけでいい」サンセットは言った。「誰にも赦しを求めてはいない。俺にも善良なところがあったなんて言われなくていい。俺は自分にふさわしいことをしたと伝えてくれ。社会に戻る気はない」サンセットはまた微笑んだ。そして涙を流した。「悲観したとかじゃない。ただ疲れたんだ。ようやく休めると思うとうれしいよ」

剣を喉もとに当てた。

「この手を導いてくれ」サンセットは言った。

スタックスは彼の背後に回った。サンセットは地面に膝をついた。刃は喉に押し当てられていた。

「愛してる」世界に、スタックスに、娘に、自分が傷つけたすべての人、自分を傷つけたすべての人に、そう告げた。

サンセット・ハークレスは剣を握り、スタックスはその力強い手に自分の手を添えた。サンセットが剣を横に引いた瞬間、スタックスはその手を離した。サンセットは剣を引き切り、彼の命は流れ出た。彼を離れて流れ出た。スタックスは彼を抱き締めた。そのあいだずっと、剣ではなく、彼の胸を支えていた。なぜなら、彼が求めているのは、彼に必要なのは、抱き締められることだと知っていたから。

## 催涙ガス

「じゃあ、殺していないんだね」サーウォーは言った。スタックスがサーウォーの手を握った。すぐには手に力が入らなかったが、やがてサーウォーもスタックスの手をしっかりと握り返した。真実は胸を痛めつけたが、一方で、まるで忘れていた物語を聞かされたようでもあった。ずっと心のどこかで知っていた物語を。

「そうかな。あたしはサンセットを救わなかったんだよ」スタックスは言った。「だけど、別の誰かを救ったのかもしれないね。あたしがやったたって認めてなかったら、誰かが犯人扱いされて殺されてたかも。世間の人たちにとって自分はどんな存在なのか、サンセットはよく知ってた。あんな選択をしたと知られたくなかった。あたしはサンセットの秘密を守った」

「よくわからないのは」――息をしようとしたが、空気がうまく肺に入っていかない――「どうして私に――秘密を共有してくれなかった？　どうしたら私を信用してくれる？」

群衆に向けて弾が放たれる音が聞こえていた。武装警察は、人々を落ち着かせようとして撃っている。その場の全員が涙を流していた。武装警察がファーマーズマーケットの至るところに催涙弾を撃ちこんだせいだ[*]。ガスは二人を守る輪の内側にも充満し、周囲はほとんど見えなくなっていた。息をすると肺が痛い。

「あたしたちの新しいやり方を実践したかったから。〝あたし、こんなことしちゃったの〟ってあなたやチェーンの前で話して、赦してほしいって頼んだ。あなたは赦した。それをみんなに見てもらおうとしたの」

スタックスが言う〝みんな〟とは、視聴者だ――サーウォーにはわかった。死んでいくリンクたちをポップコーン片手にながめる人々だ。

「みんなではなく、私のことを考えてほしい」サーウォーは涙を流しながら言った。いまマーケット内にいるほぼ全員が泣いていた。

「あたしは全員のことを考えてるの」スタックスは言った。

＊窒息性ガス、毒性ガス又はこれらに類するガス及び細菌学的手段の戦争における使用の禁止に関する議定書

一九二五年六月一七日　ジュネーヴにて作成・署名
一九二八年二月八日　発効
一九七四年一二月一六日　アメリカ合衆国上院が批准を承認
一九七五年一月二二日　アメリカ合衆国大統領が署名
一九七五年四月一〇日　アメリカの批准を受けてフランス政府が批准
一九七五年四月二九日　アメリカ合衆国大統領が公布

下名の全権委員は、各自の政府の名において、
窒息性ガス、毒性ガス又はこれらに類するガス及びこれらと類似のすべての液体、物質又は装置を戦争に使用することが文明世界の世論によって正当にも非難されているので、
前記の使用の禁止が、世界の大多数の国が当事国である諸条約中に宣言されているので、
この禁止が諸国の良心及び行動をひとしく拘束する国際法の一部として広く受諾されるために宣言する。

催涙ガスは〝暴動鎮圧剤〟とされているため、化学兵器使用禁止法の対象から除外されている。それゆえ、交戦地帯ではいまも使用が禁止されているのに、警察は市街地で市民に対して頻繁に使用している。

怒りたいのに、涙は、このやりとりは、怒りよりもはるかに大きな感情をかき立てた。スタックスの首に手を置いて引き寄せ、額にキスをした。

「たまらないよ。あんたがそんな立場に置かれていたなんて。サンセットがそんなことを頼んだなんて。私ではなく、あんたに頼むなんて」

それを聞いてスタックスは、息をしようとしながらサーウォーの手を握った。

「二人なら」

群衆はあらかた散っていた。まだ残っているのは、輪を作ってリンクたちを守ろうとしている小さな集団がいくつかと、武装警察、それに混乱に乗じて誰かをパンチしてやろうとしているとくに興奮したファンだけだった。スタックスとサーウォーを守っているデモ隊のメンバーは、咳きこみながらも輪を崩さなかった。武装警察の装甲車がマーケット内に進入し、みなさん落ち着きましょうと呼びかけた。

スタックスは体を起こして周囲を確かめた。胸は痛むが、本当のことをサーウォーに打ち明けて生き返ったような気もしていた。サーウォーがルール変更の件を知っていたことにほっとした。二人の運命は、スタックス一人で背負わなくてはならない秘密ではないのだ。一人きりで背負っていたわけではなかった。こうなってもやはり、二人は一つだ。二人は、運命をともにする運命にある。それは決して否定できない。

人々は西の方角に避難していた。武装警察はそれをよしとしているようだった。何人かの背中にゴム弾を放ったが、それよりも人を払ってリンクたちを回収することを優先している。救急車のサイレンが近づき、静まりつつある喧騒をかき消そうとしていた。

「そろそろみんなも行ったほうがよさそうだね」スタックスが言った。カイの肩に手を置く。「みんな無事に家に帰ってよね」

カイがうなずき、人の輪は即座に崩れた。スタックスは大きな咳をしたあと微笑んだ。「ありがとう」

マリが手を差し伸べ、サーウォーの手首の線に目を留めた。体に埋めこまれたコントロール装置。サーウォーは涙を流し、咳をしながらマリの腕をつかんだ。立ち上がり、はるか高みから温かな目でマリを見つめて、マリの手を両手で包みこんだ。その手は小さいが、柔らかくはなかった。

「ありがとう」サーウォーは言った。「助かった」

マリはサーウォーの目をまっすぐに見て言った。「こちらこそありがとう。あなたは私の父を知ってた。シャリーフ――サンセット。父のそばで助けてくれてありがとう」その言葉はサーウォーにきっちりと届いた。サンセットが成長ぶりを思い描き、幸せを願った女性。夢に見て、涙を流した女性。「私たちはみんなあなたの味方だから。私の名前は――」

「マリッサ」サーウォーは言った。「サンセットはいつもきみの話ばかりしてた」

「知ってる」マリは言った。スタックスは二人のやりとりを見て、聞いていた。

マリとサーウォーは手を放した。

スタックスとマリは目を見交わした。どちらも涙をいっぱいに溜めていた。マリ。そして、父親を殺したとマリに思われている女。

スタックスが口を開いた。「あたし――」

しかし、先を続ける前に、マリがスタックスに飛びついた。

「事情がどうあれ、気に病まないで」マリはスタックスを抱き締めた。スタックスもマリを抱き締め、二人は泣いた。息をするだけでつらいのに、それでも互いを胸いっぱいに吸いこもうとした。

銃声が近づいてくる。催涙ガス弾がすぐ近くで破裂した。

「もう行ったほうがいい」サーウォーが促した。

「そうね」マリが言った。カイはそばで見守っていた。

「ありがとう」カイがサーウォーに声をかけた。スタックスにはうなずいただけで何も言わなかった。

即席の家族は解散した。マリと連合のメンバーは武装警察に促された方角へと立ち去った。サーウォーは手首のぼんやりと輝く線を確かめ、心に抱えこんでいた苦悩を思った。スタックスは嘘をついた。嘘を重ねた。それでもスタックスを変わらず愛している。これまで以上に愛している。

「いっそ脱走しようか」サーウォーは言った。

「一緒なら、どこにだって行くよ」スタックスは言った。

二人は数メートル先の催涙ガスの濃度が低そうな一角に移動し、芝の上に座って、武装警察がまだ退去していない人々を打ち据え、拘束し、ふたたび打ち据える様子を見つめた。まもなく手首の三つのランプがレッドの点滅に変わった。これでもう、たとえ逃走を試みても遠くには行けない。

目と肺が痛かった。

「まさかここまでの騒ぎになるとは」サーウォーはカオスの跡に視線をめぐらせた。武装警察が二人の居場所を特定し、何人かがこちらに来ようとしていた。

「あたしたち、有名人らしいから」スタックスが言い、サーウォーの肩に頭をもたせかけた。「ここには前にも来たことがある。いま来たら、何か感じるものがあるだろうって思ってた。たしかに感じるものはあるけど、想像してたのとは違う」

「どう感じてる？」サーウォーは目を閉じて訊いた。

「ここはあたしの家じゃないって感じてる。うちの家族は、あたしのことなんて思い出さない。もうここには住んでないの。一人は、あたしが刑務所にいたころ死んだ」

「覚えてる」

「もう一人はこの街を出た。二度と戻らなかった——娘が殺人犯だってみんなが知ってる街には、二度と」

「ほかには？」凍りついた体でサーウォーは訊いた。

少し間を置いて、スタックスは言った。「心細い。だけど、誇らしいような気もする。だって、こんな騒ぎになったんだよ。あたしの声が届いたってことでしょ。あたしたちの声が届いたんだよ」

サーウォーはカオスの跡を見つめた。自分たちの名を冠したカオス。声が届いたのかもしれない。それから笑った。「待てよ、あそこにいるの、あんたのお母さんじゃ——？」サーウォーはマーケットの向こう側を指さした。

スタックスがさっと顔を上げ、人で埋まった荒れ野の向こうを見た。

「嘘つき」スタックスはそう言って微笑んだ。

こんなときでも自分にはまだスタックスに笑顔を取り戻させる力があるとわかって、サーウォーはうれしくなった。

「だけど、本当にお母さんが来たとしたら？　何て言う？」サーウォーは訊いた。

「こう言う。〝ママ、こんなに大勢が愛してくれてるの。ママにも愛されたかったな〟」スタックスは思案顔をしてから続けた。「あたしがあんなことをしたのは、あの男があたしの体から大切なものを奪おうとしたからだって言う。〝ママ、彼らはあたしに愛する女を殺せって言うの。それが人類史上最高のエンターテインメントになりそうだから、それだけの理由で〟」

武装警察は、まだマーケット内に取り残されている人々をスタンガンで撃っている。人々が倒れ、もだえる。何人かは起き上がったが、何人かは倒れたまま微動だにしない*。

「どうして話してくれなかった？」サーウォーは尋ねた。

「サンセットがいなくなったあとも、それまでと変わらないあなたを見ていたかったから。あなたも同じ気持ちでしょ。それに、あたしたちは二人ともどこかでとっくに知ってたんだと思う。こうなるって。あたしたちみたいによいものは、ここでは存在できないから」

　拘束すべき人々の拘束をおおよそ終えたところで、武装警察がスタックスとサーウォーのほうにやってきた。

「怖くてたまらないって言ってほしい。私は怖くてたまらないから。どうしたらいいか、教えてほしい」サーウォーは泣いた。そうでなくても胸に収まりきれないほどの感情があふれ出しかけていて、どうにかそれを封じこめようとしてきた。生きていくには、表に出すものを選ばなくてはならないからだ。すべてを選(よ)り分けなくてはならない。だが、この一つだけはありのままを吐露した。

「どうすべきかはわかってるはず。あなたは生き延びなくちゃ。あたしも生き延びる」

「それじゃわからない。ちゃんとわかるように言ってよ」サーウォーはすがるような思いでいた。二人きりの時間はあとわずかしか残されていない。すぐに護送バンに放りこまれることになる。

「私たちはどうしたらいい？」

「もうわかってるはずだよ。あなたはあの人たちの手でつぶされたりしない。あたしは、あなたをまたインフルエンスされるような目に遭わせない」スタックスは言った。「答えはもうわかってるはず。だからそっちが教えてよ。どうしたらいいか」

　サーウォーは押しつぶされる感覚を全身で受け止めた。

「二人で闘う。やるだけやってみる」

「そうだね、そうしよう」スタックスは言った。「それと、T、もしママが目の前にいたらね、くたばれって言うよ。あたしは電界で、サンセットを殺したのはあたしだって言う。サンセットほどの人はほかに知らないよって。それから、あたしはこの女性を愛してるんだよって言う。あたしはハリケーンだって言う」

そこに武装警察が来て二人を地面から立ち上がらせた。サーウォーの手首のランプがふたたびレッドに輝き、両手が互いに吸い寄せられるように固定された。ハス・オマハがあればいいのにと思った。何かつかまっていられるものが手近にあればよかったのに。二人は護送用のバンに引き立てられていった。サーウォーは歩きながらスタックスの脇に肩をこすりつけた。スタックスもそれに応えた。

＊テーザー銃などのスタンガンで撃たれれば命を落とすこともある。二〇二〇年一月四日、ニューヨーク州ロックランド郡スプリング・ヴァレーで、ティナ・デイヴィスが警察に殺害された。警察にテーザー銃で撃たれ、それが原因で死亡した。彼女の名は、ティナ・デイヴィス。

## 隻腕のスコーピオン・シンガー・ヘンドリックスと不死身のジャングル・クラフトの伝説

バンのなかで待機しているあいだ、自分たちが伝説になった経緯を思い起こしていた。二人で過ごしてきた時間を頭のなかでたどった。「おい、シンガー、覚悟はいいか」運転手が言った。シンガー、覚悟はいいか。シンガーは覚悟ができている。シンガーは覚悟などまるでできていない。いつだってその両方じゃないか。運転手の声は聞こえていたが、記憶をたどる旅がまだ終わっていない。だからそこに座ったまま、ここに至るまでの旅路を思い返した。

あの最初の夜、スコーピオン・シンガーは奇妙なことをした。二人仲よく永遠の眠りにつけるよう、ナチの一人の死体をもう一人のそばまではるばる引きずってきた。そうやって、不完全ながらも尊厳を与えた。立場が逆だったら、イレイサーズの二人はそこまでしなかっただろうが。どうせもうじきプロデューサー連中が死体を引き取りにくる。埋葬の必要はなかった。

空がふたたび明るくなりかけたころ、シンガーはシン＝アッティカ＝シン・チェーンの大半を虐殺した男の様子を見にいった。男はベルズとレーザーのテント、二人の強さを象徴するテントのなかで眠りこけていた。シンガーはおずおずと足を踏み入れた。シンガーがその名を世に知らしめたスピニファー・ブラック、長く鋭い漆黒の死を両手で握り締めていた。シンガーよりも先に槍の刃がテントのなかをのぞきこんだ。切れ味鋭い先端をクラフトの喉仏のそばに突きつけた。

「ここで眠るな」シンガーは言った。男の肩を蹴ると同時に、クラフトが飛び起きて串刺しにならないよう、刃を引っこめた。HMCの三つの目は、いま起きていることを確実に記録できるよう互いを補佐しながら、一部始終をライトで照らし出した。シンガーは穏やかな低い声で話しかけた。「向かい側のテントか外でなら、好きなところで眠ればいいさ。だが、ここはだめだ。マーチ開始まであと数時間しかないが、このテントはおまえの寝る場所じゃない」

クラフトは眠気を覚まそうとするようにまばたきをした。「イエス・サー」そう言って起き上がると、空が白み始めたばかりの外へ出ていった。そしてイレイサーズの片方のものだったテントを見つけ、そのなかに消えた。ヘンドリックスは大きなテントのなかでしばしたたずみ、ベルズとレーザーのことを、エイティのことを思った。悪い人間が集まったよい家族。エイティはよくそんな風に言っていた。早くも彼らが恋しかった。ひどく恋しかった。

「神よ、なぜですか」そうつぶやき、外に出ると、すぐそばの小さなテントに向かった。

しばらくのち、ヘンドリックス・シンガーはテントからふたたび外に出た。朝日は昇ったばかりで、草は露に濡れていた。空をながめた。その青さと白さを見ていると、口のなかにつばがたまった。体が積雲を一口食べさせろと訴えているかのようだ。しかしまもなく食事の箱を届けるドローンが現れた。キャンプの真ん中の、とうに消えた焚き火を見やった。クラフトは両脚を投げ出して座っていた。シンガーと目が合うなり大きな笑みを浮かべたが、次の瞬間には消えた。シンガーはいったん自分のテントに戻り、スピニファー・ブラックを手に外に出た。クラフトがきちんと座り直した。シンガーはクラフトに近づき、キャンプの中央に残った灰を挟んで向かい側に腰を下ろした。

「ここがどこだかわかるか」シンガーは訊いた。

クラフトの顔はつるりとしていた。髭をきれいに剃ってある。瞳は、明るいなかでは灰色ではなく青に見えた。白い肌は血色が悪く、くすんでいる。長いあいだ日光に当たっていなかったのだろう。ベルズとレーザーとイレイサーズを殺したナイフは両手に着けたままだった。

「イエス・サー」クラフトが答えた。

「わかるのか。これが何だかわかるか。ここはどこだ?」シンガーは尋ねた。

「ここは地獄です」クラフトは言った。その答えを聞いて、シンガーは思わず微笑んだ。クラフトも笑ったが、目は死んでいた。まもなく笑顔も死んだ。

「前にも聞いたと思うが、おまえは誰だ? 自分では誰だと思う?」

「僕はくそレイプ野郎です」

シンガーは男を見つめた。いまの答えでは十分ではないらしいと察して、クラフトがふたたび口を開いた。

「サイモン・J・クラフト」

「サイモン・J・クラフトか。Jは何の略だ」シンガーは訊いた。目の上に手をかざして陽射しをさえぎった。食事を運ぶドローンの群れはまだ空のかなたに浮かんでいた。クラフトの答えはない。シンガーはもう一度尋ねた。「Jは何のJだ?」クラフトに視線を戻すと、クラフトの目は落ち着きなく飛び回って答えを探していた。瞳があちらを向いてはまたこちらを向く。唐突に立ち上がり、無言でまた座り直す。シンガーは足の位置を微妙に変え、槍を握る手に力をこめた。「いいんだ、いまのは忘れろ。ジャングルでも何でもおまえの好きでいい」クラフトの顔に安堵が広がった。その表情はすぐに引き攣ったような笑みで置き換えられ、それもまた瞬時に消えた。「おまえみたいなワイルドな奴には、ジャングルって名前が似合うしな」シンガーは言った。ちょうどそのとき、最初のドローンがクラフトの真後ろに箱を下ろした。クラフトは一瞬でシンガーに背を向け、箱をナイフで突き刺し始めた。

「よう、ワイルド・ボーイ」シンガーは言った。「よせ」クラフトがぴたりと動きを止める。シンガーはその様子を見つめ、どうするのが一番だろうかと思案した。クラフトの裸の胸にオレンジジュースのしずくが飛び散り、手の甲にくくりつけられたナイフはグリッツ［ひきわりトウモロコシ粥］で汚れていた。

「こっちを見ろ、ジャングル・ボーイ」シンガーは言った。「俺の名前はヘンドリックス・シンガー。地獄のこの階層では、俺がおまえの監督官だ。わかるか？」

「イエス・サー」クラフトは言った。漆黒の槍を盗み見る。それからまたシンガーに目を戻した。しかしその目はどうしても槍に戻ろうとするようだった。

　ほかの箱が周囲に下ろされた。

「最初のレッスンは、どうすれば朝めしを虐殺せずに食えるか、だ。ちなみにサーキット中の朝めしは、毎日これくらいの時間に届く」シンガーは笑い声を待ったが、クラフトは笑わなかった。シンガーは友人たちの亡霊を思い浮かべ、自分がなぜこの男に手を差し伸べようとしているのか、彼らに理解してもらえることを願った。いまみながいるところが、憎しみを超越した場所であることを祈った。シンガーが目の前の男に憎しみを抱く一方で、この男の面倒を見てやらなくてはならないと感じていることを理解してくれるといい。ただ、シンガー自身、理解できているわけではなかった。わかるのは、この男は恐るべき力を持っているくせに、ひどく無力に見えることだけだ。

「わかったか、ジャングル・マン？」

　クラフトは黙っている。

「気にするな。そのうちわかるさ」


第一戦で負けるだろうと思われていた。

「逆サイドに男が二人いるからな」シンガーはアリーナに出るゲートが開くのを待っているあいだに説明した。「まずは俺についてこい。ロックが解除されたら、攻撃だ。ここではいくら殺したってかまわない。ここでは、殺さなくちゃいけない。敵は二人いる。その二人対俺たちだ」観衆のどよめきを耳にすると、いつもなら胃袋のなかが泡立つが、この男にサバイバルの手ほどきをするというプロジェクトがなぜか気持ちを落ち着かせた。クラフトは笑みを浮かべ、消し、浮かべ、消した。さすがのクラフトも緊張しているようだ。ジャングル・マンもやはり恐怖を感じるのだ。

「よく聞け」シンガーは続けた。「この外で、俺じゃない奴が見えたら、そいつを殺せ。わかったか？　俺のことは絶対に攻撃するな。俺以外の奴ら、殺すのはそいつらだ」

「わかりました」

「よし。大丈夫、うまくやれる」


最後に言いたいことがあるかとバトルグラウンドの司会者に問われて、シンガーは言った。「俺のとなりにいるこの男をこんな風にしちまったことを、あんたらが誇りに思ってるといい」それから歌った。**それは背高（ロング）のジョン**——そこでクラフトのマイクに切り替わった。

「みながきみをジャングル・クラフトと呼んでいる。知っていたかね？」金髪の男が空のどこかから訊いた。

「僕の名前はサイモン・J・クラフトです」クラフトは答えた。

れた。

「そうらしいね」アナウンサーは笑い、数千人が一緒に笑った。次の瞬間、二人のロックが解除さ

シンガーとクラフトの息はぴたりと合っていた。まるでテレパシーでやりとりしているかのようだった。アリーナの反対側で鎖を振り回している巨漢の二人組〝ボールダー・ブラザーズ〟に向かって突進した。鎖の届く距離まで近づくと同時に、鎖の一つがシンガーを狙って繰り出された。シンガーは槍を使ってそれを払い落とし、足で踏みつけて相手が引き戻せないようにした。ボールダー・ブラザーズのその一人が低くうめき、鎖を回収しようとしているあいだに、もう一人がクラフトを狙って鎖を放つ。クラフトは前転した。鎖はかすりもしなかった。クラフトは最初のボールダーの腕を払うように手を動かした。腕は皮一枚を残して切断された。そいつは悲鳴を上げたが、喉を掻き切られるまでだった。重たい音とともに地面に倒れる。もう一人のボールダーは、シンガーが踏みつけていた鎖をどうにか取り戻し、頭上で振り回して敵を寄せつけまいとした。クラフトは腰を落として低くかまえ、鎖を目で追ってタイミングを計った。そいつがクラフトに気を取られているあいだに、シンガーは距離を詰め、回転する鎖の下に入ると、ボールダーの顎の下の三日月を狙って槍を突き上げた。

場内に歓声があふれ、隻腕のスコーピオン・シンガー・ヘンドリックスと不死身のジャングル・クラフトの伝説が生まれた。

コンビを組んで何カ月もたったころ、ある長いマーチのさなか、ヘンドリックス・シンガーは歌うことにすっかり飽きてしまっていた。二人の名前はアメリカ中に轟いていた。数多くのアリーナに二人組で出場していた。

「俺がどうして非対称の人生を歩むことになったか知ってるか」太陽に焼き固められた道を歩きながら、シンガーは尋ねた。暑い日だった。シンガーは、マーチに出発する前にかならずクラフトの身支度を点検してやるようにしていた。アリーナでの試合前には、クラフトのブラッド・ポイントを本人に代わって運用し、防具と武器のメンテナンスや食事の購入を手伝った。そういった日々の習慣はすっかり定着し、唐突に泣きだしたり笑ったりする場面はままあるにしても、クラフトは基本的におとなしく、やるべきことをやった。しかし、シンガーがその質問をしたとき、クラフトはチェーンメイトの顔を見ただけで何も言わなかった。

「ジャングル、俺が腕を片方なくした理由を知りたいかと訊いたんだ。どうだ、知りたいか」

「腕を片方なくしたんですか」クラフトは言った。

シンガーは、そこから三キロ歩くあいだ、ずっと笑っていた。

その晩、どこなのかわからないがどこか暑い場所で、二人は一緒に汗をかいていた。シンガーはたかってくる蚊をせっせと払いのけ、クラフトはターキーバーガーに食らいついていた。

「おまえの何がおかしいんだろうな」シンガーは言った。「インフルエンスを受けた奴を何人か見たことがあ――」

バーガーがクラフトの手から落ち、クラフトは懇願した。「やめてください。ごめんなさい。ごめんなさい」

シンガーは涙を流すクラフトをじっと見つめた。しばらくそのまま見つめていた。

「わかった、わかったよ、ジャングル。元気を出せ。そのことは心配しなくていいんだ。な？」

「イエス・サー」クラフトは言い、土の地面に落ちたバーガーを拾ってまたかぶりついた。

「そうだな、じゃあ、俺に訊きたいことはないか。俺にはせっかく声がある。だから、何でも訊いてくれ」

「腕を片方なくしたのはどうして?」クラフトはバーガーを咀嚼しながら言った。

シンガーは首をのけぞらせ、また笑った。顔をのぞかせた月を、頭上のアンカーを見上げて笑った。自分の人生を、この国を、いまの彼ら二人を作ったこの世界を、笑った。


クラフトが〝不死身〟として知られるようになった経緯はこうだ。

その日のマーチに出発して一時間とたたないころ、シンガーの耳は話し声をとらえた。サーキット中に聞き慣れない人間の声が聞こえたら、すぐ先で死が待っていることを意味する。すでに二度のメイレーを経験していたが、自分は傍観しただけだった。どちらのときも、開始と同時にベルズが男を一人滅多斬りにし、即座にメイレーを終わらせた。

「ジャングル」シンガーは言った。「いったん止まれ」クラフトが立ち止まった。「荷物のなかからボルトレザーを出して、両腕に巻くんだ」先導するアンカーが速度を上げた。クラフトは指示に従った。「髪の毛をざっくり後ろでまとめろ。目にかからないように」シンガーはスピニファーを脇にはさみ、手首に巻いていたスウェットバンドを口でむしり取り、クラフトに渡した。「急げ。アンカーに置いていかれるな。引きずられるぞ」二人は早足で歩きながら支度を整えた。クラフトの準備ができたところで、シンガーはまた口を開いた——ただし、小さな声で。ラージェス・ステート・ペン・チェーンがすでにこちらを見ていた。こちらの二人に対し、相手は八人がそろっていた。

二つのチェーンのアンカーが上空で並んだ。

**メイレー開始三十秒前。**

「J、今日はこれまで以上に全力を振り絞って闘ってくれ。俺以外の奴は全員、おまえを殺そうとする。わかるな?」

「はい」クラフトが言った。

「よし、これが俺たちの地獄での最後の日になるかどうか、やってみよう」

「最後の日にはならない」クラフトが言った。

ラージェス・ステート・ペンのリンク中もっともランクの高いヨーカー・スタッシュキャッシュは、一方の手に大剣(クレイモア)を、もう一方に朝日とドル記号が刻まれた盾を持っていた。

「そっちはどうやりたい、ブラザー?」スタッシュキャッシュが言った。頭は禿げていて、全身は筋肉の塊だ。チェーンの残りのリンクもみな同じようにたくましかった。

**メイレー開始十秒前。九、八――**

「そっちが選んだ一人と俺との一対一はどうだ」シンガーは言った。

「断る。そんなフェアなやり方はつまらない」スタッシュキャッシュは言った。「そのジャングル男をよこせ」

**メイレー開始。**

「話すだけ無駄なら、話はここまでにしよう」シンガーは相手に向かって叫んだ。

**メイレー開始。**

「ジャングル男をよこせよ。おまえのことは認めてるんだ、シンガー。うちの連中はみんな認めてる」スタッシュキャッシュが言った。シンガーは八人の男女に目を走らせた。防具は大したものではないが、武器はバットやクレイモア、槍、ハンマー、ナイフを持っていた。

「断る」シンガーは言った。それからクラフトを見てささやいた。「奴らを殺せ、ジャングル・マン」
クラフトが走りだした。シンガーもそのすぐあとに続いた。
規則では、一人の命が失われた時点でメイレーは終了する。この日のメイレーが終わったとき、サイモン・クラフトは右脇腹に軽傷を負い、ヘンドリックス・シンガーはどこかを捻挫していて、次のキャンプ地までの残りの距離は足を引きずって歩いた。ほかに、失った腕の付け根に浅い切り傷もついていた。しかし二人が戦場をあとにしたとき、ラージェス・ステート・ペン・チェーンの生存者は一人としていなかった。

クラフトの加入以来、シン＝アッティカ＝シン・チェーンに新しいリンクは増えていなかった。数カ月が過ぎた。どうやらこのまま二人きりで世界を旅する運命らしい。シンガーは知る由もなかったが、チェーンに加わって以降のサイモン・J・クラフトの精神状態から、CAPEプログラムとの契約書に署名した時点でクラフトの精神の健康に問題はなかったというシン＝アッティカ＝シンの言い分に疑問が呈され、シン＝アッティカ＝シンCAPEプログラム部門に対して訴訟が起こされていたからだった。裁判はまだ始まっておらず、その問題が解決を見るまで、チェーンには新しいリンクを追加できない。よって、二人の伝説は二人だけの伝説のままになった。

その日のマーチを終え、二人は焚き火に当たっていた。一年以上が経過しても、隻腕のスコーピオン・シンガー・ヘンドリックスと不死身のジャングル・クラフトはまだ二人きりだった。かつて出会った場所から遠いどこかで、二人は向かい合わせに座っている。いや、もしかしたらそう遠くはないのかもしれない。サーキットには目的地があるわけではなく、ときに円を描くこともある。

シンガーはクラフトを呼び、自分の前に座らせた。

「そのウルヴァリン・ナイフを片方はずしてくれないか。でもって、ここに座れ」クラフトは言われたとおりにした。石ころだらけの地面に腰を下ろす。マーチの末にたどりついたここは、海に近い土地で、夜の満ち潮の音は聞こえるが、波は見えなかった。「そいつを貸せ」シンガーは言い、長い二連のナイフを受け取った。旅を経て、クラフトの肌は日に焼けていたが、ナイフを手にくくりつけている幅広のバンドの下は、クラフトが現れた血なまぐさい夜と変わらず青白かった。

シンガーはナイフを見つめた。ナイフを膝に置き、クラフトと同じように手に装着した。クラフトはシンガーの脚のあいだに座って炎を見つめている。切り株に座っていたシンガーは背筋を伸ばした。

「いいか?」シンガーは訊いた。

「イエス・サー」クラフトは答えた。シンガーはクラフトの首筋の伸び放題に伸びた髪を引いた。クラフトの頭がわずかにのけ反り、喉があらわになった。それからシンガーはナイフをクラフトの首に当て、ぼさぼさの巻き毛を剃り始めた。そうしながら、歌を歌った。


「おまえたちに大金を賭けてるんだ」運転手が言った。車が速度を落とす。二人の手首のランプはまだブルーだった。声を出せない者に向かって一人でしゃべる男は、神の気分を味わっている。

「どうにか勝ってほしいと思ってる」運転手が言う。自分の視点から見れば俺たちはもう死んだも同然だが、俺たちが世界を驚かせることを期待していると伝えたがっている。〝隻腕〟と〝不死身〟。俺たちは前にも世間の予想を裏切った。また同じことが起きない理由はない。

「大勢が期待してる。それを忘れるなよ」

バンが速度を落とし、俺はもう忘れている。いまある記憶が重すぎて、新しく覚える余裕がない。

# バッド・ウォーター

サーウォーはせまいスペースの奥にバッド・ウォーターと一緒に押しこまれた。武装警察は、カオスを引き起こした罰としてサーウォーとスタックスを引き離そうと考えたのだろう。おかげでいまサーウォーは警察車両の後部座席のアクリル板に膝を押しつけて座り、ウォルター・バッド・ウォーターにじっと見つめられている。

「泣いてなんかいないからな」サーウォーは泣きながら言った。

「だよな、泣いてなんかいないよな」バッド・ウォーターが言った。それから窓の外に目をやった。Aハムのほかのメンバーが似たような車に押しこまれようとしていた。

　スタックスがどこにいるのか、サーウォーには見つけられなかった。もうじき永遠に離ればなれになる時が来るのだと思った。体が震えるほど激しく泣いた。まもなく車が走りだした。

「俺はさ、そもそもここにいるのがおかしいんだ」バッド・ウォーターの声が、サーウォーのくぐもった悲しみの声を越えて届いた。「俺のMは嘘っぱちなんだよ。ここに来るまで人を殺したことなんかなかった」

　サーウォーの心が跳ね、胸の内で血を流している悲嘆から飛びのいた。すぐには何も言わなかった。「どうしてサインした?」

　訊くまでもないわかりきった質問だったが、いまのサーウォーは気をそらしてくれるものに逃げこみたかった。

「サインしたのは、無実だからだ。そして疲れたから」ここでは誰もが疲れ果てている。

サーウォーはバッド・ウォーターを見つめた。遠からず死ぬのは確実だろう。すでにほんの少し殺されているも同然だ。これまでサーウォーがほとんど相手にしなかったのは、彼がガニー・パドルズと親しくなったから、ここで生き延びるのに必要な気迫に欠けていたからだ。何から何までここに不向きな人間で、サーウォーはそこに嫌悪を感じていた。反面、不向きな自分をかたくなに変えようとしない意志の強さは見上げたものだと思った。とはいえ、そのバッド・ウォーターがどういうわけかバトルグラウンドで四度の勝利を収めた事実は、サーウォーが積み重ねてきたすべてに対する侮辱でもあった。

「私は違う」サーウォーは言った。「私のMは本物だ。私は人を殺した。ヴァネッサっていう女性を殺した。美しくて、優しい人だった。私はそれを壊した」

しばし沈黙が続いたあと、バッド・ウォーターが言った。「スタックスがやるのを見たんだ。ブラックアウトの夜に。だいぶ遠かったが、それでも見えた」

サーウォーは黙っていた。

「サンセットが望んだんだ。見ててわかったよ。サンセットは自分でやった。ただ、スタックスに手を貸してもらいたかったんだな。スタックスは何もしていない。本当の意味では何も」

「ありがとう」サーウォーは言った。窓の外を世界が通り過ぎていく。

「あんたはなんでサインしたんだ?」バッド・ウォーターが訊いた。二人がこんなに長く話すのは初めてだ。

「それは――」サーウォーは、それを訊かれるたびに並べてきた嘘を思い返した。そして思った。ここにいる誰にとっても本当の答えは、表現はさまざまであれ、実際には一種類しかない。「苦しくてもう耐えられなかったから」サーウォーは言った。バッド・ウォーターを見つめた。その背後をスタックスの故郷の街が流れていく。バッド・ウォーターの顔を見た。無精髭の伸びた顎、濁りのない目。乾いてひび割れた唇が曲線を描いて微笑んだ。それから、バッド・ウォーターは笑った。初めは小さく、やがて腹の底から。

サーウォーはバッド・ウォーターを見つめた。やがて自分も微笑み、次に小さな笑い声を漏らした。

「笑うしかないね」サーウォーは言った。

目的地に着くまで、二人はときどき笑い、ときどき黙りこんだ。

# リージョナル

サーウォーは宿泊先の客室で肌についた催涙ガスを洗い落とした。シャワーを浴びたあと、熱めの湯を張ったバスタブに浸かって筋肉をほぐした。それから、シルク地にハンマーのロゴが入ったパジャマに着替え、いつものように過去の試合を観て予習をしようと配信専用コンソールに向かった。

まずは対戦の予定が発表されて以来ずっとしてきたように、二日後にスタックスと出場するダブルス・マッチの対戦相手の過去の試合をいくつか観て、二人の戦法を研究した。こんな戦い方をする相手は初めてだ。ふだん以上に緻密な戦術を用意しておいたほうがいい。自分がユニコーン・ラシーンと対戦したときの動画を観て、戦略を練った。ユニコーン・ラシーンを殺す自分。試合後の観衆の熱狂で全身を満たす自分。あてがわれたマスター・スイート・ルームに座り、そのアーカイブ配信のなかの自分を思い出そうとした。そのころは足を引きずることなどなかった。栄光はすばらしくよく効く麻酔薬だ。

サーウォーの目に映っているのは、かつて自分だった人物の記憶だ。自分である誰か。自分にはもう合わなくなって脱ぎ捨てたもの。自分をいまここに連れてきた人間、ときおり憎悪を感じる相手。

「愛してる」サーウォーはその記憶に向かって言った。それから配信をオフにした。自分の口から聞くと、その言葉は薄っぺらに聞こえた。自分に対する怒りは消えなかった。

「いまの自分と過去の自分を見て、その人物をいまどう思っているか考えてみて。自分に優しくならなくちゃ……」刑務所にいたころ、友人になった科学者からそう言われた。同房者がパティのような人で幸運だった。パティは物腰は柔らかいが芯の強い人で、ほかの受刑者とのあいだに何があっても膝を屈せず、周囲の尊敬を集めていた。基礎科学の講座や個人指導を行なっていて、サーウォーも、科学を学びたいわけではなかったが、授業にはいつも参加した。学ぶ気はなくても、たった一人の女性があれだけの知識を持っていることに興味をかき立てられた。この世界の成り立ちについて、人体について、人を動かしているものについて。噂で聞くところでは、その何年も前、ドク・パティは自分のラボに放火して全焼させたらしい。塀のなかのパティは優しかった。周囲からアドバイスを求められるような人だった。サーウォーは恋愛の対象として接していたわけではない。だが、ある晩、監房の寝棚の上段で泣いていたサーウォーにパティが言葉をかけたとき、二人の友情に変化が起きた。

「ありがとうね、ロレッタ」ドク・パティは言った。

サーウォーは黙っていた。

「いつもとても親切にしてくれて。それに、私をいろんなことから守ってくれてるわよね。ありがとう。あなたはとてもいい人だわ、ロレッタ」

「いい人間なんかじゃない」サーウォーは言った。涙をのみこんだ。

息を殺した。刑務所につねにあふれている無秩序で耳障りな音以外のものを聞きたかった。

「あなたはいい人よ」ドク・パティは、カリブ諸島の出身者らしい話し方で言った。「できたら、過去の自分を振り返ってみて。毎晩あなたが思い出しては泣いている過去のいろんなあなた。そのいろんなあなたも愛を必要としてることを思い出してあげて。言いたいこと、わかる？」

そのときはわからなかった。孤独だった。ありとあらゆるよいものから完全に切り離されていた。

「わかる——？」

「その女は殺人者だ」サーウォーは言った。「その私は——その女は、私が世界の誰よりも好きな相手を殺した。私はその女を愛していないし、愛してはいけない」

「でもね、愛さなくちゃいけないのよ、ロレッタ。しじゅうそうやって嘆いている過去のあなた、そのあなたの前の、小さな女の子。その子のことも愛さなくちゃ。ずっとさかのぼって、全部のあなたを愛してあげて。そうするしかないって、私は学んだの」

「私もあんたも、ここにいることは変わらない」

「そうね、二人ともこんなところにいる。そのうえあなたは、過去の自分自身を憎むことに時間を費やしてる。時間がもったいないだけ。ほんともったいない」

「そうかな」

「ちょっと下を見て」

サーウォーは下を見たが、寝棚から横に伸ばされたパティの脚が見えるだけだった。

「見てる？」

「見てる」サーウォーは言った。

「私の痛みの脚よ」そう聞いてようやく視点が定まった。それまでにも何度かちらりと見えたことはあったが、とくに深く考えていなかった。パティの膝から下は、瘢痕(はんこん)や切り傷が織りなすモザイクに完全に覆われていた。膝小僧や太ももの、少しだけのぞいている部分とはまったく色が違う。灰色の冷えびえとした監房で、サーウォーはドク・パティの苦悩の証を見て取った。

「どうしてこんなことをしたと思う？」

サーウォーは黙っていた。

「私の力ではどうにもできないことで自分を憎んでいたの。自分の無力さがいやでたまらなかった。自分を――」

「私とあんたは違う。私の場合は自分の力で変えられた。私は選べたんだ」

「だから何？」ドク・パティは言った。「私はずっと昔に学んだの。この一点だけはどう反論されても譲れない。過去のすべての自分を愛したうえで、もっとよい自分になるチャンスに恵まれますようにと願うしかないのよ」ドク・パティは脚を引っこめた。「私が伝えたいのはね――自分をどこまでも憎んだとして、どんな気持ちがする？　それより自分を見つめて〝愛してる〟って言ってみて。気持ちがどう変わるか」

「〝愛してる〟なんて嘘だ」

「これまでしてきたことを思えば、嘘くらいなんてことないはず」


のちに、サーウォーがインフルエンスを受けることになったと知って、ドク・パティは一人泣いた。

サーウォーが監房に帰ってきたあとは、サーウォーの様子に油断なく気を配った。目を動かさせ、あっちやこっちに手足を伸ばさせた。微笑ませ、しかめ面をさせた。「いまどんな気持ちでいる、ロレッタ？」ドク・パティは訊いた。

「いま――」サーウォーは答えかけたが、自分の頭のなかから出られずにいた。自分が痛みだと思っていたものは安っぽい贋物(にせもの)でしかなかった。〝隔離房〟と呼ばれる一辺二メートル半ほどの部屋で、本物の苦痛を知った。それはまだサーウォーの内側で赤々と燃えていた。解放されたければ逃げるしかないような恐怖。

「またやると言われた」サーウォーは言った。

「ロレッタ。ごめんね。本当にごめんね」ドク・パティは、患者を診るようにサーウォーのあちこちを確かめながら、そう言って泣いた。ものの感じられ方に変化があったら教えてねと念を押した。気分に変化があったら教えてと。変化はあった。サーウォーはそれまで感じたことのなかった絶望を感じた。終わらせたいという欲求を感じた。

「ここを出る」翌朝、サーウォーはドク・パティに告げた。ドク・パティは止めようとしなかったが、その夜も、その次の夜も、ドク・パティのくぐもった泣き声が聞こえた。


ホテルはリージョナルという名で、オールド・テーパーヴィルよりも、次の試合が行なわれる街に近かった。ハブ・シティ滞在中、最初の数夜は余暇と休息に充てられる。リンクたちは厳重な警備体制が敷かれた棟に泊まった。サーウォーとスタックスは、ランクの高さゆえ、ほとんどの場合、夜を一緒に過ごすことを許された。客室はかならずすぐ近くで、サーウォーは角部屋を、スタックスはそれに一番近い空き室をあてがわれた。

護送バンがリージョナルに到着し、手首のマグカフがグリーンに切り替わると、リンクたちは個別にそれぞれの部屋に案内された。サーウォーは自分の部屋を見回した。キングサイズのベッド、アイスバケットで冷やされたシャンパン、支配人からの温かな歓迎のメモ。

過去の自分の試合を観たあと、ホロ・コンピューティング端末で自分宛のメッセージ・フォルダーにログインした。ここ数カ月、わざと放置していた。

LTへ

毎日どうにかやっていけてるのは、あんたのおかげだと伝えたかった。職場のしょうもない連中の相手をしなくちゃいけないときとか、ジムできついトレーニングをするときとか、いつもあんたのことを考える。マジ、朝から晩まであんたから刺激を受けてるんだ。ハイ・フリード達成の日が待ち遠しい。その日は祝日にすべきだな。一度でいいからあんたやスタックスと遊んでみたいよ。次に何をするにせよ、楽しみにしてるぜ。あんたを見てるときの俺は、いつもこんな感じ。

〈添付画像　1枚〉

愛をこめて
W

やあ、ミズ・サーウォー

こないだの試合を観たよ。楽勝でありがたかったな。なんか怒ってる奴らもいるみたいだけど、俺は怒りなんか感じない。あんたは俺がメランコリア・ビショップの次に好きなリンクだ。たぶん、あんたの最大のファンは俺だよ。学校であんたの話になっても、俺は絶対に言い負けない。だってさ、レイヴン・ウェイズとハリケーン・スタックスとプライロラ・ハップスとクエスト・クエスト・ザ・ソースと、それにあのUJCとシンガーの全員でバトルしたら、あんたが勝つと俺は思うからね。それくらいあんたはすごいと思ってる。読んでくれてありがとう。(妙な画像とか送ってくる連中がいるから、ファンレターはほとんど読まないのは知ってるけど。)

サーウォー最高
ランディ・L

サーウォーへ
こういうメール、死ぬほど受け取ってるだろうけど、あんたは伝説だから。ほんと、あんたの存在がこの惑星を明るくした。応援の気持ちと、愛と、エネルギーを送るよ。こういうのは好きじゃないだろうけど、ついでだからこんなものも送っとく。へへへ（^_-)-☆
〈添付画像　1枚〉

敬具
A・グロワー

親愛なるロレッタ
あなたの過去の試合で一番好きなのは、対ユニコーン戦でした。あれが転機になったと思います。怖かったですか。きっと怖かったでしょう。あなたのクールなところは、そこです。どんなに怖くても、その怖さをバネにする。かならずやり遂げる。そんなサーウォーがなつかしい。イケイケのブラッド・マザー。いまのあなたは少し退屈です。格好いいのは試合中だけ。あと二人殺せばハイ・フリードですね。その二つを特別な試合にしたくありませんか。

あなたを気遣うファンより

ミス・ロレッタ・サーウォー

邪悪な心は狡猾で陰険です。正しい道へと一歩を踏み出し、罪深い心を捨て去って、生まれ変わりなさい。命を奪ったことはまた別の問題です。神ご自身によって完璧に創られた命。しかし、娼婦やイゼベルのように生き続けるのは!? それは神ご自身に対する冒瀆です。あなたが多大な影響力を利用して同性愛者の権利拡大を促進し、それを認めない者を抑圧しようとしているのを見て、神ご自身が泣いておられます。過去は悪に満ちていても、あなたは道理をわきまえた女性とお見受けします。スポーツ競技のファンの一人として、あなたが優れたアスリートであることはわかります。きっと神ご自身が、あなたの心に棲むのと同じ悪をこの世界から取り除くための力をあなたにお与えになったのでしょう。サムソンにもなれたというのに、あなたはソドムを選びました! 神ご自身があなたを永遠の火に投げ入れるでしょう。神の恩寵を受けることもできたのに、ソドムを選んだのですから! あなたは肉体を磨くことに力を注いできたようです。肉体は美しく整えられていて強いのに、心は弱い。あなたのももは鍛え上げられ、いつでも力を発揮できる。ところが精神は誘惑に屈しやすい。あなたは女性を選びました。あなたの永遠の魂のゆくえを案じています。気がふれたハマラの代わりに、サーキットのなかでよい男性が見つかるよう、あなたを見守り、祈っています。光を求めなさい。神の器となりなさい。そうすれば神ご自身があなたを自由にしてくださるでしょう。

救いを求めなさい。
——高潔な美徳

LTへ
ファックでおまえの闘志を昇天させてやりたい。やみつきになると思うぜ。その気になったら返事をくれよ。
〈添付画像　１枚〉

――ＰＪ

親愛なるロレッタ
お元気ですか。ほかにどんなメールが一緒に届いているかと想像しただけで吐き気がするけれど、どうしても愛と光を送りたいと思いました。私からのメッセージはこれが二つめです。よいことは三つ連続で訪れると言います。あなたは私の父をご存じでした。あなたを応援する者がいます。あなたを愛する者がいます。

友人より。

ＬＴへ
おまえはビッチだ。ニガーのビッチの売女だ。どうせこういうのが好きなんだろ？　いや、いいんだよ礼なんて。
〈添付画像　１枚〉

ビッグＤ・バンディット

親愛なるブラッド・ママ
やあ。まだ元気でやってるといいな。今週、そっちも一大事だったろうが、こっちも一大事だったよ！　メイレー不成立？　ありゃ何だ？　女房にはこう言ったんだ。「サーウォーもいまごろ思ってるよ、〝何だいまのは?〟ってさ。な、そう思ったろ。なんだかんだいってファイターだものな。なんとしてもハイ・フリードを達成してくれよ。その日に着る服はもう選んであるんだ。あんたはサーウォーだってこと、サンセット(安らかに眠れ。あんたの親友だったことは知ってる)やノヴァ(あのペテン師野郎)とは違うんだってことを世間がちゃんと理解して、ふさわしい敬意を払ってくれるといいと思ってる。あんたは本物だ。この調子でいけば、メランコリア教の信徒どもも止められないだろう。バカどもが。俺もビショップは見た。いいファイターだったが、あんたのほうが上だ。

ともかく、この調子でがんばれよ。

前回のメッセージを送ったあとずっと思ってる。あんたはファンレターなんか読んでないって顔してるが、実はけっこう読んでるんじゃないかって。前も言ったけど、女房も一緒に観るようになっててさ。ありがたいよ。あんたのおかげだ。女房に心を開いてもらいたいんだ。新しいことにトライしてほしい。それでいうと、あんたやスタックスを一緒に観るようになったのがきっかけで、マンネリ解消のためにほかに何を一緒にできるだろうって女房も考え始めてると思う。あんたが鍵になるんじゃないかって気がしてる。お礼の気持ちを伝えたかった。感謝の証に、いつだってアーカイブ配信を再生しっぱなしだ。ははは(^o^)

〈添付画像　1枚〉

勝利を願って

イル・ウィリー・ウィル

サーウォーへ

人殺しは死ねよ。おまえなんか死ねばいい。

――ケップ

ほらよ
〈添付画像　1枚〉
もひとつ
〈添付画像　1枚〉
もっとか？
〈添付画像　1枚〉

サーウォーはそこで読むのをやめた。書いてある内容を気にするまいとした。水のように、流れていくにまかせればいい。届いたなかにサンセットの娘からと明らかにわかるものが一通あることに気づいたが、どのメッセージに目を通したか、監視され、記録されているのはわかっているから、メッセージ・フォルダーからログアウトし、武器や防具のアップグレード専用ページに移動した。マリッサから送られた愛を受け取ろうとした。あのメッセージにどんな意図がこめられているのかは勘ぐらないようにした。そのことは忘れ、直近の試合に意識を向けた。手持ちのブラッド・ポイントの相当額を費やして刀（カタナ）を購入し、翌朝までにリコに届くよう手配した。個別のトレーニングや準備に入る前、戦術を練る最終日に、武器を持たせておきたい。リコの食事プランも基本レベルにアップグレードした。これで明日からピーナツバターとジェリーのサンドイッチの不平不満を聞かずにすむ。

自分の武器や装備をひととおり確認し、自分のチェーンの全リンクの装備も確認し終えると、端末から離れてベッドの端に腰を下ろした。そこにノックの音が響いた。

「リコ・ムエルテが来てるぞ」警護官の一人の声がドアの向こうから聞こえた。

「何の用？」サーウォーは大声で訊いた。

「その、ありがとうって言いたくて。すごい武器を送ってくれたろ。ほんとにありがとう。一生ついてくよ」

サーウォーはドアを開けた。

リコは床を凝視していた。肩が上下している。

「〝サンスプリータ〟って名前の刀だ」サーウォーは言った。「手ごわいリンクの持ち物だった。いい武器だよ。がんばって使いこなすこと」

「はい、マアム」リコは言った。「絶対に期待に応えるよ」それから顔を上げてサーウォーを見た。とたんに涙があふれた。「神に誓う」サーウォーはうなずいてドアを閉めた。

十分後、またノックの音がした。スタックスだ。

サーウォーは即座に立ち上がった。膝が強烈な痛みで抗議した。

「しばらく一人になりたい」サーウォーは言った。

「あら、それ本気？」スタックスが言った。

サーウォーは黙りこんだ。

「冗談だよ」サーウォーは言い、ドアを開けた。

「意地が悪いんだから」スタックスは言い、サーウォーのいるベッドに近づいてきた。

# 準備

試合前のトレーニングに連れていかれた先は、サッカー場だった。護送バンが敷地に入るなり、スタックスは「ターウェイン・タイタンズ」と叫んだ。運転手のジェリーはあいかわらず不機嫌そうで、ほとんど話しかけてこなかったが、それでもバンの貨物スペースを開け、リンクたちが武器や練習に使う丸太（ウッド）を取り出せるようにした。

　前夜サーウォーとスタックスがようやく眠ったのは明け方だったが、スタックスに疲れた様子はなかった。二人とも、まもなく互いと闘うことになることを知らないかのようだった。ずっと深く愛し合い、互いの汗を存分に味わった。目覚めたあとは、恐れてなどいないふりをした。

「ここ、ライバル校だったのよね」スタックスはそう説明を加えた。いつものように、明日の試合に備えた三時間の練習を前に、チェーンの士気を高く保とうとしていた。スタックスとサーウォーは、まもなく自分たちの身に振りかかる運命を知っている。ふだんどおりを装っていれば、それを忘れられた。フィールドは立ち入り禁止措置がとられ、その外側に記者の姿がちらほら見えたが、全体を支配しているのは万全の装備で配置された武装警察で、控えめに見積もっても三十人はいる。

「リコ。たまにはほかの人のモノ（ウッド）を持ってあげたら」スタックスが言い、リコはほかの男たちを見つめた。「でもその前に」開いた貨物スペースからおのおの武器を取り出し始めた横でスタックスは続けた。「今日は特別な発表があるんだ」リンクたち――サイ・アイ・アイ、ランディ・マックス、アイス・アイス・ジ・エレファント、サーウォー――が見守るなか、スタックスはかすかなきらめきを放つ赤い鞘入りの刀をバンから取り出した。バッド・ウォーターは少し離れて見ている。ガニー・パドルズは無関心を装ってはいるが、やはり見ていた。

「リコ、前に出て」

　リコが進み出た。

「今日、リコ・ムエルテは、人々の心のなかで、ゴルフクラブの男を卒業して、えっと——名前をちゃんと発音できないけど、ともかくこのクールな刀を帯びた男に格上げされました」リンクたちは、さすがのガニーでさえ、短い拍手をした。「ひざまずいて、ピーナッツ」

「もうひよっこ（ピーナッツ）じゃないってば！」リコは言いながらも片膝をついた。

「燦然（さんぜん）と輝く誉れ高きアンゴラ＝ハモンド・チェーンの一員として、仲間のためにつねに全力を尽くす責任を担う覚悟がありますか」

「はい、マアム」

「〝マアム〟なんて呼ばれるようなおばあちゃんじゃないけど、まあいいわ」

　スタックスは鞘から刀を抜いた。刃が朝の陽射しを跳ね返した。

「このチェーン・ギャングを家族と認め、ギャングのほかのメンバーを傷つけないようベストを尽くすと誓いますか」スタックスは刀をリコの右肩に置いた。

「はい、マ——誓います」

「よろしい。じゃあ次。ハイ・フリード達成をめざし、つねに強気で挑み、全力を尽くすと誓いますか」

　刀を今度はリコの左肩に置いた。

「誓うよ！」

「では、今日、ここ、憎きタイタンの領地で、この刀、えっと……」

「サンスプリータ」サーウォーが助け船を出す。

「そう、それ。それをそなた、ヴァニエ・リコ・ムエルテ・レイエスに授けます。受け取りますか」

「はい」リコが答えた。

スタックスは刀を鞘に納め、まだひざまずいたままのリコに両手で差し出した。全員が歓声を上げた。ほとんどのリンクが似たような経験をしていた。命に直結する大きなチャンスを与えられることの意味を身をもって知っている。

リコが立ち上がった。「さっそく始めようぜ！」

「よし、坊やに胸毛が生えたことを祝って万歳三唱だ」ガニー・パドルズが言った。「さてと、日が暮れちまう前にちょっとはトレーニングをしときたいな」

Ａハムは、それぞれ戦槌（ウォーハンマー）や大鎌や刀剣や三叉の槍など人殺しの道具を手に、陽光あふれるサッカー場に出た。ストレッチをすませ、武器を持ってフィールドを何周か走った。サーウォーは、ウォーミングアップの時点からバトルグラウンドでの試合にできるだけ近い状態を再現し、Ａハムの全リンクが自分の武器の重さを――文字どおりの重量を――体に染みこませるよう徹底した。

「よし、いこう」サーウォーは言った。全員が追随した。サーウォーは一人ひとりに練習メニューをあらかじめ用意していた。ブラッド・ポイントを使ってそれぞれの対戦相手の動画を購入し、注意深く観て、どんな瞬間に無防備になるのかを分析してある。前夜、スタックスの力も借りて、リコのために今週末の対戦相手レインフォール・ロリを研究して戦術を立てた。レインフォールはリーパーになれる素質十分の強敵だ。またランディ・マックの次の試合、対レイヴン・ウェイズ戦の作戦も組み上げた。

その日のトレーニング中、チェーンの全員がマックをふだんどおりに扱うよう心がけた。マックの冗談に笑うときもあれば、笑わないときもあった。自然に、気楽に接した。これがマックの人生の最後の日々になるとわかっていたから。

そうわかっていても、サーウォーとスタックスは一緒に練習に励んだ。次の試合はこれまでになく厳しいものになるだろう。マックの心配にそこまで時間をかけていられない。

# ドライブ

マリの母親は絶対に彼を許さないだろう。ナイルにもそうわかっている。自分だって自分を許せるかどうか。しかし、もう出発してしまった。よいことなど何一つないとわかっているのに、アリーナに向けて猛スピードで車を走らせている。

「今度のチケット、どうやって手に入れたって？」ナイルは訊いた。街灯がまばゆい。ナイルはハンドルを握った手をゆるめ、自動運転に制御をまかせた。マリは窓の外を見つめている。外を流れる闇にマリが映っている。マリは、案の定、答えなかった。このところナイルに話してくれないことが増えていたが、ナイルは車を持っていて、マリは持っていない。だからこうして二人で車を走らせている。

「カイには何て話したって？」

喉や胸に詰まるような感覚がある。どんなことでも、マリが望むとおりにしてやりたいと思う。それでもいまこの瞬間は、Uターンをしてマリを家に送り届け、マリの計画を聞かなかったふりをしたかった。

「カイにどう話したかなんて、なぜ気にするの？」マリが言った。あいかわらずナイルを見ようとしない。

ナイルはブレーキペダルを踏み、手動運転に切り替えて道の端に車を寄せ、車のスイッチを切った。

「マリ」ナイルは言った。室内灯をオンにした。

ようやくマリがこちらを向いた。その目で光が揺らめいていた。

「愛してる、おやすみって言ったよ」マリが言った。

「つまり、カイは知らないんだね？」

「話してない」

オールド・テーパーヴィルのデモ行進で感じた不安は、硬い石となっていまも体のなかにある。なのに、マリをこうしてもっと大きな危険へと運んでいこうとしている。

「最前列のチケットを持ってるわけ？」

「持ってる。おじさんからもらった」

「そんな無理が利くの？」

「利く。事前にいろいろ調べた」マリは目もとを拭い、覚悟はできていると暗に伝えてきた。「行こう」

「気が進まないな」

「じゃあ、自動運転にすればいいよ。こうしてただ座っていよう。運転は車にまかせて」

対向車のヘッドライトに直撃され、ナイルは目を細めた。光はすぐに消えた。

「僕の気持ちはわかってるよね」ナイルは手を伸ばしてマリの手を取り、親指でそっとなぞった。

マリは一つ大きく息を吸った。「知ってる」マリは言った。「だからナイルに頼んだ」

「僕がきみを好きだから？」

「断らないってわかってたから」

ナイルは小さな笑みを浮かべた。唇をその形にしたら、胸のなかの圧力が消えるのではと期待して。

「で？」ナイルは訊いた。

「私はやらなくちゃいけないの。トレーシー・ラッサーは一人で動いた。たった一人の発言で、何が起きた？　もしそのエネルギーを現場に注ぎこめたら、変化を起こせると思う。トレーシー一人であれだけのことができた。私たちがそれに加わったら、もっと大きなことが起きる」

「変化につながると信じる根拠がない」

「それでも、信じることはできる」

「いや、僕の言いたいのは――」

「連れていくのがいやなら、そう言って」

「マリ、僕は――」

しかし、ナイルが最後まで言う前に、マリが身を乗り出してキスをした。マリはナイルがのけぞるほどの力で体を強く押しつけてきた。まもなく離れ、まっすぐ前を見た。どちらも押し黙った。

「スイッチを入れて。自動運転にして目的地まで行って」長い沈黙のあと、マリが言った。

ナイルは理解した。自分が一緒であろうとなかろうと、マリは行くつもりでいる。

「いや」ナイルは言った。「僕が運転していくよ」

# その日の朝

最後のダブルス・マッチ当日の朝、サーウォーは愛する女を腕に抱いたまま、キングサイズのベッドで目を覚ました。

ベッドを出ようとすると、スタックスが不満げにうめいた。

「もう少しだけ」スタックスが言う。

「だめだ。ほら起きろ」サーウォーは言って先に起き上がった。

スタックスは枕を取り、サーウォーの頭を狙って振り回そうとした。しかしサーウォーはスタックスの手首をつかみ、枕で叩かれる前にベッドに釘づけにした。

「いやだ、あなた、強いのね」スタックスが言った。

サーウォーは首をそらして頭突きを食らわせるふりをしたが、寸前で動きを止めてスタックスの額にキスをした。

「強いよ」サーウォーは言った。向きを変えてスタックスのとなりにまた横たわった。いつもと同じ時刻に一日を始めようという気持ちは消えた。いまはただ目を閉じ、このまま永遠にこうしていたかった。

ダブルス・マッチ当日の朝、スタックスはほとんど眠れないまま目を覚ました。前の晩は何時間かマックを慰めたあと彼の部屋を出て、サーウォーのベッドで眠ろうとしたが、奇妙な夢を見た。

内容は言葉ではうまく言い表せない。その感覚だけが残っていた。影と光、そして鏡像。試合開始前の最後の言葉の始まりを感じた。世界に向け、記憶に残るようなことを言いたかった。理想の自分に目覚めよと呼びかけたかった。

サーウォーはいつもどおり早くから起き出して身支度を始めようとした。スタックスは、今日くらいはゆっくり寝ようと誘った。意外にも、サーウォーはベッドにまた横たわった。ほんの数分のことではあったが。そして手を伸ばしてスタックスに触れた。

「私の膝のこと、気づいてるよな？」サーウォーが訊いた。

「膝のことって、何？」スタックスはそう言ったが、もちろん、気づいていた。ただ、サーウォーが何の話をしているのか確かめたかった。

「悪化してる。動けないわけじゃない。でも、弱点だ。命取りになりかねない。システムに把握されてるのかどうかはわからない」

ホテルの薄手のカーテンを透かして入ってくる光は青白くて柔らかだった。

スタックスは顔の向きを変え、となりのサーウォーの横顔を見つめた。サーウォーもこちらを向いて、二人は真正面から見つめ合った。

「その話をするのは、あたしのため？　あたしたちのため？　それともあなた自身のため？」スタックスは訊いた。

「私たちのため」サーウォーは答えた。「いや、あんたのためかな。わからない」

スタックスは眉をひそめた。

ダブルス・マッチ当日の朝、ヘンドリックス・シンガーは、ないはずの腕に痛みを感じた。その痛みはあまりにも激しくてリアルだったから、ベッドを抜け出して天に許しを請うた。ヘンドリックスが愛していた女を愛したという理由で殺した男のために祈った。彼と関わったがためにひどい不運に見舞われた女のために祈った。ジャングル・クラフトを放ってあの世送りにした魂の一つひとつのために祈り、自分が黒いサソリでロー・フリード送りにした魂の一つひとつのために祈った。オーバーンで沈黙を強いられている者たちのために祈り、世界中の檻のなかで沈黙を強いられている者たちのために祈った。ほかの人間の恐怖ゆえに抑圧されている者たち。自分が何に関わっているのかまるで理解していない重役たちのために祈り、完璧に理解している重役たちのために祈った。サイモン・J・クラフトのために祈った。あやうく全消去されかけたのにかろうじて生き残り、いまにも消えそうに揺らめきながらも明るく輝いているサイモン・J・クラフトのために。そして自分のために祈った。過去にしてきたことに対する答えを求めて。生きる意味を理解したくて祈った。自分の人生も無駄ではなかったと示してくれた神に感謝を捧げた。どんな目的があるのかはわからないが、かといって無駄ではないことはわかった。自分に生きる価値があると知っている。その贈り物をくれた神に感謝した。

ダブルス・マッチ当日の朝、サイモン・クラフトは、若い男の夢から目を覚ました。傷ついて怒りをためた男。苦悩から解放されたくて、癒やしてくれそうなものを次々と試す男。その男はものを壊し、女や子供や男を壊していた。その男が憎かった。殺してやりたかった。

初めて来たとしか思えない部屋で目覚めると、頰が涙で濡れていた。彼は怯えた。壁がこちらに向かってわめいていた。不安だった。苦痛がまるで影のようにそこらじゅうで待ち伏せしている。ただ、自分の名前は忘れていなかった。

サーウォーは、なぜスタックスにそんなことを話したのか、自分でもわからなかった。サーウォーが想像していたとおりではないにせよ、二人が長いあいだ想像してきた場所が目の前に迫っているいま、必要なのは真実だと思ったからかもしれない。

「あなたってほんとチャーミングね、ベイビー」スタックスが言った。「あたしに手を貸してやらなきゃって本気で思ってる。あたしに殺してもらいたいってこと？」

「何一つ隠したくないだけだよ。私の膝のことをあんたは知ってる。私がここにいる理由を知ってる。私自身のせいだと知ってる。ヴァネッサのことも、私の膝のことも知ってる。私という人間をすべてありのまま知ってもらいたい」

「待ってよ、もう何もかも知ってるってば。知らないわけないでしょ？　あたしたち二人の仲じゃない」

夢が残した興奮はまだ覚めていなかった。スタックスはその勢いを借りて、思いをそのまま口にした。

「でも、あなたはチャーミングよね」最後にそう言って話題を変えた。「朝ごはんにしようよ」

そして微笑んだ。その瞬間を存分に味わった。どれほど短かろうと、サーウォーと同じ時間、同じ場所で過ごせるという贈り物を。

「そうだね」サーウォーは言った。つかのまのことであれ、何かが癒えたような表情をしていた。二人は互いを知り尽くしていた。サーウォーがいま以上のことをスタックスに知ってもらわなくてはいけないと思っているとしたら、馬鹿げている。

アリーナに到着したヘンドリックス・シンガー・ヤングと不死身のジャングル・クラフトは、自分たちの防具と武器がビジターチームの更衣室に用意されていることを知った。観衆が自分たち以外により大きな声援を送る試合は久しぶりだ。シンガーは、座って指示を待っているクラフトに微笑みかけた。

「今日闘う二人に弱点らしい弱点はない」シンガーはクラフトに言った。「しかし、だからといって不死身じゃない。不死身の称号はおまえだけのものだ」

更衣室は冷えきっていた。早くも観客が集まり始めている気配が伝わってきて、胃袋が震えた。シンガーは巻いてあったボルトレザーを伸ばした。クラフトは試合用のパンツを穿き、上半身は裸だった。背中に刻まれたレイプを表す巨大なRと四つのMが見えていた。

「支度をしてやろう」シンガーは言った。


クラフトは両腕をシンガーに、よい天使に預けた。シンガーが防護のテープを巻いた。

「自分の使命を果たす覚悟はできてるな」

「イエス・サー」

「おまえはジャングル・マンだ。そうだな？　おまえは不死身だ」両腕と首にボルトレザー。胸甲、脚を守るプレート。よい天使は、彼に加護を与えた。

「準備はいい？」サーウォーはランディ・マックに尋ねた。真心をこめて話した。リコやガニーと同様、ランディは先に試合に出場する予定だった。相手はレイヴン・ウェイズ。今日がランディの人生最後の日になるのはほぼ確実だろう。サーウォーは深い哀れみを感じたが、ランディへの最後の贈り物として、その気持ちを隠し通した。

「俺の運は尽きたと思うよ、ブラッド・ママ」ランディ・マックは静かに言い、二人はバンに乗りこんだ。

　サーウォーは、気遣いから反論を控えた。ランディは強いリンクだ。偉大なと言ってもいい。しかしレイヴン・ウェイズは、レイヴン・ウェイズだ。


「でも、相手のリーチの長さは把握できてるんだし」スタックスは言った。

　この数週間、スタックスはマックのスパーリングの相手を務め、ラヴガイルを使ってレイヴンの斧槍（ハルバード）のリーチやその技の精度の感覚をつかめるよう手伝ってきた。それでも、ランディにまた会える可能性が低いことはわかっていた。

「おまえの物語の登場人物の一人になれて幸せだった」ランディは言った。

「あなたはあなたの伝説の主人公だよ」スタックスは言った。


　シンガーは、声を取り戻した当初の記憶をたどった。悪魔の契約書にサインしていなかったらいまごろどうなっていたかと考えたが、想像は明瞭な像を結ばなかった。

「どのみち同じだったな」シンガーはそう言って苦笑した。

「僕もです」クラフトが言った。

　シンガーは微笑んだ。

**それは背高（ロング）のジョン、**

**彼はとうにいない（ロングゴーン）。**

よい天使が歌う。バトルが迫っているということだ。天使は敵を指し示し、僕が片づける。僕はサイモン・J・クラフト。ずっとそうだ。任務は殺すこと。だからやる。天使と一緒に歌う。

**コーン畑の七面鳥みたいに、**
**背高（ロング）のコーンのあいだを抜けて。**

二人はボルトレザーを腕に巻いた。

腹部にも。その前に、体にある七つのXに触れる。Mの一つは、刻まれたタトゥー軍団の司令官だ。殺す以外に何ら接点のなかった相手を恋しく思えるだろうか。

首を守れ。

大きくて騒々しい地獄にふさわしい支度を整える。

音楽が聞こえた。ランディの登場曲、続いてレイヴンの登場曲。そのあと、まる三分が過ぎた。サーウォーは自分の前にあるもののことを考えようとした。ランディの前にあるものではなく。また二分が過ぎた。レイヴンの曲がかかった。悲嘆が訪れた。* 何か聞こえないかと耳を澄ます。期待するなと自分に言い聞かせながら、やはり期待する。

「残念だ」サーウォーはスタックスに言った。

「彼はとうに伝説だった。忘れられたりしない」スタックスは言った。ランディの名を後世に伝えようと誓った。「彼が自由を楽しめますように。くたばれアメリカ」サーウォーもそれを唱和した。スタックスは、まもなく対決することになる二人組の分と合わせて、ランディの印を刻もうと思った。Xを三つ。そろそろタトゥーを入れるスペースがなくなりかけている。

俺たちの一つ前の試合が頭上で始まっている。今日、俺たちは久しぶりのメインイベントだ。過去最高の対戦カードともっぱらの評判らしい。ふつうなら、通路で待たされることになる。だから俺は、クラフトは俺以外の人間がいるのが苦手だと説明した。そこで俺たちは更衣室で待つ。

**俺のジョン(ヨハネ)は言った、**
**一〇章で。**

**「人がもし死ねば**
**また生きるでしょうか」**

ちょっとした小旅行(Just a jaunt)だ、ジェイ。


*ランドル・〝ランディ・マック〟・マクモリソン、三十二歳。ロー・フリード。

俺が言いたいのは、自由の国のわりには監獄にずいぶん人が多いじゃねえかってことだ。使い物にならねえって世の中に言われるような奴らが放りこまれる穴で、ほかじゃ会ったこともないような最高の連中と会った。だから——くたばれアメリカ。

何も考えずに跳べ（Just jump）。

「僕の名前はサイモン・ジェレマイア・クラフト」

「へえ、Ｊはそれだったか」よい天使が言う。

僕らは歓声を上げる天使たちの前に出る。僕らのために叫んでいる。殺せと頼んでいる。僕はよい天使をきっと守り抜く。

僕らは歩く。

僕らはひざまずく。

僕らは跳ぶチャンスを待つ。


人々の声は重い。大勢が自分に何かを期待していると思うと、自分の内側で何かが変わる。サーウォーはそんなことを考えた。この三年で自分はどれだけ変わっただろう。どれだけ変わらずにいるだろう。今日は人を殺したくないと全身が言っている。そう素直に認められる。サーウォーはゲートを走り抜け、ロデオ場を思わせるアリーナに出た。頭上をファンが取り巻いている。一番近い席は高さ二メートルほどだ。ミッキー・ライトがバトルボックスから実況している。サーウォーはマグノキープへと歩いた。そこに膝をついて待つ。逆サイドで、二人の男が静かに座っていた。待ちかねたような表情。怯えてはいない。自分たちはどうかしているとサーウォーは思った。一つ深呼吸をした。

「くたばれアメリカ！」スタックスは叫んだ。土のアリーナを歩き回り、髪を後ろで束ねると、ふたたびラヴガイルを手に取った。「くたばれアメリカ！」キャッチフレーズのなかのキャッチフレーズ。観客席が沸き返る。「愛してるよ、マック」ふいに強い風が吹いた。嵐が来た。「あたしが見た夢の話を聞きたい？」スタックスは訊いた。その声は、それは、若い神の声だ。「あたしは純粋な闇の世界にいたの。闇のほかには何も見えなかった。そこを長いあいだ歩き回った。何かを期待して」そこで間を置く。すぐ前にいたＨＭＣが空中を横切ってスタックスの口もとに近づいた。「長い時間がたったころ、ピンの頭くらいの小さな光が見えて、あたしはそれに向かって走った。走って、走り続けて、その光に触れようとした瞬間、あたしの影がそれをのみこんでしまったの。でも、目を閉じてもう一度手を伸ばそうとしたら、そこは無限の光があふれる場所で、ピンの頭くらいの小さな闇があった。さっきと同じ場所にいるんだとわかった」

「お話の途中ですが、ミズ・スタックス、そろそろ本題に入りたいな」今夜の司会者ミッキー・ライトが実況ボックスの上に立った。

「ここからが本題だったのに！」スタックスは笑い、サーウォーの傍らに膝をついた。答えをただ明かすわけにはいかなかった。魔法は、これまでスタックスがしてきたように、謎と向き合うことから生まれる。謎が心に染み入るにまかせることから。彼らもいつの日か理解するだろう。

　次の瞬間、観衆が息をのんだ。


　新たな女が一人、どこからともなく現れた。リンクではなかった。どう見ても一般人の服装の女だ。サーウォーは、アメリカ中の人々とともに、その女を見つめた。

　サンセットの娘マリッサだ。マリッサが、バトルグラウンドに立ってプラカードを掲げている。

**命が尊い場所で**

## シャリーフ

入口の手荷物検査を通過したとき、マリが持っていたのは財布と油性ペン、蛍光グリーンの大判の厚紙だけだった。

Cゲートの検査員は、金歯を光らせて微笑み、こう尋ねた。「その厚紙には何と書いてありますか」マリは心臓が止まりそうな恐怖にとらわれるだろうと思っていたが、実際には恐怖など感じず、次にどうすべきか直感で理解できた。ゆるい円筒形に丸めてあった厚紙を広げ、何も書かれていない緑色の面をあっさり見せた。検査員は困惑顔でマリを見た。マリはパンツの左ポケットから太字の黒い油性ペンを取り出した。ペンを振ってみせ、笑顔を作って言った。「急いで来たので」

検査員も微笑んだ。「なるほど。誰を応援するか、ここに来てからゆっくり考えようってわけか」笑いながらそう言う。マリも笑い、無事にゲートを通り抜けて席を探しに行った。

周囲の席はすでに埋まっていた。おそらく数百ドルをはたいてこの人殺しサーカスを間近で見物しに集まった男女は、おおむねふつうの人たちだった。みな人なつこくて話し好きで、マリにもいくつか声をかけてきた。マリは、彼らとのおしゃべりにあまりエネルギーを費やしたくないといった風に――それが本音だ――答えた。

「こんなに前のほうの席は初めて？」赤毛の女性が訊いた。

「はい」マリは答えた。マリの席は最前列で、スタジアムの本来の用途どおりにこれが野球の試合だったら、三塁に近い位置だ。

しかし、バトルグラウンドの会場となったこの日は、最前列の席のすぐ前に、アイスホッケー場のような背の低い透明な壁が設えられていた。高さは一メートル半ほどしかないが、座った状態ではその壁越しに観戦することになる。そしてマリは観戦した。ランディ・マックが斧槍で貫かれるのを見た。周囲の観客は、歓喜と悲哀が複雑に入り交じった声を上げた。赤毛の女性も含め、大勢が泣いていた。

マリはプラカードの厚紙の上に屈(かが)みこんだ。太い線で文字を書く。自分も泣いていることに気づき、乾ききっていない文字に涙を落とさないよう気をつけた。

「メインイベントではどっちを応援する？」マリの左側の男性が訊いた。兄弟かいとこらしき男性数人と一緒に来ている。そろってやかましく、顔も話し方もそっくりだった。いま目の前で起きている殺人とサーウォーに関する観察と評価は分析的で正確だった。携帯電話でサーウォーの立体画像を空中に投影し、見せ合っている様子は、論文をすみずみまで吟味して博士号に値するか否か議論している教授会のようだ。

「サーウォー」マリは男性の青い瞳を一瞬だけのぞきこんだあと、すぐにプラカードに向き直った。

「女は女同士助け合わないとな」男性はにやりとしたが、マリは笑わなかった。「俺たちは対戦相手に賭けてる」マリは書く作業を続けた。プラカードを見つめる。それは視線のやり場、恐怖の預け先にちょうどよかった。「いいニュースは、俺たちかお嬢さんか、どっちかの予想がかならず当たるってことだ。だろ？」男性はそう言って笑った。

「そうですね」マリは言った。

自分の殻に逃げこもうとした。この空間にはすさまじいエネルギーが満ちていた。それをこれほどはっきりと感じ取れることが後ろめたかった。ガニー・パドルズが男を一人殺した。リコ・ムエルテが男を一人殺した。場を圧倒する礼賛の空気と、力と、熱狂があふれた。それにすっかりなじんでいる自分が後ろめたい。マリの秘密は、『リンクライフ』を欠かさず観ていたことだ。父のことを知りたかった。娘の自分をまるで知らないも同然の父を知りたかった。父はよい行ないをした。サーウォーと二人でAハムをそれまでと別物に作り替えた。父がマリの名を口にするたび、求められているという喜びが胸にあふれた。悪趣味な番組を通じて、父を愛する方法を見つけた。いま、それがこうして目の前で繰り広げられている。マリがサンセットと呼ばれた男を画面のなかで追い続けたのは、もうこの世にいなかろうと、マリとはかけ離れた人生を送っていようと、やはり自分の父だったからだ。

文字を書き終え、油性ペンを床の上、自分が履いているスニーカーのすぐとなりに置いた。

サーウォーが音楽なしで現れた。マリは周囲と一緒に立ち上がり、ウォーハンマーを持った偶像を見た。スタックスの登場曲がかかり、観客席から大きな歓声があふれて、マリの腕に鳥肌が立った。そのエネルギーに圧倒された。鎧に包まれた二人の肉体は光り輝いていた。現実の光景でなければ、きっと美しかっただろう。しかしこれは現実であり、その光景は畏れをかき立てた。胸に芽生えて全身に広がっていくような畏れを。

サーーウォー、サーーウォー

ハリケーン　ハリケーン　ハリケーン　スタックス

「大事なことを最初に言わせて」スタックスが言った。「くたばれアメリカ！」スタックスは叫んだ。観衆も叫んだ。赤毛の女性がまたもわっと泣き出した。

「愛してるよ、マック」

マリは目を離さなかった。耳を澄ましていた。しかし同時に、もっと前に感じるはずだった恐怖がついに押し寄せた。その時が来たのだ。やると宣言したことを実行に移す時が。この先の人生がいま、眼前に広がっていた。

動けなかった。その場にセメントで固められたようだった。赤毛の女性のほうに顔を向けた。女性は叫んでいた。悲しみに暮れていてもなお人生を謳歌（おうか）している。スタックスとサーウォーのファンでもあるのは明らかだった。

「私の父はリンクでした」マリは女性の左耳に顔を近づけ、大きな声で言った。女性がこちらをちらりと見た。興味をそそる情報を唐突に差し出されて驚いている。

「そうなの？」女性は訊き返した。立ち上がったままで、注意の大半はまだバトルグラウンドに注がれていた。「名前は？」

「いまからこの壁を乗り越えます」マリは言った。「バトルグラウンドに下りて、私たちはこれよりもっとましなはずだとみんなに気づいてもらおうと思います」

「え？」女性が訊き返す。狼狽（ろうばい）してはいるが、親しげな態度を用心深く崩さずにいた。

マリは座席の上に立った。

「父の名はシャリーフでした――シャリーフです。シャリーフ・ハーキン・ロリーンダ」マリは言い、緑色のプラカードを持ったまま透明な壁に飛びつき、足をばたつかせながら乗り越えてバトルグラウンドに下りた。

どさりと音を立てて着地した。気づいた人々の視線が集まるまでに三秒ほどの空白があった。中央に向かって歩き出してから、足首を痛めたらしいことに気づいた。そんなことはどうだっていい。プラカードを頭上に掲げ、何歩かゆっくりと踏み出した。沸き起こった拍手はすぐに低いささやき声と明らかな困惑に変わった。そのコントラストは鮮烈だった。

「おやおや、迷子がいるようですよ」実況のアナウンサーが言った。マリがそちらを見ると、アナウンサーはフィールド上に設けられた専用の小さな空間に引っこもうとしていた。

押し寄せてくる熱気に、歩み出した自分が与える影響力に、こうしてすっかり夢中になっていなかったら、マリはアナウンサーを笑っていただろう。迷子、か。

まだ待機ポジションにロックされていなかったスタックスが、大鎌を持ったままマリのほうに近づいてこようとしていた。

マリは微笑み、スタックスも笑みを返した。その背後にサーウォーがいて、こちらを見る目は、マリにカイのそれを思い出させた。心配そうな、案じるような目。

「大丈夫」マリは言った。プラカードを頭上に掲げ、アリーナにいる全員に両面が見えるよう、その場でゆっくりと一回転した。両側のゲートから武装警察がなだれこんできてこちらに来ることに気づいたのは、そのときだった。武装警察はまずスタックスをキープに連れ戻してロックした。防具で身を固めた男たちは次にマリに向かって走ってきた。

マリは地面に膝をつき、プラカードを高く掲げ、胸を張って真実を語った。二つを同時にやろうとする必要はない。互いを愛するか、愛さないか、二つに一つなのだ。

プラカードの表にはこうあった——**〈命が尊い場所で〉**。

そして裏面には、マリが取り落としたとき下になった側には、こうあった——**〈命は尊い〉**。武装警察がマリを取り囲んだあとでも、スタジアムの全員にそのメッセージは見えた。プロデューサー陣がジャンボトロンのカメラを暗転させるまでのほんの一瞬、そこにメッセージがでかでかと表示された。**命が尊い場所で、命は尊い**。それは、そのメッセージは、いままさに始まろうとしていた今シーズン最高のダブルス・マッチに浮かされていた観衆の心にじわりと染み入った。ここでは、命は尊ばれていないのでは――？

スタジアムの全員の目に見えた。武装警察の一人が腰に下げていた銃のようなものを取り、黒い棒をマリの首筋に押しつけるのを。スタジアムの全員が目撃した。マリがインフルエンスを受ける瞬間を。

## 感覚

裂け、切り開かれる。終わらせたい。入口はあっても、出口がない。

その瞬間に感じたのは、肉体と脳が一度に受け入れられる極限の苦痛だった。それは足首から始まった。足首が破裂したかと思った。それから、黒い棒を首に押しつけられて身をくねらせる彼女を男が押さえつけると同時に、その感覚がさらに大きく、もっと大きく花開いて、マリは、これで死ぬのだと思った。そのほうが楽だと思った。死を望んだ。死を願った。

インフルエンスを受けているあいだ、ひねった足首を感じているあいだ、体の内側で何度も何度も爆発が起きているあいだ、千分の一秒ごとに、マリは時間の錯覚を理解した。時間を超えた空間にあっけなく放りこまれることがあるのだと理解した。苦痛は、それまで秒と認識していたものを引き延ばし、形を変え、歪めて、年に変える力をはらんでいるのだ、と。

人知を超えた真理が閃いたりはしなかった。それは苦痛だった。それなのに、いま感じていることの苦痛を終わらせるためなら自分は何だって、どんなことだってするだろうと、理解するというより、感じた。視覚が閉ざされたように感じた。いや、単にまぶたを閉じただけのことだろうか。いずれにせよ、目があるはずの穴には痛みが、引っ張られるような痛みがあって、目が引きずり出されたのではないかと思った。

苦痛に悶(もだ)えていた。終わらせるためなら何だってしただろう。それなのに、何もできない。動くのが怖い。自分のすべてが――

次の瞬間それは終わり、体が浮かび上がった。運ばれた。肉体の感覚が戻った。肉体と、自分の呼吸をふたたび感じられた。

## イエス

サーウォーはフィールド越しに右翼側に視線を向け、そこで待機している男二人を見た。たったいま起きたことを意識から追い払おうとした。それはまだ終わっていないのに、忘れようとした。痙攣(けいれん)のような震えがようやく治まり、マリッサは肩と脚をつかまれて運ばれていった。対処は迅速だった。マリッサがカメラや観客の視界から消えさえすれば、みなこの件はあっさり忘れるだろうというようだった。見ていたサーウォーもつらかった。インフルエンスがどんな影響を及ぼすかは知っている。あのような苦痛が存在しうると知って、生きることに対する執着は根底から変わってしまった。

しかし、いまはマリッサを忘れなくてはならない。たったいま起きたこと、これまでに見た何よりも勇敢な行為について考えるのではなく、準備しておいたバトルの戦略を思い出そうとしていることが信じがたかった。

サーウォーはスタックスを見た。

「あの子は大丈夫だよ」スタックスは言った。

「たぶんね」サーウォーは言った。

「大丈夫だって」

「そうだね」サーウォーは言った。スタックスは微笑んだ。

「ジョークを聞きたい?」スタックスが訊く。

すぐそばにいるのに、観衆の声がやかましくて、声を張り上げなくては相手に届かない。

サーウォーは待った。

「目の前のこれ」スタックスは言った。

「笑えないな」サーウォーは笑いながら言った。これこそがジョークだ。笑いどころは、このすべてだ。二人は悪の国に放りこまれたが、そこは自分たちが支配できる土地だったということだ。

観客席がざわついていた。誰にブーイングし、何に声援を送るべきかわからず、浮き足立っている。

ミッキー・ライトの明瞭な声が響いた。

「注目を集めるにはいい手ですね。ただし、一つ忠告させてください。よい子のみなさんは決して真似しないように」

観衆は笑わなかった。観客席のざわめきは、**これは笑う場面じゃないのでは**と言っていた。

「おっと、上層部の指示が届きました。お楽しみを早く開始せよと言っています！　みなさんが今日ここに集まったのは、バトルグラウンドの闘いを見るため。そうですね？」

**イエス**と観衆は言った。

「みなさんは、長く語り草になるようなダブルス・マッチを見にきた。そうですね？」

**イエス**と彼らは叫んだ。

「今夜集まったのは、チェーンギャング・オールスターズ史上最強のリンクたちが、一方のチームにとっては最後となるダブルス・マッチに挑もうとしているから？」

**そのとおり！**　と彼らは叫んだ。

サーウォーは目を閉じ、その熱狂を体内に取りこもうとした。すぐ左に置いたハス・オマハを見る。ラヴガイルはスタックスのすぐ右の地面に突き立てられていた。

「末長く語り継がれることになるバトルを目撃する覚悟ができたなら、さあ、声援を！」

観衆が声を上げた。叫んだ。ほんの一時（いっとき）、心を揺さぶったできごとを胸の奥深くに押しこむ。ほんの一時、植えつけられた一粒の種子。体のなかに苦いものが残っている。〝尊い〟という言葉が胸の内側のどこかで響いている。それは永遠にそこで鳴り続けるのだろうが、いまこの瞬間はみな、忘れたふりをする。

「ロック解除！」ミッキー・ライトが高らかに宣言した。

バトルグラウンドのロック解除のうつろな音がアリーナに轟き渡った。サーウォーは地面からウォーハンマーを持ち上げた。スタックスは両手でラヴガイルを握った。そして二人は、落ち着いた足取りでこちらに歩いてくる男二人を待ち受けた。

## 扉の向こう

四人の殉教者がロデオ場に入っていった。これはジョークだ。人が殺される種類の。大して笑えないが、オチを聞いたとき何か少し違ったものが見えてくるような種類の。命が尊い場所で、命は尊い。その場所がここじゃないのは確かだ。大半の人間は目撃する幸運に恵まれない種類の勇気。それを見たのは、満員の観衆だった。アリーナのなかの歓声よりも、外の抗議の声のほうが大きい。ひょっとしたら、何か正しいことが起きようとしているのかもしれない。俺たちはこれまでと違う何かを目撃するのかもしれない。しかしいま、俺たちは、目の前の女たちの死以外のすべてを頭から追い出す。

俺たちは歩く。世界が待ち望んでいたものへと解き放たれる。人殺しゲームの王位にある女、サーウォーはハンマーを手に、恋人の女のすぐ後ろを走る。大鎌を持ったハリケーンと呼ばれているほうの女は、死の化身のようで、俺たちをX二つに変えて皮膚に刻みこもうとしている。

「ハンマーのほうはまかせろ。おまえは大鎌を狙え」俺は言う。大声で叫ぶ。観衆の声は、これまで聞いたこともないほど大きい。その声を、俺は骨の髄まで感じる。

俺の指示がこいつを死に追いやらなければいいが。サイモン・J・クラフト、不死身にされた男。サイモン、同情には値しないが、愛に値しないことは断じてない男。

「イエス・サー」クラフトはそう言って走りだす。

俺は破滅へと一直線に走っているのでなければいいが。

サーウォーは、シンガーと呼ばれている男を研究し尽くしていた。予想を覆したコロサル。壊れているのか、はたまた聖人なのか。〝不死身〟の男が壊れているのは確かだ。ただし、種類が違う。インフルエンスから生まれる類の〝壊れている〟だ。

サーウォーはシンガーを目で追った。彼の目は鋭く、悲しげだ。肩から腕まで覆う防具を着けている。ボルトレザーを巻き、大手音楽配信サービスの気笛のロゴマークが刺繍されたシャツを着ていた。シンガーはサーウォーに向かって走ってくる。一撃目に長い突きを入れてくる場合が多いことは知っていた。だから槍の黒い切っ先から目を離さないようにした。この男を殺したくはない。だが、最初のチャンスに殺すつもりだ。

長い夜、この女のことを何度も考えた。多くの死を見てきた俺よりもさらに多くの死を見てきた女。もっとよく知りたかった。四番の扉は、彼女に何を見せたのか。彼女は何を見つけたのか。俺は、大鎌の女に向かって走れとクラフトに言う。俺はハンマーの女をやると言ったにもかかわらず進路を変え、風と雷にちなんでハリケーンと名づけられた女に向けて全力疾走する。地面を飛ぶように走る。隻腕の男と不死身の男なら、嵐の息の根を止められるかもしれない。いまはもうなくなった腕が、指さして計画の変更を告げる。グランド・コロサルが俺の動きに気づく。大鎌の女も。俺たちは嵐に向かって走る。

ダブル・チームで敵の一人を先に片づけるのは、珍しい作戦ではない。男たちがそろってスタックスのほうに走りだしたのを見て、サーウォーは、しっかりとした地面から荒れくるう海に落ちたかのような恐怖を感じた。全力で地面を蹴って男たちのほうに走った。全身をアドレナリンが駆けめぐっているおかげで、そこまでの痛みは感じなかったが、膝はほどほどにしてくれと言った。突然の進路変更による負担に、脚が耐えきれなかった。サーウォーは土に膝をついた。不死身と呼ばれる男が高々と跳躍した。スタックスは立ち止まり、不死身の男と闘う構えを取った。ラヴガイルを男の顔に向け、火かき棒のように突き出す。不死身の男は空中でラヴガイルの峰の直撃を受けたが、何も感じなかったかのようにスタックスめがけて降下した。

サーウォーは立ち上がった。膝が痛む。だが、まだ動かせる。猛然と駆けだした。

クラフトは嵐の神と踊る。両腕を左右に振って殺しにかかる。女が髪が邪魔にならないようまとめているヘアゴムを切り裂き、ドレッドロックスが四方八方に散らばった。俺は二人に近づいていく。女がその場で回転し、大鎌を使ってクラフトを遠ざけようとする。クラフトは跳び、首をすくめてそれをよける。動物のように正確な動きだ。女には、クラフトに気を取られていてほしい。女は自分の命を守ることに集中している。大鎌はまるで魔法がかかっているかのように動く。クラフトが初めて見るような魔法だ。だが、女のほうもクラフトを警戒しなくては危ない。グランド・コロサルの女は転倒した。その隙に俺は距離を稼ぐ。女がやっと立ち上がったころ、俺はなくなったほうの腕を伸ばす。クラフトを援護して腕が伸びるのを想像する。クラフトは両腕を振り回し、身をかわしている。クラフトの鉤爪を女の大鎌が払い、金属が歌う音が鳴る。そうそう見られない光景だ。死の化身が二体、激しいダンスを踊っている。苦痛と愛が互いを殺そうとしている。じきにハンマーが俺を襲うだろう。俺は腕を伸ばす。スタックスという女が、何かにつまずいたかのようによろめく。俺はなくなった腕に感謝する。女は後ろざまに倒れながらも、ジャングルの怒りに満ちたナイフを払いのける。片方の脚を突き上げる。クラフトは飛びのく。

しかし、バランスを崩したその姿勢では、女は無防備だ。距離は十分に縮まっていた。スピニファー、この美しい女に破滅をもたらせ。この女に自由（フリーダム）を与えてやれ。俺は走りながら槍をかまえた。

俺のすぐ横で、なくなったほうの腕が何かをかわそうとする。

俺のすぐ横で、なくなったほうの腕が何かを払いのけようとする。

ハンマーが、いまはもうない俺の腕を貫いた。頭の横側に、ハンマーを感じる。飛んできたハンマー。狙い定めて放たれたもの、いきなりの歌。それは背高（ロング）のジョン。

俺は世界に感謝する。もはや迷いはない。いい人生だった――命が終わろうとしたその瞬間、そう確信する。命が尽きるとき、人はたしかに祝福される。王族も下々も、女王も歌い手も。俺たちは間違いなく祝福されている。ハンマーは俺を、ヘンドリックス・ヤングを、自由へと歓迎する。*


よい考えとは呼べない。しかしアリーナでは、死が近づいてくるのが見えたら、その進路を変えさせる方法を探すしかない。立ち上がったサーウォーは、三歩走ったところで、もう間に合わない、スタックスを救えないと見て取った。走るエネルギーを回転に変え、ハス・オマハの柄の先端を握り、もう一回転した。そのあいだもシンガーから目を離さなかった。体が必要な計算を行なった。ハンマーが飛ぶにまかせた。手を離れたハンマーは飛んでいき、シンガーの側頭部に命中した。シンガーは動かなくなった。観衆は歓声を上げた。サーウォーを称えて叫んだ。

**だからおまえを愛しているのだ**と彼らは言った。

人々が叫んだのは、パートナーが死んで動かなくなったことに気づいた不死身と呼ばれる男が、激しい追撃のさなかだというのに、ぴたりと動きを止めたからだ。不死身のジャングル・クラフトは腕を力なく下ろした。地獄から、少しだけ優しくて居心地のよい地獄へと自分を導いた男に駆け寄った。サイモン・J・クラフトはサーウォーの脇を通り過ぎ、ヘンドリックス・スコーピオン・シンガー・ヤングの死体に駆け寄った。

　サイモンはそこに膝をつき、ヘンドリックスを、人間らしいしなやかさの名残を両腕で抱き寄せたまま、動かなくなった。観客席が静まり返った。彼らの心が引き裂かれた。一部は抗い、一部は屈服した。目には涙がにじんだ。サイモン・クラフトはシンガーの死体をきつく抱き締めたあと、地面に横たえた。

　スタックスがそこに近づいた。クラフトはじっと動かない。呼吸に合わせて肩が上下しているだけだ。クラフトは拳を握り、シンガーの拳にそっと打ちつけた。

　サーウォーは黙って見ていた。スタックスは近づき、大鎌をクラフトの肩に置いた。

「ごめんね、ベイビー。愛してるよ」スタックスは言い、ラヴガイルの刃をクラフトの首に走らせた。

　クラフトは前に倒れた。不死身のサイモン・J・クラフトは死んだ。** スタックスはその場を離れ、

---

*ヘンドリックス・ヤング、最終ランクはコロサル。M（殺人）一つ。彼の愛のように人を殺す愛は、愛などではない。それを何年か前に学んだ。歌いたいときに歌いなさい。できるかぎりの愛をできることに注ぎなさい。贖い主があなたを受け入れ、恵みを授けてくれるよう祈りなさい。あなたが贖い主です。

**サイモン・J・クラフト、最終ランクはハーシュ・リーパー。M（殺人）四つとR（レイプ）一つ。ジャングル・ジャングル・ジェレマイア。何も考えずに跳べ（Just jump）。ちょっとした小旅行（Just a jaunt）。Jは頭文字。苦悩をもたらす者たち。彼らはどうなる？　僕はどうなる？　サイモンは自問した。彼は殺人犯だ。レイプ犯だ。いまの彼はそうだ。昔からそうだったわけではない。そのころのあの人間はどうなった？　そうなっていなかったらどうなっていた？　彼は破壊されたから破壊し、そしてさらに破壊された。

　光が見えた。彼はそれに向かって跳んだ。

武器を地面に落とした。サーウォーも同じようにした。二人はキープに戻り、来たるべきものに備えるように手を握り合った。それを見た人々は、この感覚は救済なのだろうかと考えた。

# シーズン33

男たちが地面に横たわって死んでいる。死んで横たわるのは女たちであればいいと思っていた。サーウォー、スポーツ界でもっとも有名な女、またの名をブラッド・マザー。この女を好きにはなれないが、このあとの発表をする人間にはどうしたってなりたくなかった。

「いやあ、すばらしいバトルでしたね」ミッキー・ライトは、空気の抜けたサッカーボール程度の熱意をこめて言った。作業員が二つの死体を袋に収めた。

「偉大なるシンガーとジャングル・マンがこのような幕切れを迎えるとは意外でした。不死身の男は不死身ではなかったわけです。二人がアクションスポーツが誇る優れたアスリートだったことは間違いありません。多くのファンから支持されていました。みなさん、二人を拍手で送りましょう」

受け入れがたいことが起きようとしている——自分自身を直視しなくてはならない。死体がまだ冷えきってもいないというのに、たったいまみなが目撃したものよりもなおいっそう残虐な行為を発表する時が来た。これが自分なのだ。なぜこんなことになってしまったのだろう。トレーシー・ラッサーのニュースは観た。彼女が番組を降板する動画を観た。そして思った。へえ。やるじゃないか。それから数日後、夜中に怯えて目が覚めた。自分は何者になってしまったのか。自分は何者なのか。いやしかし、重役会でできるかぎりの抵抗をしたじゃないか。そう自分をごまかした。

観客席の人々が、ずたずたの死者に拍手していた。ミッキー・ライトは含み笑いをした。ほかにどうしろと？　みなが承認した。みなが賛成票を投じたのだ。こうなることは誰もが知っていた。

なのに、どうして急にこれほどの怒りを感じるのか。なぜ、こんなむなしさを感じるのか。長い時間をかけ、顎と歯のある何かが成長してきたような感覚があった。それが内側から彼を食おうとしている。

「そして、忘れてはなりません。最強のコンビ、愛し合うカップルが、目の前にそびえ立った山をまた一つ征服し、チェーンギャング・オールスターズのシーズン32の幕を閉じました。

さらに、美しき吟遊詩人、スタックスと呼ばれるハリケーンはついに、ついに、コロサルに昇格しました。同一チェーンに属する女性リンク二人がコロサルのランクに到達したのは、史上初めてのことです」最後の部分は台本になかった。明瞭な絵を描いておきたかった。観客席の愚か者どもにも——彼を気に入っている者、嫌っている者、貪欲で期待に満ちた目を彼に向けている者たちにも——このあと彼が発表する内容がきっちりと理解できるように。

ミッキー・ライトは、専用の小さなステージの上に立っていた。そこから二人が見えた。手をつなぎ、武装警察に引き立てられてトンネルに向かおうとしていたスタックスとサーウォーがこちらを振り返った。今シーズンは終了した。つまり、新しいシーズンがすでに始まったということだ。これから発表する内容が内容だから、二人が試合後のコメントをする予定はない。

ライトはジャンボトロンを見上げた。そこに大写しになっている自分を見て軽い吐き気を覚え、目をそらして観客席を見やった。伝説に残るような試合を観に集まった人々は満足してはいるが、さらなる何かを期待していた。

「ちょうどいま、ゲームマスターから、驚くべき新ルールが導入されるというニュースが届きました」ライトはそう言うと、イヤピースを介してメッセージが伝えられているかのように、耳もとに手をやった。台本は事前に渡されていたし、前の週からリハーサルを重ねてきていた。だが、チェーンギャングを支配している目に見えない手と自分とのあいだに距離を置きたかった。ライトも重役会の一員だ。しかしすべてを支配しているのは、金をうならせているオーナーたちだ。そう自分に言い訳した。雇われの身であって、世襲オーナーではない。あのいけ好かないサーウォーと異端児スタックスに、自分と相容れないところが多かろうと、ミッキー・ライトはさすがにここまでのことはしないとわからせたかった。

「なるほど。これはこれは。いや、よくもそんなことを思いついたものだ」ライトは誰にともなく――自分に向けて、世界に向けて――言った。それから大きく息を吸いこんだ。「たったいまニュースが入りました。誰もが抱いている疑問に、ついに答えが出ることになります。一番強いのは誰か。王者は誰なのか。史上最強の偉大なリンクは誰なのか」ライトは話し続けた。しかしその言葉に輝きも華もなかった。投げやりだった。きっと首になるなと思った。自分のエージェントは、トレーシー・ラッサーにコネを持っているだろうか。

「この新しいルールは、いまこの瞬間から適用されるとのことです。たったいま始まったチェーンギャング・オールスターズのシーズン33では、一つのチェーンに複数のコロサルがいる状態は許されません。同じチェーンにコロサルが二人いる場合、その二人はバトルグラウンドで対戦しなくてはならない。つまり、来週末、ロレッタ・サーウォーは、ハイ・フリードという至宝を懸けて、ハマラ・〝ハリケーン・スタックス〟・スタッカーと対戦することになります。ではまた来週！」ライトは、スポンサー名を一つも挙げないまま、バトルボックスのなかに下り、地面にへたりこんだ。

人々は唖然としていた。口もきけずにいる。その沈黙を聞いて、ミッキー・ライトは思った――まだ希望はあるのかもしれない。

# くたばれアメリカ

「今夜はいろいろあったな。ブルーにセットするのはやめておくよ。内緒だぞ。いいな？」ジェリーが言った。ジェリーなりの優しさだ。

「くたばれアメリカ」サイ・アイ・アイが言い、バンを占領していた長い沈黙を破った。

ランディ・マックの不在は、みなの心に刺さった棘だ。一方でそれは、明白でリアルな痛みでもあり、みなそこに全身で飛びこんで、シーズン33がこのチェーンのリーダー二人にもたらした恐ろしい未来を忘れようとした。サーウォーはいつもどおり角の席に座り、スタックスはサーウォーのとなりではなく、真向かいの席、命を失っていなければランディ・マックがいたはずの席に座っていた。

「くたばれアメリカ」アイス・アイス・ジ・エレファントとリコ・ムエルテ、スタックスが応じた。

サーウォーは早くも孤独を感じた。スタックスの重みが肩にもたれていないと、錨を失ったかのようだ。その不在をありのまま受け入れた。膝の痛みに、膝の悲鳴のような痛みに、気づかないふりをした。膝の何が不調をきたしているのであれ、それはさらに悪化していた。

「その意気だ」ジェリーが言った。

全リンクがジェリーに嫌悪を向けたが、何も言わなかった。

ガニー・パドルズが言った。「あのな、アメリカ以外にも国はいくらでもあるんだぜ」

バッド・ウォーターを含め、全リンクがガニーに軽蔑の目を向けた。

リコはベンチシートからガニーの右側に身を乗り出し、ガニーの鼻先に顔を近づけて大声で言った。「くたばれアメリカ」

ガニーはにやりと笑ってシートにもたれた。

一思いに殺してやろうか——サーウォーは思った。殺したところで何のおとがめもないのだ。それなら、ガニー・パドルズを排除して、チェーンの平和と安全を少しでも確保したほうが得策では？

「何べんだって好きなだけ言ってりゃいいさ。けどな、何べん言ったところで何も——」

「それにしたっていいバトルだった。全力を尽くした」リコが言った。

「何分だったたって？　五分近かったらしいね」アイス・アイス・ジ・エレファントが言った。「まさしく伝説の試合だ」

「伝説だろうが、終わっちまえば同じことだ」ガニーが言った。

ランディはたしか農業地帯の施設に収容されていた。そこのヤギ農場で働いていた。刑務所にいるあいだに本当に愛せるものを見つけた数少ない受刑者の一人だった。もっと前にそのチャンスを与えられていたら。そうしたらどんな人生を送っていただろう。サーウォーは視線をせわしなく動かした。スタックスのことだけは決して見なかった。二人はもう敵になったという証だろうか。

そうだ。闘いは、割り当てられた瞬間から始まる。それが決まった瞬間から、準備は始まる。サーウォーは、あらゆる敵を分析するときと同じように、頭のなかでスタックスを分析しようとしている。癖をリストにし、初手を予想し、スタックスの死を想像する。初期のスタックスは反撃タイプだった。敵の攻撃を逆手に取って倒すことで知られていた。しかしハリケーンとなってからのスタックスは、どちらかといえば先制攻撃タイプに変わった。彼女の攻撃で始まり、彼女の攻撃で終わる。

サイが言った。「おまえ、ぶちのめされたいのか?」

「え、何だって?」ガニーがあいかわらずにやにやしながら言った。

走り続けるバンのなかで、サーウォーは悟った。自分が願っていたほど難しいことではないのだ。スタックスは、あらゆる偉大なリンクたちと同様、試合を短時間で終わらせようとする。一撃目はかならず回転しながら大鎌を水平に振る。相手をとらえそこねても、その勢いのまま二度目、三度目の攻撃を繰り出せるからだ。

派手な動きをしがちだが、正確さを犠牲にはしない。ラヴガイルはハス・オマハよりはるかにリーチが長い。どれも過去に一度は分析したことだった。分析したことがあるのは、過去に何度もダブルスを組んで闘ったからだ。自分にそう言い聞かせた。ファイターとして、そしてパートナーとして、スタックスを理解しておく必要があったからだ。それに、コロサルになるには、さらにはグランド・コロサルになるには、バトルグラウンドであらゆるリンクと闘って勝利する場面をイメージトレーニングしておかなくてはならない。習慣から、スタックスの試合を一つ観戦するごとに、何がよかったか、悪かったか、かならずアドバイスしていた。アドバイスの大半は、仮にその試合の相手がサーウォーだったら、観ているあいだに目についたスタックスの癖を利用してサーウォーが勝っていただろうという考えに基づいていた。しかし戦略を立てるのと、それを現実に実行する日が来ると知っているのとは別の話だ。

「いますぐぶちのめしてやる」サイが言った。

「俺も手伝う」リコが横から付け加えた。

サーウォーはスタックスを見た。次にリコ、サイ、アイス・アイス、バッド・ウォーター、ガニーを見た。一人ひとりのなかに、サーウォー自身が見えた。スタックスの死を何度も想像してきた。

それどころか、毎日想像している。その感覚に自分を慣らそうとしてきた。スタックスの死を、スタックスの冷えきって動かなくなった体を思い描くと、胸からアドレナリンが一気にあふれ出して全身のすべての筋肉に広がり、周囲のあらゆるものに対する激しい憎しみに変わった。その憎悪は強力なモチベーションになった。願望になった。スタックスがこの世から消えたらという想像が、サーウォーをグランド・コロサルに押し上げた。そもそもスタックスをCAPEのような制度に放りこんだ世界の残酷さへの憎しみ。それもエネルギーになった。しかし、スタックスが自分の暴力の対象となると決まったいまはどうだろう。スタックスの死を原動力にしてスタックスを殺すなどありえないことだが、その衝動はたしかに存在している。

疲れた。ひどく疲れていた。サーウォーはバンのなかで膝をまっすぐ前に伸ばし、誰も見ていないときにするようにマッサージした。膝をさすっていると、いつもなら封じこめておく安堵を感じた。アンゴラ＝ハモンドの全員がその様子を見ていた。

「よしなよ」サーウォーは半月板をマッサージしながら言った。

「ランディはもう何も言い返せな——」リコが言いかけた。声が震えていた。声も、目の表情も、自分の試合の、自分の殺人の名残で殺気立っている。リコはまだ若い。痛みを、人を殺した衝撃を隠すすべを知らない。

「そうでなくたって楽しい夜とは言えないのに」スタックスが言った。「誰かをぶちのめすとか、勘弁してよね」

「ランディならやる」

「やめてって言ってるでしょ！」スタックスが叫んだ。

サーウォーはスタックスを見た。スタックスはこちらをにらみつけた。サーウォーは、これまで感じたことのない強烈な悲しみに襲われた。スタックスがいまも同じ気持ちでいるのか、わからなくなった。スタックスは、生き延びるために、サーウォーを愛していた自分の一部を殺してしまったのだろうか。

「だよな」ガニー・パドルズが言った。つばが飛ぶほど大笑いしている。「チェーンギャングは家族だもんな」

「そのとおり」スタックスも微笑んだ。

サイはシートに沈みこんだ。

「くたばれアメリカ」リコが言った。

「その意気だ」運転手のジェリーがまた言った。

バンは、どこかの道を走り続けた。次のマーチが始まるどこかの地点をめざして。

# ブラックアウト

一行は到着した。疲れきっていた。歩いたせいではなく、自分たちの人生と自分たちの真実に疲れていた。

キャンプは深い峡谷のすぐそばに設置されていた。足もとの土は赤い。火の色より赤く、大地に刻まれた幅広の溝に近づくにつれ、黒みを帯びている。峡谷の底には干上がりかけた川の最後の名残が流れていた。

峡谷沿いをしばらく歩いた先がキャンプ地だった。マーチのあいだ、スタックスは六時の定位置を歩いていた。いつもどおりと思えた。だがサーウォーは、いつもどおりなどではないと心のなかでつぶやいた。

アンカーがこう宣言したとき、悲しいながらも心の底からほっとした。

**ブラックアウトを開始します。マーチ再開は十四時間後です。**

「やった」アイス・アイス・ジ・エレファントが言った。「少なくともブラックアウトはうれしいな」大きな手をサーウォーの肩に置いたあと、スタックスに近づいてハグをした。

サーウォーは自分の分の夕食を取り、いつものようにテントに持っていくのではなく、焚き火のそばで箱を開けた。焦げ目をつけたブロッコリ、オーガニックチキンのロースト、トリュフバターと熟成パルメザンチーズを添えたブリオッシュ。食事のトレーを箱から出して膝に置いた。さっそくブリオッシュをかじり、スパークリングではないミネラルウォーターのボトルの蓋をねじ切った。

「ブラックアウト・ディナーに乾杯」サーウォーはボトルを掲げた。透明なボトルが手首のランプの光を屈折させ、七色に輝いた。

スタックスはサーウォーと焚き火をはさんだ真正面の椅子に腰を下ろした。ここにいるのはＡハムの面々だけだ。誰の耳も気にせず自由に話せる。

サーウォーは膝に置いたトレーをひっくり返さないように気をつけながら水を飲んだ。

チェーンの残りの者たちは二人を囲んで突っ立ち、迷い、不安げにしていた。

「楽にしな」サーウォーは言った。「みんな座って。ブラックアウトだ」

するとスタックスが言った。「ねえ、何かあったの？　みんなの様子が変で、気になってしかたないんだけど」

それを聞いて、ガニー・パドルズが低い声で笑いだした。切り株に腰を下ろし、自分の名前が書かれた箱を開けた。ほかの四人がそれにならった。

サーウォーは今日の試合で殺した男たちのことを思い出そうとした。二人は安らぎを得たように見えた。自分に都合のよい幻想だとわかってはいるが、本当にそう思えた。あの二人が自分を赦してくれるといい。スタックスと何をするにせよ、その先で赦しが待っていてくれるといい。

自分が何かを脱ぎ捨てようとしているのを感じた。かつてはサーウォーそのものだった抵抗感。意地、頑固さ。それが消えていこうとしている。そのことがうれしい。

「で、このあとどうする？」

「みんな夕飯はパスってこと？」サーウォーは言った。

いま一緒に火を囲んでいる彼らと一緒に見たこと、したことを思うと、久しぶりに心が軽くなった。最悪の事態はすでに起きた。だから、一時(いっとき)のことであれ、いまは安らいだ気持ちでいる。膝を伸ばした。トレーを落とさないように気をつけながらマッサージした。チキンを存分に味わうほうに意識を集中した。

「いくらなんでもひどいよな」サイ・アイ・アイが言った。

「どうかしてる」リコが言った。

「現実なんてそんなもんだ」ガニーが言う。

「まともとは思えない。でも、始めからずっとそうだった」サーウォーは言った。

「けど、こんなの――」リコが言いかけたが、スタックスがさえぎった。

「ねえ、せっかくのブラックアウトなのに、ぶち壊す気？　マックは何の理由もなくくたばれアメリカって言ってたわけじゃない。もう決まったこと。これが現実なんだよ。だからね、いま、今日、あたしが知りたいのは一つだけ」スタックスは焚き火のほうに身を乗り出した。「みんなはどっちだと思う？」

「それ、どういう意味だよ？」リコが訊き返した。だが、みなちゃんとわかっていた。

「単純な質問でしょ。あと、みんなはブラッド・ポイントを使ってあたしたちを観る予定？」スタックスが問いを重ねた。

Ａハムはサーウォーを見つめた。どんなときもみなサーウォーの意見を重視する。

「答えなよ」サーウォーは言い、微笑んでみせた。とはいえ、心の片隅は血を流していた。二人は早くもみなを慰めにかかっている。圧力をゆるめて、チェーンを力づけようとしている。変化が訪れると確信を持って受け入れる余地を作ってやろうとしている。

二人は円陣の反対側に座っているが、少なくともほかのメンバーを元気づけようという点では一致していた。これもリーダーの役割のうちだ。どうやっても心安らかではいられない事態を前に、大したことではないように見せることも。

「あんたは偉大な戦士だ、ミス・サーウォー。けど、死神の大鎌を持ってるもう一人もだいぶヤバいと思うんだよな。観戦はするよ。プレミアムシートを奮発する」アイス・アイス・ジ・エレファントが言った。

「そうだよ、これがあるかぎり、あたしはだいぶヤバいよ」スタックスは言い、ラヴガイルの頭をなでた。

「ムショにいたとき、Eブロックの娯楽室であんたのデビュー戦を観た」サイ・アイ・アイが言った。「あんな試合は初めて観たよ。あのときから思ってる。ロレッタ・サーウォーは絶対にハイ・フリードを達成するぞって。おこがましいかもしれないけどさ」

スタックスは笑い、サーウォーはうなずいた。

リコは自分を嘲るように笑った。ずっと目に涙を溜めていたが、このときには静かに泣いていた。

「しゅ――集中してるときのスタックスに勝つのは厳しいよ。そう言うのもなんか気が引けるけど。くそ。真剣になってるときのスタックスは超絶強い」視線は地面に落ちていた。

「あたしが真剣じゃなかったことなんてあった？」スタックスは訊いた。

これにはチェーンの全員が笑った。

「そうだよな。一年前ならサーウォーが勝ったと思う。でもいまはどっちとも言えない」アイス・アイス・ジ・エレファントが言った。「三十秒以内に決着がつくなら、スタックス。それを越えるようなら、ブラッド・ママの勝ちだ」

「みんな、リーヴェガスのギャンブラーみたい。分析が細かいね」スタックスが言った。

「サーウォーだな」バッド・ウォーターは言った。

「マックは、スタックスだろうって」スタックスが言う。「いま耳もとでそう言った」

「試合前の予想で、不利だろうと言われたことは前にもあった」サーウォーは言った。ほかのリンクたちは食事を始めていた。それぞれ心のなかで、一週間後に、そしてその先に、自分たちの身近で誰がどう死ぬだろうかとぼんやり考えている。みな焚き火のぬくもりと明るさから離れようとしなかった。それが答えだ——自分のしたことは果たしてみなのためになったかとサーウォーが悩むまでもない。

「最前列のボックス席で観るよ、かならず」サイが言った。

「俺も。ブラッド・ポイントを貸してもらえたら、だけど」リコがサーウォーに言った。

「スタックスに頼みな。スタックスは超絶強いんだからさ」サーウォーは言った。サーウォーが笑うのを見て、一同の緊張はいっそうほぐれた。だからみな一緒に笑った。

「それはさ、スタックスは誰から見てもいやな対戦相手だって話だ」

「わかったよ」サーウォーは言った。みながサーウォーとの時間を楽しんでいた。ロレッタ・サーウォーという名の女が自分たちのリーダーであることを誇らしく思っている。

夜は更けていき、あとは眠るくらいしかやることがないようにみなが思い始めたところで、ガニー・パドルズがこう尋ねた。

「みんなの気分がほぐれたところでさ、前から訊きたかったことを訊いてもいいか。なんでサンセットを殺した？　たしかに鼻持ちならない野郎だったけどさ、あんたのことは女王様みたいに扱ってたよな。そういう相手になんであんなことをした？」

サーウォーはとっさにスタックスを見た。夜の空気はひんやりとして、峡谷を抜ける風の甲高い音は、軋む息遣いのようだ。足もとに谷が口を開けている事実を思い出さずにいられない。

「頼まれたから。手を貸すしかなかった」

チェーンの一同がそれを聞いた。空気に解放感が漂った。

ガニーはうなずいた。それ以上は追及しなかった。

ここでスタックスは立ち上がり、ゆっくりと歩いて谷に近づいた。暗闇のなかをゆっくりと、大地の裂け目へと。ラヴガイルは火のそばに残したまま、チェーンから離れていった。

サーウォーはほかのリンクたちと残った。彼らを愛していた。失望させたくなかった。その気持ちをわかってもらいたい。ふと顔を上げてスタックスがいるはずのほうを見たが、スタックスの姿はなかった。

サーウォーは立ち上がった。膝が控えめにうずいた。

スタックスの姿が見えない。サーウォーは足を速めた。

いまこの瞬間にスタックスを見たかった。いますぐ。

見えた。

スタックスの手首の輝きがサーウォーを導いた。スタックスは断崖の縁で待っていた。ランプが祈りのように輝いていた。

「これ、あたしが作ったんだよ」スタックスは言い、谷底をのぞきこんだ。死の淵の上空に浮かんだような姿を見て、サーウォーの心臓が止まりかけた。

「何を？」サーウォーは訊いた。手を伸ばしてスタックスを引き戻したかった。だが、背中を押して突き落とすのも同じように簡単だ。

「この谷だよ。ある日、練習中にちょっと興奮してね、がつん……世界に穴が開いちゃった」スタックスは縁から身を乗り出した。サーウォーは目を閉じた。何か起きるなら止めるまいとした。もしかしたら、これが一番簡単な道だから。

二人は、過去に存在した誰よりも偉大な戦士だ。

サーウォーはスタックスの腰に手を伸ばした。

スウェットパンツのウェストをつかんで引き寄せた。二人は向かい合わせになった。

「信じるよ」サーウォーは言った。

「あたしたちのどっちかが一人で残されるなんて、考えたくない」スタックスが言った。

サーウォーはスタックスをさらに引き寄せた。自分の目がどんな表情を浮かべているかわかる。

それがスタックスにも伝わっていることを願った。

「どうしてそんなことをしなくちゃならないのかわからない。一緒に消えてしまおう。二人とも消えてしまえばいい」サーウォーは言った。口から出て空中を漂う自分の言葉を聞いて、疲れを感じた。「どうして言われるままにやろうとする？　私たち二人なのに。どうしてバトルグラウンドで闘わなくちゃいけない？」

前にも同じことを訊いた。もう二度と訊くチャンスはないとわかっていた。

「いまここであたしが飛び降りたら、あなたはどうする？」スタックスが言った。

「追いかける」サーウォーは答えた。

「あなたが飛び降りたら、あたしも追う」スタックスは言った。「パドルズが来て、あたしの首にナイフを投げたら？」

考えただけで、全身が怒りの炎に包まれた。

「叩き殺してやる」サーウォーは言った。

「そのあとは？」

めちゃくちゃにつぶれたパドルズを見下ろしている自分を想像した。「わからない」サーウォーはそう答えたが、炎は消えないとわかっていた。憎悪は胸の内でふくらみ続けるだろう。別の何かを破壊しようとするだろう。

「それじゃ足りなくて、パドルズの家族まで殺したいと思うんじゃない？　少なくとも、飼い犬か何かを殺してやりたくなる。でしょ？」スタックスは言った。その声は微笑んでいる。しかし闇に包まれたスタックスの顔は悲しげだった。

サーウォーは耳を澄ます。

「あたしたちはこれを通してメッセージを発したと思う。バトルグラウンドで闘えば、そのメッセージは別の形で生き続けると思う」

「ありえない。私には想像できな――」

「あたしにはできる」スタックスは言った。「彼らがあたしにあなたを殺させたとしたら、あたしは彼らを破滅させることに残りの人生を費やす。わかるでしょ。そっちも同じはず」

「わからない。そんなのはいやだ」

「バトルグラウンドであなたが勝ったら、少なくともあたしは――」

「私があんたを殺したとして、それでどうなる？　それで何になる？」サーウォーはなおいっそうスタックスに近づいた。スタックスの体温まで感じ取れそうだった。

「あなたは生きてこの世に残る。彼らを叩きつぶす方法を探す。少なくとも、探す努力を始める。トレーシーと連絡を取って、何かに加わる。がんばって、がんばって、がんばるうちに、あたしのことを少しだけ忘れて、それまでよりも少しだけ自分のために生き始める。あなたをここに引き止めるものを何か持っていてほしい。いまのままのあなたがもうしばらくはこの世界に存在できるように。本当はもう何もしなくたっていいはずだよね。もうたくさんのことをしてきたんだから。でも、あたしはあなたを知ってる。あなたはきっとやってみようとする。そうせずにいられない人だから。それは何かにつながる。すべてにつながる」

「つまり、あんたのメッセージを代わりに伝えろと？　いやだと言ったら？」

「あなたがあたしのメッセージそのもの。あたしはあなたのメッセージそのもの」スタックスは言った。「どっちが勝っても、同じことだよ」

サーウォーは両手をスタックスの肩よりも上まで持ち上げた。両手でスタックスの頭を包みこんだ。

「二人なら」スタックスが言った。

「だけど、メッセージって何？　そうまでして伝える価値のあるメッセージって？」

スタックスはサーウォーの手首をつかみ、そっと力をこめた。サーウォーの目からついに涙がこぼれ落ちた。

「そうだね」サーウォーは言った。「私はもう知ってる」それからキスをして伝えた。人生でもっとも価値あるものは彼女だと。残された時間を一瞬たりとも無駄にしたくないと。

# ゲーム

至るところに音があった。数千人の声が一体化した音。二人の戦士は一週間ぶりに離れ離れになった。ノース・ゲート。サウス・ゲート。そこから芝のフィールドにまもなく姿を現す。アンゴラ農園刑務所の綿畑に着想を得た、青々と茂った広大なフィールド。ぽつりぽつりと低木の茂みがある。だが面積の大半を占めるのは、手入れの行き届いた平らな芝生だ。よけいな装飾はこの試合に必要ないことをゲームマスターたちは知っている。これこそ人々が望んでいるものだ。これこそ理想の試合だ。これはフィナーレであり、同時に始まりでもある。

彼らは見ている。彼らは、自分たちの使命は正しいと信じている。まずは自分たち自身に尽くし、次に世界に尽くす。何をしようと、どんな結果になろうと、それを所有し、売り、新しい形をした時代を造る材料にできる。彼らは最高レベルのアーティストだ。

この一夜に、人間のあらゆる可能性が集約される。来るべき時が来た。あらゆる競技が暗に約束したものが集約される。来るべき時が来た。

ゲームマスターたちは見ている。重役会のメンバーであり、それ以上の存在でもある。ブローカーであり、刑務官であり、政治家であり、オーナーだ。ごく少数しか入れない世界で暮らしている。はるか高みにある空間、彼らだけが入れる場所。博愛精神にあふれた心が満たされるまでシャンパンを飲む。自分たちがすでに勝利を収めた試合を何度でも観戦する。一番下の席がもっとも高額だ。上に行くにしたがって安くなる。しかしそのさらに上、彼らがいま座っている部外者入室お断りのスカイラウンジの席料は、一般の人々の想像すら及ばない金額だ。

シャンパンのグラスをかたむける彼らの頭に、哲学的な思索など一つもない。プラカードを掲げたあの若い女は、彼らに吐き気を催させた。異論は、吐き気を催させる。アリーナの外で抗議の声を上げる数千の人々は、吐き気を催させる。それでも、彼らが何に憤っているのか確信は持てず、認める気もなかった。巨悪とは何を指すのか。天上のこのラウンジに座れるだけの頭脳や世才や雅量を持たない人々は、彼らゲームマスターがこの恐怖にあふれた世界を美しい場所に変えようとしていることを理解できないのだろうか。

彼らはライブ配信を見ている。

あの愚かな娘の養母にトレーシー・ラッサーがマイクを渡した。娘本人は、インフルエンスからまだ完全には回復していないが、運動のマスコットのように今夜も抗議に訪れていた。「私たちは絶対にここを動きません。私たちを黙らせることはできません。娘のメッセージはかならず伝わるはずです。制度が一から見直されるまで、私たちはあきらめない。国家が個人を社会から排除するのではなく、問題の解決に取り組むまで。私の娘のような市民の勇気が変化につながるまで、私たちはあきらめません」その女は顔の向きを変えて例の娘を、マリという名の娘を見て、マイクを手渡した。

「彼らは私を止められませんでした。彼らには私たちを止められないということを忘れないでください」マリは言った。声は弱々しく震えていたが、それでも聞き取るには十分で、ある種の重みを持っていた。あれから回復して、連中が広めようとしているばかげた思想の広告塔になっていた。黒ずくめの服を着たその若い女の発言の一つひとつを世間はありがたがっている。彼女は境界を越え、いまや数百万の人々に英雄視されている。生きながらにして殉教者となった——インフルエンスを受けるホロフォン動画から生まれた殉教者。「私たちには数の力があります。団結の力があります。私たちは――」

配信を止めた。

彼らが恐怖を引き受け、見えない場所に隠したことに、世間は気づいていないのか。

同じ恐怖を形を変えて見せ、世界を救ったのは彼らゲームマスターであることに気づかないのか。

ナイフはいつも首もとに突きつけられているのに。

悪意ある者が、子供たちを、娘や息子を、つねにつけ狙っているのに。

それが見えないのか。ゲームマスターが築き上げた美が見えないのだとしたら、よほど目が節穴なのだろう。

二種類の考え方がある。

世界には、善い人間と悪い人間がいると信じることもできる。善い人間は栄光を手にするにふさわしく、悪い人間は罰を与えられて当然だという考えだ。

あるいは、罰を与えられて当然の人間は一人もいないが、罰は必要悪であると考えることもできる。罰は避けられない犠牲であり、人類に奉仕するための最大の善であると。だから彼らゲームマスターは、その重荷をも背負う。つねに究極の善に奉仕する。困難な善に。彼らが整備した、救済を可能とするインフラがあってこそ実現しうる善の世界。癌の切除。最良の少数が大衆に代わってする努力の正しさ。絶えることのない悪から力を奪い、世界の大きな苦しみが生んだ犠牲者の名誉回復のために不可欠な報復を引き受ける試み、悪の種子が大衆の心のなかで芽吹くのを防ぎ、可能であれば、贖いを求める者を更生させる試み。

それにふさわしいと彼らが判断した者たちを更生させる試み。

それが世界だ。それが現実だ。命と同じく、なくてはならない奉仕。彼ら、私たち、あなた、贖いを求める者たち——誰もがその取り決めに同意した。

スカイラウンジの面々は、グラスを掲げた。

「乾杯」そう声を合わせ、それから、自分たちが設計した緑に輝くフィールドに目を転じた。

# コロサル

コロサルと呼んで。
好きな名前であたしを呼んで。
さあさあ、あたしをよみがえらせて、いますぐあたしを呼んで。
**スタックス**
罪人と呼んで。冷酷な嵐と呼んで
無名の者と呼んで、王と呼んで
クレイジーと呼んで、たとえあたしを殺しても、あたしを殺人者と呼んで
あたしを呼んで、あたしの名を聞いて、いますぐあたしを呼んで
**スタックス**
選ばれし者と呼んで、自由に舞う凧と呼んで
消されない蠟燭の明かりと呼んで
カインと呼んで、キリストと呼んで
創造主の教会と呼んで
好きな名前であたしを呼んで
**スタックス**
それをありのままに呼んで

あなたが与える命は死
あたしが与える死は命。少なくとも愛
だからコロサルと呼んで
腐敗と呼んで、清廉と呼んで
救済と呼んで、ハリケーンと呼んで
**スタックス**
ハリケーン
**スタックス**
ハリケーン
**スタックス**
さあ呼んで、さあ呼んで、あたしを完全無欠と呼んで。

# 解放の日

そして、大鎌を持った彼女がフィールドに現れた。人々は彼女の名を呼んだ。その声が大地を震わせた。

その人々の声が、彼女の名をアナウンスした。

ミッキー・ライトは不在だった。その日の、そのイベントのスケールがあまりにも大きすぎて、あとたった一人であろうと立つ余地などフィールドに残されていないというみたいに。

頭のなかでまだスタックスの言葉を反芻(はんすう)しながら、サーウォーはトンネルを出て光のなかへと足を踏み出した。崇拝の声が爆発した。サーウォーはハンマーを握った拳を天に突き上げた。目が慣れるのを待って、周囲の熱狂を見回す。スタンドで男と女の海がきらめき、サーウォーを求めて叫び、泣き、ともに呼吸していた。アリーナの外で抗議している人々の声も聞こえる。サーウォーは彼らのために拳を突き上げた。

呼吸を繰り返しながら芝の上を歩いた。スタックスのほうは見ないようにした。スタックスはもちろん、逆サイドのマグノキープにロックされている。サーウォーは観客席のほうを向いた。チェーンの面々が見えた。それぞれの席にロックされて、喉が張り裂けんばかりに叫んでいる。全員が最前列にそろっていた。大声で叫ぶサイ・アイ・アイの首の筋肉が盛り上がっているのがわかる。リコとアイス・アイス・ジ・エレファントも負けじと叫んでいた。バッド・ウォーターが声援を送っているのも見えたし、あのガニーまでいる。二人を見届けようと、ほかのみなと一緒に来ている。

サーウォーは耳を澄ました。何もかも一つ残らず感じた。目を閉じて、すべてを全身で受け止めた。

**サー－ウォー**

**サー－ウォー**

**サー－ウォー**

見ると、HMCがすぐ目の前に浮かんでいた。サーウォーはAハムのほうを見てウィンクした。事前にせがまれていたとおりに。

「ここから始まった！」サーウォーは叫んだ。観衆は驚いた。試合前に女王の声を聞くのはいつ以来だろう。

「始まった場所に戻った。私の闘いが始まった場所に」サーウォーは言った。彼女の言葉は彼女のものだ。だが、それは全員を代弁していた。自由を手にした者、まだ手にしていない者。ハイ・フリードを達成した者、ロー・フリードした者。「解放のフィールドに」

手のなかのハンマーの感触を確かめる。その重みを思う。これを持つことで自分がどれほど損なわれたか。これを使ってどれほど他人を損なってきたか。どれほどこれを必要としているか。どれほどこの場を必要としているか。自分を傷つけるものが自分に必要なものであることは少なくない。

ハス・オマハをキープの傍らに下ろした。

「悪いニュースは——私はみなを赦す」サーウォーは言った。人々が叫んだ。「よいニュースは——私はみなを赦す」

誰に向かって言っているのか。

全世界に向けて。

「決して忘れてはいけない。私たちは、いまだかつて誰も見たことのない現象だ。そうだろう?」

全世界がそうだと答えた。

サーウォーは満足げに一人微笑むと、ようやくスタックスの目を見た。二人の視線がぶつかった。サーウォーの目はこう言っていた。**ここまではどうかな。**スタックスの目はこう言っていた。**尊敬しちゃう。**

「誰もまだ見たことがないものが始まろうとしている。みんなと意見が一致してよかった。誰もまだブラッド・マザーを見たことがない」

**見たことがない!**　人々は叫んだ。

「客席を震わせる恐怖、干潮のタイタン、雷の女王をまだ誰も見たことがない!」サーウォーは人々に応えて叫ぶ。かつての自分を、かつて世界が期待した役割をあえて演じた。「ライオンを手なずける者、最後のメロディを歌う者。おまえたちを訓練した者!」

サーウォーはまたスタックスを見た。スタックスはマグノキープに膝をついたまま笑っていた。それは真実だからだ。遠い昔、コール・アンド・レスポンスが持つパワーを観衆に教えたのは、サーウォーだった。

「みなが何者であるかを教えたのは誰だ?」サーウォーは言い、高く跳んだ。

**サー-ウォー**
「みなが愛するコロサルが愛するグランド・コロサルは誰だ?」

**サー-ウォー**
「それが本当なら、これもぜひ覚えておいてほしい」サーウォーはその場でゆっくりと回転した。数千の観客の一人ひとりに、サーウォーが見ているのは自分だと錯覚させるように。

「私たちは、誰もまだ見たことのないものだ」キープにひざまずく前に、こう続けた。「私たちのことを考えるとき、思い出してほしい。現状がそうだからといって、変えられないわけではない。まだ見たことがないものだからといって、不可能なわけではない。ここは解放のフィールドだ。ここで解放されるのは誰だ？　私か。おまえか」

それから膝をついた。観衆は静まり返った。彼らはこのために生まれてきたのだ。

誰のものでもない声、人間になったマシンあるいは人間を装うマシンが言った。「ロック・イン」

サーウォーは、人生で最後の拘束の磁力を感じた。

## ロレッタ・サーウォー

ＨＭＣが空中を漂ってそれぞれの口もとに近づいた。

ロックされた二人は動かない。不動のまま、自らの力を感じた。スタックスは思った――どうよ、立場がないでしょ？　どんなに鎖(チエーン)でがんじがらめにされたって、見てよ、あたしは風のように自由なんだから。「言うべきことはもうみんな言ったよ」スタックスは言った。「あとはよく見てて」サーウォーはフィールド越しにスタックスを見つめ、ＨＭＣを見つめた。「愛してる」サーウォーは言った。次の瞬間、二人は数千の歓声のなかに放たれた。

サーウォーは走った。スタックスも走った。芝を蹴ってすばやく飛ぶように互いへと一直線に走った。全力で互いの腕のなかへと走った。膝のことなど気にしていられない。痛かろうと何だろうと、これで終わりなのだ。この膝に残されたすべてを使い果たすつもりだ。二人は互いへと到着した。

互いを抱き締めた。観衆は静まり返った。二人は互いを抱き締めた。それぞれ自分の一部を抱き締めているのだと二人とも知っていた。

「二人なら。いいね？」サーウォーは言った。

「二人なら」スタックスが言った。

スタックスの唇から唇を放したとき、観衆は言葉もなく黙りこんだ。

二人は離れた。サーウォーは最後にもう一度スタックスを見た――自分らしさを貫くことで世界を驚嘆させた戦士を。

殺し合いの時が来た。

「覚悟はいい？」サーウォーは言った。

「振り抜いてね」スタックスが言った。

「え？」サーウォーは言った。

「愛してるから」

「待って」サーウォーは言った。

しかしスタックスはすでに離れていこうとしていた。

「二人なら」サーウォーは言った。

「二人なら」スタックスが言った。二人は互いに背を向けた。サーウォーは目もとを拭い、マグノキープに戻ってハス・オマハを手に取った。

スタックスのほうに向き直ると、スタックスはすでにラヴガイルを拾い上げていた。観客席がふたたび期待に沸いた。

世界がうなり、揺れた。サーウォーは愛用のハンマーの重みを確かめた。それがはらむ力を、それが過去に世界から奪ってきたすべてを思った。ハンマーを手に、走りだした。

サーウォーの側に近い位置で、二人はぶつかった。スタックスのほうが速かった。サーウォーの人生で初めて、ラヴガイルのヘッドが猛烈な勢いで向かってきた。

肉体が支配権を握った。その直前まであった思考——何もせずにここに横たわってしまおう、私にはできない——は封じられた。サーウォーの体はこう言った——今回は代わってやるよ、この終わりのない苦しみを引き受けてやる。おまえは何も考えなくていい。ただ動けばいい。

スタックスの体は空中にあった。その勢いのまま、目にも留まらぬ速さで大鎌を振り下ろす。サーウォーは知っていた。スタックスは、スイングの途中であろうと微調整を利かせられる。サーウォーは大きく一歩横によけた。ラヴガイルの切っ先が芝に突き刺さるより早く、スタックスは腰を落としてふたたび回転し、ラヴガイルが空気を切り裂き始めた。大勢のリンクが腰だけを動かしてこの攻撃をかわそうとし、結果、内臓を自分のブーツにぶちまけてきた。サーウォーは後ろに飛びのいた。刃が通り過ぎたあとの殺意ある風を感じた。

もう一度——サーウォーの体は言った。

ふたたび大鎌が振り出された。スタックスは次の攻撃に備えたスタンスを取っている。腰と腕が回転し、水平に振り出されたラヴガイルが空気を切る。数々のリンクを真っ二つにしてきた攻撃。サーウォーはそれを待った。ハス・オマハは自由を懇願した。それは、ラヴガイルだけが踊るのをただ見ていることに飽き飽きしている。サーウォーはその直感に従って今度も後ろに飛びのいた。同時にハス・オマハを握る手をゆるめ、柄の端を握り直して高々と持ち上げた。

ハンマーを金属が叩く音が響いて、観客席がいっそうの興奮に沸き立った。はじかれたラヴガイルがまっすぐ上に跳ね上がる。サーウォーには見えた。打ち砕く隙が。これまで長い年月——そう、長すぎる年月、サーウォーを生き長らえさせてきた、心を貫いて自由へとまっすぐに伸びる道筋が。サーウォーが一撃を見舞おうと動きだした瞬間、スタックスはいつもの強く美しい動きでラヴガイルの上昇を止め、サーウォーの頭へと切っ先から急降下させた。サーウォーはハンマーを振る手を止め、首をすくめながら横に体をかたむけた。ラヴガイルは、サーウォーのショルダーガードのハンマーのロゴを叩いた。サーウォーの肩から両手に、痺れるような痛みが広がった。

何も考えるな——体はそう言っていた。私を信じろ。私にはやれる。

防具に跳ね返されたラヴガイルは反り返ってサーウォーの顔を斬りつけようとしていた。サーウォーは前に出た。思考はまたも封じられた。サーウォーは完全に集中した。これまで経験したことのないこの瞬間だけがあった。スタックスだけが存在していた。前に進む以外の選択はない。サーウォーとスタックス。二人の視線が交差した。感謝と絶望が交差した。

サーウォーはハス・オマハを左手に移し、大鎌のヘッドのすぐ下を右手でつかんだ。世界中の女と男が恐れるラヴガイルは、この夜初めて静止した。サーウォーは大鎌をつかんだまま体をひねり、スタックスの脳天を狙ってハンマーを振り下ろした。スタックスは生き延びることを優先してラヴガイルから手を放した。ハス・オマハが地面にめりこむと同時に、スタックスのブーツがサーウォーの顔にめりこんだ。

命中した最初の攻撃。

観衆が立ち上がった。当たりはしなかったものの、サーウォーはハンマーを振り抜いた。スタックスに当たっていたかもしれないと思うと、サーウォーはいまだかつて感じたことのないおそろしい何かを感じた。一つ息を吸った。自分はまだここにいて、呼吸をしている。肉体は、その感覚は、こう言っていた。つらいのはわかる。それを直視しろ。感じろ。そして動け。

人々はどよめき、叫んだ。決して満たされることのない欲求が研ぎ澄まされ、ふくらんでいく。サーウォーはラヴガイルをつかんだままよろめいた。ハス・オマハの重さと頭を蹴られた衝撃でふらついていた。スタックスはサーウォーの胸と腹を狙ってドロップキックを叩きこんだあと、両手でラヴガイルの柄を握った。後ろに飛ばされて地面に転がった拍子に、サーウォーの手がラヴガイルから離れた。顔を上げると、スタックスがこちらに走ってくるのが見えた。疾走する肉体。命を得たハリケーン。ラヴガイルが振り出され、サーウォーは立ち上がって飛びのこうとしたが、それではかわしきれないと悟った。そこで仰向けに地面に倒れ、顔のすぐ上をラヴガイルの刃が通り過ぎるのを見送った。足を蹴り出した。スタックスが息をのむ。その音を聞いて、サーウォーは自分自身を引き裂きたくなった。だが、立ち上がった。疲れてはいても、まだやれる。見ると、スタックスの息は荒かった。

二人は芝を蹴って近づいた。スタックスが飛び上がりながらラヴガイルを水平に振る。このときもまたサーウォーの目に、ハス・オマハがラヴガイルを押しのけるのがスローモーションで見えた。神業のごとく大鎌をかわしたのはこれで二度目だ。

ラヴガイルが後退を始めたとき、ハス・オマハはすでに体勢を立て直して次の餌食を探していた。ハリケーン・ハマラ・スタックスをむさぼり食おうと待っていた。サーウォーはハンマーを利き手に持ち替え、空に向けて振り上げた。顎を狙って。顎を打ち砕こうとして。頭上の黒い雲を粉砕するつもりで振り上げた。サーウォーの体は、破壊力と速度を稼ぐのを後押しした。的をとらえたその瞬間、スタックスは永遠に記憶され、増幅されることになると知りながら、ハンマーを振り上げた。

しかし、ハンマーが動きだしたあとになって、サーウォーは悟った――スタックスはハンマーにはじかれた勢いを逆手に取って次の攻撃につなげようとしている。スタックスの体が回転を始めていた。ラヴガイルがサーウォーの首を狙って振り出された。止められない。動けない。サーウォーにできるのは、死後の世界で待っているものを見ることだけだった。ハンマーを振り上げながら、サーウォーは解放の瞬間を待った。

サーウォーの頭を横から打ったのは、ラヴガイルの鈍い峰の側だった。スタックスはこちらを向いていた。その顔は、殺意を持って動くハス・オマハの軌道上にあった。

「引っかかったね」スタックスは言い、ラヴガイルから手を放した。

ラヴガイルが地面に落ちる前に、ハス・オマハがスタックスを吹き飛ばした。二人は解放された。

ロレッタ・サーウォーは立ち尽くした——熱狂の、熱狂の沈黙に投げこまれた人々に囲まれて。

# 謝辞

この小説が生まれたのは、大勢の思想家、活動家、作家、運動家のおかげだ。彼らは私の視点を高め、刑務所の世界やこの国についての理解を深めるためのリサーチの指針を与えてくれた。その理解がこの作品の着想となった。数年にわたった執筆の支えとなったのは、ルース・ウィルソン・ギルモア、アンジェラ・デイヴィス、マリアム・カバの教えと評論だった。私たちが望む世界を実現するためには現状の制度をどう変えていけばよいか、実践を通じて学ぶ機会を与えてくれたRockland Coalition to End the New Jim Crow（新たなジム・クロウ法を終わらせるロックランド連合）の情熱あふれるメンバーに、心からの感謝を捧げたい。Unity Collective（ユニティ・コレクティブ）に参加したことも、それらの問題について考え続けているコミュニティの一員であるという実感を高めてくれた。

ティナ・デイヴィスのご遺族に感謝を捧げるとともに、愛を送りたい。

この本のなかで引用した統計や事実など背景事情について、アメリカ合衆国憲法とその修正条項を参照した。刑法を扱う法的引用については、アメリカ合衆国法典第一八編を参照した。

アメリカの刑務所制度に関するリサーチでは、Prison Policy Initiative（刑務所政策イニシアティブ）とProPublica（プロパブリカ）に大いに助けられた。Institute for Transparent Policing（透明性のある警察活動推進機関）は私の目を国防兵站庁法執行支援室（LESO）に向けさせた。Advocates for Trans Equalityのサイトからも多くの情報を得た。

アルバート・ウッドフォックス著『Solitary（独房監禁）』は、この本の草稿執筆に欠かせないインスピレーションとなった。『ニューヨーク・タイムズ』紙によるウッドフォックス、ハーマン・ウォレス、ロバート・キングの長年にわたる独房監禁についての数々の報道、とりわけキャンベル・ロバートソン記者の記事は、大きな原動力となった。

シントイア・ブラウンと彼女の服役の周辺事情について知ったのは、『ガーディアン』紙ほかによる報道を通じてだった。

拘置所や刑務所での自殺に関する痛ましい統計は、E・アン・カーソン博士の研究報告から引用した。

ロイター通信とNational Center for Women & Policing（女性と警察活動のための全国センター）による共同報告（一九九九年一一月五日）は、この本に登場する警察や家庭内暴力についての歴史と背景を提供してくれた。この報告は子供・青少年・家族に関する下院特別委員会による「最前線：警察の負荷と家族の福祉」およびピーター・ナイディッグ、ハロルド・ラッセル、アルバート・セングの論文「法執行機関の家族における配偶者間の暴力」のデータに基づいている。

『ニューヨーク・タイムズ』紙のアダム・リプタック記者による「死刑判決事件における人種間の大きな格差、新研究で判明」およびきわめて重要なウォーレン・マクレスキー裁判に関する同紙の報道、そしてジョージ・スティニー・ジュニアの死刑判決の破棄を報じたナショナル・パブリック・ラジオの記事は、貴重な背景資料となった。民俗音楽研究者アラン・ローマックスは、ダーリントン州刑務所農場の黒人服役囚の歌を録音し、そこに収録された労働歌はこの本にも登場している。彼ら服役囚と現に服役している人々、過去に服役していた人々のすべてに愛を送りたい。みなさんの声はきわめて大きな意味を持っている。

ペイトン・シャイニング・フォックス・パウウェルに、心からのありがとうを伝えたい。彼の大きな愛と支援がなければ、この本はきっと完成していなかった。長年にわたって助言と指導を与えてくれたデイナ・スピオッタ、アーサー・フラワーズ、ジョージ・ソーンダーズにも。シラキュース大学芸術修士課程と、私たち大勢の学生のために居場所を作ってくれたサラ・ハーウェル、テリー・ゾロに感謝を捧げる。

私をこの道の入口に立たせてくれたリン・ティルマンに永遠の感謝を。この作品の草稿に目を通してくれたウォーカー・ラッター＝ボウマンにも。小説のあらゆることがらについて指導してくれたイングリッド・ロハス・コントレラスにも大いなるありがとうを。執筆にじっくりと取り組む時間を与えてくれたフロリダ州サラソタのアーティストのためのリトリートにも感謝の気持ちを捧げたい。

私が漂っていってしまわないようつなぎ止め、あらゆることをジョークにしてくれる〝家族〟に感謝を捧げる。レンセラー／グリーンリッジ／プリンプトン・チームのすべてにも。

私を作家にしてくれているメレディス・カフェル・シモノフと、本を世に出すまでの長いプロセスを全面的に支援してくれるナオミ・ギブズに。ご恩は決して忘れない。

リサ・ルーカス、ナタリア・ベリー、ジョージー・カルズ、ジュリアン・クランシー、アシャリー・ピーターズ、アルティ・カーパー、キャスリーン・クックと、この本をこの形で世に送り出してくれたパンテオン社のみなさんに、大きな感謝を捧げる。

姉妹のアフアとアドマにも感謝している。自分らしく生きたいと願うすべての人のお手本であるアフア、この本を完成させるためにやはり不可欠な存在だったアドマ。母さん、ありがとう。この本も、私がなすあらゆることも、母さんのものだよ。父さん、ありがとう。いろいろあったけど、すべてに感謝している。この本は父さんに捧げたい。きっと気に入ってくれると思う。

## ナナ・クワメ・アジェイ=ブレニヤー

Nana Kwame Adjei-Brenyah

ガーナ移民の両親のもと、アメリカのニューヨーク州スプリング・バレーで育つ。ニューヨーク州立大学オールバニ校を卒業し、その後シラキュース大学でジョージ・ソーンダーズらに学び、MBA（芸術修士）を取得した。デビュー作の短篇集『フライデー・ブラック』（押野素子訳／駒草出版）はニューヨーク・タイムズ紙のベストセラーリスト入りを果たし、PEN／ジーン・スタイン賞およびウィリアム・サローヤン国際文学賞を受賞した。また初の長篇小説である本書『チェーンギャング・オールスターズ』は全米図書賞とアーサー・C・クラーク賞の最終候補作に選ばれたほか、2023年ニューヨーク・タイムズ紙の年間のベスト10冊に選出された。現在はニューヨーク市ブロンクス区在住。

## 池田真紀子

いけだ・まきこ

1966年東京生まれ。上智大学卒業。1997年アーヴィン・ウェルシュ『トレインスポッティング』（角川文庫、その後ハヤカワ文庫NV）でBABEL国際翻訳大賞新人賞を、2024年ジョセフ・ノックス『トゥルー・クライム・ストーリー』（新潮文庫）で日本推理作家協会賞翻訳部門を受賞。そのほかジェフリー・ディーヴァーの『ボーン・コレクター』（文春文庫）をはじめとするリンカーン・ライムシリーズ、チャック・パラニューク『ファイト・クラブ』（ハヤカワ文庫NV）、スティーヴン・キング『トム・ゴードンに恋した少女』（河出文庫）など訳書多数。

ブックデザイン

鈴木成一デザイン室＋宮本亜由美

チェーンギャング・オールスターズ

2025年2月10日　第1刷発行

著者
ナナ・クワメ・アジェイ=ブレニヤー
訳者
池田真紀子（いけだ まきこ）
発行者
樋口尚也
発行所
株式会社集英社
〒101-8050 東京都千代田区一ツ橋2-5-10
電話 03-3230-6100（編集部）
03-3230-6080（読者係）
03-3230-6393（販売部）書店専用
印刷所
大日本印刷株式会社
製本所
株式会社ブックアート


ISBN978-4-08-773528-4 C0097